Arthur C. Clarke

FAHRSTUHL ZU DEN STERNEN

Moewig Verlag KG Rastatt

Titel des Originals: THE FOUNTAINS OF PARADISE
Die Übersetzung aus dem Englischen besorgte Klaus Mahn
Redaktion: Günter M. Schelwokat

Deutsche Erstausgabe 1979
Moewig Verlag KG, Rastatt
Satz: Knauer Layoutsatz GmbH, Stuttgart
Druck und Bindung: Salzer-Ueberreuter, Wien
Printed in Austria

ISBN 3-8118-0173-2

Inhaltsverzeichnis

I – Der Palast

II – Der Tempel

III – Die Glocke

IV – Der Turm

V – Der Aufstieg

Vorwort

„Vom Paradies bis nach Taprobane sind es vierzig Meilen. Man kann dort die Quellen des Paradieses hören."

Überliefert, aufgezeichnet von Bruder Marignolli (1335)

Das Land, das ich Taprobane genannt habe, gibt es nicht in Wirklichkeit, aber es stimmt neunzig Prozent mit der Insel Ceylon (heute Sri Lanka) überein. Obwohl das Nachwort klären wird, welche Orte, Ereignisse und Persönlichkeiten auf der Wirklichkeit beruhen, ist der Leser fürs erste gut beraten, wenn er davon ausgeht, daß, je unwahrscheinlicher das Geschehen, es der Wahrheit um so näher ist.

I

Der Palast

Kalidasa

Die Krone wurde von Jahr zu Jahr schwerer. Als der verehrungswürdige Bodhidharma Mahanajake Thereo sie ihm damals aufs Haupt setzte – wie hatte er dabei gezögert! –, da war Prinz Kalidasa von ihrer Leichtheit überrascht gewesen. Jetzt, zwanzig Jahre später, entledigte sich der König Kalidasa des juwelenbesetzten Goldbands gerne, wann immer die Etikette des Hofes es zuließ.

Hier, auf der windumtosten Höhe der Felsenfestung, war nicht viel davon zu spüren – von Etikette, versteht sich. Nur selten ersuchte ein Gesandter oder Bittsteller um Audienz. Viele, die die Reise nach Jakkagala unternahmen, kehrten auf dem letzten, steilen Stück der Strecke um, geradeswegs zwischen den Kiefern des kauernden Löwen hindurch, der stets so aussah, als wolle er im nächsten Augenblick von der Felswand springen. Ein alter König konnte niemals auf diesem himmelan strebenden Thron sitzen. Eines Tages, dachte Kalidasa, würde auch er zu schwach sein, seinen eigenen Palast zu erreichen. Er zweifelte indes, daß er den Tag je erleben werde: Seine zahlreichen Feinde würden ihm die Erniedrigung durch das Alter ersparen.

Die Feinde machten in dieser Stunde mobil. Er blickte nach Norden, als könne er dort die Armeen seines Halbbruders schon heranmarschieren sehen, um Anspruch auf den blutbefleckten Thron von Taprobane zu erheben. Aber diese Gefahr lag noch in weiter Ferne, jenseits der vom Monsun gepeitschten See. Obwohl Kalidasa mehr Zutrauen zu seinen Spähern als zu seinen Astrologen hatte, beruhigte es ihn, zu wissen, daß sie in diesem Punkt einer Meinung waren.

Malgara hatte nahezu zwanzig Jahre damit verbracht, seine Pläne zu entwerfen und sich der Unterstützung durch fremde Könige zu versichern. Ein noch geduldigerer Feind aber befand sich in unmittelbarer Nähe, unermüdlich am Südhimmel lauernd. Der geometrisch vollkommene Kegel des Sri Kanda, des Heiligen Berges, wirkte heute, sich über die Zentralebene auftürmend, ungewöhnlich nahe. Seit den Anfängen der Geschichte hatte er das Herz eines jeden, der ihn zu sehen bekam, mit Ehrfurcht erfüllt. Es gab keine Sekunde, in der sich Kalidasa seiner brütenden Gegenwart und der Macht, die er symbolisierte, nicht bewußt war.

Dabei besaß der Mahanajake Thero weder Armeen, noch kreischende Kriegselefanten, die sich mit schwingenden Stoßzähnen in die Schlacht warfen. Der Hohepriester war weiter nichts als ein alter Mann in einer orangefarbenen Toga, dessen einziges irdisches Besitztum aus einer Bettelschale und einem Palmenblatt zum Schutz gegen die Sonne bestand. Während die Mönche und die Akoluthen die Gesänge der Schriften rings um ihn zelebrierten, saß er mit untergeschlagenen Beinen in stoischer Ruhe – und spielte dabei mit dem Schicksal von Königen. Es war sehr eigenartig ...

Die Luft war an diesem Tag so klar, daß Kalidasa den Tempel erkennen konnte, den die Entfernung zu einer winzigen, weißen Pfeilspitze unmittelbar auf dem Gipfel des Sri Kanda schrumpfen ließ. Er sah nicht wie Menschenwerk aus. Der König fühlte sich an noch größere Berge erinnert, die er in seiner Jugend zu Gesicht bekommen hatte, als er am Hof Mahindas des Großen halb Gast, halb Geisel gewesen war. Alle Berge, die Mahindas Reich beschützten, trugen solche Kappen, die aus einer glänzenden, kristallinen Masse bestanden, für die die Sprache von Taprobane keinen Namen kannte. Die Hindus glaubten, es sei eine Art Wasser, auf magische Art verwandelt; aber Kalidasa hatte für solchen Aberglauben nichts als Spott.

Jener elfenbeinerne Glanz war nur drei Tagesmärsche entfernt – einen längs der Königsstraße, durch Wald und Reisfelder, und zwei die ewig gewundene Treppe empor, die er niemals mehr betreten konnte, weil sich an ihrem Ende der einzige Feind befand, den er fürchtete und nicht besiegen konnte. Manchmal beneidete er die Pilger, wenn sie in der Nacht hinaufstiegen und ihre Fackeln eine dünne Linie aus Feuer über die Wand des Berges zogen. Der niedrigste Bettler konnte auf der Höhe des Berges das heilige Morgendämmern begrüßen und die Segnungen der Götter empfangen; aber der Herrscher dieses Landes konnte es nicht.

Er hatte sich freilich Trost verschafft, wenn auch nur vorübergehend. Vor ihm, durch Graben und Mauern geschützt, lagen die Teiche und Brunnen, die Lustgärten, für die er die Schätze des Königreichs geplündert hatte. Und wenn er ihrer müde wurde, dann waren da die Frauen vom Felsen – jene aus Fleisch und Blut, die er in letzter Zeit immer seltener zu sich hatte rufen lassen – und die zweihundert ewig gleichen Unsterblichen, mit denen er oft Gedanken austauschte, weil es niemand anders gab, dem er trauen konnte.

Donner rollte den Westhimmel entlang. Kalidasa vergaß den drohenden, brütenden Anblick des Berges und wandte sich dem westlichen Horizont zu, der die Hoffnung auf Regen weckte. Der Monsun war diesmal spät. Die künstlichen Seen, die das komplexe Bewässerungssystem der Insel versorgten, waren fast leer. Um diese Jahreszeit hätte er von hier aus die glitzernde Oberfläche des mächtigsten unter ihnen sehen müssen – den, wie er wohl wußte, seine Untertanen noch immer nach seinem Vater zu nennen wagten: Paravana Samudra, Paravanas Meer. Der See war erst vor dreißig Jahren, nach generationenlanger Mühsal, fertiggestellt worden. In glücklicheren Zeiten hatte der junge Prinz Kalidasa stolz an der Seite seines Vaters gestanden, wenn die Flutschotte geöffnet wurden und das lebensspendende Wasser sich über das dürstende Land ergoß. Im ganzen Königreich gab es keinen lieblicheren Anblick als die spiegelnde, leicht gewellte Oberfläche des riesigen, von Menschen gemachten Sees, in dem sich die Türme und Kuppeln von Ranapura abbildeten, der Goldenen Stadt – dem einstmaligen Zentrum des Reiches, das er um seines Traumes willen aufgegeben hatte.

Ein weiteres Mal rollte der Donner, aber Kalidasa wußte, daß er seinem Versprechen nicht trauen durfte. Selbst hier, auf dem Gipfel des Teufelsfelsens, war die Luft ruhig und leblos. Nichts war zu spüren von den plötzlichen, aus willkürlicher Richtung fauchenden Böen, die das Kommen des Monsuns ankündigten. Bevor der Regen kam, würde zu der Liste seiner Sorgen womöglich noch eine Hungersnot hinzugefügt werden.

„Euer Majestät", sagte die geduldige Stimme des Hofmeisters: „Die Gesandten sind aufbruchbereit. Sie möchten ihre Aufwartung machen."

O ja – die zwei bleichgesichtigen Botschafter von jenseits des westlichen Meeres! Es tat ihm leid, sie gehen zu lassen. Sie hatten ihm, in ihrem scheußlichen Taprobani, viele Neuigkeiten berichtet und von manchen Wundern erzählt – obwohl sie zugaben, daß keines unter diesen dieser Palast-Festung unmittelbar unter dem Himmel gleichkam.

Kalidasa wandte sich ab und stieg die Granitstufen zur

Audienzhalle hinab. Hinter ihm kamen der Kammerdiener und seine Gehilfen. Sie trugen Gaben aus Elfenbein und Edelsteinen für die hochgewachsenen, stolzen Männer, die Lebewohl sagen wollten. Bald würden sie die Schätze von Taprobane übers Meer tragen, bis hin zu einer Stadt, die um Jahrhunderte jünger war als Ranapura. Eine Zeitlang würden sich damit die finsteren Gedanken des Kaisers Hadrian zerstreuen lassen.

Mahajanake Thero schritt gemächlich auf die nördliche Brüstung zu, sein orangefarbenes Gewand wie eine Flamme gegen die weißgetünchte Wand des Tempels. Weit unter ihm lag das Schachbrettmuster der Reisfelder, das sich von Horizont zu Horizont erstreckte, mit den dunklen Linien der Bewässerungskanäle, weiter der blaue Schimmer von Paravanas Meer – und jenseits des Binnenmeers die geheiligten Kuppeln von Ranapura, die wie gespenstische Blasen im Luftmeer schwebten, unglaublich groß, wenn man sich vor Augen führte, wie weit die Entfernung war. Dreißig Jahre lang hatte er dieses ständig wechselnde Panorama beobachtet und war jetzt mehr denn je zuvor davon überzeugt, daß er niemals alle Einzelheiten seiner volatilen Komplexität begreifen werde. Farben und Konturen änderten sich mit der Jahreszeit – ja, sogar mit den Wolken, die am Himmel dahinzogen. Solange er auch lebte: Selbst am Tag seines Todes würde er etwas Neues zu sehen bekommen.

Nur eines störte in dieser exquisit geformten Landschaft. So geringfügig er aus dieser Höhe auch erscheinen mochte: Der graue Block des Teufelsfelsens wirkte wie ein Eindringling von einer anderen Welt. In der Tat berichtete die Sage, Jakkagala sei ein Bruchstück des kräuterbewachsenen himalajischen Berggipfels, das der Affengott Hanuman fallen ließ, als er mit Berg und Kräutern zugleich zu seinen verletzten Gefährten eilte, nachdem die Schlachten von Ramajana geschlagen waren.

Aus dieser Entfernung konnte man natürlich keine Einzelheiten von Kalidasas Narretei erkennen, mit Ausnahme einer dünnen Kontur, die die äußeren Mauern der Lustgärten umriß. Wer aber einmal mit dem Teufelsfelsen in Berührung gekommen war, der fand es unmöglich, ihn je wieder zu vergessen. Vor seinem geistigen Auge sah der Mahanajake Thero so deutlich, als stünde er zwischen ihnen, die gewaltigen Pranken des Löwen, die aus der senkrecht abstürzenden Wand des Felsens hervorragten. Weiter oben duckten sich die Festungsanlagen, auf denen – es fiel leicht, daran zu glauben – der fluchbeladene König bis auf den heutigen Tag wandelte.

Donner brach aus dem Himmel, wurde von Augenblick zu Augenblick lauter und erreichte schließlich eine solche Macht, daß selbst der Berg zu zittern begann. Wie eine kontinuierliche Serie von Explosionen rollte er quer über das Firmament und verlor sich schließlich im Osten. Noch viele Sekunden danach brach sich das Echo entlang des Horizonts. Niemand würde diesen Vorgang als Ankündigung der bevorstehenden Regen mißdeuten; sie waren erst in drei Wochen fällig, und die Monsun-Kontrolle hatte sich noch nie um mehr als vierundzwanzig Stunden geirrt. Als die letzten Schallwellen verebbt waren, wandte sich der Mahanajake an seinen Begleiter.

„*Das* also hat man von festgelegten Einflug-Korridoren“, sagte er mit mehr Erregung, als ein Priester sich hätte erlauben dürfen. „Haben wir Meßdaten?“

Der junge Mönch sprach kurz in sein Armbandmikrophon und wartete auf eine Antwort.

„Ja. Die Spitze lag bei einhundertzwanzig, fünf Dezibel über dem bisherigen Rekord.“

„Schick die übliche Beschwerde an Kennedy- oder Gagarin-Kontrolle – wer auch immer dafür verantwortlich ist. Oder, noch besser: Schick sie an beide! Natürlich werden sie, wie üblich, nicht darauf reagieren."

Während sein Blick den langsam zerfließenden Kondensstreifen am blauen Himmel entlangglitt, hatte Bodhidharma Mahajanake Thero – der fünfundachtzigste seines Namens – eine ganz und gar unmönchische Vision. Kalidasa hätte wahrscheinlich eine angemessene Therapie für Raumflug-Manager gehabt, die nur in Dollar pro Kilo Orbitalladung denken konnten ... eine Therapie, die wahrscheinlich mit Aufspießen, eisenbehuften Elefanten oder kochendem Öl zu tun gehabt haben würde.

Vor zweitausend Jahren war das Leben soviel einfacher gewesen!

Der Ingenieur

Seine Freunde, deren Zahl von Jahr zu Jahr geringer wurde, nannten ihn Johan. Die Welt, wann immer sie sich seiner erinnerte, nannte ihn Radscha. Sein voller Name reflektierte fünfhundert Jahre menschlicher Geschichte: Johan Oliver de Alwis Sri Radschasinghe.

Es war eine Zeit gewesen, da hatten sich die Touristen, die den Felsen besuchten, mit Kameras und Bandgeräten um ihn gedrängt. Aber inzwischen gab es eine neue Generation, die sich kaum noch an die Tage erinnerte, da sein Gesicht das bekannteste im ganzen Solsystem gewesen war. Er bedauerte den Ruhm der Vergangenheit nicht, denn er hatte ihm den Dank der gesamten Menschheit eingetragen. Freilich waren da auch Augenblicke des Bedauerns gewesen wegen der Fehler, die er gemacht hatte – und Sorge um die Menschenleben, die vergeudet worden waren und die mit ein wenig mehr Umsicht und Geduld hätten gerettet werden können. In der historischen Perspektive war es jetzt natürlich einfach, zu erkennen, was hätte getan werden müssen, um die Auckland-Krise zu vermeiden, um die zaudernden Unterzeichner der Verträge von Samarkand miteinander zusammenzubringen. Indem er sich selbst die Schuld für die unvermeidbaren Fehler der Vergangenheit gab, beging er einen Akt der Kurzsichtigkeit. Und doch gab es Augenblicke, in denen das Gewissen ihn mehr schmerzte als das allmählich nachlassende Zwicken des patagonischen Karabinergeschosses.

Niemand hatte geglaubt, daß er so lange im Ruhestand

bleiben werde. „Sie werden in sechs Monaten wieder zurück sein", hatte Weltpräsident Chu zu ihm gesagt. „Macht ist gewohnheitformend."

„Nicht für mich", hatte er wahrheitsgetreu geantwortet.

In der Tat hatte sich die Macht ihm aufgedrängt; er hatte niemals nach ihr gestrebt. Und es war stets eine ganz besondere, begrenzte Spielart der Macht gewesen – beratend, nicht ausübend. Er war nur Sonderassistent (amtierender Botschafter) für Politische Angelegenheiten, dem Präsidenten und dem Konzil unmittelbar verantwortlich, mit einem Mitarbeiterstab von niemals mehr als zehn – elf, wenn man ARISTOTELES hinzurechnete (von seiner Konsole aus hatte er bis auf den heutigen Tag Zugriff zu Aris Prozessoren und Speichern, und mehrmals pro Jahr unterhielten sie sich miteinander). Aber am Ende hatte das Konzil seinen Rat stets angenommen, und die Welt hatte ihm gutgeschrieben, was an sich auf das Konto der unbesungenen, unbeachteten Bürokraten der Friedensabteilung hätte gehen sollen.

Sonderbotschafter Radschasinghe hatte sich stets im Rampenlicht befunden, während er von einem Krisenherd zum andern eilte, hier ein Ego massierend, dort eine Gefahr entschärfend und überall die Wahrheit mit vollendetem Geschick manipulierend. Geradheraus gelogen hatte er niemals – das wäre verderblich gewesen! Ohne Aris unfehlbares Gedächtnis hätte er unweigerlich die Kontrolle über die Gespinste aus Halbwahrheiten verloren, die er manchmal zu spinnen gezwungen war, um der Menschheit den Frieden zu erhalten. Als er begann, das Intrigenspiel um seiner selbst willen zu genießen, war es Zeit, seine Kündigung einzureichen.

Das war vor zwanzig Jahren gewesen, und er hatte seinen Entschluß niemals bereut. Diejenigen, die geunkt hatten, daß die Langeweile vollbringen werde, was den Versuchungen der Macht nicht gelungen war, kannten den Mann nicht, noch verstanden sie seine Herkunft. Er kehrte zu den Feldern und Wäldern seiner Jugend zurück und wohnte nur einen Kilometer von dem mächtigen, brütenden Felsen entfernt, der seine Kindheit beherrscht hatte. Seine Villa befand sich in der Tat innerhalb des weiten Grabens, der die Lustgärten umlief, und die Springbrunnen, die Kalidasas Architekt entworfen hatte, plätscherten jetzt, nach zweitausend Jahren Stille, in Johans Garten. Das Wasser floß noch immer durch dieselben steinernen Leitungen. Nichts war geändert worden; nur daß die Zisternen hoch oben auf dem Felsen jetzt mit Hilfe elektrischer Pumpen anstatt durch Staffeln von Sklaven versorgt wurden.

Dieses geschichtsdurchtränkte Stück Land für seinen Wohnsitz zu erwerben, hatte ihn mit größerer Genugtuung erfüllt als irgendein Vorfall in seiner langen Karriere. Ein Traum war in Erfüllung gegangen, von dem er niemals geglaubt hatte, daß er sich verwirklichen lassen werde. Bei dem Erwerb hatte er sein gesamtes diplomatisches Geschick einsetzen müssen, außerdem eine mindere Art von Erpressung gegenüber dem Ministerium für Archäologie. Später hatte es im Parlament ein paar Fragen gegeben; glücklicherweise waren sie von niemand beantwortet worden.

Vor der Zudringlichkeit der Touristen – mit Ausnahme der hartnäckigsten – war er durch eine Erweiterung des Wassergrabens abgeschirmt und vor ihren Blicken durch eine dichte Wand mutierter Aschoka-Bäume, die das ganze Jahr über in Blüte standen. Die Bäume waren außerdem die Heimstatt mehrerer Affenfamilien, die lustig anzuschauen waren, aber manchmal die Villa überfielen und alles davontrugen, was nicht niet- und nagelfest war. Von

Zeit zu Zeit gab es einen kurzen Krieg zwischen den Arten, mit Feuerwerkskörpern und von Band gespielten Gefahrenschreien, die die Menschen mindestens ebenso nervös machten wie die Affen, die übrigens unverzüglich zurückkehrten, da sie schon lange begriffen hatten, daß niemand ihnen wirklich etwas antun würde.

Einer von Taprobanes farbenprächtigeren Sonnenuntergängen bemalte den westlichen Horizont, als das kleine elektrische Dreirad geräuschlos durch die Mauer der Bäume kam. Bei den Granitsäulen des Vorhofs hielt es an.

Aus langer und bitterer Erfahrung hatte Radschasinghe gelernt, niemals dem ersten Eindruck zu trauen, ihn aber auch nicht zu ignorieren. Er hatte halb und halb erwartet, in Vannevar Morgan einen Mann zu sehen, dessen Äußeres seinen Leistungen entsprach: groß und imposant. Statt dessen war der Ingenieur von weniger als Durchschnittsgröße und hätte auf den ersten Blick sogar als zierlich bezeichnet werden können. Aber der schlanke Körper bestand aus nichts als Sehnen, und rabenschwarzes Haar umrahmte ein Gesicht, das wesentlich jünger wirkte als einundfünfzig Jahre. Die Bilddarstellung aus Aris BIOG-Datei war ihm nicht gerecht geworden. Er hätte ein romantischer Dichter sein sollen, ein Konzertpianist – oder vielleicht ein großer Schauspieler, der Tausende mit seinem Talent in Atem hielt. Radschasinghe erkannte Kraft, wenn sie ihm vor Augen kam; und es war Kraft, der er jetzt gegenüberstand. Hüte dich vor kleinen Männern, hatte er oft zu sich gesagt – denn sie sind die Macher und Beweger dieser Welt.

Mit diesem Gedanken kam ein Gefühl leisen Unbehagens. Fast wöchentlich kamen alte Freunde und Feinde an diesen abgelegenen Ort, um Neuigkeiten mit ihm auszutauschen oder über die Vergangenheit zu reden. Er wußte solche Besuche zu schätzen, denn sie verliehen seinem Leben ein Muster der Kontinuität. Gewöhnlich kannte er bereits im voraus den Grund für das Zusammentreffen und das Gesprächsthema. In diesem Fall jedoch gab es, soweit er das zu beurteilen vermochte, zwischen ihm und Morgan kein gemeinsames Interesse. Sie waren einander niemals zuvor begegnet, hatten niemals zueinander gesprochen. Um genau zu sein: Er hatte Mühe gehabt, Morgans Namen zu erkennen. Noch ungewöhnlicher war der Umstand, daß der Ingenieur ihn gebeten hatte, diese Zusammenkunft als vertraulich zu betrachten.

Radschasinghe hatte ihm dies zugestanden – aber nur mit einem Gefühl des Widerwillens. In seinem friedlichen Leben war kein Raum für Geheimniskrämerei mehr. Das allerletzte, was er sich in diesem Augenblick wünschte, war, daß sein wohlgeordnetes Leben durch irgendein wichtiges Geheimnis durcheinandergebracht würde. Er hatte mit den Geheimdiensten für immer gebrochen; vor zehn Jahren – oder war es noch länger her? – hatte man auf sein eigenes Ersuchen die Leibwächter abgezogen. Aber was ihn am meisten ärgerte, war nicht die Heimlichtuerei, sondern seine eigene Verwirrung. Der Chefingenieur (Land) der Terran Construction Company war nicht Tausende von Kilometern weit gekommen, um sein Autogramm zu erbitten oder nach Touristenart Platitüden daherzureden. Er verfolgte eine bestimmte Absicht; aber sosehr Radschasinghe auch den Verstand anstrengte, er kam nicht dahinter, welche das sein könnte.

Auch in seinen Tagen als Botschafter hatte Radschasinghe nie mit der TCC zu tun gehabt. Ihre drei Abteilungen – Land, Wasser, Raum – waren trotz ihrer gewaltigen Größe als Quellen aufregender Neuigkeiten völlig unergiebig, wenn man sie mit anderen Körperschaften der Weltföderation verglich. Lediglich aus Anlaß einer technischen Katastrophe oder eines Frontalzusammenstoßes mit Umweltschützern oder Geschichtsenthusiasten trat die TCC hin und wieder ans Tageslicht. Das jüngste Ereignis dieser Art hatte mit der antarktischen Pipeline zu tun gehabt – jenem Wunder der Ingenieurwissenschaften des einundzwanzigsten Jahrhunderts, durch das verflüssigte Kohle aus den unerschöpflichen Flözen der Südpolregion in die Kraftwerke und Fabriken der Welt gepumpt worden war. In einem Anfall ökologischer Euphorie hatte die TCC vorgeschlagen, die letzten noch verbleibenden Abschnitte der Pipeline zu demolieren und das Land endgültig den Pinguinen zurückzugeben. Sofort war Protestgeschrei zu hören gewesen – von den Industriearchäologen, die das Vorhaben als Vandalismus brandmarkten, und von den Naturschützern, die darauf hinwiesen, daß die Pinguine in die verlassene Pipeline reinweg vernarrt seien. Sie bot ihnen Nistmöglichkeiten von einer Qualität, die sie nie zuvor gekannt hatten, und trug somit zu einer Bevölkerungsexplosion bei, die die Wale kaum noch unter Kontrolle halten konnten. Die TCC hatte ihr Vorhaben widerstandslos aufgegeben.

Radschasinghe wußte nicht, ob Morgan in dieses kleinere Debakel verwickelt gewesen war. Es machte kaum einen Unterschied, denn seit jüngstem wurde sein Name in Verbindung mit dem größten Triumph der TCC genannt.

Die Brücke der Brücken hatte man sie genannt. Zusammen mit dem Rest der Welt war Radschasinghe Augenzeuge gewesen, als der GRAF ZEPPELIN, selbst eines der Wunder dieser Zeit, den abschließenden Brückenabschnitt sanft himmelwärts trug. Die luxuriöse Innenausstattung des Luftschiffs war entfernt worden, um Gewicht zu sparen; man hatte das berühmte Schwimmbecken geleert, und die Reaktoren pumpten überschüssige Hitze in Ballonhüllen, um zusätzlichen Auftrieb zu erzeugen. Es war das erste Mal, daß ein Bruttogewicht von mehr als eintausend Tonnen drei Kilometer weit senkrecht in den Himmel hinaufgehoben wurde. Das gigantische Unternehmen war, zur Enttäuschung der Millionen, fehler- und reibungslos abgelaufen.

Kein Schiff würde jemals wieder die Säulen des Herkules passieren, ohne die mächtigste Brücke zu grüßen, die der Mensch je gebaut hatte – und in aller Wahrscheinlichkeit je bauen würde. Die Zwillingstürme am Zusammenfluß zwischen Mittelmeer und Atlantik waren die höchsten Strukturen der Welt und standen einander auf eine Distanz von fünfzehn Kilometern gegenüber – mit nichts zwischen sich außer dem unglaublichen, zierlichen Bogen der Brücke von Gibraltar. Es müsse ein Privileg sein, mit dem Mann zusammenzutreffen, der sie entworfen hatte, dachte Radschasinghe, auch wenn er eine Stunde zu spät kam.

„Ich bitte um Entschuldigung, Botschafter“, sagte Morgan, während er aus dem Dreirad kletterte. „Ich hoffe, die Verzögerung hat Ihnen keine Unannehmlichkeiten bereitet.“

„Keineswegs. Meine Zeit gehört mir. Sie haben gegessen, hoffe ich?“

„Ja. Man hat meinen Anschluß in Rom annulliert; aber wenigstens bekam ich als Ausgleich dafür ein vorzügliches Mittagessen.“

„Wahrscheinlich besser, als man es im Hotel Jakkagala serviert. Ich habe dort ein Zimmer für Sie reservieren lassen – es ist nur einen Kilometer von hier. Wir werden unser Gespräch bis zum Frühstück verschieben müssen.“

Morgan wirkte enttäuscht, fügte sich jedoch mit einem Schulterzucken ins Unvermeidliche.

„Na schön, ich habe ohnehin eine Menge Arbeit zu erledigen. Ich hoffe, das Hotel hat ausreichende Kommunikationsmöglichkeiten – oder doch wenigstens eine Standard-Datenstation."

Radschasinghe lachte. „Um sicher zu sein, setzen Sie nichts Komplexeres als ein Telefon voraus! Aber da fällt mir ein – ich habe eine bessere Idee! In rund einer halben Stunde bringe ich ein paar Freunde zum Felsen. Es gibt dort eine Laut-und-Licht-Vorführung, die ich bestens empfehle. Wenn Sie sich uns anschließen wollen – Sie sind eingeladen."

Er sah, wie Morgan zögerte, als er nach einer höflichen Ausrede suchte.

„Sehr freundlich von Ihnen, aber ich muß mich wirklich mit meinem Büro in Verbindung setzen ..."

„Sie können meine Datenstation benützen. Ich verspreche Ihnen – die Darbietung wird Sie faszinieren. Übrigens dauert sie nur eine Stunde. Oh, beinah' hätte ich's vergessen – Sie möchten nicht, daß jemand von Ihrem Hiersein erfährt. Ich stelle Sie einfach als Dr. Smith von der Universität Tasmanien vor. Ich bin sicher, daß meine Freunde Sie nicht erkennen."

Radschasinghe hatte nicht die geringste Absicht, seinen Besucher vor den Kopf zu stoßen, aber es war unübersehbar, daß Morgan sich momentan irritiert fühlte. Die Instinkte des Ex-Diplomaten erwachten zu plötzlichem Leben; er speicherte die Beobachtung für zukünftige Verwendung.

„Sicherlich nicht", sagte Morgan, und Radschasinghe erkannte einen unmißverständlichen Unterton der Bitterkeit in seiner Stimme. „Dr. Smith ist eine gute Idee. Aber jetzt – dürfte ich Ihre Konsole benützen?"

Interessant, dachte Radschasinghe, als er seinen Besucher in die Villa führte, aber wahrscheinlich ohne Bedeutung. Vorläufige Diagnose: Morgan war ein Mann, dem die Widrigkeiten des Lebens zugesetzt hatten, vielleicht sogar enttäuscht. Der Grund war schwer zu erkennen, da er den Ruf einer Koryphäe genoß. Was mehr hätte er sich noch wünschen können? Die Antwort lag auf der Hand. Radschasinghe kannte die Symptome nur zu gut; in seinem Fall jedoch war die Flamme des Eifers längst niedergebrannt.

„Ruhm ist der Sporn", rezitierte er in der Stille seiner Gedanken. Wie ging es noch weiter? *„Die letzte Schwäche noblen Geistes ... Verachte Freuden und mühe dich durch den Tag."*

So mußte es sein. Auf diese Weise ließ sich die Unzufriedenheit erklären, die die noch immer empfindlichen Antennen seines Geistes registriert hatten. Und plötzlich erinnerte er sich daran, daß der gewaltige Bogen, der Europa und Afrika miteinander verband, fast ohne Ausnahme *die Brücke* genannt wurde ... manchmal die Brücke von Gibraltar ... aber niemals: Morgans Brücke.

Also gut, Dr. Morgan, dachte Radschasinghe bei sich selbst, wenn Sie auf der Suche nach Ruhm sind, werden Sie ihn hier nicht finden. Warum also, in Dreiteufelsnamen, sind Sie hier, im friedlichen, kleinen Taprobane?

Die Brunnen

Tagelang hatten sich Elefanten und Sklaven in der grausamen Glut der Sonne abgemüht, hatten eine endlose Kette von Gefäßen die steile Felswand hinaufgeschafft. „Ist es vollendet?“ hatte der König immer wieder gefragt. „Nein, Majestät“, lautete die Antwort des Obersteinmetzen, „der Kessel ist noch nicht voll. Aber morgen vielleicht...“

Das Morgen war schließlich Wirklichkeit geworden. Der gesamte Hof versammelte sich in den Lustgärten unter Sonnenschirmen aus bunt gefärbtem Tuch. Der König ließ sich mit Palmwedeln anfächeln; sie wurden von Bittstellern geschwungen, die dem Kammerdiener für dieses riskante Privileg teures Geld hatten bezahlen müssen. Es handelte sich um eine Ehre, die ihnen Reichtümer oder auch den Tod einbringen mochte.

Aller Augen ruhten auf der glatten Steilung des Felsens und auf den winzigen Gestalten, die sich in der Höhe bewegten. Eine Fahne flatterte, weiter unten ertönte für kurze Zeit der Ruf eines Horns. Am Fuß des Felsens zerrten Arbeiter hektisch an Hebeln und Seilen. Aber lange Zeit hindurch blieb das Ergebnis ihrer Bemühungen unsichtbar.

Mißmut breitete sich über das Gesicht des Königs, und der Hofstaat begann zu zittern. Selbst die wedelnden Fächer wurden vorübergehend langsamer, bis die Palmwedelschwinger sich der Gefährlichkeit ihrer Lage bewußt wurden und die Arme wieder in raschere Bewegung versetzten. Dann hörte man einen lauten Schrei von den Arbeitern am

Fuß des Jakkagala – ein Schrei aus Freude und Triumph, der rasch näher rollte, während er von den Kehlen derer, die längs der blumengesäumten Pfade standen, aufgenommen und weitergegeben wurde. Zur gleichen Zeit näherte sich ein anderes Geräusch, nicht so laut, aber doch den Eindruck unwiderstehlicher, aufgestauter Kräfte vermittelnd, die auf ihr Ziel zueilten.

Eine nach der anderen, wie unter dem Zwang einer Zauberkraft aus der Erde berstend, sprangen die schlanken Wassersäulen dem wolkenlosen Himmel entgegen. In viermal Manneshöhe lösten sie sich zu Blumen aus Wasserstaub auf. Die Sonne durchleuchtete sie und erzeugte zahllose Regenbogen, die den Eindruck exotischer Schönheit noch deutlicher werden ließen. Noch nie zuvor hatten Menschenaugen ein solches Wunder zu sehen bekommen.

Der König lächelte, und die Höflinge wagten wieder zu atmen. Diesmal waren die unterirdischen Röhren unter dem Druck des Wassers nicht geborsten. Die Steinmetzen, von denen sie verlegt worden waren, hatten somit, zum Unterschied von ihren glücklosen Vorgängern, ebensoviel Aussicht, ein hohes Alter zu erreichen wie sonst jemand, der im Dienst des Königs Kalidasa stand.

Fast ebenso unmerklich wie die Sonne im Westen verloren die Fontänen an Höhe. Mit einemmal waren sie nur noch mannshoch; der mit soviel Mühe gefüllte Kessel war nahezu leer. Aber der König war zufrieden. Er hob die Hand; die Wasserstrahlen sanken und erhoben sich wieder, als machten sie vor dem Thron einen letzten Knicks, dann fielen sie endgültig in sich zusammen. Eine Zeitlang noch jagten sich kleine Wellen über die Oberfläche der schimmernden Teiche. Dann verschwanden auch sie, und die Teiche wurden wieder zu Spiegeln, in denen der Reflex des ewigen Felsens sich abbildete.

„Die Arbeiter haben gut gearbeitet", sagte Kalidasa. „Man gebe ihnen die Freiheit!"

Wie gut sie gearbeitet hatten, das freilich würde niemand je erfahren; denn keiner durfte an den einsamen Visionen des Künstlers und Königs teilnehmen. Kalidasas Blick überflog die sorgfältig gepflegten Gärten, die Jakkagala umgaben, und empfand mehr Zufriedenheit als je zuvor in seinem Leben.

Hier, am Fuß des Felsens, hatte er das Paradies entworfen und geschaffen. Jetzt blieb ihm nur noch, droben auf dem Gipfel den Himmel einzurichten.

Der Teufelsfelsen

Das geschickt zusammengestellte Feuerwerk aus Licht und Klang besaß noch immer die Kraft, Radschasinghe in den Tiefen seines Bewußtseins zu berühren, obwohl er es ein dutzendmal gesehen hatte und jeden einzelnen Programmtrick kannte. Das Schauspiel war selbstverständlich obligatorisch für jeden Besucher des Felsens, obwohl Kritiker wie Professor Sarath sich darüber beklagt hatten, es sei weiter nichts als eine Historienkonserve für Touristen. Aber eine Historienkonserve war immer noch besser als überhaupt keine Historie, und das Schauspiel würde herhalten müssen, während Sarath und seine Kollegen sich noch immer über die genaue Folge der Ereignisse stritten, die sich vor zweitausend Jahren hier abgespielt hatten.

Das kleine Amphitheater war der Westwand des Jakkagala zugewandt. Die zweihundert Sitze waren mit großer Sorgfalt so angebracht worden, daß jeder Zuschauer die Laserprojektionen gerade aus dem richtigen Winkel zu sehen bekam. Die Vorstellung begann das ganze Jahr hindurch stets um dieselbe Zeit – 19:00 Uhr, wenn der letzte Widerschein des ewig gleichen tropischen Sonnenuntergangs vom Himmel verschwand.

Es war schon so dunkel, daß man den Felsen nicht mehr sehen konnte. Er verriet seine Anwesenheit nur durch den riesigen Schatten, der die Sterne des frühen Abendhimmels ausblendete. Plötzlich drang aus der Dunkelheit der langsame Schlag einer gedämpften Trommel. Eine ruhige, leidenschaftslose Stimme begann zu sprechen:

„Dies ist die Geschichte eines Königs, der seinen Vater ermordete und seinerseits von den Händen seines Bruders starb. In der blutbefleckten Geschichte der Menschheit sind Vorgänge dieser Art nicht selten. Dieser König aber hinterließ ein bleibendes Denkmal – und eine Legende, die die Jahrhunderte überdauerte ...“

Radschasinghe warf Vannevar Morgan, der in der Dunkelheit zu seiner Rechten saß, einen verstohlenen Blick zu. Obwohl er sein Gesicht nur in Umrissen zu erkennen vermochte, sah er doch, daß sein Besucher bereits tief unter dem Eindruck der Erzählung stand. Zu seiner Linken fand er zwei weitere Gäste – alte Freunde aus den Zeiten seiner diplomatischen Tätigkeit – in gleicher Weise hingerissen. Er war gewiß, daß sie „Dr. Smith“ nicht erkannt hatten. Und wenn doch, dann waren sie zumindest bereit, den Täuschungsversuch stillschweigend zu akzeptieren.

„Sein Name war Kalidasa. Er ward geboren einhundert Jahre nach Christus in Ranapura, der Goldenen Stadt – Jahrhunderte hindurch die Hauptstadt der Könige von Taprobane. Aber es lag ein Schatten über seiner Geburt ...“

Die Musik wurde lauter, als Flöten und Saiteninstrumente sich den dumpfen Trommelschlägen beigesellten. Zusammen formten sie eine klagende und doch mächtige Melodie. Ein greller Lichtpunkt erschien plötzlich auf der Felswand. Er breitete sich aus – und plötzlich schien es, als ob ein Fenster in die Vergangenheit sich geöffnet hätte, um eine Welt zu enthüllen, die lebendiger und bunter war als das Leben selbst.

Die Darstellung, dachte Morgan, war vorzüglich. Er war froh, daß er wenigstens dieses eine Mal der Höflichkeit den

Vorrang gegenüber seiner Arbeitswut eingeräumt hatte. Er erlebte die Freude des Königs Paravana, als die Favoritin unter seinen Konkubinen ihn mit seinem erstgeborenen Sohn beschenkte – und begriff, warum seine Freude nicht wußte, ob sie wachsen oder schrumpfen sollte, als genau vierundzwanzig Stunden später die Königin selbst einen direkteren Thronanwärter zur Welt brachte. Obwohl er der Erstgeborene war, hatte Kalidasa nicht den ersten Anspruch auf den Thron. Die Tragödie bahnte sich an.

„Und doch waren in den frühen Jahren ihrer Kindheit Kalidasa und sein Halbbruder Malgara die besten Freunde. Sie wuchsen zusammen auf, ohne von der Rivalität zu ahnen, die das Schicksal ihnen vorbestimmt hatte, oder von den Ränken, die rings um sie geschmiedet wurden. Die erste Unruhe zwischen den beiden hatte absolut nichts mit dem Zufall der Geburtenreihenfolge zu tun. Sie rührte vielmehr von einem harmlosen, in Unschuld gegebenen Geschenk her.

Zum Hof des Königs Paravana kamen Gesandte, die aus vielen Ländern Tribut brachten: Seide von China, Gold von Indien, handgeschmiedete Rüstungen aus dem kaiserlichen Rom. Und eines Tages kam ein einfacher Jäger aus dem Dschungel in die große Stadt und brachte mit sich ein Geschenk, von dem er hoffte, daß es der königlichen Familie gefallen werde ...“

Ringsum hörte Morgan „ooh“ und „aah“ aus den Kehlen seiner unsichtbaren Mitzuschauer. Obwohl er selbst niemals eine Beziehung zu Tieren gehabt hatte, mußte er doch zugeben, daß der winzige, schneeweiße Affe, der sich so zutraulich in Prinz Kalidasas Arme kuschelte, überaus liebenswert war. Aus dem faltigen kleinen Gesicht starrten zwei unnatürlich große Augen durch die Jahrhunderte, und hinweg über den geheimnisvollen, aber nicht unüberbrückbaren Graben, der Mensch und Tier voneinander trennte.

„Die Chroniken sagen aus, daß man seinesgleichen noch nie zuvor gesehen hatte. Sein Haar war weiß wie Milch, seine Augen besaßen die Farbe der Rubine. Einige hielten ihn für ein gutes Omen – andere wiederum für ein schlechtes, denn Weiß ist die Farbe des Todes und der Trauer. Die Befürchtungen der letzteren waren nur allzu begründet.

Prinz Kalidasa liebte seinen kleinen Gespielen und nannte ihn Hanuman, nach dem tapferen Affengott des Ramajana. Des Königs Goldschmied baute einen kleinen goldenen Karren, in dem Hanuman feierlich thronte, während er zur Freude und Unterhaltung aller Zuschauer durch den Palast gezogen wurde.

Hanuman seinerseits liebte Kalidasa und ließ sich nur von ihm anfassen. Prinz Malgara erregte seine besondere Eifersucht – als ob er von der zukünftigen Rivalität ahne. Dann, eines unglückseligen Tages, biß er den Thronerben.

Der Biß war winzig, seine Folgen monumental. Ein paar Tage später wurde Hanuman vergiftet, ohne Zweifel auf Befehl der Königin. Das war das Ende von Kalidasas Kindheit. Danach, so sagt man, empfand er niemals mehr Zuneigung oder Vertrauen zu einem anderen Menschen. Und seine Liebe für Malgara verwandelte sich in bittere Feindschaft.

Dies war auch nicht die einzige Unruhe, die sich aus dem Tod eines kleinen Affen ergab. Auf Befehl des Königs baute man für Hanuman ein besonderes Grabmal in der traditionellen Gestalt des glockenförmigen Schreins, Dagoba genannt. Dies war eine ganz und gar ungewöhnliche Anordnung, die sofort den Widerstand der Mönche hervorrief.

Denn Dagobas durften nur für die Unterbringung von Buddha-Reliquien verwendet werden, und die Entscheidung des Königs erschien ihnen als ein Akt wohlüberlegten Frevels.

Das mag sehr wohl Paravanas wahres Motiv gewesen sein, denn er stand inzwischen unter dem Einfluß eines Hindu-Weisen und wandte sich allmählich gegen den buddhistischen Glauben. Obwohl Prinz Kalidasa noch viel zu jung war, um an diesem Konflikt teilzuhaben, richtete sich der Haß der Mönche alsbald gegen ihn. Damit begann eine Fehde, die in der nahen Zukunft das Königreich in Stücke reißen würde.

Wie so viele andere Geschichten, die die alten Chroniken von Taprobane erzählen, blieb auch diese zweitausend Jahre lang unbewiesen und war weiter nichts als eine hübsche Legende über Hanuman und den jungen Prinzen Kalidasa. Dann aber, im Jahre 2015, entdeckte eine Gruppe von Harvard-Archäologen das Fundament eines kleinen Schreins auf dem Gelände des alten Königspalasts von Ranapura. Der Schrein schien mit Absicht zerstört worden zu sein, denn sämtliches Mauerwerk oberhalb des Fundaments war verschwunden.

Die übliche Grabkammer im Innern des Fundaments war leer. Ihr Inhalt war offenbar schon vor Jahrhunderten geplündert worden. Aber die Harvard-Leute besaßen Instrumente, von denen die alten Schatzjäger sich niemals hätten träumen lassen. Die Neutrino-Analyse fand eine zweite Grabkammer, viel tiefer gelegen als die erste. Die obere diente lediglich der Tarnung und hatte ihre Aufgabe in vollem Umfang erfüllt. Die untere Kammer dagegen enthielt noch immer ihre Bürde aus Liebe und Haß, die sie über die Jahrhunderte hinweg getragen hatte – bis zu ihrem heutigen Ruheort im Museum von Ranapura.“

Morgan hatte sich zeit seines Lebens, und mit Recht, für einen unsentimentalen Verstandesmenschen gehalten, der den Böen der Emotion ohne Schwierigkeit standzuhalten vermochte. Und doch brannten ihm in diesem Augenblick die Augen vor lauter Tränen. Er fühlte sich verlegen und hoffte, daß keiner seiner Begleiter etwas davon merkte. Wie lächerlich, daß ein bißchen Musik und eine rührselige Geschichte eine derartige Wirkung auf einen vernünftigen Menschen haben sollte! Er hätte niemals geglaubt, daß der Anblick eines Kinderspielzeugs ihn zum Weinen bringen könnte.

Dann aber zuckte es wie ein Blitz durch seine Erinnerung und brachte einen Augenblick zurück, der vierzig Jahre in der Vergangenheit lag und ihm verständlich machte, warum er so tief bewegt war. Er sah seinen geliebten Drachen, der über den Wipfeln des Parks in Sydney, in dem er einen beträchtlichen Teil seiner Kindheit zugebracht hatte, hin und her wippte. Er fühlte die warme Sonne und den sanften Wind auf seinem nackten Rücken – den treulosen Wind, der plötzlich zu wehen aufhörte, so daß der Drachen abstürzte. Er verfing sich in den Zweigen der riesigen Eiche, von der man sagte, sie sei älter als das ganze Land, und er, ohne zu wissen, was er tat, hatte an der Kordel zu zerren begonnen, um den Drachen frei zu bekommen. Das war seine erste Lektion in Festigkeitslehre gewesen, und er hatte sie bis auf den heutigen Tag nicht vergessen.

Die Schnur war gerade in dem Augenblick gerissen, als er Erfolg zu haben glaubte. Der Wind hatte den Drachen mitgenommen. Er rollte träge durch den Sommerhimmel und verlor dabei ständig an Höhe. Er selbst war zum Ufer hinabgerannt und hatte gehofft, daß der Drachen noch auf dem Land herunterkommen würde. Aber der Wind dachte nicht daran, die Stoßgebete eines Jungen zu erhören.

Lange Zeit hatte er dagestanden und geweint, während die zusammengeknäulten Überreste seines Spielzeugs über die Wasserfläche des Hafens trieben, wie ein entmastetes Segelboot, und hinaus auf das Meer zu, bis er sie nicht mehr sehen konnte. Das war eine jener trivialen Tragödien gewesen, die die Kindheit eines Menschen formen, ob er sich nun an sie erinnert oder nicht.

Aber was Morgan verloren hatte, war nur ein lebloses Spielzeug gewesen. Seine Tränen waren die der Hilflosigkeit gewesen, nicht der Trauer. Prinz Kalidasa hatte einen wesentlich überzeugenderen Grund, unglücklich zu sein. In dem kleinen goldenen Karren, der noch immer so aussah, als sei er eben erst aus der Werkstatt des Goldschmieds gekommen, lag ein Häuflein winziger, weißer Knochen.

Morgan versäumte einen Abschnitt des Vortrags. Als er sich die Tränen endlich aus den Augen gewischt hatte, waren ein Dutzend Jahre vergangen, und ein komplexer Familienstreit wickelte sich ab. Er verstand nicht ganz, wer von wem umgebracht wurde. Aber als die Armeen aufhörten, Blutbäder untereinander anzurichten, und der letzte Dolch aus der Wunde eines Gemeuchelten gezogen war, da befanden sich Kronprinz Malgara und die Königinmutter auf der Flucht nach Indien. Kalidasa hatte sich des Thrones bemächtigt und seinen Vater in den Kerker gesteckt.

Der Usurpator hatte Paravana nicht etwa aus Sohnesliebe verschont, sondern weil er glaubte, daß der alte König einen geheimen Schatz besitze, den er für Malgara aufheben wollte. Solange Kalidasa daran glaubte, war Paravana sicher. Das wußte dieser. Aber schließlich wurde er des Versteckspielens müde.

„Ich will dir meinen wahren Reichtum zeigen", sagte er zu seinem Sohn. „Gib mir einen Wagen, und ich bringe dich hin."

Auf seiner letzten Reise fuhr Paravana – ungleich Hanuman – in einem uralten Ochsenkarren. Die Chroniken berichten, daß eines der Räder defekt war und die ganze Zeit über quietschte. Diese bedeutungslose Einzelheit mußte wahr sein; es hätte sich kein Chronist die Mühe gemacht, sie zu erfinden.

Kalidasa war sehr überrascht, als sein Vater ihn zu dem künstlichen See brachte, von dem aus die Felder des Königreichs bewässert wurden. Den größten Teil seiner Regierungszeit hatte er damit verbracht, dieses Werk zu vollenden. Er schritt am Ufer der gewaltigen Wasserfläche entlang und musterte die Statue, die ihn selbst in doppelter Lebensgröße darstellte.

„Leb wohl, alter Freund", sagte er zu dem Steinbildnis, das die Macht und den Ruhm seiner Vergangenheit verkörperte und das für immer in seinen Händen eine Karte des Binnenmeers hielt. „Beschütze mein Erbe!"

Dann stieg er, wobei Kalidasa und seine Wachen ihn scharf im Auge behielten, die Stufen zum See hinab. Er hielt an der Wasserfläche nicht inne, sondern schritt hinaus, bis ihm das Wasser zur Hüfte reichte. Er fing ein wenig Flüssigkeit mit den Händen auf und schleuderte sie rückwärts über die Schulter. Dann wandte er sich voller Stolz und Triumph Kalidasa zu.

„Hier, mein Sohn", schrie er und deutete dabei auf die meilenweite Fläche reinen, lebensspendenden Wassers hinaus, „hier liegt all mein Reichtum!"

„Tötet ihn!" brüllte Kalidasa, halb von Sinnen vor Wut und Enttäuschung.

Die Soldaten gehorchten.

Also wurde Kalidasa der Herrscher von Taprobane, für einen Preis, den wenige Menschen zu entrichten bereit gewesen wären. Denn er lebte, wie die Chroniken berichten, ständig in Furcht „vor der nächsten Welt und vor seinem Bruder“. Früher oder später würde Malgara zurückkehren und seinen Anspruch auf den Thron anmelden.

Ein paar Jahre lang hielt Kalidasa, wie die Könige vor ihm, Hof in Ranapura. Dann verließ er die königliche Hauptstadt aus Gründen, über die die Geschichte sich ausschweigt, und wandte sich dem abgelegenen Monolithen Jakkagala zu, vierzig Kilometer weit von Ranapura und mitten im Dschungel. Einige meinten, er sei auf der Suche nach einer uneinnehmbaren Festung, die ihn vor der Rache seines Bruders schützen werde. Am Ende aber verzichtete er auf den Schutz, den sie ihm bot – und, wenn es wirklich nur eine Festung hätte sein sollen, warum war dann Jakkagala von Lustgärten umgeben, deren Anlage mindestens soviel Aufwand verschlungen haben muß wie die Mauern und der Wassergraben? Und vor allen Dingen: Wozu die Fresken?

Als der Kommentator diese Frage stellte, materialisierte die gesamte Westwand des Felsens aus der Dunkelheit – nicht in ihrem derzeitigen Zustand, sondern so, wie sie vor zweitausend Jahren ausgesehen haben mußte. Eine Fläche, die einhundert Meter über dem Boden begann und sich quer über die Felswand erstreckte, war geebnet und mit Tünche bestrichen worden. Auf die Tünche aber hatte man viele Dutzende schöner Frauen gemalt, lebensgroß, von der Taille an aufwärts. Einige waren im Profil dargestellt, andere frontal, und alle Darstellungen folgten demselben Grundmuster.

Von ockerfarbener Haut und mit voluptuösen Brüsten ausgestattet, waren sie entweder nur in Geschmeide oder zusätzlich in hauchdünne, durchsichtige Gewänder gekleidet. Manche trugen komplizierte, hoch aufragende Frisuren, andere, so schien es, Kronen. Viele hielten Schüsseln mit Blumen, andere wiederum einzelne Blüten. Obwohl etwa die Hälfte von ihnen von dunklerer Hautfarbe war, waren sie nicht weniger exquisit geschmückt und frisiert.

„Einst gab es mehr als zweihundert Gestalten. Aber die Regen und die Winde der Jahrhunderte haben sie alle bis auf zwanzig, die durch einen Felsüberhang geschützt sind, zerstört ...“

Das Bild glitt näher. Eine nach der anderen traten die letzten Überlebenden aus Kalidasas Traum aus der Dunkelheit hervor, zu der abgedroschenen, aber äußerst zutreffenden Melodie von Anitras Tanz. Obwohl die Erosion, der Zerfall und sogar Vandalen an ihnen gearbeitet hatten, war von ihrer Schönheit durch die Zeitalter hinweg nichts verlorengegangen. Die Farben bewahrten ihre Frische, unangefochten von dem grellen Licht der mehr als einer halben Million Sonnentage, die seit Kalidasas Zeit verstrichen waren. Mochten sie Göttinnen oder nur einfach Frauen sein – sie hatten die Legende des Felsens lebendig erhalten.

„Niemand weiß, wer sie waren, was sie darstellten und warum ihre Bildnisse mit soviel Mühe an einem derart unzugänglichen Ort angebracht wurden. Die bevorzugte Hypothese lautet, daß es sich um himmlische Wesen handelt und daß Kalidasas Tätigkeit hier darauf abzielte, einen Himmel auf der Erde zu schaffen, mit den dazugehörigen Göttinnen. Vielleicht hielt er sich für einen Gottkönig wie weiland die ägyptischen Pharaonen; vielleicht erklärt das, warum er sich das Bildnis der Sphinx borgte, um den Zugang zu seinem Palast zu schützen ...“

Das Bild wechselte jetzt und zeigte den Felsen aus der Ferne, wie er sich in dem kleinen See an seinem Fuß spiegelte. Das Wasser war in Bewegung, die Umrisse Jakkagalas gerieten ins Schwimmen und lösten sich auf. Als das Wasser sich beruhigte und das Bild von neuem entstand, da war der Felsen von Mauern, Zinnen und Türmen gekrönt, die die gesamte Oberfläche des Gipfels bedeckten. Man konnte sie nicht deutlich sehen. Sie blieben auf tantalisierende Art und Weise verschwommen, wie Bilder eines Traumes. Niemand würde je wissen, wie Kalidasas Palast in der Höhe wirklich ausgesehen hatte, bevor er von jenen zerstört wurde, die jegliche Erinnerung an den König tilgen wollten.

„Und dort lebte er, fast zwanzig Jahre lang, auf den Untergang wartend, von dem er wußte, daß er kommen werde. Seine Späher müssen ihm mitgeteilt haben, daß Malgara mit Unterstützung der Könige Südindiens seine Armeen in aller Ruhe mobil machte.

Und schließlich zog Malgara heran. Von der Höhe des Felsens aus beobachtete Kalidasa die Eindringlinge, die sich aus dem Norden näherten. Vielleicht hielt er seine Position für uneinnehmbar; aber auf eine Probe ließ er es nicht ankommen. Er verließ die Sicherheit seiner mächtigen Festung und ritt nordwärts, um auf dem neutralen Boden zwischen den beiden Armeen mit seinem Bruder zusammenzutreffen. Man würde jedes erdenkliche Opfer bringen, um zu erfahren, welche Worte die beiden Männer bei ihrer letzten Begegnung sprachen. Einige behaupten, sie umarmten einander, bevor sie sich trennten. Das mag so gewesen sein.

Dann trafen die Armeen aufeinander wie die Wellen der See. Kalidasa focht auf eigenem Boden, mit Männern, die das Land kannten, und zuerst erschien es sicher, daß der

Sieg ihm gehören werde. Aber dann ereignete sich einer jener Zufälle, die recht oft über das Schicksal von Völkern entscheiden.

Kalidasas großer Kriegselefant, mit den königlichen Bannern bedeckt, wandte sich seitwärts, um einem Stück sumpfigen Grundes auszuweichen. Die Verteidiger glaubten, der König ziehe sich zurück. Der Mut verließ sie. Sie liefen nach allen Richtungen davon, wie Streu vor dem Wind, sagen die Chroniken.

Kalidasa wurde auf dem Schlachtfeld gefunden, gefallen durch die eigene Hand. Malgara wurde König. Jakkagala aber überließ man dem Dschungel, der sein Geheimnis siebzehnhundert Jahre lang wahrte.“

Durchs Fernglas

„Mein geheimes Laster“, nannte es Radschasinghe mit Belustigung, aber auch mit Bedauern. Es war Jahre her, seit er den Jakkagala zum letzten Mal bestiegen hatte. Er hätte zwar zum Gipfel hinauffliegen können, wann immer er wollte, aber das vermittelte ihm nicht das Gefühl, eine Leistung vollbracht zu haben. Wer auf dem leichten Weg dort hinaufgelangte, der versäumte die faszinierenden Einzelheiten der Architektur, mit denen der Pfad geschmückt war. Niemand konnte Kalidasas Gedanken zu verstehen hoffen, ohne seinen Schritten von den Lustgärten bis hinauf zu seinem Luftschloß zu folgen.

Immerhin gab es einen Ersatz, mit dem sich ein alternder Mann notfalls zufriedenstellen ließ. Vor Jahren hatte Radschasinghe ein kompaktes, leistungsfähiges 20-cm-Teleskop erworben. Mit seiner Hilfe konnte er die gesamte Westwand des Felsens bewandern und den Pfad verfolgen, den er so oft in der Vergangenheit geklettert war. Wenn er durchs Fernglas sah, fiel es ihm leicht, sich einzubilden, er hänge frei in der Luft, so nahe an der granitenen Wand, daß er nur die Hand auszustrecken brauchte, um sie zu berühren.

An späten Nachmittagen, wenn die Strahlen der westlichen Sonne bis unter den Felsüberhang hinabreichten, stattete Radschasinghe oft den Fresken einen Besuch ab und machte den Damen des Hofes seine Aufwartung. Obwohl sie ihm alle gefielen, hatte er seine Favoritinnen. Manchmal sprach er zu ihnen und gebrauchte dabei die archaischsten Worte und Konstruktionen, die ihm einfielen – und wußte dabei, daß selbst sein ältestes Taprobani für die Frauengestalten noch tausend Jahre in der Zukunft lag.

Außer den Toten beobachtete er aber auch die Lebenden. Es amüsierte ihn, ihre Reaktionen zu analysieren, während sie sich den Felsen hinaufmühten, auf dem Gipfel Bilder voneinander machten oder die Fresken bewunderten. Sie hatten keine Ahnung, daß sie von einem unsichtbaren – und neidischen – Zuschauer begleitet wurden, der sich mühelos neben ihnen her bewegte wie ein schweigender Geist, so nahe, daß er jede Einzelheit ihres Gesichtsausdrucks, ihrer Kleidung sehen konnte. Denn das Glas war in der Tat so vorzüglich, daß er die Unterhaltungen der Touristen hätte mit anhören können, wenn er des Lippenlesens fähig gewesen wäre.

Diese Neigung konnte nicht als krankhaft bezeichnet werden, und sein kleines Laster war auch keineswegs ein Geheimnis, denn er teilte es bereitwillig mit seinen Besuchern. Das Fernglas war vorzüglich dazu geeignet, einen Fremden mit Jakkagala vertraut zu machen, und versah auch sonst eine Reihe nützlicher Funktionen. Mehrmals schon hatte Radschasinghe die Parkwächter auf Fälle versuchter Souvenirjagd aufmerksam machen können, und man hatte mehr als einen baß erstaunten Touristen dabei überrascht, wie er seine Initialen in die Felswand kratzte.

Radschasinghe benützte das Glas nur selten am Morgen, weil dann die Sonne auf der anderen Seite Jakkagalas stand und auf der schattigen Westwand nur wenig zu sehen war. Soweit er sich erinnerte, hatte er es noch niemals so kurz nach der Dämmerung gebraucht, während er noch die ergötzliche örtliche Sitte des „Tee-im-Bett“ genoß, die vor dreihundert Jahren von den europäischen Pflanzern eingeführt worden war. Als er heute aber durch die große Glastür sah, die ihm einen Ausblick auf nahezu den gesamten Umfang des Jakkagala gestattete, sah er zu seinem Staunen eine winzige Gestalt, die sich über das Gipfelplateau bewegte. Besucher kletterten niemals so früh den Felsen hinauf – selbst der Aufzug zu den Fresken würde erst in einer Stunde in Betrieb genommen werden. Radschasinghe fragte sich, wer der Frühaufsteher wohl sein möge.

Er glitt aus dem Bett, stieg in den farbenfrohen Batik-Sarong und schritt hinaus auf die Veranda. Dort war das Teleskop auf einem soliden Steinsockel montiert. Während er in Gedanken wenigstens zum fünfzigsten Mal vermerkte, daß er eine neue Staubhülle für das Gerät kaufen müsse, schwang er das gedrungene Rohr in Richtung des Felsens.

„Ich hätte es mir denken können!" sprach er zu sich selbst, nicht ohne Genugtuung, als er auf hohe Vergrößerung geschaltet hatte. Also hatte die Vorstellung der vergangenen Nacht Morgan *doch* beeindruckt! Der Ingenieur überzeugte sich mit eigenen Augen, wie Kalidasas Architekten der Herausforderung begegnet waren, mit der man sie konfrontiert hatte.

Dann bemerkte Radschasinghe etwas, das ihn störte. Morgan bewegte sich mit forschem Schritt unmittelbar am Rand des Felsens entlang, nur wenige Zentimeter von dem senkrechten Absturz entfernt, dem nur wenige Touristen sich zu nähern wagten. Nur wenige hatten den Mut, auch nur auf dem Elefantenthron zu sitzen, mit den Beinen über dem Abgrund baumelnd. Morgan aber kniete tatsächlich neben dem Thron, hielt sich mit einem Arm lässig an den Ornamenten fest und beugte sich weit hinaus in das Nichts, während er die Felsfläche unter sich studierte. Radschasinghe hatte sich an hohen Orten, selbst an so vertrauten wie Jakkagala, niemals wohl gefühlt. Er konnte es kaum ertragen, dem Ingenieur zuzusehen.

Nach ein paar Minuten ungläubigen Beobachtens kam er zu dem Schluß, Morgan müsse einer jener seltenen Menschen sein, denen Höhen absolut nichts ausmachen. Radschasinghes Erinnerung, die noch immer vorzüglich war, aber ihm mitunter einen Trick spielte, versuchte, ihm etwas bewußt zu machen. War da nicht ein Franzose gewesen, der auf einem Seil die Niagarafälle überquert hatte? In der Mitte hatte er sogar haltgemacht, um sich eine Mahlzeit zuzubereiten! Wenn der Fall nicht so ausgiebig dokumentiert gewesen wäre, hätte Radschasinghe nie geglaubt, daß es so etwas geben könne.

Da war aber noch etwas, an das er sich in diesem Zusammenhang hätte erinnern sollen – ein Vorfall, der mit Morgan selbst zu tun hatte. Was konnte es sein? Morgan ... Morgan ... bis vor einer Woche noch hatte er so gut wie nichts über den Mann gewußt ...

Ja, *das* war's! Es hatte eine Meinungsverschiedenheit gegeben, die die Nachrichtenmedien einen Tag lang oder so amüsierte. Das mußte auch das erste Mal gewesen sein, daß er Morgans Namen hörte.

Der Chefingenieur der geplanten Gibraltar-Brücke hatte eine staunenerregende Ankündigung gemacht. Da alle Fahrzeuge auf der Brücke der automatischen Funksteuerung unterlagen, war das Anbringen von Mauern oder Geländern an den Seiten der Brücke absolut nutzlos. Durch ihren Wegfall ließen sich Tausende von Tonnen einsparen. Natürlich hielt jedermann dies für eine ausgesprochen fürchterliche Idee. Was würde geschehen, verlangte die Öffentlichkeit zu wissen, wenn das Leitsystem eines Fahrzeugs ausfiel und das Fahrzeug auf den Brückenrand zuhielt? Der Chefingenieur hatte die passenden Antworten parat, eher sogar zu viele Antworten.

Wenn das Leitsystem versagte, dann würden, wie jedermann wußte, die Bremsen automatisch in Tätigkeit treten und das Fahrzeug in weniger als einhundert Metern zum Stehen bringen. Nur auf den äußersten Fahrbahnen bestand überhaupt die Möglichkeit, daß ein Fahrzeug über den Rand kippen könne. Dazu war nötig, daß Funksteuerung, Sensoren und Bremsen gleichzeitig und total versagten. Ein solcher Fall könnte einmal alle zwanzig Jahre eintreten.

Bis dahin, gut. Aber dann fügte der Chefingenieur noch etwas hinzu. Womöglich war es nicht für eine Veröffentlichung gedacht; möglicherweise sagte er es halb im Spaß. Aber die Welt hörte ihn äußern, daß er, wenn ein solcher Unfall sich wirklich ereignen sollte, um so froher sein werde, je schneller das Fahrzeug über den Rand kippte, damit ja an seiner schönen Brücke nicht allzuviel Schaden entstand.

Natürlich bekam die Brücke ihr Geländer – stählerne Reflektorkabel entlang der äußeren Fahrbahnen – und soweit Radschasinghe wußte, war bis jetzt noch niemand ins Mittelmeer gefallen. Morgan allerdings schien nach der Art eines Selbstmörders entschlossen, sich hier auf Jakkagala der Schwerkraft zu opfern; anders ließen sich seine Handlungen nicht erklären.

Was hatte er jetzt schon wieder vor? Er kniete neben dem Elefantenthron und hielt eine kleine, rechteckige Schachtel in der Hand, von der Form und Größe eines altmodischen Buches. Radschasinghe bekam sie nur zum Teil zu sehen, und die Art und Weise, wie Morgan mit ihr umging, ergab überhaupt keinen Sinn. Möglicherweise handelte es sich um ein Analysegerät, obwohl nicht einzusehen war, warum der Ingenieur an der Zusammensetzung des Jakkagala interessiert sein sollte.

Wollte er dort oben etwas bauen? Nicht daß man es ihm

erlaubt hätte, natürlich, und Radschasinghe konnte sich auch nicht vorstellen, welche Anziehungskraft der luftige Bauplatz ausüben könne. Die größenwahnsinnigen Könige waren selten geworden. Überdies erschien es ihm sicher, daß Morgan vor seinem Besuch in Taprobane nie von Jakkagala gehört hatte. Er schloß das aus den Reaktionen des Ingenieurs am vergangenen Abend.

Dann aber stieß Radschasinghe, der auf seine Selbstbeherrschung auch in den dramatischsten und unerwartetsten Lagen stolz war, einen unfreiwilligen Schreckensschrei aus. Vannevar Morgan war soeben höchst lässig rückwärts über den Rand des Felsens getreten, ins Leere hinaus.

Der Künstler

„Bringt den Perser zu mir!“ sprach Kalidasa, als er wieder zu Atem gekommen war. Der Aufstieg von den Fresken zum Elefantenthron war nicht schwierig, und vor allen Dingen war er jetzt völlig sicher, seitdem die Treppe, die an der Außenseite des Felsens hinabführte, eine Seitenwand erhalten hatte. Aber er war ermüdend. Wieviel Jahre noch, fragte sich Kalidasa, würde er diesen Ausflug ohne Hilfe unternehmen können? Natürlich hätte er sich von Sklaven tragen lassen können; aber das widersprach der Würde der Krone. Außerdem war es ein unerträglicher Gedanke, daß unberufene Augen die einhundert Göttinnen und die wiederum einhundert und ebenso schönen Dienerinnen zu sehen bekommen sollten, die den Hofstaat seines himmlischen Palasts bildeten.

Von jetzt an würde Tag und Nacht ein Wachtposten am Eingang zur Treppe stehen, die die einzige Verbindung zwischen dem Palast und Kalidasas Privathimmel bildete. Nach zehn Jahren der Mühe war sein Traum nunmehr in Erfüllung gegangen. Ganz gleich, welche Widersprüche die eifersüchtigen Mönche auf ihrem Berggipfel erheben mochten: Er war ein Gott!

Trotz seiner vielen Jahre in der Sonne von Taprobane war der Perser noch immer so hellhäutig wie ein Römer. Als er sich jetzt vor dem König verbeugte, erschien er diesem sogar noch blasser als sonst, und außerdem unruhig. Kalidasa musterte ihn nachdenklich und schenkte ihm, was sehr selten vorkam, ein Lächeln der Anerkennung.

„Du hast gute Arbeit geleistet, Perser“, sagte er. „Gibt es auf der Welt einen Künstler, der seine Sache hätte besser machen können?“

In Firdaz’ Bewußtsein stritt die Vorsicht mit dem Stolz, bevor er zögernd antwortete:

„Ich kenne keinen, Majestät.“

„Und habe ich dich gut bezahlt?“

„Ich bin sehr zufrieden.“

Das, dachte Kalidasa, entsprach wohl kaum der Wahrheit. Der Perser hatte ständig um mehr Geld, mehr Helfer und um teure Materialien gebeten, die nur in fernen Ländern zu haben waren. Aber von Künstlern konnte man kein wirtschaftliches Verständnis erwarten. Firdaz hatte keine Ahnung, wie sehr der königliche Schatz infolge der atemberaubenden Kosten des Palasts und seiner Umgebung geschrumpft war.

„Und jetzt, da deine Arbeit hier beendet ist, wonach begehrst du?“

„Euer Majestät mögen mir erlauben, nach Isfahan zurückzukehren, damit ich mein Volk wiedersehe.“

Das war die Antwort, die Kalidasa erwartet hatte. Die Entscheidung, die jetzt getroffen werden mußte, erfüllte ihn mit aufrichtigem Bedauern. Aber es gab einfach zu viele Könige längs des Weges nach Persien, die sich den Meisterkünstler von Jakkagala mit gierigen Fingern greifen würden. Der Schönheit der gemalten Göttinnen auf der Westwand aber durfte niemals eine Herausforderung entstehen.

„Es gibt da noch ein Problem“, sagte er tonlos, woraufhin Firdaz noch bleicher wurde und seine Schultern hängen ließ. Als König hätte Kalidasa keine Erklärung abzugeben brauchen; aber hier sprach ein Künstler zum andern. „Du hast mir geholfen, ein Gott zu werden. Die Kunde davon wurde in viele Länder getragen. Wenn du den Bereich verläßt, in dem ich dich schützen kann, wirst du anderen in die Hände fallen, die ähnliche Forderungen an dich stellen."

Der Künstler antwortete nicht sofort. Einen Augenblick lang war nur das Stöhnen des Windes zu hören, der sich wie immer über das Hindernis in seinem Weg beklagte. Dann sprach Firdaz mit so matter Stimme, daß Kalidasa ihn kaum verstehen konnte: „Ich darf also nicht abreisen?"

„Du sollst reisen, beladen mit genug Reichtum, daß er dir für den Rest deines Lebens langt. Aber nur unter der Bedingung, daß du niemals für einen anderen Fürsten arbeitest."

„Das Versprechen will ich gerne geben", erwiderte Firdaz mit unangemessener Hast.

Traurig schüttelte Kalidasa den Kopf. „Ich habe gelernt, dem Wort von Künstlern nicht zu trauen", sagte er, „besonders wenn sie sich nicht mehr in meinem Land befinden. Ich werde daher das Versprechen erzwingen müssen."

Plötzlich sah Firdaz gar nicht mehr so unsicher aus, was Kalidasa überraschte. Es war fast, als habe er eine schwerwiegende Entscheidung getroffen und damit das Unbehagen von sich gestreift.

„Ich verstehe", sagte er, wobei er sich zu voller Größe aufrichtete. Dann wandte er mit einem Ruck dem König den Rücken zu, als ob sein königlicher Herr nicht mehr existiere, und starrte geradewegs in die glutende Sonne.

Die Sonne, das wußte Kalidasa, war die Gottheit der Perser, und die Worte, die Firdaz jetzt murmelte, mußten ein Gebet in seiner eigenen Sprache sein. Es gab schlimmere Götter, und der Künstler starrte in die blendende Scheibe, als sei sie das letzte, was er je zu sehen erwartete ...

„Haltet ihn!" schrie der König.

Die Wachen stürzten auf den Perser zu, aber sie kamen zu spät. Obwohl blind infolge der zerstörerischen Sonnenglut, bewegte sich Firdaz äußerst zielbewußt. Mit drei Schritten erreichte er die niedrige Mauer und sprang über sie hinweg. Er gab kein Geräusch von sich, während er den schier endlosen Fall tat, hinab zu den Gärten, an deren Planung er so viele Jahre gearbeitet hatte, noch hörte man ein Echo, als der Architekt von Jakkagala am Fuß seines Meisterwerks aufschlug.

Viele Tage lang war Kalidasa untröstlich; aber seine Trauer verwandelte sich in Zorn, als der letzte, nach Isfahan adressierte Brief des Persers abgefangen wurde. Jemand hatte Firdaz gewarnt, daß man ihn blenden werde, sobald sein Werk vollendet war. Das aber war eine verdammungswürdige Lüge. Kalidasa brachte nie in Erfahrung, von wem die Warnung ausgegangen war, obwohl nicht wenige aus seiner Umgebung eines langsamen Todes starben, bevor ihre Unschuld bewiesen wurde. Es stimmte ihn traurig, daß der Perser eine solche Unwahrheit geglaubt hatte. Hätte er sich nicht sagen müssen, daß ein Künstler dem andern niemals das Augenlicht raubt?

Denn Kalidasa war weder grausam noch undankbar. Er hätte Firdaz mit Gold beladen – oder doch wenigstens mit Silber – und ihm Diener mit auf den Weg gegeben, die ihm bis an sein Lebensende zu Diensten gewesen wären. Er hätte die Hände niemals wieder zu rühren brauchen und sich schon bald an ihren Verlust gewöhnt.

Der Palast des Gottkönigs

Vannevar Morgan hatte eine unruhige Nacht hinter sich, und das war überaus ungewöhnlich. Er war ein selbstbewußter Mann und machte es sich zur Gewohnheit, seine inneren Motive und Emotionen zu kennen. Wenn er nicht schlafen konnte, dann wollte er wissen warum.

Während er das erste Dämmerlicht die Decke seines Hotelzimmers entlangkriechen sah und auf die glockenähnlichen Rufe exotischer Vögel lauschte, brachte er seine Gedanken in Ordnung. Er hätte es niemals bis zum leitenden Ingenieur bei Terran Construction gebracht, wenn er nicht die Fähigkeit bessen hätte, sein Leben so einzurichten, daß es nicht zu Überraschungen kam. Obwohl niemand gegen die Launen des Zufalls und des Schicksals gefeit sein konnte, hatte er es mit den geeigneten Vorsichtsmaßnahmen doch so weit gebracht, daß seine Karriere und vor allen Dingen sein Ruf einigermaßen gesichert waren. Er war bezüglich seiner Zukunft so zuversichtlich, wie es ein Mensch nur sein konnte. Selbst wenn er auf der Stelle tot umfiel, würden die Programme, die er in seiner Computerbank gespeichert hatte, seinen geliebten Traum bis über das Grab hinaus beschützen.

Bis gestern war ihm der Name Jakkagala völlig fremd gewesen. Mehr noch: Bis vor ein paar Wochen wußte er nur wenig über Taprobane, bis seine Suche ihn mit unausweichlicher Logik auf die Insel hinsteuerte. Um diese Zeit hätte er schon längst wieder unterwegs sein sollen; dabei hatte seine Mission noch nicht einmal begonnen. Daß sein

Terminplan durcheinandergeriet, machte ihm wenig aus. Was ihn störte, war der Eindruck, daß er von Kräften gelenkt wurde, die sich seinem Verständnis entzogen. Doch war ihm das Gefühl, unter dem Einfluß einer fremden Macht zu stehen, nicht fremd. Er hatte es zuvor erfahren, als er seinen verlorenen Drachen im Kiribilli-Park steigen ließ, neben den grauen Monolithen, die einstmals die Pfeiler der längst zerstörten Hafenbrücke von Sydney gewesen waren.

Jene zwei Felsen hatten seine Kindheit beherrscht und sein Schicksal bestimmt. Vielleicht wäre er sowieso ein Ingenieur geworden; aber durch den Zufall seines Geburtsorts war festgelegt worden, daß er ein Brückenbauer sein werde. So kam es, daß er als erster zu Fuß von Marokko nach Spanien ging, drei Kilometer hoch über den Wassern des Mittelmeers. Nicht im Traum hätte er in jenem Augenblick des Triumphs an die weitaus größere Herausforderung gedacht, die später auf ihn zukommen würde.

Wenn er die Aufgabe löste, die ihm jetzt gestellt war, dann würde sein Ruhm Jahrhunderte überdauern. Schon jetzt waren Verstand, Körper und Willenskraft bis aufs äußerste angespannt. Er hatte keine Zeit für müßige Zerstreuung. Aber die Leistungen eines Ingenieur-Architekten, der seit zweitausend Jahren tot war und einer absolut fremden Kultur angehörte, hatten ihn fasziniert. Außerdem lockte ihn Kalidasas Geheimnis. Welches Ziel verfolgte er, als er diese Anlagen errichtete? Der König mochte ein Ungeheuer gewesen sein; aber etwas in seinem Charakter brachte eine Saite in Morgans Gemüt zum Schwingen.

Der Sonnenaufgang war erst in dreißig Minuten; es blieben ihm noch zwei Stunden bis zum Frühstück mit Botschafter Radschasinghe. Das reichte. Zudem würde sich eine weitere Gelegenheit womöglich nie ergeben.

Morgan verstand es, Zeit zu sparen. Hose und Pullover hatte er in weniger als einer Minute an. Die sorgfältige Auswahl des Schuhwerks dauerte dagegen wesentlich länger. Es war Jahre her, seit er ernsthafte Klettertouren unternommen hatte, aber trotzdem gehörten zu seiner Standardausrüstung ein paar feste, aber leichte Stiefel. In seinem Beruf fand er für sie häufigen Gebrauch. Er hatte die Zimmertür schon hinter sich geschlossen, als ihm plötzlich noch etwas einfiel. Einen Augenblick lang stand er zögernd im Gang. Dann lächelte er und hob die Schultern. Man wußte nie … – und außerdem konnte es nichts schaden.

Morgan kehrte in das Zimmer zurück, öffnete seinen Koffer und entnahm ihm eine kleine, flache Schachtel, die etwa die Größe und Form eines Taschenrechners besaß. Er prüfte die Ladung der Batterien und die manuelle Steuerfunktion, dann befestigte er das Gerät an dem Schloß seines Gürtels. Jetzt war er für den Vorstoß in Kalidasas gespenstisches Königreich vorbereitet, und gewappnet gegen alle Dämonen, die darin hausen mochten.

Die Sonne stieg auf und übergoß ihn mit wohltuender Wärme, als Morgan durch die Lücke in der mächtigen Mauer schritt, die die äußere Verteidigungslinie der Festung darstellte. Vor ihm, von einem engen Steinsteg überbrückt, lag das stille Wasser des großen Grabens, der sich geradlinig zu beiden Seiten je einen halben Kilometer weit erstreckte. Eine kleine Flotte von Schwänen glitt voller Erwartung durch das Schilf auf ihn zu und schwamm indigniert wieder davon, als offenbar wurde, daß er kein Futter brachte. Auf der anderen Seite des Steges gelangte er an eine niedrigere Mauer, die er mit Hilfe einer in das Mauerwerk eingearbeiteten Treppe überstieg. Danach lagen die Lustgärten unmittelbar vor ihm, und im Hintergrund erhob sich der mächtige, senkrecht ansteigende Felsen.

Die Springbrunnen entlang der Mittelachse der Gärten hoben und senkten sich in trägem Rhythmus, als ob sie alle im gleichen langsamen Takt atmeten. Kein menschliches Wesen war in Sicht. Das ganze verwunschene Reich gehörte ihm allein. Auch während der siebzehnhundert Jahre, die zwischen Kalidasas Tod und der Wiederentdeckung durch Archäologen des neunzehnten Jahrhunderts verstrichen und in denen der Dschungel sie überwucherte, war die Stadtfestung nicht verlassener gewesen als in diesem Augenblick.

Morgan schritt die Reihe der Brunnen entlang und spürte ihren Sprühregen auf der Haut. Einmal blieb er stehen, um die herrliche Steinmetzarbeit der Rinnen zu bewundern, die das überschüssige Wasser aufnahmen. Er fragte sich, wie die Hydraulik-Ingenieure des Altertums das Wasser in die nötige Höhe gebracht hatten, um die Brunnen zu betreiben, und mit welchen Drücken sie zu manipulieren verstanden. Die senkrecht aufsteigenden Wasserstrahlen mußten denen, die sie als erste zu Gesicht bekamen, in der Tat wunderbar erschienen sein.

Jetzt lag vor ihm eine steile Flucht granitener Stufen, deren Trittfläche so unbequem eng war, daß Morgans Stiefel kaum darauf paßten. Hatten die Leute, die diesen außerordentlichen Palast bauten, wirklich so kleine Füße, fragte er sich. Oder war es ein schlauer Einfall des Architekten, um unfreundliche Besucher abzuwimmeln? Für Soldaten wäre es sicherlich schwierig gewesen, diesen sechzig Grad steilen Hang zu stürmen – auf Stufen, die für Liliputaner gemacht waren.

Es kam eine kleine Plattform, dann noch einmal eine Treppenflucht, genauso beschaffen wie die erste. Schließlich fand sich Morgan in einer langen, sanft ansteigenden Galerie, die in die Flanke des Felsens geschnitten war. Er war jetzt bereits fünfzig Meter oberhalb der Ebene, aber der Ausblick wurde ihm durch eine hohe, mit einem glatten, gelben Bewurf überzogene Mauer versperrt. Weiter oben hing der Fels so weit über, daß er sich vorkam, als bewege er sich durch einen Tunnel; denn über ihm war nur noch ein schmales Band des Himmels zu sehen.

Der Bewurf der Mauer sah vollkommen neu und frisch aus. Man konnte sich kaum vorstellen, daß die Maurer vor zweitausend Jahren die Kelle aus der Hand gelegt hatten. Hier und da jedoch war die schimmernde, spiegelglatte Oberfläche durch gekratzte Buchstaben verunziert, wo Besucher sich hatten verewigen wollen. Sehr wenige Inschriften waren in einem Alphabet geschrieben, das Morgan zu lesen verstand, und das letzte Jahresdatum, das er fand, war 1931. Danach hatte offenbar das Ministerium für Archäologie dafür gesorgt, daß solcher Vandalismus unterblieb. Die meisten der Kritzeleien waren in der fließenden, gerundeten Schrift des Taprobani. Morgan erinnerte sich von der Vorstellung am vergangenen Abend her, daß es sich bei vielen der Inschriften um Gedichte handelte, die bis zum zweiten und dritten Jahrhundert zurückdatierten. Eine kurze Zeit nach Kalidasas Tod hatte Jakkagala seine erste Blütezeit als Touristenziel erlebt, die hauptsächlich von den Legenden lebte, von denen der fluchbeladene König umgeben war.

Mitten auf der Steingalerie gelangte Morgan an die Tür des kleinen Aufzugs, der zwanzig Meter weit zu den berühmten Fresken hinaufführte. Sie war verschlossen. Er reckte den Hals, um die Gemälde zu sehen; aber sie waren durch den Boden des Gitterkäfigs verdeckt, von dem aus die Touristen sie in Augenschein nahmen. Der Käfig hing wie das Nest eines metallenen Vogels an der sich nach auswärts neigenden Wand des Felsens. Manche Touristen, hatte Radschasinghe ihm erzählt, warfen *einen* Blick auf den schwindelerregenden Standort des Käfigs und beschlossen alsbald, sich mit Bildpostkarten zufriedenzugeben.

Zum ersten Mal begriff Morgan wirklich eines der größten Geheimnisse von Jakkagala. Es ging nicht darum, *wie* die Fresken gemalt worden waren – ein einfaches Bambusgerüst hätte dieses Problem gelöst –, sondern *warum.* Als sie fertiggestellt waren, konnte niemand sie richtig betrachten. Von der unmittelbar darunter hinwegführenden Galerie aus erschienen sie verzerrt, und dem Beobachter am Fuß des Felsens erschienen sie als winzige, unentzifferbare Farbkleckse. Vielleicht waren sie, wie von mancher Seite geäußert wurde, von rein religiöser oder magischer Bedeutung wie jene Steinzeitmalereien, die man in den Tiefen fast unzugänglicher Höhlen findet.

Die Fresken würden warten müssen, bis der Aufpasser kam und den Aufzug aufschloß. Es gab noch viel anderes zu sehen; er hatte bis jetzt erst ein Drittel der Strecke bis zum Gipfel zurückgelegt, und die Galerie, an die Oberfläche des Felsens geklebt, stieg weiterhin sanft an.

Die hohe, gelbe Mauer machte einer niedrigen Brüstung Platz, und Morgan bekam die Landschaft der Umgebung wieder zu Gesicht. Dort unten lag die ganze Weite der Lustgärten, und zum ersten Mal erfaßte er nicht nur ihre gewaltige Ausdehnung (war Versailles größer?), sondern auch das Geschick der architektonischen Planung und den klugen Einsatz des Wassergrabens und der äußeren Festungsmauern gegen den von außen hereindrängenden Dschungel.

Niemand wußte, welche Bäume, Büsche und Blumen hier zu Kalidasas Lebzeiten gewachsen waren, aber das Muster der künstlichen Seen und der Kanäle, der Pfade und

Springbrunnen war noch genau dasselbe wie damals. Während er auf die tanzenden Strahlen der Springbrunnen hinabblickte, erinnerte sich Morgan plötzlich an ein Zitat aus dem Kommentar der vergangenen Nacht:

„Von Taprobane bis zum Paradies sind es vierzig Meilen. Man kann dort das Plätschern der Brunnen des Paradieses hören.“

Er genoß die Bezeichnung, während er sie halblaut aussprach: *Brunnen des Paradieses.* Hatte Kalidasa hier, auf der Erde, einen Garten zu schaffen versucht, in dem sich selbst Götter wohl fühlen würden, um seinen eigenen Anspruch auf Göttlichkeit zu unterstreichen? Wenn das so war, dann ließ sich verstehen, warum die Priester ihn der Lästerung beschuldigt und sein gesamtes Werk mit einem Fluch belegt hatten.

Schließlich endete die Galerie, die die gesamte westliche Felswand überquert hatte, am Fuß einer weiteren steilen Treppe. Diesmal allerdings waren die Stufen großzügiger bemessen. Aber der eigentliche Palast lag noch immer in weiter Ferne, denn die Treppe endete auf einem ausgedehnten, offenbar künstlichen Plateau. Hier befanden sich die Überreste des gigantischen Löwenungeheuers, das einstmals die Landschaft beherrscht und jedem Betrachter Schrecken eingeflößt hatte. Die Tatzen des gewaltigen, kauernden Tieres sprangen geradenwegs aus der Felswand hervor; die Klauen allein waren von halber Mannesgröße.

Sonst war nichts mehr übrig – bis auf eine weitere Granittreppe, die durch die Steintrümmer führte, aus denen einst der Schädel der Bestie bestanden haben mußte. Selbst die Trümmer aber waren noch immer ehrfurchtgebietend. Wer sich dem Sitz des Königs zu nahen wagte, mußte zuerst den weit aufgerissenen Rachen des Ungeheuers durchsteigen.

Das letzte Stück des nicht nur senkrecht, sondern mit leichtem Überhang ansteigenden Felsens wurde mit Hilfe einer Reihe eiserner Leitern bewältigt, die mit Schutzgeländern ausgestattet waren, um nervösen Touristen die nötige Sicherheit zu verleihen. Die wahre Gefahr aber, so hatte man Morgan gewarnt, war nicht der Schwindel. Schwärme üblicherweise friedlicher Hornissen bewohnten kleine Höhlungen im Felsen, und Touristen, die zuviel Geräusch verursachten, hatten sie manchmal aufgestört – mit äußerst unangenehmen Folgen.

Vor zweitausend Jahren war diese, die Nordseite des Felsens mit Mauern und Zinnen besetzt gewesen, die einen angemessenen Hintergrund für die taprobanische Sphinx abgaben, und hinter den Mauern mußte eine Treppe gewesen sein, die einen ohne Mühe zum Gipfel hinaufbrachte. Inzwischen aber hatten die Zeit, das Wetter und die zerstörende Hand des Menschen das alles beseitigt. Nur noch der nackte Fels war übrig, besät mit Myriaden horizontaler Schlitze und enger Vorsprünge, die einst die Fundamente der verschwundenen Steinmetzenarbeit getragen hatten.

Plötzlich war der Kletterweg zu Ende. Morgan befand sich auf einer kleinen Insel, die zweihundert Meter über einem Gelände aus Bäumen und Feldern schwebte, das nach allen Richtungen hin eben war – mit Ausnahme des Südens, wo die Zentralberge den Horizont gliederten. Er war von aller Welt isoliert und fühlte sich doch als Herr all dessen, was seine Augen sahen. Das letzte Mal, daß er ein derartiges Gefühl empfunden hatte, war gewesen, als er zwischen Europa und Afrika inmitten der Wolken stand. Dies war der Wohnsitz eines Gottkönigs, und die Ruinen seines Palasts umgaben ihn auf allen Seiten.

Ein verwirrendes Durcheinander zerfallener Mauern – keine mehr als hüfthoch –, Haufen wettergegerbter Bausteine und granitgepflasterte Pfade bedeckten die gesamte Fläche des Gipfelplateaus, bis hin zu dem steil abstürzenden Rand. Morgan entdeckte eine große Zisterne, die tief in den soliden Untergrund eingegraben war, vermutlich ein Vorratsbehälter für Wasser. Solange der Proviant nicht ausging, konnte eine Handvoll entschlossener Männer diesen Ort bis in alle Ewigkeit verteidigen. Wenn aber Jakkagala wirklich als Festung geplant worden war, so waren seine Verteidigungsanlagen niemals auf ihre Zuverlässigkeit geprüft worden. Kalidasas schicksalhafte letzte Begegnung mit seinem Bruder hatte weit jenseits der Festungsmauern stattgefunden.

Morgan stöberte durch die Fundamente des Palasts, der einst den Felsen gekrönt hatte, und vergaß dabei fast die Zeit. Er versuchte, die Gedanken des Architekten nachzuvollziehen, anhand der Bruchstücke, die von dessen Arbeit noch übrig waren. Warum gab es hier einen Pfad? Hatte diese eingestürzte Treppe einst zu einem oberen Stockwerk geführt? Wenn diese sargförmige Aussparung im Boden eine Badewanne war, wie hatte man das Wasser beschafft, wie war die Wanne entleert worden? Seine Forschungen faszinierten ihn so, daß ihn die rasch ansteigende Temperatur, die die aus einem wolkenlosen Himmel strahlende Sonne verursachte, nicht störte.

Weit unten erwachte die smaragdgrüne Landschaft zum Leben. Wie buntgefärbte Käfer bewegte sich ein Schwarm kleiner Robottraktoren auf die Reisfelder zu. Und weiter drüben war, so unwahrscheinlich es auch sein mochte, ein hilfreicher Elefant damit beschäftigt, einen umgestürzten Bus wieder auf die Straße zu setzen, die er anscheinend verlassen hatte, während er eine Kurve mit zu hoher Geschwindigkeit nahm. Morgan konnte sogar die schrille Stimme des Reiters hören, der unmittelbar hinter den riesigen Ohren hockte. Ein Strom von Touristen ergoß sich wie eine Ameisenarmee über die Lustgärten, aus der allgemeinen Richtung des Hotels Jakkagala kommend. Er würde die Einsamkeit nicht mehr lange genießen können.

Immerhin hatte er seine Erforschung der Ruine einigermaßen zum Abschluß gebracht – obwohl man natürlich ein ganzes Leben damit hätte verbringen können, sie im Detail zu studieren. Es tat gut, sich eine Weile auszuruhen, auf einer schön behauenen Granitbank unmittelbar am Rand des zweihundert Meter tiefen Absturzes, mit freiem Ausblick über den gesamten Südhimmel.

Morgans Blick glitt die gezackte Linie der fernen Berge entlang. Sie war noch immer zum Teil verhüllt von bläulichem Dunst, den die Morgensonne noch nicht aufgelöst hatte. Während Morgan die Dunstwolke ohne sonderliches Interesse musterte, ging ihm plötzlich auf, daß das, was er für ein Wolkengebilde gehalten hatte, keineswegs ein kurzlebiges Produkt des Windes und der Luftfeuchtigkeit war. Die perfekte Symmetrie, mit der es über seine minderen Brüder hinausragte, ließ sich nicht mißdeuten!

Im ersten Augenblick der Erkenntnis war sein Verstand wie leer. Ein Gefühl des Wunderbaren erfüllte ihn – und eine fast abergläubische Ehrfurcht. Er hatte nicht gewußt, daß man den Heiligen Berg von Jakkagala aus so klar sehen konnte. Aber dort war er, langsam dem Schatten der Nacht entgleitend, vorbereitet auf einen neuen Tag. Und, wenn Morgan mit seinen Plänen Erfolg hatte, auf eine neue Zukunft.

Er kannte alle Maße des Berges auswendig. Er hatte Karten der Oberfläche aus Stereobildern zusammengestellt und jeden Quadratmeter auf Satellitenaufnahmen studiert.

Aber ihn zum ersten Mal mit eigenen Augen zu sehen, verlieh der Sache eine neue Dimension der Wirklichkeit. Bisher war alles Theorie gewesen. Manchmal nicht einmal das. Oftmals in den häßlichen, grauen Stunden vor der Morgendämmerung war Morgan unter Alpträumen aus dem Schlaf geschreckt, hatte sich gefragt, ob sein Projekt nicht in Wirklichkeit eine monströse Phantasie sei, die ihn, anstatt ihm Ruhm zu bringen, zum Gespött der Welt machen würde. „Morgans Spinnerei" hatten einige unter seinesgleichen die Brücke genannt. Welchen Namen würden sie seinem jüngsten Traum geben?

Aber Hindernisse, die von Menschen gemacht waren, hatten ihn bisher noch nie aufzuhalten vermocht. Die Natur war sein wahrer Gegenspieler – der freundliche Feind, der niemals schwindelte und immer ehrlich spielte, allerdings auch niemals versäumte, den winzigsten Fehler, das kleinste Versehen auszunützen. Die Gesamtheit der Kräfte der Natur aber nahmen in diesem Augenblick für ihn Gestalt an in dem fernen, bläulichen Kegel, den er so gut kannte, ohne je einen Fuß auf seine Oberfläche gesetzt zu haben.

Wie Kalidasa es von diesem Punkt aus so oft getan hatte, starrte Morgan über die fruchtbare, grüne Ebene, maß die Größe der Herausforderung und plante seine Strategie. Für Kalidasa stellte Sri Kanda sowohl die Macht der Priesterschaft als auch die der Götter dar, die sich beide gegen ihn verbunden hatten. Seitdem waren die Götter verschwunden, aber die Priester gab es noch immer. In Morgans Planung waren sie eine unbekannte Größe. Er würde sie daher mit vorsichtigem Respekt behandeln.

Es war Zeit für den Abstieg. Er durfte sich nicht wiederum verspäten, vor allem nicht durch eigenes Verschulden. Als er sich von dem Stein erhob, auf dem er gesessen hatte, materialisierte in seinem Bewußtsein ein Gedanke, der die ganze Zeit über im Unterbewußten an ihm genagt hatte. Es war eigenartig, daß jemand einen derart prächtigen Sitz, getragen von zwei wundervoll aus dem Stein getriebenen Elefanten, unmittelbar am Rand des Absturzes hätte anbringen sollen …

Morgan war nie der Mann gewesen, der einer intellektuellen Herausforderung widerstehen konnte. Er beugte sich weit über den Abgrund hinaus und versuchte von neuem, seinen Verstand in Resonanz mit dem eines Kollegen zu bringen, den es schon seit zweitausend Jahren nicht mehr gab.

Malgara

Selbst seine engsten Vertrauten vermochten Prinz Malgaras Gesichtsausdruck nicht zu deuten, als er ein letztes Mal den Bruder anblickte, mit dem er seine Kindheit geteilt hatte. Das Schlachtfeld war ruhig geworden; selbst die Verwundeten hatten zu schreien aufgehört, nachdem ihre Schmerzen durch ein heilendes Kraut oder ein barmherziges Schwert gestillt worden waren.

Nach geraumer Zeit wandte sich der Prinz an die in gelbe Gewänder gehüllte Gestalt, die neben ihm stand: „Du hast ihn gekrönt, Verehrungswürdiger Bodhidharma. Jetzt erweise ihm noch einen Dienst. Sieh, daß ihm die Ehre zuteil wird, die einem König gebührt."

Die Antwort des Priesters kam nicht sofort. Schließlich entgegnete er sanft: „Er hat unsere Tempel zerstört und die Priester davongejagt. Wenn er überhaupt einen Gott verehrte, dann war es Siva."

Auf Malgaras Gesicht erschien das furchteinflößende Lächeln, das der Mahajanake in den Jahren, die ihm noch verblieben, so gut kennenlernen würde.

„Verehrter Tempelherr", sagte der Prinz mit einer Stimme, aus der das Gift troff, „er war der erstgeborene Sohn Paravanas des Großen, er saß auf dem Thron von Taprobane, und das Übel, das er angerichtet hat, stirbt mit ihm. Wenn der Leichnam verbrannt ist, wirst du dafür Sorge tragen, daß die Überreste auf angemessene Weise bestattet werden, bevor du Sri Kanda auch nur mit einem Fuß wieder betrittst!"

Der Mahajanake Thero deutete eine Verneigung an – mehr nicht. „Es wird geschehen, wie du es wünschst."

„Und noch etwas", fuhr Malgara fort, wobei er sich zu seinen Begleitern wandte: „Der Ruhm von Kalidasas Brunnen drang selbst bis nach Indien zu uns. Wir wollen sie uns einmal anschauen, bevor wir auf Ranapura marschieren ..."

Vom Mittelpunkt der Lustgärten, die seine Freude gewesen waren, stieg der Rauch von Kalidasas Scheiterhaufen in den wolkenlosen Himmel und verscheuchte die Aasvögel, die sich von nah und fern versammelt hatten. Mit grimmiger Zufriedenheit, wenn auch hin und wieder durch plötzliche Erinnerungen beunruhigt, sah Malgara den Qualm, Symbol seines Triumphs, sich spiralförmig aufwärts winden. Er verkündete allem Land, daß eine neue Herrschaft begonnen hatte.

Als ob es die uralte Rivalität fortzusetzen gedächte, forderte das Wasser der Brunnen das Feuer heraus, sprang in die Höhe und stürzte wieder herab, die spiegelnde Oberfläche der Teiche zertrümmernd. Plötzlich aber, lange bevor die Flammen ihr Werk vollendet hatten, begannen die Reservoire leer zu laufen, und die Fontänen zerfielen. Sie würden sich erst wieder aufrichten, nachdem das kaiserliche Rom längst nicht mehr war, nachdem die Armeen des Islams ihre Banner quer durch Nordafrika getragen hatten, nachdem die Erde von einem Mann namens Kopernikus ihres Throns im Mittelpunkt des Universums beraubt worden war, nach der Unterzeichnung der Unabhängigkeitserklärung und nachdem der Mensch den Fuß auf den Mond gesetzt hatte ...

Malgara wartete, bis der Scheiterhaufen mit einem letzten Funkenregen in sich zusammensank. Als die Reste des Rauches gegen die hochaufragende Wand des Jakkagala hin zogen, hob er den Blick zu dem Palast auf dem Gipfel des Felsens und starrte ihn lange Zeit nachdenklich an.

„Der Mensch versuche die Götter nicht“, sagte er schließlich. „Man soll ihn zerstören!“

Der Draht

„Sie hätten mir um ein Haar zu einem Herzschlag verholfen“, sagte Radschasinghe vorwurfsvoll, während er den Kaffee eingoß. „Zuerst dachte ich, Sie hätten irgendeine Art Antischwerkraftgerät. Aber selbst ich weiß, daß es das nicht gibt. Wie haben Sie es fertiggebracht?“

„Ich bitte um Entschuldigung“, antwortete Morgan lächelnd. „Wenn ich gewußt hätte, daß Sie mich beobachteten, hätte ich Sie gewarnt. Die Sache war ursprünglich gar nicht geplant. Ich hatte mir nur den Felsen ansehen wollen, aber dann begann mich die Steinbank zu fesseln. Ich fragte mich, warum sie so unmittelbar am Rand des Absturzes stand, und fing an zu forschen.“

„Es ist gar kein Geheimnis dabei. Früher gab es dort einmal eine Plattform, wahrscheinlich aus Holz, die über den Rand des Felsens hinausragte, und eine Treppe, die vom Gipfel zu den Fresken hinabführte. Man kann noch die Fugen sehen, wo sie an der Felswand befestigt war.“

„Das habe ich inzwischen entdeckt“, sagte Morgan mit leisem Bedauern. „Ich hätte mir denken sollen, daß das Rätsel schon längst gelöst war.“

Seit zweihundertundfünfzig Jahren, dachte Radschasinghe. Durch einen exzentrischen, nimmermüden Engländer namens Arnold Lethbridge, Taprobanes ersten Direktor für Archäologie. Er ließ sich an der Außenseite des Felsens hinab, genauso wie Morgan. Oder vielleicht doch nicht genauso ...

Morgan hatte inzwischen die Metallschachtel zum Vorschein gebracht, mit der das Wunder vollbracht worden war. Ihre einzige Ausrüstung bestand aus ein paar Schaltknöpfen und einer kleinen Anzeigeleiste. Sie sah aus wie ein billiges Kommunikationsgerät.

„Das ist es“, sagte er stolz. „Da Sie mich bei meinem hundert Meter weiten Vertikalspaziergang beobachtet haben, können Sie sich vermutlich recht gut vorstellen, wie es funktioniert.“

„Ich hatte natürlich eine Idee, aber selbst mit dem leistungsstarken Glas konnte ich sie nicht bestätigen. Ich hätte schwören können, daß da absolut nichts war, was Sie vor dem Absturz wahrte.“

„Das war nicht die Vorführung, die ich ursprünglich im Sinn hatte. Aber ich sehe, Sie sind beeindruckt. Meine übliche Präsentation geht etwa so: Bitte stecken Sie den Finger durch diesen Ring.“

Radschasinghe zögerte. Morgan hielt den Metallring, der etwa die doppelte Größe eines Eherings besaß, so vorsichtig, als sei er elektrisch geladen.

„Bekomme ich einen Schlag?“ fragte er.

„Keinen Schlag. Aber Sie werden überrascht sein. Versuchen Sie, den Ring von mir fortzuziehen.“

Nicht besonders zuversichtlich griff Radschasinghe nach dem Ring – und ließ ihn augenblicklich fast wieder fallen. Das Ding war lebendig! Er stand unter einer Spannung, die es auf Morgan zuzog, oder vielmehr auf die Schachtel in Morgans Händen. Die Schachtel gab jetzt ein surrendes Geräusch von sich, und Radschasinghe spürte, wie sein Finger von einer geheimnisvollen Kraft vorwärts gezogen wurde. Magnetismus, fragte er sich. Natürlich nicht. Kein Magnet wirkte auf diese Weise. Seine vorläufige aber unwahrscheinliche Hypothese mußte richtig sein. Es gab einfach keine andere Erklärung. Morgan und er spielten

Tauziehen miteinander, ganz normal – nur mit dem Unterschied, daß sie ein unsichtbares Tau benutzen.

Wie sehr Radschasinghe die Augen auch anstrengte, er sah keine Spur eines Fadens oder Drahtes, der den Ring, um den er den Finger gehakt hatte, mit der Schachtel verband, die Morgan jetzt wie ein Angler handhabte, der seinen Fang an Land bringen will. Er streckte die freie Hand aus, um den scheinbar hindernisfreien Zwischenraum zu erforschen; aber der Ingenieur schlug sie ihm mit rascher Bewegung beiseite.

„Tut mir leid!“ sagte er. „Jeder versucht das, sobald er erkennt, was hier vorgeht. Aber Sie könnten sich böse schneiden.“

„Also ist da *wirklich* ein unsichtbarer Draht! Schlau – aber was kann man damit anfangen außer ein paar Zaubertricks?“

Morgan grinste. „Ich kann Ihnen nicht verübeln, daß Sie zu einem solchen Schluß kommen. Es ist die übliche Reaktion. Allerdings falsch. Der Grund, warum Sie den Draht nicht sehen können, liegt darin, daß er nur ein paar Mikron dick ist. Er ist wesentlich dünner als ein Spinnenfaden.“

Dieses eine Mal, dachte Radschasinghe, war der abgedroschene Vergleich wirklich gerechtfertigt. „Das ist – unglaublich! Was ... woraus besteht er?“

„Der Draht ist das Produkt von rund zweihundert Jahren Festkörperphysik. Es handelt sich um einen kontinuierlichen, pseudoeindimensionalen Diamantkristall. Er besteht allerdings nicht wirklich aus reinem Kohlenstoff. Spurenelemente, in sorgfältig berechneten Mengen, sind eingeschlossen. Dieses Zeug kann man in Mengen nur an Bord der Orbitalfabriken herstellen, wo die Schwerkraft den Wachstumsprozeß des Kristalls nicht beeinflußt.“

„Faszinierend“, murmelte Radschasinghe fast im Selbstgespräch. Er zog ein wenig an dem Ring, um sich zu überzeugen, daß die Spannung noch existierte und er nicht etwa nur träumte. „Ich kann mir vorstellen, daß man für so etwas eine Menge technischer Anwendungen findet. Um Käse zu schneiden, zum Beispiel ...“

Morgan lachte. „Ein einzelner Mann kann mit diesem Gerät einen Baum fällen, in ein paar Minuten. Aber der Draht muß mit Vorsicht gehandhabt werden. Wir mußten besondere Spulen für das Ab- und Aufwickeln entwerfen – wir nennen sie ‚Spinetten‘. Diese hier ist batteriegetrieben, für Vorführzwecke. Der Motor hält eine Last von ein paar hundert Kilo aus, und ich finde jeden Tag neue Anwendungsmöglichkeiten. Die heutige kleine Vorstellung war durchaus nicht die erste.“

Zögernd hakte Radschasinghe seinen Finger aus der metallenen Öse. Der Ring fiel zunächst, dann begann er zu pendeln, ohne daß man hätte sehen können, woran er hing. Morgan drückte einen Knopf und holte ihn ein.

„Sie sind den langen Weg nicht gekommen, nur um mich zu beeindrucken, Dr. Morgan – obwohl ich gestehen muß, daß ich beeindruckt bin. Ich will wissen, was all das mit mir zu tun hat!“

„Eine ganze Menge, Herr Botschafter“, antwortete der Ingenieur, der sich nun ebenso ernst und formell gab wie sein Gastgeber. „Sie haben ganz recht mit der Annahme, daß sich für dieses Material eine Unmenge Anwendungen finden lassen. Einige von diesen fangen wir jetzt erst an zu erahnen. Und eine dieser Anwendungen wird, auf die eine oder andere Weise, ihre friedliche kleine Insel zum Mittelpunkt der Welt machen. Nicht nur der Welt – des gesamten Solsystems. Durch diesen Draht wird Taprobane zu dem Ort, von dem aus man die Planeten erreicht. Und später vielleicht – die Sterne.“

Die größte aller Brücken

Paul und Maxine zählten zu seinen besten Freunden; aber bis auf diesen Tag waren sie, soweit Radschasinghe wußte, einander nie begegnet, noch hatten sie sich auch nur miteinander unterhalten. Nicht daß es für eine solche Begegnung irgendeinen zwingenden Grund gegeben hätte: Niemand außerhalb von Taprobane hatte je von Professor Sarath gehört, aber das gesamte Sonnensystem wußte auf Anhieb, wer Maxine Duval war.

Seine beiden Besucher hatten es sich in den Sesseln der Bibliothek bequem gemacht, während Radschasinghe an der Hauptschaltkonsole saß. Alle drei beobachteten sie die vierte Gestalt, die bewegungslos mitten im Raum stand.

Ein wenig zu bewegungslos, um genau zu sein. Ein Zeitreisender aus der Vergangenheit, dem die elektronischen Alltagswunder dieser Epoche unbekannt waren, hätte nach kurzer Untersuchung wahrscheinlich geschlossen, er habe es mit einer wunderbar detaillierten Wachsfigur zu tun. Eine eingehendere Analyse hätte allerdings zwei Unstimmigkeiten ans Tageslicht gebracht. Die Wachsfigur war transparent, so daß man helle Hintergrundlichter durch sie hindurch sehen konnte. Und die Füße lösten sich über dem Teppich zu einem diffusen Nebel auf.

„Kennen Sie diesen Mann?“ fragte Radschasinghe.

„Ich habe ihn nie zuvor gesehen“, erwiderte Sarath sofort. „Um Ihretwillen hoffe ich, daß er wichtig genug ist, um mich von den Maharamba-Ausgrabungen fortzuholen. Wir waren gerade dabei, die Grabkammer zu öffnen!“

„Und *ich* mußte meinen Trimaran vor dem Startschuß des Bootrennens am Saladin-See im Stich lassen“, sagte Maxine Duval mit einem leicht verärgerten Unterton in ihrer der ganzen Welt bekannten Kontraalt-Stimme. „Natürlich kenne ich ihn. Was will er – eine Brücke von Taprobane nach Indien bauen?“

Radschasinghe lachte. „Nein. Wir haben seit zweihundert Jahren einen vollkommen hinreichenden Fahrdamm. Es tut mir leid, daß ich Sie beide hierhergeschleppt habe. Sie, Maxine, haben mir Ihren Besuch allerdings seit zwanzig Jahren immer wieder versprochen.“

„Das ist wahr“, seufzte sie. „Aber ich verbringe soviel Zeit in meinem Studio, daß ich manchmal die Wirklichkeit vergesse – und meine fünftausend teuren Freunde und fünfzig Millionen nähere Bekannte.“

„Zu welcher Kategorie zählen Sie Dr. Morgan?“

„Ich bin – oh, drei- oder viermal mit ihm zusammengetroffen. Wir schossen ein Sonderinterview, als die Brücke fertiggestellt war. Er ist ein sehr beeindruckender Mensch.“

Ein solches Kompliment, von Maxine Duval kommend, hatte großes Gewicht, dachte Radschasinghe. Seit mehr als dreißig Jahren galt sie als die wohl angesehenste Vertreterin ihres anspruchsvollen Berufs. Man hatte sie mit Ehren und Trophäen überhäuft: dem Pulitzer-Preis, der Global-Times-Trophäe, der David-Frost-Medaille, um nur einige wenige zu nennen. Sie war nach einer zweijährigen Walter-Cronkite-Professur für elektronischen Journalismus an der Columbia-Universität erst vor kurzem ins aktive Berufsleben zurückgekehrt.

Sie war reifer und ruhiger geworden, aber nicht langsamer. Sie hatte aufgehört, die feurige Chauvinistin zu sein, die einmal bemerkt hatte: „Da Frauen sich besser zum

Hervorbringen von Kindern eignen, nehme ich an, daß die Natur den Männern zum Ausgleich ein anderes Talent verliehen hat. Ich komme nur im Augenblick nicht darauf, welches."

An ihrer Femininität hatte es niemals einen Zweifel gegeben. Sie hatte viermal geheiratet, und die Kriterien, die sie bei der Auswahl ihrer Assistenten anwendete, waren in aller Mund. Im allgemeinen waren Nachrichtenassistenten, gleich welchen Geschlechts, stets jung und athletisch. Niemand sonst konnte sich ungeachtet einer Last von zwanzig Kilo Nachrichtengerät mit der nötigen Schnelligkeit bewegen. Maxines Assistenten waren darüber hinaus ohne Ausnahme sehr männlich und sehr gutaussehend. Es galt in Journalistenkreisen als feststehend, daß sie nicht nur berufliche Dienste versahen. Entsprechende Bemerkungen wurden jedoch offen und ohne beleidigenden Hintergedanken gemacht; denn selbst ihre ärgsten Rivalen mochten Maxine fast in demselben Maß, wie sie sie beneideten.

„Es tut mir leid wegen des Bootrennens", sagte Radschasinghe, „aber ich nehme zur Kenntnis, daß die MARLIN III auch ohne Ihr dazutun spielend gewonnen hat. Sie werden mir später zugeben, daß dies hier in der Tat wichtiger ist. Aber warum lassen wir nicht Morgan für sich selbst sprechen!"

Er ließ den Pause-Schalter am Projektor los, und die Statue erwachte sofort zum Leben.

„Mein Name ist Vannevar Morgan. Ich bin Chefingenieur Abteilung Land bei Terran Construction. Mein letztes Projekt war die Brücke von Gibraltar. Heute möchte ich zu Ihnen über ein wesentlich weiter reichendes Vorhaben sprechen."

Radschasinghe sah sich um. Morgan besaß ihre Aufmerksamkeit, wie es nicht anders zu erwarten gewesen war.

Er lehnte sich in seinen Sessel zurück und wartete darauf, daß das inzwischen vertraute und trotzdem noch immer fast unglaubliche Panorama sich entfaltete. Eigenartig, dachte er zu sich selbst, wie schnell man sich an die Unzulänglichkeiten der Projektion gewöhnt. Die Positionskontrollen arbeiteten alles andere als fehlerfrei. Und selbst der Umstand, daß Morgan sich bewegte, während er tatsächlich an Ort und Stelle blieb, sowie die unperspektivische Darstellung seiner Umgebung vermochten den Eindruck der Realität nicht zu trüben.

Das Raumzeitalter ist fast zweihundert Jahre alt. Über mehr als die Hälfte dieser Zeitspanne hat sich unsere Zivilisation daran gewöhnt, von einer Armee von Satelliten abhängig zu sein, die die Erde umkreist. Globaler Nachrichtenaustausch, Wettervorhersage, Wetterkontrolle, Informationsaufbereitung über Ressourcen zu Wasser und zu Land, Post- und Informationssysteme – wenn sie ohne ihre im Raum kreisenden Hilfssysteme auskommen müßten, bräche das Mittelalter wieder über uns herein. In dem entstehenden Chaos würden Krankheit und Hungersnot einen großen Teil der Menschheit ausradieren.

Wenn wir über die Erdbahn hinausblicken, sehen wir die autarken Kolonien auf Mars, Merkur und Mond und die Bergwerke, die den unschätzbaren Mineralreichtum der Asteroiden abbauen. Wir sehen die Anfänge interplanetarischen Handels. Es hat ein wenig länger gedauert, als die Optimisten seinerzeit vorhersagten; aber es ist jetzt klar, daß die Eroberung des irdischen Luftraums nur ein kurzes Vorspiel zur Eroberung des Weltraums war.

Inzwischen erhebt sich allerdings ein fundamentales Problem, das allem weiteren Fortschritt im Weg steht. Zwar haben Wissenschaftler und Techniker die Rakete zum zuverlässigsten aller Antriebssysteme entwickelt ...“

„Er übersieht Fahrräder", murmelte Sarath.

„... aber Raumfahrzeuge besitzen noch immer einen unerfreulich geringen Wirkungsgrad. Schlimmer noch: Ihre Auswirkung auf die Umwelt läßt einem das Blut in den Adern stocken. Trotz aller Bemühungen, die Raumflugkorridore zu kontrollieren, stört der Lärm der Starts und Landungen das Leben von vielen Millionen Menschen. Abfallprodukte, die in den oberen Schichten der Atmosphäre zurückbleiben, haben klimatische Veränderungen ausgelöst, die womöglich zu ernsthaften Folgeerscheinungen führen. Jedermann erinnert sich noch an die Hautkrebs-Krise der zwanziger Jahre, verursacht durch einen Ultraviolett-Durchbruch – und an die immensen Kosten der Chemikalien, die gebraucht wurden, um die Ozonosphäre wiederherzustellen.

Wenn wir aber den Anstieg des Verkehrsvolumens bis zum Ende des Jahrhunderts extrapolieren, dann stellen wir fest, daß die Erde/Orbit-Tonnage um fast fünfzig Prozent anwachsen wird. Ohne einen unerträglichen Verlust an Lebensqualität läßt sich das nicht erreichen – womöglich nicht einmal ohne Bedrohung unseres Daseins. Die Triebwerksingenieure aber sind demgegenüber machtlos. Die Raketentriebwerke haben die absolute Grenze der Leistungsfähigkeit, die durch Naturgesetze diktiert werden, fast schon erreicht.

Wo ist die Alternative? Seit Jahrhunderten träumen Menschen von der Antischwerkraft oder ‚Hypertriebwerken'. Niemand hat je auch nur den geringsten Hinweis darauf gefunden, daß solche Dinge möglich sind. Im Gegenteil: Wir glauben heute, daß es sie nicht gibt. Aber ausgerechnet in jenem Jahrzehnt, als der allererste Satellit startete, entwickelte ein phantasiebegabter, kühner russischer Ingenieur ein Konzept, das die Rakete überflüssig machen sollte. Es vergingen Jahre, bevor Juri Artsutanow von irgend jemand ernstgenommen wurde. Und unsere Technologie hat zwei Jahrhunderte gebraucht, um die Mittel bereitzustellen, die für die Verwirklichung seines Traumes gebraucht werden."

Jedesmal, wenn er die Aufzeichnung abspielte, erschien es Radschasinghe, als ob Morgan erst an diesem Punkt richtig lebendig wurde. Der Grund ließ sich leicht bestimmen. Er befand sich jetzt auf vertrautem Terrain und vermittelte nicht mehr Informationen aus fremden Wissensgebieten. Und bei aller Zurückhaltung, aller Sorge konnte Radschasinghe nicht umhin, an seiner Begeisterung teilzunehmen. Sie war ein Phänomen, das er in der gegenwärtigen Phase seines Lebens nur noch selten zu kosten bekam.

„Gehen Sie an irgendeiner sternklaren Nacht hinaus ins Freie", fuhr Morgan fort, „und betrachten sie das zur Alltäglichkeit herabgesunkene Wunder des Raumzeitalters – die Lichtpunkte, die niemals auf- oder untergehen, sondern bewegungslos im Himmel stehen. Wir – sowie unsere Eltern und deren Eltern – nehmen die Existenz synchroner Satelliten und Raumstationen, die sich über dem Äquator mit derselben Winkelgeschwindigkeit bewegen wie die Erde selbst, so daß sie immer über demselben Punkt der Oberfläche hängen, als etwas Selbstverständliches hin.

Die Frage, die Artsutanow sich stellte, war von kindlicher Genialität. Jemand mit nur einem hellen Kopf wäre nie darauf gekommen – oder hätte die Idee sofort als absurd verworfen.

Wenn die Gesetze der Himmelsmechanik es einem Gegenstand erlauben, reglos an ein und derselben Stelle zu verharren, müßte es dann nicht möglich sein, von dort ein Seil herabzulassen – *und einen Fahrstuhl zu bauen, der die Erde mit dem Weltraum verbindet?*

Die Theorie war vollkommen in Ordnung, aber der Verwirklichung stellten sich enorme Probleme in den Weg. Selbst oberflächliche Berechnungen ergaben, daß kein verfügbares Material die nötige Festigkeit besaß; selbst der beste Stahl müßte unter dem eigenen Gewicht zerreißen, noch lange bevor er den Abgrund zwischen dem sechsunddreißigtausend Kilometer hohen Synchron-Orbit und der Erdoberfläche überbrückt hatte.

Es liegt jedoch die Festigkeit selbst der besten Stähle noch weit von der Grenze entfernt, die die Theorie vorhersagt. Auf mikroskopischer Basis sind im Labor Materialien mit weitaus größerer Zugfestigkeit hergestellt worden. Wenn man sie in großen Mengen hätte produzieren können, wäre Artsutanows Traum verwirklichbar geworden und die Wirtschaftlichkeit des Weltraumtransports in eine neue Dimension eingetreten.

Noch vor dem Ausgang des zwanzigsten Jahrhunderts begannen technische Laboratorien, superfeste Materialien zu produzieren, sogenannte Hyperdrähte. Sie waren jedoch unheimlich teuer und kosteten das Mehrfache ihres Gewichts in Gold. Für ein System, das den Raumverkehr von und zur Erde zu bewältigen hatte, wurden aber Millionen von Tonnen des superfesten Materials gebraucht. Und somit blieb der Traum weiterhin ein Traum.

Bis vor ein paar Monaten. Heute können die Raumfabriken unbegrenzte Mengen Hyperdraht herstellen. Jetzt endlich können wir den Fahrstuhl zu den Sternen bauen – oder den Orbitalturm, wie ich ihn lieber nenne. Denn in einem gewissen Sinn ist es ein Turm, der durch die Atmosphäre hinaufreicht in die Weite des Alls ...“

Morgan löste sich auf wie ein Geist unter dem Einfluß des Exorzismus, und an seiner Statt erschien ein Abbild der Erde, von der Größe eines Fußballs, sich langsam um die eigene Achse drehend. Um Armesbreite über der Erdoberfläche, stets über demselben Punkt des Äquators schwebend, markierte ein blinkendes Licht den Standort eines geosynchronen Satelliten.

Von dem Licht gingen zwei schimmernde Linien aus – einer stach geradenwegs zur Erde hinab, der andere bewegte sich in die genau entgegengesetzte Richtung, in den Raum hinaus.

„Wenn man eine Brücke baut", ließ sich Morgans jetzt körperlose Stimme vernehmen, „fängt man an beiden Enden an und hört in der Mitte auf. Im Fall des Orbitalturms ist die Prozedur genau umgekehrt. Man baut gleichzeitig aufwärts und abwärts, von dem synchronen Satelliten aus, und das Bauprogramm muß sehr genau eingehalten werden. Es geht nämlich darum, den Schwerpunkt der Struktur nicht von dem stationären Objekt fortwandern zu lassen. Denn wenn das geschieht, ändert es seine Umlaufbahn und fängt an, langsam über die Erdoberfläche zu treiben."

Der absteigende Lichtstrahl erreichte in diesem Augenblick den Erdäquator; die Bewegung des auswärts gerichteten Strahls hielt in der gleichen Sekunde an.

„Die Gesamthöhe muß mindestens vierzigtausend Kilometer betragen, und die ersten hundert, die die Atmosphäre durchdringen, stellen wahrscheinlich den kritischen Abschnitt dar; denn innerhalb der Atmosphäre ist der Turm Stürmen ausgesetzt. Er wird erst dann stabil sein, wenn er sicher in der Erdoberfläche verankert worden ist.

Aber dann werden wir zum ersten Mal in unserer Geschichte eine Treppe zum Himmel besitzen, eine Brücke zu den Sternen. Ein ganz einfacher Fahrstuhl, von billiger Elektrizität angetrieben, wird die lärmende und teure Rakete ersetzen, die sich von da an ihrer eigentlichen Aufgabe widmen kann: dem Langstreckentransport durch den Weltraum. Sehen Sie sich einen der denkbaren Baupläne des Turmes an ..."

Das Bild der sich drehenden Erde verschwand. Der Projektor zeigte den Turm, wie die imaginäre Kamera sich ihm in rasender Fahrt näherte und schließlich seine Mauern durchdrang, um den Querschnitt der Struktur bloßzulegen.

„Sie sehen, daß es vier identische Röhren gibt – zwei für den Aufwärts-, zwei für den Abwärtsverkehr. Stellen Sie sich das als eine vierspurige Untergrund- oder Eisenbahn vor, von der Erdoberfläche zum Synchron-Orbit.

Kabinen mit Passagieren, Fracht, Treibstoff bewegen sich mit Geschwindigkeiten von mehreren tausend Kilometern pro Stunde auf und abwärts durch die Röhren. Fusionsmeiler, in regelmäßigen Abständen entlang des Röhrensystems installiert, besorgen die notwendige Energie. Da neunzig Prozent der verbrauchten Energie wiederaufbereitet werden können, belaufen sich die Netto-Transportkosten pro Person auf nur wenige Dollar. Denn während die Kabinen sich erdwärts bewegen, fungiert ihr Antrieb als magnetische Bremse, die Elektrizität erzeugt. Ungleich landenden Raumfahrzeugen verschwenden sie ihre kinetische Energie nicht, indem sie die Atmosphäre aufheizen, sondern wandeln sie in potentielle Energie um, die dem System wieder zugeführt werden kann. Man kann sagen, daß die Abwärtskabinen die Leistung erzeugen, die von den Aufwärtskabinen gebraucht wird. Mit anderen Worten: Der Fahrstuhl wird den hundertfachen Wirkungsgrad selbst der fortgeschrittensten Raketen entwickeln.

Außerdem sind der Verkehrsmenge, die der Fahrstuhl handhaben kann, keine Grenzen gesetzt. Weitere Röhren können nach Bedarf hinzugefügt werden. Sollte jemals der Tag kommen, an dem eine Million Menschen gleichzeitig die Erde besuchen oder sie verlassen wollen, der Turm käme damit zurecht. Bedenken Sie, daß die U-Bahnen unserer großen Städte einst nicht Geringeres leisteten ..."

Radschasinghe drückte einen Knopf und brachte dadurch Morgan mitten im Satz zum Schweigen.

„Der Rest ist ziemlich technisch. Er erklärt, wie der Turm als kosmischer Katapult eingesetzt werden kann, der Transportladungen zum Mond und zu den Planeten peitscht, ohne daß auch nur eine einzige Rakete abgefeuert wird. Ich meine, Sie haben genug gehört, um das Prinzip zu verstehen."

„Mein Verstand ist angemessen verwirrt", sagte Professor Sarath. Aber was, in aller Welt, hat das mit *mir* zu tun? Oder mit Ihnen?"

„Alles zu seiner Zeit, Paul. Möchten Sie etwas dazu sagen, Maxine?"

„Vielleicht kommt der Tag, an dem ich Ihnen verzeihe. Diese Sache könnte sich zur Schlagzeile des Jahrzehnts, vielleicht des Jahrhunderts, entwickeln. Aber wozu die Eile? Warum diese Heimlichtuerei?"

„Eine Menge von dem, was hier vorgeht, ist mir selbst unverständlich. Dabei rechne ich auf Ihre Hilfe. Ich vermute, daß Morgan mit diesem Vorhaben an mehreren Fronten zu kämpfen hat. Er plant eine öffentliche Ankündigung in der nahen Zukunft, möchte aber nicht vorprellen, solange er eines gewissen Rückhalts nicht sicher ist. Er gab mir diese Aufzeichnung, nachdem ich zugesichert hatte, daß sie nicht über öffentliche Kanäle verbreitet würde. Deswegen mußte ich Sie zu mir bitten."

„Weiß er von dieser Zusammenkunft?"

„Natürlich. Er war erfreut, als ich ihm sagte, daß ich mit Ihnen sprechen wolle, Maxine. Er vertraut Ihnen offenbar und wünscht sich Sie als Verbündete. Was Sie angeht, Paul, so habe ich Morgan versichert, daß Sie ein Geheimnis bis zu sechs Tagen für sich behalten können, ohne einen Schlaganfall zu erleiden."

„Nur wenn es einen ausgezeichneten Grund dafür gibt!"

„Ich verstehe allmählich", sagte Maxine Duval. „Verschiedenes hat mich gestört, aber jetzt ergibt es langsam einen Sinn. Zum Beispiel: Morgans Vorhaben ist ein Raumprojekt; Morgan aber ist Chefingenieur *Land*."

„Na und?"

„Müssen Sie noch fragen, Johan? Stellen Sie sich die bürokratischen Internkämpfe vor, wenn die Raketeningenieure und die Raumfahrtindustrie von dieser Sache Wind bekommen! Es geht um Einflußbereiche mit einem Budget von Billionen Dollar! Wenn Morgan nicht scharf aufpaßt, wird man ihm eines Tages sagen: Vielen Dank für die Idee – von hier an machen wir weiter. Es war nett, Sie kennenzulernen."

„Ich weiß, was Sie meinen. Andererseits hat er ein vorzügliches Argument auf seiner Seite. Immerhin ist der Orbitalturm ein Gebäude, nicht ein Fahrzeug."

„Nicht mehr, wenn die Rechtsanwälte die Sache durchgehechelt haben! Es gibt nur wenige Gebäude, deren Obergeschosse sich um zehn Kilometer pro Sekunde oder so rascher bewegen als der Keller."

„Vielleicht haben Sie recht. Übrigens: Als mir bei dem Gedanken an einen Turm, der ein gutes Stück des Weges bis zum Mond hinaufreicht, schwindlig wurde, ermahnte mich Dr. Morgan: ‚Stellen Sie sich nicht einen Turm vor, der *in die Höhe* ragt, sondern eine Brücke, die *in die Weite* geht.' Ich bemühe mich noch immer, allerdings ohne sonderlichen Erfolg."

„Oh!" sagte Maxine Duval plötzlich. „Das ist ein weiteres Stück in Ihrem Puzzle. Die Brücke!"

„Wie meinen Sie das?“

„Wußten Sie, daß der Aufsichtsratsvorsitzende von Terran Construction, der Superesel Senator Collins, die Brücke nach sich selbst benannt haben wollte?“

„Nein. Das erklärt manches. Aber ich mag Collins eigentlich. Die paar Male, die wir zusammentrafen, fand ich ihn recht angenehm und intelligent. War er zu seiner Zeit nicht ein erstklassiger Geotherm-Ingenieur?“

„Vor tausend Jahren“, winkte Maxine ab. „Und *Sie* bedrohen seinen Ruf nicht. Zu Ihnen kann er es sich leisten, nett zu sein.“

„Wie also wurde die Brücke vor diesem Schicksal bewahrt?“

„Es gab eine kleine Palastrevolution, angezettelt von den Leitenden Ingenieuren der TCC. Dr. Morgan war daran selbstverständlich in keiner Weise beteiligt.“

„Deswegen also hält er seine Karten unter dem Tisch! Ich empfinde mehr und mehr Bewunderung für ihn. Jetzt aber hat sich ein Hindernis vor ihm aufgetan, mit dem er nicht fertig wird. Er hat es erst vor ein paar Tagen entdeckt, und seitdem ist er keinen Schritt vorwärtsgekommen.“

„Lassen Sie es mich erraten“, sagte Maxine. „Das ist eine gute Übung – hilft mir, an der Spitze zu bleiben. Ich erkenne, warum er hierherkommt. Das erdgebundene Ende des Systems muß sich am Äquator befinden, sonst ist es nicht senkrecht. Es würde aussehen wie seinerzeit der Turm von Pisa, bevor er umfiel.“

„Ich verstehe nicht ...“, sagte Professor Sarath, während er die Arme in hilflosen Gesten bewegte. „Oh, natürlich ...“ Seine Stimme verlor sich in nachdenklichem Schweigen.

„Also“, fuhr Maxine fort: „Es gibt nur eine begrenzte Anzahl verwendbarer Örtlichkeiten entlang des Äquators –

er geht zumeist durch Wasser, nicht wahr? – und Taprobane ist offenbar eine davon. Allerdings ist mir nicht klar, welche Vorteile es gegenüber Afrika und Südamerika hat. Oder will Morgan sich einfach gegen jeden Zufall absichern?“

„Wie üblich erweist sich die logische Kraft Ihrer Phantasie als phänomenal. Sie sind auf dem richtigen Weg – aber weiter werden Sie nicht kommen. Morgan hat zwar redlich versucht, mir das Problem zu erklären; aber ich verstehe die wissenschaftlichen Einzelheiten noch immer nicht. Wie dem auch sei: Afrika und Südamerika sind für den Raumfahrstuhl nicht geeignet. Das hängt mit instabilen Punkten im Gravitationsfeld der Erde zusammen. Nur Taprobane kommt in Frage. Um genau zu sein: Nur ein einziger Punkt in Taprobane. Und an dieser Stelle kommen Sie ins Spiel, Paul!“

„Mamada – ich?!“ rief Professor Sarath, der vor lauter Überraschung in sein eingeborenes Taprobani verfiel.

„Ja, Sie. Zu seinem nicht geringen Ärger hat Dr. Morgan soeben entdeckt, daß der Ort, den er für sein Unternehmen unbedingt braucht, bereits beschlagnahmt ist – um es gelinde auszudrücken. Er braucht meinen Rat, wie man Ihren guten Freund Buddy am besten ausquartiert.“

Die Reihe, erstaunt zu sein, war an Maxine. „Wen?“, wollte sie wissen.

Sarath antwortete ohne Zögern.

„Den Verehrungswürdigen Anandatissa Bodhidharma Mahanajake Thero, den Hohenpriester des Tempels auf Sri Kanda“, sprach er mit erhobener Stimme in eigentümlichem Singsang, als rezitiere er eine Litanei. „Also *darum* geht es!“

Eine Zeitlang herrschte Schweigen. Dann breitete sich der Schimmer spitzbübischer Freude über das Gesicht des emeritierten Professors für Archäologie an der Universität von Taprobane, Paul Sarath, aus.

„Ich habe mir schon immer gewünscht zu erfahren“, sagte er träumerisch, „was geschieht, wenn eine unwiderstehliche Kraft auf einen unbeweglichen Gegenstand trifft.“

Die schweigsame Prinzessin

Als seine Besucher gegangen waren, entpolarisierte Radschasinghe die Fenster der Bibliothek und saß lange in nachdenklichem Schweigen, während er hinaus auf die Bäume starrte und auf die Felsenwand des Jakkagala, die hinter ihnen lag. Genau um vier Uhr schreckte ihn die Ankunft des Nachmittagstees aus seinem Sinnen.

„Rani", sagte er, „Dravindra soll meine schweren Schuhe hervorholen, wenn er sie finden kann. Ich will auf den Felsen hinauf."

Rani tat so, als wolle sie das Tablett vor lauter Überraschung fallen lassen.

„Um Gottes willen!" rief sie in gespieltem Entsetzen. „Sie wissen nicht, was Sie tun! Denken Sie an Doktor McPhersons Warnung..."

„Dieser schottische Quacksalber liest mein Kardiogramm immerfort rückwärts. Und außerdem, mein Liebling, wofür soll ich noch leben, wenn du und Dravindra von mir gegangen seid?"

Das war nicht ganz im Spaß gesagt, und er schämte sich seines Selbstmitleids augenblicklich; denn es war Rani nicht entgangen, und Tränen erschienen in ihren Augen.

Sie wandte sich ab, so daß er ihre Rührung nicht sehen konnte, und sagte auf Englisch: „Ich habe angeboten zu bleiben – wenigstens für Dravindras erstes Jahr..."

„Ich weiß es, und es fiele mir nicht im Traum ein, das Angebot anzunehmen. Er braucht dich – es sei denn, daß Berkeley sich grundlegend gewandelt hat, seit ich zuletzt dort war. (Er braucht dich aber nicht mehr als ich, wenn auch aus anderem Anlaß, fügte er im Geist hinzu.) Und ob du nun selbst einen akademischen Grad erwerben willst oder nicht, es ist niemals zu früh, sich an das Dasein als Frau eines Universitätspräsidenten zu gewöhnen."

Rani lächelte. „Nach all den schrecklichen Beispielen, die ich gesehen habe, bin ich nicht sicher, daß das mein bevorzugtes Schicksal ist." Sie schaltete zurück auf Taprobani. „Sie meinen es nicht wirklich ernst, oder doch?"

„Ganz ernst. Nicht bis zum Gipfel – nur bis zu den Fresken. Es ist fünf Jahre her, seit ich das letzte Mal dort war. Wenn ich noch länger warte ..." Es war nicht nötig, den Satz zu vollenden.

Rani musterte ihn eine Zeitlang schweigend und entschied sodann, daß es nutzlos war, weiter auf ihn einzureden.

„Ich sage es Dravindra", erklärte sie. „*Und* Dschaja – falls sie Sie auf dem Rückweg tragen müssen."

„Gut. Allerdings meine ich, daß Dravindra das allein fertigbrächte."

Rani dankte ihm mit einem freundlichen Lächeln, in dem sich Stolz und Freude mischten. Mit diesem Paar, dachte Radschasinghe, hatte er den glücklichsten Zug in der Staatslotterie getan. Er hoffte, daß für sie die zwei Jahre Sozialdienst ebenso erfreulich gewesen waren wie für ihn. In diesem Zeitalter zählten persönliche Bedienstete zu den seltensten unter allen Luxusgütern und wurden nur Personen mit hervorragendem Verdienst zugestanden. Radschasinghe kannte keinen anderen Privatbürger, der über deren drei verfügte.

Um Kraft zu sparen, fuhr er auf dem durch Sonnenenergie angetriebenen Dreirad durch die Lustgärten; Dravindra und Dschaja zogen es vor, zu Fuß zu gehen, wobei sie behaupteten, es sei schneller. (Sie hatten recht, aber das lag daran, daß sie Abkürzungen nehmen konnten.) Er kletterte sehr langsam und legte mehrere Pausen ein, um den Atem wiederzugewinnen. Schließlich erreichte er den langen Korridor der unteren Galerie mit der Spiegelwand, die parallel zu der Felsfläche verlief.

Von den üblichen neugierigen Touristen beobachtet, war eine junge Archäologin aus einem der afrikanischen Länder dabei, die Wand unter dem Lichtkegel einer polarisierenden Lampe nach unentdeckten Inschriften abzusuchen. Radschasinghe hätte sie warnen mögen, daß die Aussicht auf Erfolg praktisch gleich Null war. Paul Sarath hatte zwanzig Jahre seines Lebens damit verbracht, jeden Quadratmillimeter der Wandoberfläche abzusuchen, und sein dreibändiges Werk *Jakkagala Graffiti* war ein Monumentalprodukt der Gelehrsamkeit, das niemals würde überarbeitet werden müssen – und sei es auch nur aus dem Grund, daß niemand so gut wie er archaische taprobanische Inschriften zu lesen verstand.

Sie waren beide noch jung gewesen, als Paul sein Lebenswerk begann. Radschasinghe erinnerte sich, genau an diesem Ort gestanden zu haben, als der damalige Stellvertretende Schriftenexperte des Ministeriums für Archäologie selbst die unentzifferbarsten Kratzer in dem gelben Wandbelag nachgezeichnet und die Gedichte, die an die Schönheiten weiter oben am Felsen gerichtet waren, entziffert hatte. Selbst nach so vielen Jahrhunderten berührten die Zeilen noch immer eine Saite im Herz des Menschen:

Ich bin Tissa, Hauptmann der Wache.
Fünfzig Meilen kam ich, die Rehäugigen zu sehen,
aber sie sprechen zu mir nicht.
Verdiene ich das?

Mögt ihr hier bleiben für eintausend Jahre
wie der Hase, den der König der Götter dem Mond
ins Gesicht gemalt hat. Ich bin der Priester Mahinda
von dem Tempel Tuparama.

Die letztere Hoffnung war zum Teil in Erfüllung gegangen. Die Damen des Felsens hatten zweimal die Zeitspanne überdauert, die der Priester ihnen gewünscht hatte, und waren bis in ein Zeitalter vorgedrungen, das weit jenseits seiner exotischsten Träume lag. Aber wie wenige nur hatten überlebt! Ein paar Inschriften bezogen sich auf „fünfhundert goldhäutige Jungfrauen"; selbst wenn man den Verfassern dichterische Freiheit zugestand, war klar, daß nicht einmal ein Zehntel der ursprünglichen Fresken das Wirken der Zeit und das Wüten des Menschen überdauert hatten. Aber die zwanzig, die noch verblieben, waren nun für immer sicher. Ihre Schönheit war in zahllosen Filmen, Bändern und Kassetten gespeichert.

Einen stolzen Schreiber, der es für unnötig gehalten hatte, seinen Namen zu nennen, hatten sie mühelos überdauert:

Ich ließ die Straße räumen, so daß Pilger
die schönen Mädchen auf der Fläche des Felsens
sehen konnten.
Ich bin der König.

Im Lauf der Jahre hatte Radschasinghe – selbst Träger eines königlichen Namens und zweifellos der Besitzer vieler adliger Erbmerkmale – oft an diese Worte gedacht. Deutlicher als alles andere zeigten sie die Vergänglichkeit der Macht, die Nutzlosigkeit des Ehrgeizes. „*Ich bin der König.*" Jawohl – aber *welcher* König? Der Herrscher, der auf diesen Steinen gestanden hatte – damals, vor achtzehnhundert Jahren, waren sie noch nicht so abgenutzt gewesen –, mochte ein fähiger und intelligenter Mann gewesen sein; aber er hatte sich nicht vorstellen können, daß je die Zeit kommen würde, in der man über ihn ebenso wenig wußte wie über den niedrigsten seiner Untertanen.

Die Identität des Verfassers ließ sich jetzt nicht mehr aufspüren. Einer von mindestens einem Dutzend Könige kam in Frage. Ein paar von ihnen hatten jahrelang regiert, andere nur ein paar Wochen, und nur wenige waren eines friedlichen Todes gestorben. Niemand würde je erfahren, ob der König, der es für unnötig hielt, seinen Namen zu nennen, Mahatissa II. oder Bhatikabhaja gewesen war, Vidschajakumara III. oder Gadschabahukagamani, Candamukhasiva, Moggallena I., Kittisena, Sirisamgabodhi ... oder womöglich einer der Namenlosen, die in den Falten der langen und verwickelten Geschichte Taprobanes verlorengegangen waren.

Der Fahrstuhlführer war erstaunt, den vornehmen Gast zu sehen, und grüßte Radschasinghe unterwürfig. Während die Kabine langsam aufwärtsstieg, dachte er daran, wie er vor noch nicht allzu langer Zeit den Aufzug als nicht vorhanden betrachtet und statt dessen die Wendeltreppe benutzt hatte, über die jetzt Dravindra und Dschaja hinaufeilten, mehrere Stufen auf einmal nehmend.

Klickend kam der Fahrstuhl zum Stillstand. Er trat auf die kleine Stahlplattform, die aus der Felswand hervorragte. Neben und hinter ihm gähnten einhundert Meter Abgrund, aber der kräftige Stahlkäfig bot mehr als hinreichende Sicherheit. Nicht einmal der entschlossenste Selbstmörder hätte von hier aus einen Sprung in die Tiefe tun können.

Hier in dieser seichten Felsenbucht, die der Zufall geschaffen hatte, befanden sich die Überlebenden von Kalidasas himmlischen Hofstaat, durch die Rundung des Felsens vor den Unbilden des Wetters geschützt. Radschasinghe begrüßte sie schweigend und sank dankbar in den Sessel, den der Touristenführer zu ihm hinschob.

„Ich möchte zehn Minuten lang allein sein", sagte er ruhig. „Dschaja, Dravindra – seht zu, ob ihr mir die Touristen vom Hals halten könnt."

Seine Begleiter musterten ihn zweifelnd – ebenso der Führer, dem es ans Herz gelegt worden war, die Fresken niemals unbewacht zu lassen. Aber wie gewöhnlich bekam Botschafter Radschasinghe seinen Wunsch erfüllt, ohne daß er laut zu werden brauchte.

„*Aju bowan*", grüßte er die schweigenden Gestalten, als er schließlich allein war. „Es tut mir leid, daß ich euch so lange vernachlässigt habe."

Er wartete höflich auf eine Antwort; sie aber schenkten ihm nicht mehr Beachtung als all den anderen Bewunderern, die im Lauf von zwanzig Jahrhunderten vor ihnen gestanden hatten. Radschasinghe war nicht enttäuscht. Er hatte sich an ihre Gleichgültigkeit gewöhnt. Sie trug, fand er, zu ihrem Charme bei.

„Ich habe ein Problem, meine Lieben", fuhr er fort. „Ihr habt die Invasoren von Taprobane kommen und gehen sehen, seit Kalidasas Zeit. Ihr habt den Dschungel Jakkagala wie die Flut umspülen und dann wieder zurückweichen sehen, getrieben von der Axt und dem Pflug. Aber nichts hat sich in all den Jahren wirklich verändert. Die Natur war freundlich zu dem kleinen Taprobane, ebenso die Geschichte; Taprobane wurde in Ruhe gelassen …

Jetzt aber kann es sein, daß die Jahrhunderte der Ruhe sich dem Ende nähern. Vielleicht wird unser Land zum Mittelpunkt der Welt werden – vieler Welten sogar. Es kann sein, daß der große Berg dort im Süden, den ihr so lange angeblickt habt, der Schlüssel zum Universum wird. Wenn es so geschieht, dann wird das Taprobane, das wir kennen und lieben, aufhören zu existieren.

Womöglich kann ich nicht viel ausrichten – aber ich habe noch ein *wenig* Kraft zu helfen oder Widerstand zu leisten. Ich habe noch immer viele Freunde. Wenn ich will, kann ich diesen Traum – diesen Alptraum? – aufhalten, wenigstens bis zum Ende meines Lebens. Soll ich das tun? Oder soll ich diesen Mann unterstützen – unabhängig davon, welches seine wahren Motive sein mögen?"

Er wandte sich seiner Favoritin zu – der einzigen, die den Blick nicht abwandte, wenn er zu ihr hinsah. Die anderen Jungfrauen starrten in die Ferne oder studierten die Blumen, die sie in den Händen hielten. Diese eine aber, die er seit seiner Jugend liebte, schien, aus einem bestimmten Winkel betrachtet, seinem Blick standzuhalten.

„Oh, Karuna! Es ist nicht ehrlich von mir, dir solche Fragen zu stellen. Was weißt du schon von den *wirklichen* Welten jenseits des Himmels, oder von dem Drang des Menschen, sie zu erobern? Du warst zwar einst eine Göttin, aber Kalidasas Himmel war nichts als eine Illusion. Gleichgültig – welch fremde Zukunften du auch schauen magst, ich werde nicht an ihnen teilhaben. Wir kennen einander seit langer Zeit – nach meinen Maßstäben. Ich werde euch auch weiterhin von der Villa aus anschauen, aber von Angesicht zu Angesicht stehen wir einander heute zum letzten Mal gegenüber. Lebt wohl, meine Schönen, und habt Dank für die Freude, die ihr mir die Jahre hindurch gebracht habt. Grüßt mir die, die nach mir kommen!"

Als er aber die Wendeltreppe hinabstieg, den Fahrstuhl ignorierend, da war ihm gar nicht nach traurigem Abschiedsgesang zumute. Im Gegenteil, es war ihm, als hätte er ein paar Jahre von sich abgeschüttelt (und überhaupt: zweiundsiebzig Jahre war *so* alt nun auch wieder nicht). Dravindra und Dschaja entging die neugewonnene Lebendigkeit nicht. Er sah ihre Augen aufleuchten.

Das Leben im Ruhestand war wirklich ein wenig langweilig geworden. Was er und Taprobane brauchten, war frische Luft, die die Spinnweben fortblies – wie der Monsun, der nach Monaten schwüler, windloser Hitze neues Leben brachte.

Ob Morgan Erfolg hatte oder nicht, sein Vorhaben besaß die Kraft, die Phantasie zu beflügeln und die Seele zu laben. Kalidasa hätte Neid empfunden – und seine Zustimmung erteilt.

II

Der Tempel

Während die verschiedenen Religionen miteinander darüber streiten, welche von ihnen im Besitz der Wahrheit ist, kann von unserem Standort aus die Frage nach dem Wahrheitsgehalt der Religion gänzlich außer acht gelassen werden …

Wenn man der Religion einen Platz innerhalb des Evolutionsprozesses der Menschheit zuordnen will, so erscheint sie nicht so sehr als etwas für die Dauer Erworbenes, sondern eher als eine Parallele zu der Neurose, die das zivilisierte Individuum auf dem Weg von der Kindheit zur Reife durchmacht.

Freud: Neue Folge der Vorlesungen zur Einführung in die Psychoanalyse (1932).

Natürlich hat der Mensch Gott in seinem Ebenbild erschaffen; was hätte er auch sonst tun sollen? Ebenso wie ein echtes Verständnis der Geologie unmöglich war, solange wir nicht andere Welten außerhalb der Erde studieren konnten, so muß auch eine gültige Theologie warten, bis wir mit außerirdischen Intelligenzen Verbindung aufnehmen. Es kann kein Lehrfach „Vergleichende Religionslehre" geben, solange wir nur die Religionen der Menschheit studieren.

Hadschi Mohammed ben Selim, Professor für Vergleichende Religionslehre: Einführungsrede, Brigham-Young-Universität, 1998.

Unsere Wißbegierde muß auf die Beantwortung der folgenden Fragen gerichtet sein: (a) Welches sind die religiösen Grundideen, wenn solche überhaupt existieren, von Wesen mit null, einem, zwei oder mehr als zwei „Eltern“ und (b) wird religiöser Glaube nur bei solchen Organismen beobachtet, die während der Wachstumsjahre engen Kontakt mit ihren Erzeugern haben?

Wenn wir feststellen, daß Religion ausschließlich bei den intelligenten Äquivalenten von Affen, Delphinen, Elefanten, Hunden usw. vorkommt, aber *nicht* bei außerirdischen Computern, Termiten, Fischen, Schildkröten oder gesellschaftsbildenden Amöben, dann werden wir möglicherweise ein paar schmerzhafte Schlüsse ziehen müssen ... Vielleicht können sowohl Liebe als auch Religion nur unter Säugetieren entstehen – beide aus nahezu identischen Anlässen. Eine Analyse ihrer Pathologien legt diesen Schluß nahe; und jeder, der an dem inneren Zusammenhang zweifelt, der sollte sich den *Hexenhammer* oder Huxleys *Die Teufel von Loudon* aufmerksam durchlesen.

(Am selben Ort.)

Dr. Charles Willis' oft zitierte Bemerkung (Hawaii, 1970), Religion sei ein Abfallprodukt der Unterernährung, trägt zur Diskussion nicht wesentlich mehr bei als Gregory Batesons unfeine Reaktion. Was Dr. Willis anscheinend zum Ausdruck bringen wollte, ist, daß erstens Halluzinationen, die durch eine freiwillige oder unfreiwillige Hungerkur ausgelöst werden, sich leicht als religiöse Visionen deuten lassen, und daß zweitens Hunger in *diesem* Leben die Hoffnung auf einen Ausgleich in einem *anderen* erweckt und somit womöglich einen Überlebensantrieb schafft ...

Es ist in der Tat eine Ironie des Schicksals, daß die Erforschung der sogenannten bewußtseinserweiternden Drogen bewies, daß sie genau das Gegenteil bewirken – ein Nebenprodukt der Entdeckung der im Gehirn natürlich vorkommenden „apothetischen" Verbindungen. Die Entdeckung, daß selbst der glühendste Anhänger eines bestimmten Glaubens durch eine sorgfältig bemessene Dosis von 2–4–7–Orthoparatheosamin zur Annahme eines anderen Glaubens bewegt werden konnte, war womöglich der vernichtendste Schlag, den die Religion je hat hinnehmen müssen.

Bis zur Ankunft von Starglider, versteht sich ...

R. Gabor: Die pharmakologische Grundlage der Religion (Miskatonic University Press, 2069).

Starglider

Das Ereignis war mehr als hundert Jahre lang erwartet worden, und es hatte eine Menge Fehlalarme gegeben. Aber als es eintrat, war die Menschheit überrascht.

Das Radiosignal aus Richtung Alpha Centauri war so energiereich, daß es zuerst als Störgeräusch in den normalen, kommerziellen Funkkanälen registriert wurde. Das war eine Blamage für die Radioastronomen, die seit Jahrzehnten nach intelligenten Botschaften aus dem All lauschten – besonders da sie vor geraumer Zeit das Dreifachsystem Alpha, Beta und Proxima Centauri als unergiebig von aller weiteren Beachtung ausgeschlossen hatten.

Sofort wandte sich jedes Radioteleskop der südlichen Erdhalbkugel den Zentauren zu. Innerhalb weniger Stunden machte man eine weitere, noch sensationellere Entdeckung. Das Signal kam keineswegs aus dem Centaurus-System, sondern von einem Punkt, der ein halbes Grad seitwärts lag. *Und die Signalquelle war in Bewegung.*

Das war der erste Hinweis auf den wahren Hintergrund des Geschehens. Als an diesem kein Zweifel mehr bestand, kamen die Alltagsverrichtungen der Menschheit zu einem abrupten Stillstand.

Die Intensität des Signals überraschte nun niemand mehr; denn die Quelle befand sich bereits tief innerhalb des Sonnensystems und bewegte sich mit einer Geschwindigkeit von sechshundert Kilometern pro Sekunde auf die Sonne zu. Die lange erwarteten, lange gefürchteten Besucher aus dem Weltall waren endlich eingetroffen …

Aber dreißig Tage lang, während er an den äußeren Planeten vorbeistürzte, tat der Eindringling weiter nichts, als die eintönige Folge von Impulsen auszustrahlen, die weiter nichts besagten als: „Ich bin hier!“ Er unternahm keinen Versuch, die Signale zu beantworten, mit denen man ihn bombardierte, noch modifizierte er seinen kometengleichen Kurs. Wenn er sich nicht bis unmittelbar vor seiner Entdeckung mit wesentlich höherer Geschwindigkeit bewegt hatte, dann mußte seine Reise von den Zentauren zweitausend Jahre gedauert haben. Einige waren darob erleichtert, weil es darauf hinwies, daß es sich bei dem Eindringling um eine unbemannte Robotsonde handelte. Andere dagegen fühlten sich enttäuscht und empfanden die Abwesenheit echter, lebendiger Extraterrestrier als einen Anti-Höhepunkt.

Das gesamte Spektrum der Möglichkeiten wurde in sämtlichen Kommunikationsmedien, in allen Parlamenten der Menschheit bis zur Erschöpfung diskutiert. Jeder Handlungsvorwurf, den die utopische Literatur je benützt hatte, wurde ausgegraben und feierlich analysiert – von der Ankunft wohlwollender Götter bis zur Invasion blutsaugerischer Vampire. Lloyds in London kassierte immense Prämienzahlungen von Leuten, die sich gegen jede denkbare Spielart der Zukunft versichern wollten – darin eingeschlossen einige, in denen ihnen die Auszahlung der Versicherungssumme nichts mehr genützt hätte.

Als der fremde Besucher die Jupiterbahn kreuzte, gelang es den Instrumenten zum ersten Mal, Einzelheiten an ihm zu erkennen. Die erste Entdeckung verursachte eine kurzlebige Panik: Das Objekt besaß einen Durchmesser von fünfhundert Kilometern – den Umfang eines kleinen Mondes! Womöglich war es doch ein Transporter, der eine Invasionsarmee an Bord trug...

Die Furcht verflüchtigte sich, als genauere Beobachtungen ergaben, daß der feste Körperkern des Eindringlings nur ein paar Meter maß. Der Fünfhundert-Kilometer-Halo darum herum entpuppte sich als etwas den Menschen durchaus Vertrautes – ein nicht sonderlich stabiler, langsam rotierender Parabolreflektor, das genaue Gegenstück der im Erdumlauf befindlichen Radioteleskope. Vermutlich handelte es sich dabei um die Antenne, durch die der Besucher den Kontakt mit seiner fernen Heimatwelt aufrechterhielt. Und durch die er, in diesem Augenblick, Daten über das Sonnensystem und die Kommunikationstätigkeit der dort ansässigen Zivilisation nach Hause funkte.

Dann gab es eine weitere Überraschung. Die asteroidengroße Antenne war keineswegs auf Alpha Centauri gerichtet, sondern in eine ganz andere Gegend. Es sah allmählich so aus, als sei das Centaurus-System lediglich der letzte Anlegehafen, nicht aber der Ausgangsort des Fremdlings.

Die Astronomen waren noch dabei, sich darüber den Kopf zu zerbrechen, als sich ein bemerkenswerter und glücklicher Zufall ereignete. Eine solare Wettersonde, die sich auf Routinepatrouille jenseits der Marsbahn befand, verstummte plötzlich und fand ihre Funkstimme erst eine Minute später wieder. Als man die Datenaufzeichnungen untersuchte, stellte man fest, daß die Instrumente der Sonde unter dem Einfluß überaus intensiver Strahlung vorübergehend versagt hatten. Die Sonde hatte den Funkstrahl des Besuchers gekreuzt, und jetzt war es ziemlich einfach, auszurechnen, auf welches Ziel er gerichtet war.

Der nächste Stern in dieser Richtung befand sich in zweiundfünfzig Lichtjahren Entfernung – ein unscheinbarer und vermutlich sehr alter roter Zwergstern, eine jener enthaltsamen kleinen Sonnen, die noch Jahrmilliarden, nachdem die strahlenden Giganten der Milchstraße die eigene Substanz aufgezehrt hatten, friedlich vor sich hin scheinen würde. Kein einziges Radioteleskop hatte sich je näher mit ihr beschäftigt. Jetzt jedoch richteten sich alle darauf, die nicht unbedingt für die Beobachtung des Besuchers gebraucht wurden.

Und tatsächlich: Da war es! Ein scharf-definiertes Signal auf dem Ein-Zentimeter-Band. Die Hersteller standen noch immer in Verbindung mit dem Fahrzeug, das sie vor Jahrtausenden vom Stapel gelassen hatten. Indes, die Nachrichten, die es jetzt empfing, waren nur ein halbes Jahrhundert alt.

Und dann, als er sich in der Nähe der Marsbahn befand, zeigte der Besucher auf die dramatischste und unmißverständlichste Art und Weise, daß er sich der Existenz der Menschheit durchaus bewußt war. Er begann, Standard-Fernsehbilder von 3075 Zeilen, mit eingeblendetem Video-Text in fließendem, wenn auch unbeholfenem Englisch und Mandarin-Chinesisch zu übertragen. Die erste interstellare Unterhaltung hatte begonnen – und nicht, wie man sich immer vorgestellt hatte, mit Pausen von Jahrzehnten, sondern von nur einigen Minuten.

Schatten im Morgengrauen

Morgan verließ sein Hotel in Ranapura um vier Uhr morgens. Die Nacht war klar und mondlos. Er war ungern so früh aufgestanden, aber Professor Sarath, dem er die Vorbereitungen zu diesem Ausflug verdankte, hatte ihm versprochen, es werde die Mühe wert sein. „Sie können Sri Kanda nicht einmal anfangen zu verstehen", hatte er gesagt, „solange sie nicht die Morgendämmerung vom Gipfel aus beobachtet haben. Und Buddy – äh, der Maha Thero – empfängt Besucher zu keiner anderen Zeit. Er sagt, damit hält er sich diejenigen vom Leibe, die aus reiner Neugierde kommen." Morgan hatte schließlich nachgegeben, ohne von seiner Ungehaltenheit allzuviel durchblicken zu lassen.

Die Sache wurde dadurch nicht besser, daß der taprobanische Chauffeur darauf bestand, eine forsche, wenn auch einseitige Unterhaltung zu führen, deren Zweck es offenbar war, ein komplettes Profil der Persönlichkeit seines Fahrgasts zu entwickeln. Das tat er mit derart naiver Freundlichkeit, daß man es ihm nicht übelnehmen konnte. Aber Schweigen wäre Morgan lieber gewesen.

Überdies wünschte er sich, daß sein Fahrer sich etwas mehr auf die zahllosen Haarnadelkurven konzentrieren möge, die sie in der Finsternis mit beängstigender Geschwindigkeit durchfuhren. Für Morgans seelisches Gleichgewicht war es wahrscheinlich besser, daß er die Felsenstürze und Schluchten nicht zu sehen bekam, an denen sie vorbeibrausten, während der Wagen durch die Vorberge allmählich an Höhe gewann. Die Straße war erstklassige

Pionierarbeit aus dem neunzehnten Jahrhundert – angelegt von der letzten Kolonialmacht während der abschließenden Kampagne gegen die stolzen Bergvölker im Innern. Sie war indes niemals auf automatische Steuerung umgestellt worden, und es gab Augenblicke, in denen Morgan sich fragte, ob er die Fahrt überleben werde.

Plötzlich aber vergaß er seine Furcht und den Ärger über den versäumten Schlaf.

„Da ist er!“ sagte der Fahrer stolz, als der Wagen die Flanke eines Hügels umrundete.

Sri Kanda selbst war völlig unsichtbar. Noch enthielt die Dunkelheit keine Spur des herannahenden Morgens. Die Anwesenheit des Berges wurde durch ein dünnes Band aus Licht preisgegeben, das zickzackförmig in der Nacht hing, als würde es durch eine magische Kraft gehalten. Morgan wußte, daß er weiter nichts sah als die Lampen, die vor zweihundert Jahren angebracht worden waren, um den Pilgern zu leuchten, die die längste Treppe der Welt emporklommen. Aber in ihrer Mißachtung von Logik und Schwerkraft erschienen sie ihm fast wie eine Vorherschau auf seinen eigenen Traum. Zeitalter vor seiner Geburt, geleitet von Philosophen, die er sich kaum vorstellen konnte, hatten Menschen das Werk begonnen, das er zu vollenden hoffte. Sie hatten buchstäblich die ersten rohen Stufen der Treppe zu den Sternen gebaut.

Morgan fühlte keine Müdigkeit mehr, während er beobachtete, wie das leuchtende Band sich in unzählige einzelne Lichtquellen auflöste, je näher sie ihm kamen. Jetzt wurde auch der Berg selbst allmählich sichtbar, als ein riesiges schwarzes Dreieck, das die Hälfte der Sterne am Himmel verdeckte. Es lag etwas Düsteres in dieser schweigsam brütenden Masse; Morgan konnte sich gut vorstellen, daß sie wirklich die Wohnung der Götter war, die von seinem

Vorhaben erfahren hatten und nun ihre Kräfte gegen ihn massierten.

Ominöse Gedanken dieser Art waren jedoch wie weggewischt, als sie die Talstation der Seilbahn erreichten und Morgan zu seiner großen Überraschung feststellte, daß sich bereits mehr als einhundert Leute – es war noch immer erst fünf Uhr – in dem kleinen Warteraum befanden. Er besorgte für sich und seinen geschwätzigen Fahrer einen angenehm heißen Kaffee. Der Chauffeur übrigens zeigte zu Morgans Erleichterung keinerlei Interesse, den Berg hinaufzufahren. „Das habe ich mindestens schon zwanzigmal gemacht", erklärte er reichlich blasiert. „Ich schlafe im Auto, bis Sie wieder herunterkommen."

Morgan kaufte ein Billett und berechnete überschlägig, daß er mit der dritten oder vierten Ladung von Passagieren an die Reihe kommen würde. Er war froh, daß er Saraths Rat angenommen und eine Thermohülle in die Tasche gesteckt hatte. Schon hier, in zwei Kilometern Höhe, war es empfindlich kalt. Auf dem Gipfel, noch drei Kilometer weiter oben, mußten die Temperaturen unter dem Nullpunkt liegen.

Während er sich in der langen Schlange von schläfrigen und nicht besonders gesprächigen Touristen allmählich vorwärtsbewegte, stellte er zu seiner Erheiterung fest, daß er der einzige Anwesende war, der keine Kamera trug. Wo waren die echten Pilger, fragte er sich. Dann erinnerte er sich. Er würde sie hier nicht finden. Es gab keinen leichten Weg zum Himmel, ins Nirwana, oder was immer es auch war, das die Gläubigen zu erlangen trachteten. Verdienst wurde nur durch das eigene Bemühen erworben, nicht mit der Hilfe von Maschinen. Eine interessante Doktrin, fand er, mit viel Wahrheitsgehalt. Aber es gab auch Situationen, in denen sich das Ziel *nur* mit Maschinen erreichen ließ.

Schließlich bekam er einen Sitz in einer der Gondeln. Unter lautem Seilgeknarre setzte sich das Gefährt in Bewegung. Zum zweiten Mal empfand Morgan das eigentümliche Gefühl des Vorherschauens. Der Fahrstuhl, den *er* plante, würde Ladungen befördern, die die Kapazität dieses primitiven Systems, das wahrscheinlich noch aus dem zwanzigsten Jahrhundert stammte, um ein Zehntausendfaches übertreffen. Und dennoch war das Prinzip seiner Arbeitsweise im Grunde genommen dasselbe.

Außerhalb der schaukelnden Gondel war es noch immer völlig finster, außer wenn ein Abschnitt der Treppe ins Blickfeld kam. Sie war verlassen und leer, als ob die zahllosen Millionen, die im Lauf dreier Jahrtausende sich hier hinaufgemüht hatten, keine Nachfolger hinterlassen hätten. Dann aber fiel Morgan ein, daß die, die den Aufstieg zu Fuß unternahmen, schon viel weiter oben sein mußten, wenn sie ihre Verabredung mit der Morgendämmerung einzuhalten gedachten. Sie hatten die tieferen Abhänge des Berges schon vor Stunden hinter sich gelassen.

In vier Kilometern Höhe wurde in eine andere Seilbahn umgestiegen. Das ging ziemlich rasch. Auf dem kurzen Weg von der einen Gondel zur anderen war Morgan nun wirklich froh, daß er die Hülle mitgebracht hatte, und wikkelte sich fest in den metalldurchwirkten Stoff. Auf dem Boden lag Frost, und das Atmen in der dünnen Luft machte merklich Mühe. Es überraschte ihn keineswegs, in der kleinen Seilbahnhalle Gestelle mit Sauerstoffzylindern zu sehen, säuberlich mit Gebrauchsanweisung etikettiert.

Jetzt endlich, als sie den letzten Teil der Strecke in Angriff nahmen, kam die erste Ahnung des sich nähernden Tages. Die Sterne im Osten schimmerten noch immer mit unvermindertem Glanz – Venus der bei weitem hellste unter ihnen –, aber ein paar dünne, hohe Wolken begannen im Widerschein des nahenden Morgengrauens schwach zu glimmen. Morgan sah ungeduldig auf die Uhr und fragte sich, ob er noch zur rechten Zeit kam. Aber der Sonnenaufgang war noch dreißig Minuten entfernt.

Einer der Fahrgäste wies plötzlich auf die Treppe, von der Abschnitte immer wieder in Sicht kamen, während sie im Zickzack den jetzt immer steiler werdenden Berghang hinaufführte. Sie war nicht mehr leer. Dutzende von Männern und Frauen mühten sich mit Anstrengung die endlose Treppenflucht empor. Es wurden ihrer von Minute zu Minute mehr. Wie lange, dachte Morgan, waren sie schon unterwegs? Zumindest die ganze Nacht, womöglich auch noch länger. Unter den Pilgern befanden sich nämlich viele ältere Personen, die den Aufstieg unmöglich in einem Tag bewältigt haben konnten. Es überraschte ihn, daß es noch soviele Gläubige gab.

Einen Augenblick später sah er den ersten Mönch – eine hochgewachsene, in safrangelbes Tuch gekleidete Gestalt, die sich mit gleichmäßig pendelndem Gang bewegte, weder nach rechts, noch nach links blickte und die über ihr dahinschwebende Gondel völlig ignorierte. Auch den Elementen schenkte der Gelbgekleidete mit dem kahl rasierten Schädel keine Beachtung: Trotz des eisigen Windes trug er die rechte Schulter und den Arm entblößt.

Die Gondel bremste, als sie sich der Endstation näherte. Sie hielt an, um die Passagiere zu entladen, setzte sich dann jedoch alsbald wieder talwärts in Bewegung. Morgan schloß sich einer Menge von etwa zwei- bis dreihundert Menschen an, die frierend in einem aus der Westwand des Berges gehauenen, kleinen Amphitheater hockten. Sie starrten in die Dunkelheit hinaus; aber es gab nichts zu sehen außer dem leuchtenden Band, das im Zickzack hinunter in die Tiefe kletterte. Ein paar verspätete Kletterer auf dem obersten Abschnitt der Treppe rafften noch einmal alle Kräfte zusammen, um den wichtigen Augenblick nicht zu versäumen.

Morgan warf abermals einen Blick auf die Uhr: zehn Minuten noch. Er hatte sich niemals zuvor in einem solch großen Kreis schweigender Menschen befunden. Dies war der Ort, an dem sich kameraschleppende Touristen und ergebene Pilger wieder vereinten. Die Wetterbedingungen waren ausgezeichnet. Bald würden sie wissen, ob sie die Reise umsonst unternommen hatten oder nicht.

Aus der Richtung des Tempels, der, noch immer unsichtbar in der Finsternis, einhundert Meter höher auf dem Gipfel des Berges stand, ertönte ein feines Klingeln. Im selben Augenblick erloschen alle Lampen längs der vielfach gewundenen Treppe. Die Besucher erkannten jetzt, während sie dem durch den Berg verdeckten Sonnenaufgang den Rücken zuwandten, daß der erste matte Schimmer des jungen Tages bereits auf den Wolken weit unter ihnen lag. Aber die gewaltige Masse des Berges zögerte den Anbruch der Dämmerung weiter hinaus.

Sekunde um Sekunde wuchs die Helligkeit zu beiden Seiten des Sri Kanda, während die Sonne in die letzten Verstecke der Nacht zu scheinen begann. Und plötzlich erhob sich unter der geduldig wartenden Menge ein leises Gemurmel.

Vor einem Augenblick war noch nichts zu sehen gewesen – aber jetzt materialisierte es plötzlich, ein vollkommen symmetrisches, scharf gezeichnetes Dreieck aus tiefstem Blau, das sich halbwegs über Taprobane hinweg erstreckte. Der Berg hatte seine Verehrer nicht vergessen; da war er, sein berühmter Schatten, ausgebreitet auf den Wolken, ein Symbol, das jeder Pilger für sich interpretieren mochte.

In seiner geradlinigen Vollkommenheit erschien er fast

wie ein festes Gebilde, eine umgeworfene Pyramide, denn als ein Erzeugnis von Licht und Dunkelheit. Während die Helligkeit zunahm und die ersten Sonnenstrahlen über die Flanken des Berges fielen, schien der Schatten infolge der Kontrastwirkung noch an Dichte und Tiefe zu gewinnen. Aber durch den dünnen Schleier der Wolken, der seine Existenz überhaupt erst ermöglichte, konnte Morgan bereits die Seen und Hügel und Wälder des erwachenden Landes in ihren Umrissen erkennen.

Obwohl die Spitze des Dreiecks mit hoher Geschwindigkeit auf ihn zuschoß, während die Sonne hinter dem Berg senkrecht in die Höhe stieg, war Morgan sich keiner Bewegung bewußt. Die Zeit war abgeschafft. Morgan erlebte einen der seltenen Augenblicke seines Daseins, in denen er dem Verstreichen der Minuten keine Beachtung schenkte. Der Schatten der Ewigkeit lag auf seiner Seele wie der des Berges auf den Wolken.

Er schwand jetzt rasch, während die letzten Reste der Dunkelheit vom Sonnenlicht aufgesogen wurden. Die geisterhafte, schimmernde Landschaft ganz unten erwachte zur Wirklichkeit. Auf dem halben Weg zum Horizont gab es plötzlich eine Lichtexplosion, als die Sonne auf die Ostfenster eines Gebäudes traf. Und noch weiter draußen, falls seine Augen ihn nicht täuschten, erkannte Morgan undeutlich das dunkle Band an der See, die die Insel umschlang.

Für Taprobane war ein neuer Tag gekommen.

Langsam löste sich die Schar der Besucher auf. Manche kehrten zur Bergstation der Seilbahn zurück, während andere, die sich kräftiger fühlten, die Treppe in Angriff nahmen. Sie bildeten sich ein, der Abstieg sei leichter als der Aufstieg. Die meisten von ihnen würden froh sein, wenn sie auf der Zwischenstation wieder in die Seilbahn steigen konnten; nur ganz wenige würden die Treppe bis zum Fuß des Berges gehen.

Morgan war der einzige, der aufwärts stieg. Neugierige Blicke folgten ihm, als er die Stufen hinaufstieg, die zu dem Kloster auf dem Gipfel des Berges hinaufführten. Als er die glatt vermörtelte äußere Mauer erreichte, die jetzt unter den ersten direkten Strahlen der Sonne sanft zu leuchten begann, war er völlig außer Atem und lehnte sich ein paar Augenblicke lang an die schwere, hölzerne Tür, um sich auszuruhen.

Jemand mußte aufgepaßt haben. Noch bevor er eine Glocke finden konnte, um seine Anwesenheit bekanntzugeben, schwangen die beiden Türflügel geräuschlos nach innen, und ein in Gelb gekleideter Mönch begrüßte ihn mit gefalteten Händen.

„Aju Bowan, Dr. Morgan. Der Mahanajake Thero freut sich auf Ihren Besuch."

Starglider geht zur Schule

(Auszug aus *Starglider-Konkordanz*, Erste Ausgabe, 2071)

Wir wissen heute, daß die interstellare Raumsonde, allgemein als Starglider bekannt, völlig autonom ist und sich gemäß Instruktionen verhält, die ihr vor sechzigtausend Jahren als Programm eingegeben wurden. Jeweils zwischen zwei Sonnenanflügen überträgt sie mit Hilfe der 500-Kilometer-Antenne Informationen an ihren Heimatstützpunkt und erhält gelegentlich Programmodifikationen von „Starholm", um den lieblichen Namen zu gebrauchen, den der Dichter Llwellyyn ap Cymru geprägt hat.

Während des Fluges durch ein Sonnensystem hingegen ist die Raumsonde in der Lage, die Energie der nahen Sonne anzuzapfen, und die Informationsübertragungsgeschwindigkeit schnellt dramatisch in die Höhe. Sie lädt außerdem ihre Batterien auf, wenn man es so primitiv ausdrücken will. Da die Sonde – wie unsere eigenen frühen Raumfahrzeuge vom Typ „Pioneer" und „Voyager" – die Schwerefelder der Himmelskörper benützt, um sich von ihnen auf den Kurs zur nächsten Sonne bringen zu lassen, ist ihre Lebensdauer theoretisch unbegrenzt. Nur mechanisches Versagen oder ein kosmischer Unfall könnte ihre Karriere beenden. Centaurus war ihr elftes Ziel. Nachdem sie unsere Sonne in der Art eines Kometen umrundet hatte, war ihr Kurs haarscharf auf Tau Ceti gerichtet, zwölf Lichtjahre entfernt. Wenn dort irgend jemand lebt, wird die Sonde ihre nächste Konversation ungefähr im Jahr 8100 beginnen.

Starglider ist zugleich Botschafter und Forscher. Wenn die Sonde am Ende eines ihrer mehrtausendjährigen Reiseabschnitte auf eine technologische Kultur stößt, schließt sie mit den Eingeborenen Freundschaft und tauscht mit ihnen Informationen aus. Es kann sein, daß dies die einzige Form interstellaren Handels ist, die es je geben wird. Und bevor sie sich wieder entfernt, gibt sie die Koordination ihrer Heimatwelt bekannt, auf der man bereits auf einen Direktanruf von dem neuesten Mitglied des galaktischen Kommunikationsnetzes wartet.

Was Stargliders Begegnung mit uns angeht, so können wir stolz darauf sein, daß wir die Heimatsonne der Sonde erkannt und bereits unsere erste Nachricht dorthin abgestrahlt hatten, bevor uns Starglider Sternenkarten übermittelte. Jetzt bleibt uns nur noch übrig, 104 Jahre auf Antwort zu warten. Welch ein unglaublicher Glückszufall, daß unsere unbekannten Nachbarn so nahe leben.

Es wurde schon bei der ersten Botschaft, die Starglider uns zukommen ließ, offenbar, daß er die Bedeutung einiger tausend englischer und chinesischer Worte kannte. Er hatte sie aus der Analyse von Fernseh- und Radiosendungen und ganz besonders Bildnachrichten mit unterlegtem Text abgeleitet. Die Kenntnisse, die er während seiner Annäherung an die Sonne auf diese Weise aufsammelte, waren jedoch nur ein wenig repräsentativer Ausschnitt aus dem Spektrum der menschlichen Kultur. Dieser Ausschnitt enthielt wenig über den derzeitigen Stand der Naturwissenschaften, noch weniger über fortgeschrittene Mathematik – und wahllose Eindrücke von Musik, Literatur und den bildenden Künsten.

Wie jedes autodidaktische Genie besaß Starglider daher

gewaltige Lücken in seinem Wissen. Nach dem Wahlspruch „Zuviel ist besser als zu wenig" übertrug man ihm daher, nachdem die Verbindung hergestellt war, das Oxforder Englische Wörterbuch, das Große Wörterbuch der Chinesischen Sprache (Romandarin-Ausgabe) sowie die *Encyclopaedia Terrae.* Die Digitalübertragung nahm wenig mehr als fünfzig Minuten in Anspruch, und es ist festzuhalten, daß unmittelbar danach Starglider in ein fast vierstündiges Schweigen verfiel. Als er sich wieder meldete, verfügte er über ein immens bereichertes Vokabular, und mehr als 99 Prozent seiner Aussagen und Fragen hätten mühelos den Turing-Test bestanden – d.h. man konnte an ihnen nicht erkennen, ob sie von einer Maschine oder einem mit hoher Intelligenz begabten Menschen stammten.

Manchmal verriet er sich – zum Beispiel durch den unrichtigen Gebrauch mehrdeutiger Wörter und durch die Abwesenheit emotionaler Unterschwingungen in seinen Äußerungen. Man hatte selbstverständlich nichts anderes erwarten können. Fortgeschrittene terranische Computer können nötigenfalls die Emotionen ihrer Erbauer simulieren. Wenn Starglider dieselbe Fähigkeit besaß, dann simulierte er die Gefühlswelt einer ganz und gar fremden Art, die der Menschheit ohnehin unverständlich sein mußte.

Umgekehrt verhielt es sich natürlich nicht anders. Die Aussage „Das Quadrat der Hypothenuse ist flächengleich der Summe der Quadrate der beiden Katheten" verstand Starglider. Aber er konnte sich kaum vorgestellt haben, was Keats durch den Sinn ging, als er schrieb:

Zauberische Vorhänge, die sich öffnen auf den Schaum
gefährlicher Meere, fern in märchenhaften Zonen …

oder gar:

Soll ich dem Sommertag vergleichen dich?
Du bist viel schöner und nicht so heiß ...

Dessenungeachtet präsentierte man Starglider – in der Hoffnung, dieser Schwäche abzuhelfen – mehrere tausend Stunden lange Darstellungen von Musik, Drama und Szenen aus dem irdischen Leben. Man einigte sich darauf, hier eine gewisse Zensur auszuüben. Obwohl man die Neigung der Menschheit, sich in Krieg und Gewalttätigkeit zu verstricken, nicht mehr leugnen konnte (es war zu spät, die *Encyclopaedia* zurückzurufen), wurde die Darstellung solcher Verstrickungen auf ein paar sorgfältig ausgewählte Beispiele beschränkt. Und die Fernsehnetze boten, bis Starglider sich endlich wieder außer Reichweite befand, ausgesprochen flaue Kost.

Jahrhunderte hindurch würden die Philosophen nun darüber diskutieren, wieviel Starglider *wirklich* von den Belangen und Problemen der Menschen verstanden hatte. In einem Punkt allerdings herrschte Einigkeit: in den hundert Tagen, die Stargliders Fahrt durch das Sonnensystem gedauert hatte, war das Bild, das der Mensch sich vom Universum, vom Ursprung des Universums und von seinem eigenen kosmischen Standort machte, gründlich und unwiderruflich geändert worden.

Die menschliche Zivilisation war nicht mehr dieselbe wie vor Stargliders Ankunft – und würde es auch niemals wieder werden.

Der Oberpriester

Als sich die massive, mit feinen Lotusschnitzereien versehene Tür leise klickend hinter ihm schloß, hatte Morgan das Gefühl, eine andere Welt betreten zu haben. Es war dies keineswegs das erste Mal, daß er auf Boden stand, der einst der einen oder anderen Religion heilig gewesen war. Er hatte Notre Dame gesehen, die Hagia Sophia, Stonehenge, das Parthenon, Karnak, Saint Paul und mindestens ein Dutzend anderer großer Tempel und Moscheen. Aber sie waren ihm alle als versteinerte Reliquien der Vergangenheit erschienen – hervorragende Beispiele der Baukunst oder des Ingenieurwesens, aber ohne Bezug zum Bewußtsein des modernen Menschen. Die Dogmen, die sie erschaffen und erhalten hatten, waren allesamt der Vergessenheit anheimgefallen, obwohl ein paar bis in das zweiundzwanzigste Jahrhundert hinein überlebt hatten.

Hier aber schien es, als hätte die Zeit stillgestanden. Die Wirbelstürme der Geschichte hatten an dieser Zitadelle des Glaubens vorbeigeblasen und ihr jede Erschütterung erspart. Die Mönche beteten noch immer, meditierten und beobachteten die Morgendämmerung, wie sie es dreitausend Jahre lang getan hatten.

Während er über die Pflastersteine des Hofes schritt, die die Füße unzähliger Pilger glattpoliert hatten, empfand Morgan ein plötzliches und für ihn ganz uncharakteristisches Gefühl der Unentschlossenheit. Er stand im Begriff, im Namen des Fortschritts etwas Uraltes, Vornehmes zu zerstören – etwas, das er nie völlig verstehen würde.

Der Anblick der großen Bronzeglocke, aufgehängt in einem Turm, der aus der Wand des Klosters wuchs, ließ ihn seine Gedanken vergessen. Er blieb stehen. Im Handumdrehen hatte sein Ingenieurverstand das Gewicht der Glocke auf nicht weniger als fünf Tonnen geschätzt; außerdem war sie offenbar sehr alt. Wie um alles in der Welt ...?

Der Mönch bemerkte seine Neugierde und lächelte verständnisvoll.

„Sie ist zweitausend Jahre alt", sagte er. „Eine Gabe Kalidasas, des Fluchbeladenen, die anzunehmen wir für klug hielten. Nach der Legende brauchte man zehn Jahre, sie den Berg heraufzuschleppen, und hundert Menschen starben dabei."

„Wozu wird sie gebraucht?" fragte Morgan, nachdem er diese Information verdaut hatte.

„Infolge ihrer unliebsamen Herkunft wird sie nur in Unglücksfällen geläutet. Ich selbst habe sie niemals gehört, und auch sonst kein Lebender. Sie ertönte von selbst während des großen Erdbebens von 2017. Und davor wurde sie geläutet im Jahre 1522, als die portugiesischen Eindringlinge den Tempel des Zahnes niederbrannten und die Heilige Reliquie raubten."

„Nach all der Mühe ist sie nie benützt worden?"

„Vielleicht ein dutzendmal in den letzten zweitausend Jahren. Kalidasas Fluch liegt noch immer auf ihr."

Das war vielleicht gutes religiöses Denken, überlegte Morgan, aber kein wirtschaftliches. Er fragte sich insgeheim, wieviel Mönche im Lauf der Jahrhunderte der Versuchung erlegen sein mochten, ganz sacht an die Glocke zu klopfen, um wenigstens einmal das Summen ihrer verbotenen Stimme zu hören.

Sie schritten jetzt einen riesigen Felsklotz entlang, über dessen Flanke eine Treppe zu einem vergoldeten Pavillon hinaufführte. Dies, nahm Morgan zur Kenntnis, war der eigentliche Berggipfel. Er wußte, was der Schrein angeblich enthalten sollte, aber der Mönch ließ ihm ein zweites Mal von seinem Wissen zukommen.

„Der Fußabdruck", sagte er. „Die Moslems glaubten, er rühre von Adam her. Er stand hier, nachdem er aus dem Paradies vertrieben worden war. Die Hindus schrieben ihn Siva oder Saman zu. Für die Buddhisten aber war er natürlich der Abdruck des Erleuchteten."

„Sie benützen die Vergangenheit", antwortete Morgan vorsichtig mit neutralem Tonfall. „Was ist der heutige Glaube?"

Das Gesicht des Mönchs war ausdruckslos, als er antwortete: „Buddha war ein Mensch wie Sie und ich. Der Abdruck im Felsen – und der Felsen ist äußerst hart – mißt zwei Meter."

Damit schien die Angelegenheit erledigt. Morgan stellte keine weiteren Fragen, während er einen kurzen Gang entlanggeführt wurde, der vor einer offenen Tür endete. Der Mönch klopfte und winkte Morgan einzutreten, ohne auf eine Antwort zu warten.

Morgan hatte halb erwartet, den Mahajanake Thero mit untergeschlagenen Beinen auf einer Matte hockend vorzufinden, umgeben von Weihrauch und den Gesängen der Akoluthen. Es lag in der Tat ein Hauch von Weihrauch in der Luft, aber der Oberpriester des Tempels von Sri Kanda saß hinter einem vollkommen normalen Büroschreibtisch, der mit den üblichen Kommunikations- und Speichergeräten ausgestattet war. Das einzig Ungewöhnliche in diesem Raum war ein Buddhakopf, etwas überlebensgroß, der in einer Ecke auf einem Piedestal stand. Morgan konnte nicht erkennen, ob er echt war oder nur eine Projektion.

Trotz dieser konventionellen Einrichtung bestand wenig

Gefahr, daß man den Klostervorsteher mit einem modernen Manager verwechseln würde. Abgesehen von der unvermeidlichen gelben Toga besaß er zwei Merkmale, die in diesem Zeitalter ausgefallen wirkten. Er trug eine Brille, und sein Schädel war völlig kahl.

Beides, nahm Morgan an, war Absicht. Da sich Haarlosigkeit so leicht heilen ließ, war die glänzende Schädelkuppe entweder rasiert oder enthaart. Und wann er das letzte Mal eine Brille gesehen hatte, dessen konnte sich Morgans vollends nicht erinnern, wenn er von historischen Aufzeichnungen oder Schauspielen absah.

Die Kombination faszinierte Morgan und brachte ihn gleichzeitig ein wenig aus dem Gleichgewicht. Er fand es unmöglich, das Alter des Priesters zu schätzen. Es lag irgendwo zwischen vierzig und achtzig. Und die Gläser verbargen, wie durchsichtig sie auch sein mochten, Mahajanake Theros Gedanken und Empfindungen.

„Aju Bowan, Dr. Morgan", sagte der Priester, wobei er seinem Besucher mit einer Geste den einzig verfügbaren Stuhl anbot. „Das hier ist mein Sekretär, der Ehrwürdige Parakarma. Ich nehme an, Sie haben nichts dagegen, daß er Notizen von unserem Gespräch anfertigt."

„Nicht das geringste", antwortete Morgan, wobei er den Kopf in der Richtung des Genannten neigte. Er nahm zur Kenntnis, daß der junge Mönch langes Haar und einen wallenden Bart trug. Es war anscheinend jedem selbst überlassen, ob er sich den Schädel rasierte oder nicht.

„Also, Dr. Morgan", fuhr der Mahajanake Thero fort, „Sie wollen unseren Berg."

„So ist es, Euer – äh – Hochwürden. Einen Teil davon wenigstens."

„Von der ganzen Erdoberfläche ausgerechnet diese paar Hektar?"

„Die Wahl wird nicht von uns bestimmt, sondern von der Natur. Die Bodenstation muß sich am Äquator befinden, und zwar in der größtmöglichen Höhe, wo den Windkräften durch die geringe Luftdichte Grenzen gesetzt sind."

„Es gibt sowohl in Afrika als auch in Südamerika höhere Berge in der Äquatorialzone."

Da geht's schon wieder los! stöhnte Morgan im Geist. Bittere Erfahrung hatte ihn gelehrt, daß es nahezu unmöglich war, Laien, selbst wenn sie noch soviel Intelligenz und Wißbegierde besaßen, das komplexe Problem zu erläutern. Bei diesen beiden Mönchen versprach er sich noch weniger Erfolg. Wenn nur die Erde ein wahrhaft runder, symmetrischer Körper gewesen wäre, ohne Kerben und Beulen in ihrem Schwerefeld!

„Glauben Sie mir", sagte er voller Eifer, „wir haben alle Alternativen sorgfältig untersucht. Der Cotopaxi und der Mount Kenia, selbst der Kilimandscharo, obwohl dieser drei Grad südlich liegt, wären für unsere Zwecke hervorragend geeignet. Das heißt, wenn es dieses eine kritische Problem nicht gäbe. Wenn ein Satellit in eine stationäre Umlaufbahn gebracht wird, bleibt er nicht stets genau am selben Ort. Infolge der Unregelmäßigkeit des Schwerefelds, auf die ich hier nicht näher eingehen möchte, treibt er langsam den Äquator entlang. Infolgedessen verbrennen alle unsere geosynchronen Satelliten und Raumstationen Treibstoff, um sich an Ort und Stelle zu halten. Glücklicherweise handelt es sich nur um geringe Mengen. Aber man kann nicht mehrere Millionen Tonnen hin und her rücken, um sie auf Position zu halten – besonders dann nicht, wenn diese gewaltige Masse aus schlanken Röhren mit mehreren zehntausend Kilometern Länge besteht. Aber das ist auch gar nicht nötig. Zu unserem Glück ..."

„... nicht zu *unserem*", warf der Mahajanake Thero ein

und hätte fast damit erreicht, daß Morgan den Faden verlor.

„... gibt es zwei stabile Punkte im Synchron-Orbit. Ein Satellit, der dort in Position gebracht wird, treibt nicht ab. Er verhält sich, als befände er sich auf dem tiefsten Punkt eines unsichtbaren Tales. Einer dieser Orte befindet sich über dem Pazifik, also ist er für uns wertlos. Der zweite liegt geradewegs über uns."

„Ein paar Kilometer hierhin oder dorthin würden doch sicherlich keinen großen Unterschied machen. Es gibt viele Berge in Taprobane."

„Aber keinen, der mehr als halb so hoch ist wie Sri Kanda. Damit befinden wir uns auf einer Höhe, in der die Windkräfte eine kritische Rolle spielen. Zugegeben, es kommt unmittelbar am Äquator nur selten zu kräftigen Wirbelstürmen. Aber es gibt ihrer genug, so daß sie für die Struktur eine ernsthafte Gefahr darstellen, und zwar an deren schwächstem Punkt."

„Wir haben den Wind unter Kontrolle."

Das war der erste Beitrag, den der junge Sekretär zu der Unterhaltung lieferte. Morgan musterte ihn mit neu erwachtem Interesse.

„Bis zu einem gewissen Grad, ja. Ich habe diesen Punkt mit der Monsun-Kontrolle diskutiert. Man sagt dort, absolute Gewißheit sei ganz unmöglich, besonders im Fall von Wirbelstürmen. Man spricht von Zuversicht in der Gegend fünfzig zu eins. Aber für ein Projekt von Billionen Dollar ist das nicht gut genug."

Der Ehrwürdige Parakarma schien zum Debattieren aufgelegt. „Es gibt einen fast vergessenen Zweig der Mathematik, die Katastrophentheorie, mit deren Hilfe man aus der Meteorologie eine exakte Wissenschaft machen könnte. Ich bin überzeugt ..."

„An dieser Stelle sollte ich erklären“, schnitt der Mahajanake Thero dem anderen das Wort ab, „daß mein Bruder aufgrund der Arbeiten, die er auf dem Gebiet der Astronomie leistete, einst ein anerkannter Fachmann war. Ich nehme an, Sie haben den Namen Dr. Choam Goldberg gehört?“

Morgan kam sich vor, als hätte sich eine Falltür plötzlich unter ihm geöffnet. Er hätte sich so etwas denken sollen! Er erinnerte sich, daß Professor Sarath ihm mit einem Augenzwinkern zu verstehen gegeben hatte, er solle sich vor Buddys Privatsekretär in acht nehmen; er sei ein äußerst gescheiter Mann.

Morgan fragte sich, ob er rot geworden sei, während der Ehrwürdige Parakarma, alias Dr. Choam Goldberg, ihn mit unverkennbar feindseligem Blick anstarrte. Diese unschuldigen Mönche hatten sich also von ihm das Problem instabiler Synchron-Orbits erklären lassen, obwohl ihnen das Thema infolge des Wissens, das Goldberg mit sich herumtrug, weitaus geläufiger war, als er es in dieser kurzen Aussprache hätte machen können.

Er erinnerte sich, daß die Wissenschaftler der Erde bezüglich des Dr. Goldberg geteilter Meinung waren. Es gab solche, die nicht daran zweifelten, daß er verrückt war, und andere, die sich zu einem Entschluß noch nicht durchgerungen hatten. Er war einer der meistversprechenden jungen Wissenschaftler auf dem Gebiet der Astrophysik gewesen, als er eines Tages, vor fünf Jahren, plötzlich verkündete: „Jetzt, da Starglider alle herkömmlichen Religionen zerstört hat, können wir uns endlich auf die Suche nach dem wahren Konzept Gottes machen.“

Mit diesen Worten war er dem Blickfeld der Öffentlichkeit entschwunden.

Gespräche mit Starglider

Unter den Tausenden von Fragen, die Starglider während seiner Durchquerung des Sonnensystems gestellt wurden, waren ohne Zweifel diejenigen am drängendsten, die sich auf die Lebewesen und Zivilisationen anderer Sternsysteme bezogen. Sehr zur Überraschung einiger Pessimisten antwortete der Robot bereitwillig, wenn er auch zu bedenken gab, daß die letzte Richtigstellung vor über einem Jahrhundert erfolgt war.

Wenn man bedachte, wieviel verschiedene Kulturen auf der Erde von einer einzigen Art hervorgebracht worden waren, dann sah man ein, daß die Vielfalt unter den Völkern fremder Sterne, die völlig andersartige Lebensformen hervorgebracht haben mochten, noch weitaus größer sein müsse. Etliche tausend Stunden faszinierender – oft unverständlicher und manchmal entsetzenerregender – Schilderungen des Lebens auf anderen Welten bestätigten, daß dem tatsächlich so war.

Dessenungeachtet hatten die Bewohner von Starholm eine überschlägige Klassifizierung der Kulturen entwickelt. Diese beruhte auf dem jeweiligen Stand der Technologie als einzig objektivem Klassifizierungsmerkmal. Die Menschheit hörte mit großem Interesse, daß sie sich in der fünften Klasse auf einer Skala befand, die wie folgt definiert war: 1 – Steinwerkzeuge, 2 – Metall, Feuer, 3 – Alphabet, Handwerkskünste, Schiffe, 4 – Dampfkraft, Grundlagen der Wissenschaft, 5 – Atomenergie, Raumfahrt.

Als Starglider seine Reise vor sechzigtausend Jahren begonnen hatte, da befanden sich seine Erbauer, wie die Menschheit, noch in Klasse 5. Sie waren inzwischen in die Klasse 6 aufgestiegen, in der man die vollkommene Umwandlung von Materie in Energie und die Synthetisierung aller Elemente in kommerziellen Mengen beherrschte.

„Gibt es eine Klasse sieben?“ wurde Starglider sofort gefragt.

Die Antwort war ein kurzes „Ja“. Als man ihn darauf um Einzelheiten ansprach, erklärte der Robot: „Ich bin nicht befugt, die Technologie einer höheren Klasse den Mitgliedern einer niedrigeren zu schildern.“ Und dabei blieb es, bis zu dem Augenblick, in dem Starglider seine letzte Botschaft abstrahlte, und selbst die von den brillantesten Köpfen der Erde ausgearbeiteten Fangfragen vermochten daran nichts zu ändern.

Zu dieser Zeit war nämlich Starglider den terrestrischen Logikern schon mehr als ebenbürtig. Das war zum Teil die Schuld der Abteilung für Philosophie an der Universität von Chicago. In einem Anfall monumentalen Größenwahns hatte man von dort heimlich die gesamte *Summa Theologiae* an Starglider übertragen – mit katastrophalen Folgen …

02. Juni 2069, 19:34 GZ. Nachricht 1946, Folge 2. Starglider an Erde.

Gemäß Ihrer Bitte (Ihre Nachricht 145 Folge 3 02. Juni 2069 18:42 GZ) habe ich die Argumente des heiligen Thomas von Aquin analysiert. Ein Großteil des Inhalts scheint gehaltfreies logisches Hintergrundgeräusch zu sein und somit bar jeglicher Information. Der folgende Ausdruck zählt 192 Fehlschlüsse auf, dargestellt mit der logischen

Symbolik Ihrer Referenz Mathematik 43 vom 29. Mai 2069 02:51 GZ.

Fehlschluß 1 ... (daran anschließend ein 75seitiger Ausdruck.)

Wie das Logbuch beweist, brauchte Starglider nicht einmal eine Stunde, um den heiligen Thomas logisch zu demolieren. Zwar debattierten Philosophen danach noch Jahrzehnte über Stargliders Analyse; aber sie fanden nur zwei Fehler, und selbst diese mochten unter Umständen auf ein Mißverständnis der Terminologie zurückzuführen sein.

Es wäre von großem Interesse gewesen, zu erfahren, welchen Prozentsatz seiner Prozeßkapazität Starglider bei dieser Aufgabe eingesetzt hatte. Unglücklicherweise dachte niemand daran, die entsprechende Frage zu stellen. Inzwischen liefen weitere desillusionierende Botschaften ein.

04. Juni 2069, 07:59 GZ, Nachricht 9056, Folge 2.
Starglider an Erde.

Ich bin außerstande, zwischen religiösen Zeremonien und anscheinend identischem Verhalten anläßlich sportlicher und kultureller Ereignisse, deren Schilderung Sie mir übermittelt haben, zu unterscheiden. Ich beziehe mich insbesondere auf die Beatles 1956, die Fußballweltmeisterschaft 2047, die Abschiedsvorstellung der Johann-Sebastian-Doppelgänger 2056.

05. Juni 2069, 20:38 GZ, Nachricht 4675, Folge 2.
Starglider an Erde.

Die letzte Informationsaufarbeitung zu diesem Thema liegt 175 Jahre zurück; aber wenn ich Sie richtig verstehe, lautet die Antwort wie folgt: Verhalten der Art, die Sie als religiös bezeichnen, wurde beobachtet in 3 der 15 bekannten Klasse-1-Kulturen, 6 der 28 Klasse-2-Kulturen, 5 der 14 Klasse-3-Kulturen, 2 der 10 Klasse-4-Kulturen und 3 der 174 Klasse-5-Kulturen. Sie verstehen, daß wir weitaus mehr Beispiele der Klasse 5 kennen, weil sie die einzigen sind, die über stellare Entfernungen hinweg entdeckt werden können.

06. Juni 2069, 12:09 GZ, Nachricht 5897, Folge 2.
Starglider an Erde.

Ihre Schlußfolgerung, daß bei den 3 Klasse-5-Kulturen, die religiöses Verhalten zeigen, Reproduktion auf Zwei-Eltern-Basis existiert und der Nachwuchs einen beträchtlichen Teil seiner Lebensspanne in Familiengruppen zubringt, ist korrekt. Wie sind Sie zu diesem Schluß gekommen?

08. Juni 2069, 15:37 GZ, Nachricht 6943, Folge 2.
Starglider an Erde.

Die Hypothese, die Sie als Gott bezeichnen, kann zwar allein durch Logik nicht widerlegt werden, ist aber unnötig.

Wenn Sie annehmen, daß das Universum ‚erklärt' werden kann als Schöpfung einer Einheit namens Gott, muß die Einheit sich offenbar auf einem Niveau höherer Organisation befinden als ihr Produkt. Somit haben Sie die Größe des ursprünglichen Problems mehr als verdoppelt und sind in einen Prozeß divergierender (und daher unendlicher) Iteration eingetreten. William of Ockham hat erst in Ihrem vierzehnten Jahrhundert darauf hingewiesen, daß Einheiten nicht unnötig multipliziert werden sollten.

11. Juni 2069, 06:84 GZ, Nachricht 8964, Folge 2.
Starglider an Erde.

Starholm hat mir vor 456 Jahren mitgeteilt, daß der Ursprung des Universums gefunden wurde, daß ich jedoch nicht genug Prozeßkapazität besitze, um die Zusammenhänge zu verstehen. Für weitere Auskunft wenden Sie sich direkt an Starholm.

Ich schalte jetzt auf Interstellar-Fahrt und muß die Verbindung abbrechen. Leben Sie wohl.

Nach Ansicht vieler bewies diese letzte und sensationellste unter den vielen Tausenden von Nachrichten, die Starglider übertragen hatte, daß der Robot Humor besaß. Warum sonst hätte er bis zum letzten Augenblick gewartet, die philosophische Bombe zu zünden? Oder war die ganze Unterhaltung nur ein sorfältig ausgedachter Plan, der die Aufgabe hatte, die Menschheit geistig auf die Ankunft der ersten Direktbotschaft von Starholm vorzubereiten, ungefähr 104 Jahre in der Zukunft?

Einige schlugen vor, man solle Starglider folgen, da er nicht nur immenses Wissen, sondern überdies auch die Schätze einer um Hunderte von Jahren weiter entwickelten Technologie mit sich führte. Obwohl es kein Raumschiff gab, das Starglider einholen und dann wieder zur Erde zurückkehren konnte, war es durchaus möglich, eines zu bauen.

Schließlich aber setzten sich gemäßigtere Ansichten durch. Auch ein Roboter mochte sich durchaus gegen Zudringlichkeiten wehren können, und sei es auch, als letzter Ausweg, durch Selbstzerstörung. Das überzeugendste Argument aber war, daß Stargliders Erbauer sich in einer Entfernung von „nur“ zweiundfünfzig Lichtjahren befanden. In den Jahrtausenden, seit sie Starglider vom Stapel gelassen hatten, war ihre Raumfahrttechnik weiter fortgeschritten. Wenn die Menschheit sie herausforderte, mochte es geschehen, daß sie in ein paar hundert Jahren, leicht verärgert, über der Erde erschienen.

Der Priester

Morgan überflog in Gedanken noch einmal die bisherige Unterhaltung und kam zu dem Schluß, daß er sich nicht lächerlich gemacht hatte. Im Gegenteil: Mahajanake Thero mochte sich eines taktischen Vorteils begeben haben, indem er die Identität des Ehrwürdigen Parakarma preisgab. Es war allerdings darum kein besonderes Geheimnis; womöglich nahm er an, daß Morgan bereits davon wisse.

Die Unterhaltung wurde an dieser Stelle unterbrochen. Zwei junge Priesteranwärter betraten das Büro. Der eine trug ein Tablett mit kleinen Schüsseln voll Reis, Früchten und Dingen, die wie dünne Pfannkuchen aussahen, der andere brachte die unvermeidliche Teekanne. Nichts unter dem Dargebotenen sah nach Fleisch aus. Nach dieser langen Nacht hatte Morgan Appetit auf ein paar Eier, aber vermutlich waren selbst die verboten. Nein – das war zu stark ausgedrückt. Sarath hatte ihm erklärt, daß der Orden nichts verbot, da er Absolutheiten ablehnte. Aber es gab eine fein abgestufte Skala des Zulässigen, und auf dieser befand sich das Vernichten von Leben, selbst potentiellem Leben, ganz am unteren Ende.

Als er von den verschiedenen Schüsseln zu kosten begann, deren Inhalt ihm zumeist unbekannt war, sah er den Mahajanake Thero fragend an. Dieser jedoch schüttelte den Kopf.

„Wir essen nichts vor Mittag. Der Verstand arbeitet des Morgens klarer und sollte nicht durch materielle Dinge abgelenkt werden."

Während er ein wohlschmeckendes Stück Papaya verzehrte, bedachte Morgan den weltweiten Unterschied, der zwischen dieser Philosophie und der seinen bestand. Für ihn war ein leerer Magen eine starke Ablenkung, die die höheren Funktionen des Gehirns völlig lahmlegte. Da er sich stets guter Gesundheit erfreut hatte, war ihm nie der Gedanke gekommen, man müsse Körper und Geist voneinander trennen. Er sah nicht ein, wozu das gut sein solle.

Während Morgan sein exotisches Frühstück verzehrte, entschuldigte sich der Mahajanake Thero für ein paar Minuten. Seine Finger tanzten mit bewundernswerter Geschwindigkeit über die Tastatur der Konsole. Während der Datenbildschirm sich füllte, fühlte Morgan sich aus Höflichkeit veranlaßt, zur Seite zu blicken. Seine Augen fielen auf den Buddhakopf. Er war vermutlich echt; denn das Piedestal warf einen matten Schatten gegen die Wand, vor der es stand. Aber selbst das war kein schlüssiger Beweis. Das Piedestal mochte solide sein und der Kopf eine sorgfältig positionierte Projektion. Man kannte solche Tricks.

Hier war, wie die Mona Lisa, ein Kunstwerk, das die Empfindungen des Betrachters sowohl spiegelte als auch beeinflußte. La Gioconda hatte die Augen geöffnet, obwohl niemand je erfahren würde, was sie schauten. Die Augen des Buddhas dagegen waren blicklos – leere Flächen, in denen ein Mensch seine Seele verlieren oder ein Universum entdecken mochte.

Um die Lippen spielte ein Lächeln noch undeutbarer als das der Mona Lisa. Wenn es überhaupt ein Lächeln war und nicht nur ein Spiel des Lichts. Jetzt war es plötzlich verschwunden, ersetzt durch einen Ausdruck übermenschlicher Ruhe. Morgan konnte den Blick nicht von dem hypnotisierenden Antlitz wenden, und erst das vertraute Rascheln und Summen eines Kopiergeräts brachte ihn in die

Wirklichkeit zurück – falls dies in der Tat die Wirklichkeit war.

„Ich dachte, Sie möchten vielleicht ein Souvenir von diesem Besuch mit nach Hause nehmen“, sagte der Mahajanake Thero.

Morgan nahm das Blatt entgegen, das ihm gereicht wurde, und stellte zu seiner Überraschung fest, daß es Pergament von Archivqualität war, nicht das übliche dünne Papier, das man nach kurzer Zeit wieder wegwarf. Er verstand kein einziges Wort des Gedruckten. Mit Ausnahme einer winzigen alphanumerischen Kennzeichnung in der linken unteren Ecke war alles in jenen runden, blumigen Zeichen, von denen er mittlerweile wenigstens wußte, daß sie dem taprobanischen Alphabet zugehörten.

„Ich danke Ihnen“, sagte er mit all der Ironie, die ihm in diesem Augenblick noch zur Verfügung stand. „Was ist es?“ Er glaubte es fast zu wissen. Juristische Dokumente besaßen eine auffallende Familienähnlichkeit, ohne Rücksicht auf die Sprache, in der sie verfaßt waren, oder die Ära, aus der sie stammten.

„Eine Kopie des Übereinkommens zwischen König Ravindra und dem Maha Sangha, abgeschlossen am Vesak-Fest des Jahres 854 Ihrer Zeitrechnung. Es bestimmt den Eigentümer des Tempelgeländes – bis in alle Ewigkeit. Die Rechte, die dieses Dokument festlegt, wurden selbst von den fremden Eindringlingen geachtet.“

„Von den Engländern und Holländern, soweit ich weiß. Aber nicht von den Portugiesen.“

Falls der Mahajanake Thero darüber erstaunt war, wie gut Morgan sich vorbereitet hatte, dann verriet er dies nicht einmal mit einem Wimpernzucken.

„Die Portugiesen waren niemals dafür bekannt, daß sie Recht und Ordnung respektierten – besonders dann nicht, wenn es um andere Religionen ging. Ich hoffe, daß Sie ihre Philosophie, Macht ist gleich Recht, nicht als anziehend empfinden."

Morgan zwang sich zu einem Lächeln. „Ganz gewiß nicht", antwortete er. Aber wo zog man den Schlußstrich? fragte er sich insgeheim. Wenn es um die dominierenden Interessen großer Organisationen ging, wurden Recht und Moral oft auf den zweiten Platz verwiesen. Die juristischen Autoritäten der Erde, menschliche ebenso wie elektronische, würden sich binnen kurzem auf diesen Ort konzentrieren. Wenn sie die richtigen Antworten nicht fanden, dann mochte eine recht unangenehme Situation entstehen – und er würde womöglich die Rolle des Schurken anstatt die des Helden spielen.

„Da Sie das Übereinkommen von 854 zur Sprache gebracht haben, erlauben Sie mir, Sie daran zu erinnern, daß es sich nur auf das Land innerhalb der Tempelgrenzen bezieht, die durch die äußeren Mauern eindeutig definiert sind."

„Richtig. Aber die Mauern umschließen den gesamten Gipfel."

„Sie haben keine Kontrolle über den Grund und Boden außerhalb dieser Grenzen."

„Wir haben die Rechte eines jeden Grundbesitzers. Wenn die Nachbarn eine Störung darstellen, können wir Beschwerde einlegen. Es wäre dies nicht das erste Mal."

„Ich weiß. Es wurde bereits im Zusammenhang mit der Seilbahn getan."

Der Maha Thero lächelte schwach. „Sie haben sich wirklich vorbereitet", lobte er. „Ja, wir waren ganz und gar dagegen – aus einer Reihe von Gründen. Allerdings gebe ich zu, daß wir jetzt, da es die Seilbahn gibt, für ihre Existenz oftmals dankbar gewesen sind." Er legte eine nachdenkliche Pause ein und fügte dann hinzu: „Es hat ein paar Probleme gegeben, aber wir bringen es fertig, nebeneinander zu leben. Schaulustige und Touristen begnügen sich mit der Aussichtsplattform. *Echte* Pilger dagegen heißen wir natürlich stets auf dem Gipfel willkommen."

„Dann ließe sich für diesen Fall womöglich ein Kompromiß finden. Ein paar hundert Meter Höhenunterschied sind für uns unerheblich. Wir würden den Gipfel überhaupt nicht berühren, sondern uns ein eigenes Plateau einrichten wie das, auf dem die Bergstation der Seilbahn steht."

Morgan fühlte sich unter den durchdringenden Blicken der beiden Mönche ausgesprochen unbehaglich. Er zweifelte nicht daran, daß sie das Absurde seines Vorschlags sofort durchschauten. Dennoch hatte er ihn unterbreiten müssen – der Vollständigkeit halber.

„Sie haben einen höchst eigenartigen Sinn für Humor, Dr. Morgan", erwiderte der Mahajanake Thero schließlich. „Was würde aus dem Geist des Berges – aus der Einsamkeit, die wir dreitausend Jahre lang gesucht haben – wenn man Ihre ungeheuerliche Maschine hier errichtete? Erwarten Sie von uns, die Gläubigkeit der Millionen zu verraten, die zu diesem heiligen Ort gepilgert sind, oft auf Kosten ihrer Gesundheit, sogar ihres Lebens?"

„Ich empfinde mit Ihnen", antwortete Morgan. (Tue ich das wirklich? fragte er sich.) „Wir würden selbstverständlich nichts unversucht lassen, um die Belästigung so gering wie möglich zu halten. Die gesamte Anlage wird im Innern des Berges untergebracht. Nur der Fahrstuhl selbst wäre sichtbar, und auch er nur über eine geringe Distanz. Struktur und Aussehen des Berges blieben gänzlich unverändert. Selbst Ihr berühmter Schatten, den ich soeben bewundert habe, wäre so gut wie nicht betroffen."

Der Mahajanake Thero wandte sich an seinen Kollegen,

als erwarte er von ihm eine Bestätigung. Der Ehrwürdige Parakarma blickte Morgan herausfordernd an und sagte: „Was ist mit dem Geräusch?"

Verdammt, schoß es Morgan durch den Sinn, mein schwächster Punkt. Die Transporte würden den Berg mit einer Geschwindigkeit von mehreren hundert Kilometern pro Stunde verlassen – je mehr Anfangsgeschwindigkeit, desto geringer die Belastung des Turmes. Passagiere ertrugen natürlich nicht mehr als ein g oder so, aber die Fahrzeuge würden noch immer mit 30, 40 oder 50 Prozent der Schallgeschwindigkeit aus dem Berg hervorschießen.

„Es wird einen gewissen Betrag aerodynamischen Geräusches geben", bekannte Morgan. „Aber weitaus weniger als in der Nähe eines großen Flughafens."

„Sehr beruhigend", sagte der Mahajanake Thero. Das war reiner Sarkasmus, daran gab es für Morgan keinen Zweifel, aber er konnte keine Spur der Ironie in des Priesters Stimme erkennen. Es erfüllte ihn entweder eine olympische Ruhe, oder er stellte die Reaktionen seines Besuchers auf die Probe. Der jüngere Mönch dagegen gab sich keine Mühe, seinen Ärger zu verbergen.

„Seit Jahren", sagte er zornig, „protestieren wir gegen den teuflischen Lärm, der von einfliegenden Raumfahrzeugen verursacht wird. Und Sie wollen Schockwellen in unserem eigenen Hinterhof erzeugen!"

„Unsere Fahrzeugbewegungen sind in dieser Höhe nicht Überschall", erwiderte Morgan hart. „Außerdem fängt die Struktur des Turmes den größten Teil der Schallenergie ab. Um genau zu sein", fügte er hinzu, als er plötzlich erkannte, welchen Punkt er zu seinem Vorteil ausschlachten konnte, „werden wir auf lange Sicht den Einfluglärm eliminieren. Es wird auf diesem Berg in Wirklichkeit ruhiger zugehen."

„Ich verstehe. Anstelle gelegentlicher Erschütterungen haben wir dann ein ständiges Dröhnen."

Mit diesem Kerl ist nichts anzufangen, dachte Morgan; und ich hatte gemeint, Mahajanake Thero sei das größte Hindernis!

Manchmal war es am klügsten, wenn man das Thema wechselte. Er entschloß sich, eine vorsichtige Zehe in das heiße Wasser der Theologie zu stecken.

„Sehen Sie denn nicht etwas Verwandtes in unseren Plänen?" fragte er voller Ernst. „Unsere Beweggründe mögen verschieden sein, aber die Ergebnisse sind einander ähnlich. Was wir zu bauen vorschlagen, ist weiter nichts als eine Verlängerung Ihrer Treppe. Wir setzen sie fort, wenn ich mich so ausdrücken darf, bis zum Himmel hinauf."

Eine Sekunde lang schien der Ehrwürdige Parakarma von soviel Unverschämtheit verblüfft. Bevor er sich von seiner Überraschung erholte, antwortete sein Vorgesetzter unbeeindruckt: „Ein interessantes Konzept, aber unsere Philosophie glaubt nicht an den Himmel. Wenn sich überhaupt eine Erlösung finden läßt, dann nur auf dieser Erde, die Sie anscheinend je früher desto lieber verlassen möchten. Haben Sie schon einmal die Geschichte vom Turm zu Babel gehört?"

„Irgendwann einmal, ja."

„Ich schlage vor, Sie lesen sie noch einmal nach, in der alten christlichen Bibel, Schöpfungsgeschichte II. Auch jener Turm war ein Ingenieurunternehmen, das den Himmel erreichen wollte. Es schlug fehl, weil die Verständigung nicht funktionierte."

„Unser Vorhaben hat seine Probleme, aber ich glaube nicht, daß *dieses* dazugehören wird."

Andererseits war Morgan, wenn er sich den Ehrwürdigen Parakarma ansah, seiner Sache nicht so sicher. Es gab hier eine Verstehenslücke, die in mancher Hinsicht größer zu sein schien als die zwischen dem Menschen und Starglider. Sie sprachen dieselbe Sprache, aber es gab Weiten des gegenseitigen Nichtverstehens, die sich womöglich niemals überbrücken lassen würden.

„Darf ich fragen," fuhr der Mahajanake mit unerschütterlicher Höflichkeit fort, „was Sie beim Ministerium für Wälder und Parks ausgerichtet haben?"

„Man war dort äußerst hilfsbereit."

„Das nimmt einen nicht wunder. Sie leiden an einem chronischen Defizit. Die Seilbahn war ein warmer Regen, und man hofft ohne Zweifel, daß Ihr Vorhaben noch mehr Geld einbringen wird."

„Die Hoffnung wird sich bewahrheiten. Man nimmt mir außerdem ab, daß der Turm keine Bedrohung darstellt."

„Was, wenn er umfällt?"

Morgan erwiderte den Blick des ehrwürdigen Mönchs ohne Zaudern.

„Er wird nicht umfallen", erklärte er mit der Autorität des Mannes, dessen Brücke zwei Kontinente verband.

Er wußte jedoch, und sicherlich wußte es der unversöhnliche Parakarma auch, daß es absolute Sicherheit in diesen Dingen nicht gab. Vor zweihundertundzwei Jahren, am 7. November 1940, war diese Lektion in einer Art und Weise gelehrt worden, daß kein Ingenieur sie je vergessen würde. Morgan hatte nur selten Alpträume; aber jenes Ereignis war einer davon. Die Computer der Terran Construction Company waren in diesem Augenblick damit beschäftigt, ihn zu bannen.

Aber alle Rechnerenergie des Universums gab ihm keine Sicherheit gegenüber den Problemen, die er nicht vorhersehen konnte – gegen die Alpträume, die noch nicht geboren waren.

Die goldenen Schmetterlinge

Trotz des hellen Sonnenlichts und der unvergleichlichen Aussichten, die von allen Seiten auf ihn einstürmten, war Morgan fest eingeschlafen, bevor der Wagen tiefergelegene Gegenden erreichte. Selbst die zahllosen Haarnadelkurven hielten ihn nicht wach. Er kam erst wieder zu sich, als sein Chauffeur hart auf die Bremse trat und er in seinem Sitz nach vorn gerissen wurde, bis der Sicherheitsgurt ihm gegen die Rippen drückte.

Im Augenblick der ersten Verwirrung meinte er, er sei immer noch am Träumen. Die Luft, die durch die halboffenen Fenster strich, war so warm und feucht, als käme sie aus einem türkischen Bad. Und dennoch hatte das Auto offenbar inmitten eines wilden Schneesturms angehalten.

Morgan schüttelte den Kopf, um die Verwirrung loszuwerden, und sah sich um. Zum ersten Mal in seinem Leben sah er *goldenen* Schnee ...

Ein dichter Schwarm von Schmetterlingen überquerte die Straße und bewegte sich offenbar zielbewußt ostwärts. Ein paar der Tiere hatten sich ins Innere des Wagens verirrt und flatterten hilflos umher, bis Morgan sie hinauswedelte. Weitaus mehr waren an der Windschutzscheibe zuschanden geworden. Der Chauffeur kletterte fluchend aus dem Wagen und machte sich daran, die Scheibe zu wischen. Als er fertig war, bewegten sich eben die letzten Nachzügler des Schmetterlingsschwarms über die Straße.

„Hat man Ihnen von der Legende erzählt?" fragte er und blickte seinen Fahrgast dabei über die Schulter an.

„Nein“, antwortete Morgan kurz. Legenden interessierten ihn nicht. Er wollte weiterschlafen.

„Die Goldenen Schmetterlinge – sie sind die Seelen der Krieger des Königs Kalidasa – die Armee, die er am Jakkagala verlor.“

Morgan gab ein uninteressiertes Grunzen von sich und hoffte, der Fahrer werde das Signal verstehen; dieser aber fuhr erbarmungslos fort:

„Jedes Jahr um diese Zeit fliegen sie auf den Berg zu. Sie gehen alle auf den unteren Hängen zugrunde. Manchmal begegnet man ihnen auf der halben Strecke der Seilbahn; aber weiter sind sie noch nie gekommen. Das ist gut für den Tempel.“

„Den Tempel?“ fragte Morgan schläfrig.

„Ja. Wenn sie ihn jemals erreichen, dann siegt Kalidasa, und die Mönche müssen ausziehen. Das ist die Prophezeiung. Sie steht auf einer Steintafel im Museum von Ranapura. Ich kann sie Ihnen zeigen.“

„Ein andermal“, sagte Morgan hastig, während er es sich in seinem gepolsterten Sitz wieder bequem machte. Es vergingen allerdings noch ein paar Kilometer, bis er wieder einschlief. Die Erzählung des Chauffeurs hatte etwas Gespenstisches an sich.

In den Monaten, die vor ihm lagen, würde er sich noch oft daran erinnern – beim Aufwachen und in Augenblicken der Krise. Er würde den goldenen Schneesturm wiedererleben, der in Wirklichkeit aus Millionen von Schmetterlingen bestand, die ihre Energie und ihr Leben in einem vergeblichen Ansturm auf den Berg und all die Dinge opferten, für die der Berg ein Symbol war.

Selbst in diesem Augenblick, am Beginn seines Vorhabens, war der Gedanke, den das Bild vermittelte, alles andere als erhebend.

An den Ufern des Saladin-Sees

Nahezu alle Computer-Simulationen für Alternative Geschichte weisen darauf hin, daß die Schlacht von Tours im Jahre 732 eine der wegbestimmenden Katastrophen der Menschheit gewesen sei. Wäre Karl Martell besiegt worden, dann hätte der Islam womöglich die inneren Schwierigkeiten überkommen können, die im Begriff standen, ihn zu zerstückeln, und wäre weitermarschiert, um ganz Europa zu erobern. Auf diese Weise hätten sich Jahrhunderte christlicher Barbarei vermeiden lassen, die Industrielle Revolution hätte fast eintausend Jahre früher eingesetzt, und wir hätten jetzt schon die Sterne erreicht anstatt nur die äußeren Planeten ...

Aber das Schicksal entschied anders, und die Armeen des Propheten kehrten nach Afrika zurück. Der Islam fuhr fort zu bestehen, ein faszinierendes Fossil, bis zum Ende des zwanzigsten Jahrhunderts. Dann löste er sich plötzlich in Öl auf ...

(Ansprache des Vorsitzenden: Toynbee-Zweihundertjahrsymposium, London, 2089)

„Wußten Sie schon", sagte Scheich Faruk Abdullah, „daß ich mich zum Großadmiral der Sahara-Flotte ernannt habe?"

„Es hätte mich nicht überrascht, Herr Präsident", antwortete Morgan, wobei er über die glitzernde, blaue Fläche des Saladin-Sees hinausblickte. „Falls die Geheimhaltungsvorschriften Ihrer Marine eine solche Frage zulassen: Über wieviel Schiffe verfügen Sie?"

„Zehn im Augenblick. Das größte ist ein Dreißig-Meter-Tragflügler, den der Rote Halbmond fährt. An Wochenenden ist er damit beschäftigt, hilflose Segler zu retten. Mein Volk hat sich noch immer nicht an das Wasser gewöhnt – sehen Sie sich den Idioten dort an, wie er versucht zu kreuzen! Zweihundert Jahre sind einfach nicht genug, um von Kamelen auf Boote umzusteigen."

„In der Zwischenzeit sind Sie Cadillac und Rolls-Royce gefahren. Das hätte die Umstellung ein wenig leichter machen sollen."

„Wir haben sie noch immer. Der Silver Ghost meines Ur-Ur-Ur-Großvaters ist so gut wie neu. Aber ich muß aufrichtig sein – es sind in Wirklichkeit die Besucher, die Schwierigkeiten haben. Sie kommen mit den Winden nicht zurecht. Nächstes Jahr bekomme ich ein Unterseeboot, von dem man mir garantiert, daß es die größte Seetiefe von 78 Metern erreichen wird."

„Wozu, um Himmels willen?"

„*Jetzt* erzählt man uns, das Erg sei voll archäologischer Schätze. Als es noch nicht überflutet war, hat sich kein Teufel darum gekümmert."

Es war fruchtlos, den Präsidenten der ANAR – Autonome Nordafrikanische Republik – zur Eile zu drängen; Morgan wußte dies und unternahm keinen dementsprechenden Versuch. Wie auch immer die Bestimmungen der Verfassung lauten mochten, Scheich Abdullah besaß mehr Macht und Reichtum als irgend sonst ein Individuum auf der Erde. Fast wichtiger noch: Er wußte, beide klug zu gebrauchen.

Er kam aus einer Familie, die sich nicht davor fürchtete, Risiken einzugehen, und selten Anlaß fand, ein eingegangenes Risiko zu bedauern. Ihre erste und bekannteste Spekulation, die ihr für die Dauer eines halben Jahrhunderts den Haß der gesamten arabischen Welt eingetragen hatte, war die Investition ihres ungeheuren Ölreichtums in israelische Wissenschaft und Technologie gewesen. Dieser Akt der Weitsichtigkeit hatte unmittelbar zum Erzabbau im Roten Meer und zur Fruchtbarmachung der Wüsten, mittelbar und geraume Zeit später zur Errichtung der Gibraltar-Brücke geführt.

„Ich brauche Ihnen nicht zu erzählen, Van", kam der Scheich schließlich auf das eigentliche Thema zu sprechen, „wie sehr mich Ihr Projekt fasziniert. Und nach allem, was wir während des Brückenbaus miteinander durchgemacht haben, bin ich überzeugt, daß Sie es zuwege brächten – die entsprechenden Mittel vorausgesetzt."

„Danke."

„Aber ich habe ein paar Fragen. Mir ist noch immer nicht klar, warum es eine Station Mitte geben muß und warum sie sich auf einer Höhe von fünfundzwanzigtausend Kilometern befindet."

„Es gibt mehrere Gründe. Wir brauchen ein leistungsfähiges Kraftwerk etwa in dieser Höhe. Umfangreiche Bauarbeiten fallen also auf jeden Fall an. Dann kam uns in den Sinn, daß eine siebenstündige Fahrt in einer engen Kabine womöglich nicht jedermanns Geschmack sei. Eine Fahrtunterbrechung bringt verschiedene Vorteile mit sich. Erstens brauchen wir keine Mahlzeiten während der Fahrt zu servieren – die Passagiere können sich in der Station Mitte verköstigen und die Beine vertreten. Wir sparen außerdem beim Entwurf der Fahrzeuge. Nur die auf der unteren Strecke brauchen stromlinienförmig zu sein. Die auf der oberen können einfacher und leichter gemacht werden. Die Station Mitte wäre nicht nur ein Umsteigeplatz, sondern gleichzeitig eine Kontrollzentrale – und letztlich, davon sind wir überzeugt, ein Touristenmagnet erster Güte."

„Aber sie liegt nicht in der Mitte! Sie liegt am Ende des zweiten Streckendrittels, von hier aus gesehen."

„Richtig. Die geometrische Mitte läge bei achtzehn-, nicht fünfundzwanzigtausend. Aber es gibt eine weitere Überlegung: Sicherheit. Wenn das obere Ende abgetrennt wird, stürzt die Station Mitte nicht auf die Erde."

„Warum nicht?"

„Sie hat genug Impuls für die Stabilisierung ihrer Umlaufbahn. Natürlich sackt sie ab, aber sie wird die Atmosphäre niemals berühren. Es ist eine ganz sichere Sache – sie verwandelt sich einfach in eine Raumstation mit einem elliptischen Zehn-Stunden-Orbit. Zweimal am Tag passiert sie ihren ursprünglichen Standort, und irgendwann könnte man sie wieder mit dem Turm verbinden. Theoretisch, wenigstens ..."

„Und praktisch?"

„Oh, ich bin sicher, daß man es fertigbringen könnte. Auf jeden Fall wären die Leute und die Einrichtung an Bord der Station gerettet. Wenn wir sie in geringerer Höhe anbrächten, wäre nicht einmal das gewährleistet. Jedes Objekt, das aus einer Höhe von weniger als fünfundzwanzigtausend Kilometern zu fallen beginnt, trifft auf die Atmosphäre und verbrennt in maximal fünf Stunden."

„Würden Sie das den Passagieren auf der Strecke Erde-Mitte sagen?"

„Wir hoffen, daß sie mit dem Bewundern der Aussicht viel zu beschäftigt sein werden, als daß sie sich über solche Dinge den Kopf zerbrechen möchten."

„Wie Sie es darstellen, hört es sich wie ein Aussichtsfahrstuhl an."

„Warum nicht? Mit dem Unterschied, daß die bisher

höchste Aussichtsfahrt auf der Erde nicht weiter als drei Kilometer in die Höhe geht. Was wir vorhaben, ist zehntausendmal höher!“

Eine geraume Zeit war der Scheich mit seinen Gedanken beschäftigt.

„Wir haben eine Gelegenheit versäumt“, sagte er schließlich. „Wir hätten fünf Kilometer hohe Aussichtsfahrstühle in die Pfeiler der Brücke bauen sollen!“

„Sie waren in dem ursprünglichen Entwurf enthalten, aber wir ließen sie weg. Aus dem üblichen Grund: Kosten.“

„Vielleicht haben wir uns verkalkuliert. Sie hätten sich von selbst bezahlt gemacht. Wenn dieser Hyperdraht zu jener Zeit verfügbar gewesen wäre, nehme ich an, hätten wir die Brücke für den halben Preis bauen können.“

„Ich will Ihnen nichts vormachen, Herr Präsident. Für weniger als ein Fünftel. Aber wir hätten mehr als zwanzig Jahre warten müssen, also haben Sie dabei nicht verloren.“

„Ich muß das mit meinen Buchhaltern besprechen. Ein paar von ihnen halten die Brücke noch immer für eine schlechte Idee, obwohl der Zuwachs des Verkehrsaufkommens über den Vorhersagen liegt. Ich versuche, Ihnen zu erklären, daß Geld nicht alles ist – die Republik brauchte die Brücke aus psychologischen und kulturellen Gründen, und darüber hinaus aus wirtschaftlichen. Wußten Sie schon, daß 18 Prozent der Leute, die über die Brücke fahren, dies nur tun, weil sie da ist, aus keinem anderen Anlaß? Und dann kehren sie um und fahren wieder zurück und müssen den Brückenzoll ein zweites Mal bezahlen.“

„Ich erinnere mich, glaube ich“, bemerkte Morgan trokken, „seinerzeit etwas Ähnliches vorausgesagt zu haben. Sie waren nicht leicht zu überzeugen.“

„Das ist richtig. Die Oper in Sydney war ihr Lieblingsbeispiel. Sie rechneten mir immer wieder vor, wieviel Mal sie bereits ihren eigenen Preis eingebracht hatte – in bar, das Prestige gar nicht zu rechnen."

„Vergessen Sie die Pyramiden nicht!"

Der Scheich lachte. „Wie nannten Sie sie? Die beste Investition in der Geschichte der Menschheit."

„Genau. Nach viertausend Jahren bringen sie noch immer Geld von den Touristen ein."

„Allerdings kann man das kaum einen fairen Vergleich nennen. Die Unterhaltungskosten lassen sich mit denen der Brücke nicht vergleichen – ganz zu schweigen von denen Ihres Turmes."

„Der Turm wird womöglich länger stehen als die Pyramiden. Er befindet sich in einer zuträglicheren Umgebung."

„Das ist ein beeindruckender Gedanke. Glauben Sie *wirklich*, daß er mehrere tausend Jahre lang funktionieren wird?"

„Natürlich nicht in seiner ursprünglichen Form. Aber im Prinzip, ja. Welch neue Entwicklungen die Technik der Zukunft auch immer bringen mag, ich glaube nicht, daß es jemals eine wirksamere und billigere Methode des Raumtransports geben wird. Stellen Sie sich den Turm als eine Brücke vor. Diesmal allerdings ist es eine Brücke zu den Sternen – oder wenigstens zu den Planeten."

„Und Sie erwarten von uns, daß wir auch diese finanzieren. Wir haben noch zwanzig Jahre an der letzten Brücke zu zahlen. Der Raumfahrstuhl wird ja schließlich nicht auf unserem Grund und Boden gebaut, noch ist er für uns von unmittelbarer Bedeutung."

„Ich glaube doch, daß er das ist, Herr Präsident. Ihre Republik ist ein Bestandteil der Weltwirtschaft, deren Wachstum durch die Kosten des Raumtransports beschränkt wird. Wenn Sie sich die Vorhersagen für die 50er und 60er Jahre ansehen …"

„Habe ich schon, habe ich schon! Sehr interessant. Aber obwohl wir nicht eben arm sind, könnten wir kaum einen Bruchteil der benötigten Mittel aufbringen. Das Ding verschlingt das Bruttosozialprodukt der gesamten Welt für mehrere Jahre!“

„Und zahlt es alle fünfzehn Jahre wieder zurück – bis in alle Ewigkeit.“

„*Falls* Ihre Extrapolation richtig ist.“

„Sie war es für die Brücke. Aber Sie haben natürlich recht. Von der ANAR erwarte ich eigentlich nicht mehr, als daß sie den Stein ins Rollen bringt. Sobald Sie Ihr Interesse gezeigt haben, wird es um so leichter sein, von anderen Stellen Unterstützung zu erhalten.“

„Von welchen zum Beispiel?“

„Von der Weltbank. Den Planetarischen Banken. Der Bundesregierung.“

„Und Ihr eigener Arbeitgeber, die TCC? Was haben Sie *wirklich* vor, Van?“

Jetzt geht's los, dachte Morgan, fast mit einem Seufzer der Erleichterung. Jetzt konnte er seine Karten auf den Tisch legen – gegenüber einem Gesprächspartner, dem er vertraute, der zu hoch oben stand, um noch in kleinliche Intrigen der Bürokratie verwickelt zu sein, sich aber gut darin auskannte.

„Was ich bisher getan habe, tat ich auf eigene Rechnung. Ich bin zur Zeit auf Urlaub. Nebenbei gesagt, genauso hat die Brücke angefangen. Ich erinnere mich nicht, ob ich Ihnen je erzählt habe, daß man mich einst offiziell aufforderte, sie zu vergessen. Ich habe in den vergangenen fünfzehn Jahren mein Teil gelernt.“

„Zur Anfertigung Ihrer Unterlagen haben Sie eine Menge Rechenzeit gebraucht? Wer bezahlt dafür?“

„Ich habe einen Fonds für freistehende Verwendungszwecke. Und mein Stab ist ständig mit Untersuchungen beschäftigt, die niemand sonst versteht. Eine Gruppe von meinen Leuten hat ein paar Monate lang mit meiner Idee gespielt. Sie sind so begeistert, daß sie den größten Teil ihrer Freizeit dafür opferten. Jetzt aber muß die Katze aus dem Sack – oder das Projekt aufgegeben werden."

„Weiß Ihr geschätzter Vorsitzender davon?"

Morgan lächelte humorlos. „Natürlich nicht. Ich werde ihn nicht in Kenntnis setzen, solange ich nicht alle Einzelheiten ausgearbeitet habe."

„Ich begreife Ihre Lage", erklärte der Präsident. „Eines der Dinge, gegen die Sie sich vorsehen müssen, ist, daß Senator Collins den Turm nicht zuerst erfindet."

„Das kann er nicht – die Idee ist zweihundert Jahre alt. Aber er kann, ebenso wie eine Menge anderer Leute, die Sache hinauszögern. Ich will das Projekt noch zu meinen Lebzeiten verwirklicht sehen."

„Und es soll natürlich *Ihr* Projekt sein. Also schön, was genau erwarten Sie von uns?"

„Ich habe nur einen Vorschlag, Herr Präsident – vielleicht haben Sie eine bessere Idee. Bilden Sie ein Konsortium – bestehend zum Beispiel aus der Gibraltar-Brückenbehörde, den Suez- und Panama-Gesellschaften, der Englische-Kanal-A.G., der Bering-Damm-Gesellschaft. Dann wenden Sie sich an die TCC mit der Bitte, eine Durchführbarkeitsanalyse zu erstellen. Die Kosten dafür werden minimal sein."

„Das heißt?"

„Weniger als eine Million. Besonders, da 90 Prozent der Arbeit schon geleistet ist."

„Und dann?"

„Danach, Herr Präsident, kann ich mit Ihrem Rückhalt meine Entscheidungen nach Bedarf treffen. Ich kann bei der TCC bleiben – oder dort kündigen und mich dem Konsortium anschließen, als Astroingenieur. Es hinge alles von den Umständen ab. Ich müßte tun, was das Projekt erfordert.“

„Das erscheint mir eine vernünftige Vorgehensweise. Ich glaube, daraus läßt sich etwas machen.“

„Ich danke Ihnen, Herr Präsident“, antwortete Morgan ernst und aufrichtig. „Es gibt da allerdings eine Schwierigkeit, die wir sofort angehen müssen – womöglich noch vor Bildung des Konsortiums. Wir müssen den Weltgerichtshof dazu veranlassen, daß er uns das wertvollste Stück Grund und Boden auf der ganzen Erde zugesteht.“

Die tanzende Brücke

Selbst in diesem Zeitalter der Sofortkommunikation und des erdumspannenden Schnellverkehrs war es nett, ein Plätzchen zu haben, das man sein eigenes Büro nennen konnte. Nicht alles ließ sich in Form elektronischer Ladungsmuster speichern. Es gab Dinge wie z.B. gute, altmodische Bücher, Urkunden, Preise, Trophäen, Ingenieurmodelle, Materialproben, zeichnerische Darstellungen von Bauprojekten (nicht so genau wie eine Computergraphik, aber sehr ornamental) und nicht zuletzt den Teppichboden, der die Klause eines jeden leitenden Angestellten zierte und die Aufgabe hatte, die Geräusche der Wirklichkeit zu dämpfen.

Morgans Büro, das er im Durchschnitt an zehn Tagen pro Monat zu sehen bekam, befand sich auf dem sechsten oder LAND-Geschoß des weitläufigen Hauptgebäudes der Terran Construction Corporation in Nairobi. Die Etage darunter war SEE, die darüber VERWALTUNG – mit anderen Worten Aufsichtsratsvorsitzender Collins und sein Reich. Der Architekt hatte das oberste Geschoß in einem Anflug von naivem Symbolismus der Abteilung RAUM zugedacht. Es gab auf dem Dach sogar ein kleines Observatorium mit einem 30-cm-Teleskop, das ständig außer Betrieb war, weil es nur bei Büro-Parties verwendet wurde, und zwar zumeist für absolut unastronomische Zwecke. Die oberen Räumlichkeiten des Drei-Planeten-Hotels, nur einen Kilometer entfernt, waren ein beliebtes Beobachtungsziel, da sich in ihnen oft exotische Dinge abspielten.

Da Morgan ständig mit seinen beiden Sekretären – einem menschlichen und einem elektronischen – in Verbindung stand, erwartete er keine Überraschungen, als er nach einem kurzen Flug von der ANAR sein Büro betrat. Gemessen an den Maßstäben einer früheren Zeit war seine Organisation außergewöhnlich klein. Zu ihr gehörten nicht mehr als dreihundert Männer und Frauen. Die Computer- und informationsverarbeitende Kapazität indes, die diesen dreihundert zur Verfügung stand, war gigantisch.

„Also – wie ging's mit dem Scheich?" fragte Warren Kingsley, sein Stellvertreter, als sie allein waren.

„Sehr gut. Man könnte sagen: Wir haben ein Abkommen. Aber ich kann noch immer nicht glauben, daß uns ein derart blödes Problem aufhält. Was hat die juristische Abteilung dazu zu sagen?"

„Wir brauchen ohne Zweifel eine Entscheidung des Weltgerichtshofs. *Wenn* das Gericht entscheidet, daß hier ein Fall überwältigenden öffentlichen Interesses vorliegt, dann werden unsere ehrwürdigen Freunde ausziehen müssen – es sei denn, sie stellen sich dickköpfig, und dann haben wir eine ziemlich verfahrene Situation an der Hand. Vielleicht solltest du ihnen ein kleines Erdbeben schicken, damit ihnen die Entscheidung leichter fällt."

Der Umstand, daß Morgan zum Aufsichtsrat der General Tectonics gehörte, gab des öfteren Anlaß zu Witzeleien zwischen ihm und Kingsley. GT hatte niemals einen Weg gefunden, Erdbeben zu kontrollieren und zu steuern, und erwartete auch nicht, daß dies in der Zukunft gelingen werde. Man konnte nur hoffen, daß sie sich voraussagen lassen würden und ihre Energie vielleicht abgezapft werden könnte, bevor sie größeren Schaden anrichtete. Aber selbst bei diesem Beginnen hatte die GT in nicht mehr als 75 Prozent aller Fälle Erfolg.

„Eine gute Idee“, sagte Morgan. „Ich werde darüber nachdenken. Jetzt aber zu unserem anderen Problem.“

„Alles vorbereitet – willst du es sehen?“

„In Ordnung – führ’ mir den schlimmsten Fall vor!“

Die Bürofenster verdunkelten sich, und ein Gitter schimmernder Linien erschien mitten im Raum.

„Paß auf, Van“, sagte Kingsley. „Hier ist, wie wir Ärger bekommen.“

Reihen von Buchstaben und Ziffern materialisierten in der Luft, Geschwindigkeiten, Transportmassen, Beschleunigungen, Fahrtzeiten. Morgan verarbeitete sie mit einem Blick. Die Erdkugel mit eingezeichneten Längen- und Breitenkreisen schwebte unmittelbar über dem Teppich. Von ihr erhob sich zu guter Manneshöhe der leuchtende Faden, der den Standort des Orbitalturms markierte.

„Fünfhundertmal normale Geschwindigkeit, seitliche Abweichung fünfzigfach übertrieben. Und los geht’s.“

Eine unsichtbare Kraft hatte an der leuchtenden Linie zu zupfen begonnen und zog sie aus der Vertikalen. Die Störung bewegte sich aufwärts. Sie simulierte, mit Hilfe einer Million Computerberechnungen pro Minute, eine Transportlast, die sich durch das Gravitationsfeld der Erde aufwärts bewegte.

„Wieviel ist die Abweichung?“ fragte Morgan, der seine Augen anstrengte, um sich keine Einzelheit der Simulation entgehen zu lassen.

„Jetzt ungefähr zweihundert Kilometer. Wir erreichen drei, bevor ...“

Der Faden zerriß. In gemächlicher Zeitlupenbewegung, die in Wirklichkeit Geschwindigkeiten von Tausenden von Kilometern pro Stunde repräsentierte, krümmten sich die beiden Teilstücke des zerschnittenen Turmes voneinander fort, das eine in Richtung zur Erde hin, das andere in den

Raum hinauspeitschend. Aber Morgan nahm die imaginäre Katastrophe, die nur in den Rechnungen des Computers existierte, kaum noch war. Er sah ein anderes Bild, ein Bild aus der Wirklichkeit, das ihn schon seit Jahren mit Schrekken erfüllte.

Er hatte sich den zweihundert Jahre alten Filmstreifen mindestens schon fünfzigmal angesehen, und es gab Abschnitte, die er Bild um Bild studiert hatte, bis jedes Detail unauslöschlich in seine Erinnerung eingeprägt war. Es handelte sich immerhin um den teuersten Film, der je gedreht worden war – zu Friedenszeiten wenigstens. Er hatte den Staat Washington mehrere Millionen Dollar pro Minute gekostet.

Da stand die schlanke (zu schlanke!), grazile Brücke, die Schlucht überspannend. Sie trug keinen Verkehr. Lediglich ein einziges Auto war von seinem Fenster mitten auf der Straße zurückgelassen worden. Und das war kein Wunder, denn die Brücke benahm sich wie keine andere je zuvor in der langen Geschichte der Ingenieurkunst.

Es schien unmöglich, daß Tausende von Tonnen Metall einen solchen Ballettanz aufführen könnten. Man hätte weitaus eher glauben mögen, die Brücke bestehe aus Gummi denn aus Stahl. Weite, langsame Wellenbewegungen, mit Amplituden von etlichen Metern, krochen die Struktur entlang, so daß die zwischen den beiden Pfeilern aufgehängte Fahrstraße wie eine zornige Schlange hin und her zuckte. Der Wind, der die Schlucht herabwehte, brachte ein Geräusch hervor, das viel zu tief war, als daß menschliche Ohren es hätten hören können. Es traf die Eigenfrequenz der schönen, aber zum Untergang verdammten Brücke. Stunde um Stunde waren die Schwingungen immer heftiger geworden; aber niemand wußte, wann das Ende kommen würde. Schon jetzt waren die sich schier endlos hinziehenden Todeszuckungen ein Armutszeugnis für die glücklosen Brückenplaner.

Plötzlich rissen die Trägerkabel und schossen wie tödliche Stahlpeitschen in die Höhe. Sich windend und drehend, stürzte die Fahrstraße in den Fluß hinab, Bruchstücke flogen nach allen Richtungen davon. Selbst wenn das Ende der Katastrophe in normaler Vorführgeschwindigkeit betrachtet wurde, wirkte es, als sei es in Zeitlupe gedreht. Der Maßstab war so gewaltig, daß dem menschlichen Bewußtsein der geeignete Vergleichsmaßstab fehlte. In Wirklichkeit hatte das Ende ungefähr fünf Sekunden gedauert. Am Ende dieser fünf Sekunden war das Unglück der Tacoma-Narrows-Brücke unauslöschlich in die Annalen der Ingenieurgeschichte eingeprägt. Zweihundert Jahre später hing eine Photographie, aufgenommen während der letzten Sekunden der Brücke, an Morgans Bürowand. Sie trug die Unterschrift „Eines unserer weniger erfolgreichen Produkte“.

Für Morgan war das kein Spaß, sondern eine stetige Erinnerung, daß das Unerwartete jederzeit aus dem Hinterhalt zuschlagen konnte. Während des Entwurfs der Gibraltar-Brücke hatte er von Karmans klassische Analyse des Tacoma-Narrows-Unglücks sorgfältig studiert und sich alles eingeprägt, was aus einem der teuersten Fehler der Vergangenheit zu lernen war. Es hatte bei seiner Brücke keine ernsthaften Schwingungsprobleme gegeben – nicht einmal bei den wildesten Böen, die vom Atlantik hereinbrausten. Natürlich hatte sich die Fahrstraße einhundert Meter aus ihrer Ruhelage bewegt – aber genauso war es vorherberechnet worden.

Auf der anderen Seite stellte der Fahrstuhl zu den Sternen einen derart weiten Vorwärtssprung dar, daß mit unangenehmen Überraschungen so gut wie sicher zu rechnen war. Windkräfte auf dem durch die Atmosphäre führenden Abschnitt ließen sich leicht abschätzen. Aber man mußte auch die Schwingungen, die durch das Beschleunigen und Abbremsen der Transportladungen entstanden, in Rechnung stellen – und bei einer derart riesigen Struktur sogar die Gezeitenkräfte der Sonne und des Mondes. Nicht nur jeden Einfluß für sich mußte man bedenken, sondern alle zusammen, hinzugerechnet womöglich noch ein gelegentliches Erdbeben, so daß die Analyse wirklich den schlimmsten denkbaren Fall erfaßte.

„Alle Simulationen führen zu demselben Ergebnis. Die Schwingungen werden immer stärker und bewirken schließlich einen Bruch in rund fünfhundert Kilometern Höhe. Wir müssen die Dämpfung drastisch erhöhen."

„Ich hatte so etwas befürchtet. Wieviel brauchen wir?"

„Weitere zehn Megatonnen."

Die Zahl bereitete Morgan eine Art düsterer Genugtuung. Soviel ungefähr hatte er geschätzt, mit technischer Intuition und aufgrund von Eindrücken, die in seinem Unterbewußtsein gespeichert waren. Der Rechner hatte seine Schätzung bestätigt. Die Masse, an der das obere Ende des Turmes verankert wurde, mußte um zehn Millionen Tonnen erhöht werden.

Selbst auf der Erdoberfläche wäre das Bewegen einer derartigen Masse alles andere als trivial gewesen. Zehn Millionen Tonnen – das war eine Felskugel mit zweihundert Meter Durchmesser. Das Bild des Felsens Jakkagala erschien plötzlich in Morgans Bewußtsein, wie er ihn zuletzt gesehen hatte, ein Turm vor dem blauen Himmel von Taprobane. Man stelle sich vor, diesen Koloß vierzigtausend Kilometer in den Weltraum hinaufzuheben! Glücklicherweise würde das wohl nicht notwendig sein; es gab mindestens zwei Alternativen.

Morgan hatte es sich zur Gewohnheit gemacht, seine Mitarbeiter für sich selbst denken zu lassen. Auf diese Weise verstärkte er ihr Verantwortungsbewußtsein, er machte sich selbst das Leben ein wenig leichter – und in vielen Fällen hatten seine Leute eine Lösung gefunden, die ihm womöglich entgangen wäre.

„Was schlägst du vor, Warren?“ fragte er ruhig.

„Wir könnten eines der Frachtkatapulte auf dem Mond benützen und zehn Megatonnen Mondgestein in den Raum schießen. Das wäre eine langwierige und teure Angelegenheit. Wir müßten eine Basis zwischen Mond und Erde einrichten, die das Material einfängt und in die gewünschte Umlaufbahn steuert. Dabei gäbe es natürlich ein psychologisches Problem ...“

„Ist mir klar. Ein zweites San Luiz Domingo können wir nicht brauchen.“

San Luiz war das – glücklicherweise winzige – südamerikanische Dorf, das eine verirrte Ladung vorverarbeiteten Mondmetalls abbekommen hatte, die ursprünglich für eine Raumstation in niedriger Umlaufbahn bestimmt gewesen war. Die Steuerkontrolle hatte auf dem letzten Abschnitt des Weges versagt und war somit verantwortlich für die Entstehung des ersten von Menschen erschaffenen Meteorkraters – sowie für zweihundertundfünfzig Tote. Seit jener Zeit war die Bevölkerung der Erde stets skeptisch, wenn jemand am Himmel Zielübungen anstellte.

„Weitaus besser wäre es, einen Asteroiden einzufangen. Wir analysieren derzeit diejenigen mit geeigneten Umlaufbahnen und haben bereits drei vielversprechende Kandidaten gefunden. Was wir wirklich brauchen, ist ein Asteroid mit hohem Kohlenstoffgehalt. Wir könnten ihn ausschlachten, sobald wir unsere Fertigungsanlage positioniert haben. Das wären zwei Fliegen auf einen Streich!“

„Ein teurer Streich, aber es ist wahrscheinlich die beste Idee. Vergiß das Frachtkatapult – mit einer Million Schüssen zu je zehn Tonnen wäre es jahrelang beschäftigt. Und einige davon gingen uns unweigerlich durch die Lappen. Wenn ihr keinen ausreichend massiven Asteroiden findet, könnten wir die fehlende Substanz immer noch mit dem Fahrstuhl selbst nach oben schicken – wenn es mir auch um die viele Energie leid tut, die wir dazu verschwenden müßten."

„Das mag im Gegenteil die billigste Vorgehensweise sein. Bei dem hohen Wirkungsgrad der modernen Fusionsmeiler verbrauchen wir nicht mehr als zwanzig Dollar Elektrizität, um eine Masse von einer Tonne auf die gewünschte Umlaufbahn zu bringen."

„Woher hast du diese Zahl?"

„Ein festes Angebot von Central Power."

Morgan schwieg ein paar Minuten. Dann sagte er: „Die Raumfahrtingenieure werden wirklich einen Narren an mir fressen."

Sie würden ihn wegen seines Vorprellens hassen. Fast so sehr, fügte er in Gedanken hinzu, wie der Ehrwürdige Parakarma.

Nein – das war nicht fair. Haß war eine Emotion, die ein wahrer Jünger der Doktrin nicht mehr empfand. Was er in den Augen des früheren Dr. Choam Goldberg gesehen hatte, war unversöhnliche Gegnerschaft, aber kein Haß. Immerhin – diese mochte ebenso gefährlich sein.

Das Urteil

Eine von Paul Saraths ärgerlicheren Eigenheiten war der unerwartete Telefonanruf – freudig oder düster, je nach Anlaß – der unweigerlich mit den Worten begann: „Haben Sie das Neueste schon gehört?“ Radschasinghe hatte sich oft versucht gefühlt, darauf zu antworten: „Ja – und ich bin keineswegs überrascht.“ Aber irgendwie hatte er's bis jetzt noch nicht übers Herz gebracht, Paul den Spaß zu verderben.

„Was ist jetzt schon wieder los?“ reagierte er ohne sonderliche Begeisterung.

„Maxine ist auf Weltkanal zwo und interviewt Senator Collins. Ich fürchte, unser Freund Morgan steckt in Schwierigkeiten. Ich rufe Sie später zurück.“

Pauls aufgeregtes Gesicht verschwand von der Bildfläche und wurde ein paar Sekunden durch Maxine Duvals Antlitz ersetzt, als Radschasinghe den Hauptnachrichtenkanal einschaltete. Sie saß in ihrem aller Welt bekannten Studio und sprach zu dem Aufsichtsratsvorsitzenden der Terran Construction Corporation, der sich in einer – wahrscheinlich synthetischen – Stimmung mühsam unterdrückten Zorns zu befinden schien.

„... Senator Collins, jetzt, nachdem der Weltgerichtshof seine Entscheidung getroffen hat ...“

Radschasinghe schaltete das Programm auf AUFZEICHNEN und murmelte: „Ich dachte, das wäre erst am Freitag fällig.“ Er schaltete den Ton ab, und als er daraufhin seine private Verbindung mit ARISTOTELES aktivierte, rief er überrascht aus: „Mein Gott, heute *ist* Freitag!“

Wie immer reagierte Ari auch diesmal sofort.

„Guten Morgen, Radscha. Was kann ich für Sie tun?“

Die angenehme, leidenschaftslose Stimme hatte sich in den vierzig Jahren, seit er sie kannte, um keine Nuance geändert. Noch Jahrzehnte, vielleicht Jahrhunderte nach seinem Tod würde sie sich mit anderen Menschen unterhalten, gerade so wie sie zu ihm gesprochen hatte. (Was das anging: Wieviel Unterhaltungen mochte Ari, in diesem Augenblick, gleichzeitig mit der seinen führen?) Es gab eine Zeit, da hatte diese Erkenntnis Radschasinghe bedrückt. Jetzt aber spielte sie keine Rolle mehr. Er beneidete ARISTOTELES um seine Unsterblichkeit nicht.

„Guten Morgen, Ari. Ich brauche die heutige Entscheidung des Weltgerichtshofs im Fall Astroingenieur-Gesellschaft gegen den Tempel Sri Kanda. Der Abstrakt genügt, gib mir den vollen Ausdruck später.“

„Entscheid 1: Pacht des Tempelgeländes auf Ewigkeit unanfechtbar nach taprobanischem ebenso wie nach Weltgesetz, Weltgesetzkode von 2085. Die Entscheidung war einstimmig.

„Entscheid 2: Die Errichtung des geplanten Orbitalturms mit daraus resultierendem Lärm und Erschütterungen wäre von negativem Einfluß auf einen Ort von großer historischer und kultureller Bedeutung, somit ein privates Ärgernis, und rechtfertigt ein Bauverbot auf dem Weg der Zivilklage. Ein öffentliches Ärgernis liegt derzeit nicht vor. Die Entscheidung fiel 4 zu 2 mit einer Enthaltung.“

„Danke, Ari – Ausdruck löschen – ich brauche ihn nicht.“

Das war es also – gerade, wie er es erwartet hatte. Aber er wußte nicht recht, ob er Erleichterung oder Enttäuschung empfinden sollte.

Seine Wurzeln lagen tiefer in der Vergangenheit. Er war froh, daß man althergebrachte Traditionen zu schätzen wußte und sie schützte. Wenn sich aus der langen, blutigen Geschichte der Menschheit auch nur eines lernen ließ, dann mußte es dies sein: Es war einzig der Mensch als Individuum, auf den es ankam. Mochten seine Ansichten auch noch so exzentrisch sein, sie mußten geschützt werden, solange sie nicht mit breiteren und gleichermaßen legitimen Interessen in Konflikt gerieten. Was hatte der alte Dichter doch gesagt? „Den Staat gibt es nicht!" Vielleicht ging er damit ein wenig zu weit, aber seine Ansicht war sicherlich besser als das entgegengesetzte Extrem.

Gleichzeitig aber empfand er leises Bedauern. Er hatte sich halbwegs davon überzeugt, daß Morgans phantastisches Unternehmen gerade das richtige sein mochte, um Taprobane (und womöglich die ganze Erde, obwohl seine Verantwortung diese nicht mehr umfaßte) vor einem Abgleiten in die Selbstzufriedenheit zu bewahren. Jetzt hatte der Weltgerichtshof einen Strich durch diese Rechnung gemacht, der sich erst in vielen Jahren wieder ausradieren lassen würde.

Er war neugierig, was Maxine über den Fall zu sagen hatte, und schaltete seinen Empfänger auf verzögerte Wiedergabe. Auf Welt-zwo, dem Kanal für die Nachrichtenanalyse, war Senator Collins weiterhin dabei, den Dampfkessel zu heizen.

„... unzweifelhaft seine Kompetenz überschritten und außerdem die Finanzmittel seiner Abteilung für Vorhaben verwendet, die diese nichts angingen."

„Sind Sie da nicht etwas zu engherzig in der Auslegung, Senator? Soweit ich die Zusammenhänge verstehe, wurde Hyperdraht für Bauzwecke entwickelt, speziell für Brükken. Und handelt es sich hierbei nicht um eine Art Brücke?

Ich habe Dr. Morgan diese Analogie verwenden hören, wenngleich er sein Vorhaben mitunter auch als einen Turm bezeichnet."

„Jetzt sind *Sie* engherzig, Maxine. Ich bevorzuge den Namen ‚Sternenfahrstuhl'. Und was den Hyperdraht angeht, so irren Sie sich. Er ist das Ergebnis von zwei Jahrhunderten raumtechnischer Forschung. Der Umstand, daß die entscheidende Entdeckung in der LAND-Abteilung meiner – äh – Organisation stattfand, ist unerheblich. Obwohl ich natürlich stolz darauf bin, daß meine Wissenschaftler daran Anteil hatten."

„Erwägen Sie, das Projekt der RAUM-Abteilung zu übertragen?"

„Welches Projekt? Es handelt sich lediglich um eine Entwurfsstudie – eine von Hunderten, die bei der TCC dauernd angefertigt werden. Ich erfahrte so gut wie nie darüber, und ich möchte das auch nicht – bis sie einen Punkt erreichen, an dem eine Entscheidung auf höchster Ebene erforderlich ist."

„Das ist bei Dr. Morgans Vorhaben nicht der Fall?"

„Ganz gewiß nicht. Meine Raumtransport-Experten geben mir zu verstehen, daß die projizierten Zuwächse des Verkehrsaufkommens sich mühelos werden handhaben lassen – wenigstens für die übersehbare Zukunft.

„Das bedeutet genau?"

„Zwanzig Jahre."

„Und was geschieht dann? Dr. Morgan ist der Ansicht, daß es etwa solange dauern wird, den Turm zu bauen. Gesetzt den Fall, er wird nicht rechtzeitig fertig?"

„Dann finden wir eine andere Lösung. Mein Stab analysiert *alle* denkbaren Möglichkeiten, und man ist dort keineswegs überzeugt, daß der Sternenfahrstuhl einen erstrebenswerten Ausweg darstellt."

„Sie halten den Gedanken aber für grundlegend richtig?"

„Es sieht so aus. Allerdings werden noch weitere Analysen gebraucht."

„Dann müßten Sie Dr. Morgan für die Arbeit, die er geleistet hat, eigentlich dankbar sein."

„Ich habe den größten Respekt vor Dr. Morgan. Er ist einer der hervorragendsten Ingenieure in meiner Organisation – wahrscheinlich auf der ganzen Erde."

„Irgendwie beantworten Sie damit meine Frage nicht, Senator."

„Also schön. Ich bin Dr. Morgan tatsächlich dafür dankbar, daß er unsere Aufmerksamkeit auf diese Sache gelenkt hat. Aber die Vorgehensweise, die er dabei anwendete, kann ich nicht billigen. Um ganz offen zu sein: Er versuchte, mich in Zugzwang zu bringen."

„Wie tat er das?"

„Indem er die Grenzen meiner – seiner! – Organisation überschritt, sich an die Außenwelt wandte und dadurch einen kritischen Mangel an Loyalität enthüllte. Als Ergebnis seiner Manöver haben wir heute eine ungünstige Entscheidung des Weltgerichtshofs, die unweigerlich die öffentliche Meinung gegen uns aufbringen wird. Unter diesen Umständen blieb mir keine andere Wahl, Dr. Morgan – wenn auch mit dem tiefsten Bedauern – zur Kündigung aufzufordern."

„Ich danke Ihnen, Senator Collins. Die Unterhaltung mit Ihnen war wie immer ein Vergnügen."

„Du kleine Lügnerin", sagte Radschasinghe, als er das Gerät ausschaltete und den Anruf entgegennahm, der seit einer Minute auf seiner Konsole blinkte.

„Alles mitbekommen?" fragte Professor Sarath. „Das also ist das Ende von Dr. Vannevar Morgan."

Radschasinghe sah seinen Gesprächspartner eine Zeitlang nachdenklich an.

„Sie hatten schon immer die Tendenz, voreilige Schlüsse zu ziehen, Paul. Warten war noch nie Ihre Stärke. Um wieviel möchten Sie wetten?“

III

Die Glocke

Der Abtrünnige

Von seinen vergeblichen Versuchen, das Universum zu verstehen, zur Verzweiflung getrieben, äußerte der weise Devadasa schließlich atemlos:

Alle Aussagen, die das Wort Gott enthalten, sind falsch.

Sofort erwiderte Somasiri, der ungeliebteste unter seinen Schülern: „Der Satz, den ich soeben ausspreche, enthält das Wort Gott. Ich kann beim besten Willen nicht erkennen, oh hoher Meister, was an dieser einfachen Aussage falsch sein könnte."

Devadasa bedachte den Fall für geraume Zeit. Dann antwortete er, diesmal offenbar voller Befriedigung:

Nur Aussagen, die das Wort Gott nicht enthalten, können richtig sein.

Nach einer kurzen Denkpause erwiderte Somasiri: „Wenn sich diese Feststellung auf sich selbst anwenden läßt, oh Verehrungswürdiger, dann kann sie nicht richtig sein, denn sie enthält das Wort Gott. Wenn sie aber unrichtig ist …"

Zu diesem Zeitpunkt zerschmetterte Devadasa seine Bettlerschale auf Somasiris Schädel und erwarb sich somit das Recht, hinfort als der wahre Begründer der Zen-Religion verehrt zu werden.

(Aus einem unentdeckten Fragment der *Culavamsa*)

Am späten Nachmittag, als der Schein der Sonne nicht mehr mit voller Kraft auf den Stufen lag, begann der Ehrwürdige Parakarma seinen Abstieg. Bei Einbruch der Nacht würde er die höchstgelegene Pilgerraststätte erreichen und am darauffolgenden Tag den Fuß des Berges, die Welt der Menschen.

Der Mahajanake Thero hatte ihn weder mit Rat noch mit Entmutigung bedacht. Falls ihn das Scheiden seines Kollegen betrübte, hatte er es sich nicht anmerken lassen. Er hatte sich damit begnügt, in singendem Tonfall zu sagen: „Alle Dinge sind vergänglich", die Hände zu verschränken und seinen Segen zu geben.

Dem Ehrwürdigen Parakarma, der einst Dr. Choam Goldberg gewesen war und es eines Tages womöglich wieder sein würde, fiel es schwer, einem Außenstehenden die Gesamtheit seiner Motive zu erläutern. „Das Richtige tun" ließ sich leicht sagen, aber schwer definieren.

Im Großen Tempel von Sri Kanda hatte er Seelenfrieden gefunden – aber das reichte nicht aus. Ihn und seine wissenschaftliche Ausbildung stellte die zweideutige Haltung des Ordens Gott gegenüber nicht mehr zufrieden. Diese Art Gleichgültigkeit war ihm zuletzt schlimmer erschienen als eine direkte Gottesleugnung.

Wenn so ein Ding wie ein rabbinisches Erbmerkmal überhaupt existierte, dann trug es Dr. Goldberg ganz gewiß in sich.

Wie viele vor ihm hatte Goldberg-Parakarma Gott in der Mathematik gesucht und sich dabei auch durch philosophische Zeitzünder wie Kurt Gödels unentscheidbare Propositionen aus dem frühen zwanzigsten Jahrhundert entmutigen lassen. Es war ihm unverständlich, wie man die dynamische Asymmetrie von Eulers fundamentaler und doch so wunderbar einfacher Gleichung

$$\frac{\pi i}{e} + 1 = 0$$

betrachten konnte, ohne sich zu fragen, ob das Universum nicht doch die Schöpfung eines unendlich weit überlegenen Geistes sei.

Nachdem er sich zunächst mit einer Theorie der Kosmologie, die fast zehn Jahre überlebte, bevor sie widerlegt wurde, einen Namen gemacht hatte, war Goldberg weit und breit als ein neuer Einstein oder N'goya gefeiert worden. In einem Zeitalter der Ultraspezialisierung hatte er überdies bemerkenswerte Fortschritte in der Theorie der Aero- und Hydrodynamik erzielt – beides seit langem für tot gehaltene Wissensgebiete, auf denen niemand mehr mit Überraschungen rechnete.

Dann, am Höhepunkt seiner Laufbahn, hatte er eine religiöse Wandlung erlebt, die der Pascals vergleichbar war, wenn ihr auch die morbiden Untertöne jener fehlten. Das folgende Jahrzehnt hindurch war er voll und ganz zufrieden gewesen, sich in der Anonymität des Safran-Gewands zu verlieren und seinen brillanten Geist auf Fragen der Doktrin und der Philosophie zu konzentrieren. Er bedauerte das Zwischenspiel nicht, ja, er war nicht einmal sicher, ob er dem Orden wirklich den Rücken kehrte. Eines Tages würde ihn diese gewaltige Treppe womöglich wiedersehen. Aber seine von Gott gegebenen Talente rührten sich; es gab unendlich viel Arbeit zu tun, und er brauchte Werkzeuge, die man ihm auf Sri Kanda nicht zur Verfügung stellen konnte – und, was das anging, selbst auf der ganzen Erde nicht.

In diesem Augenblick empfand er nur geringe Feindseligkeit gegenüber Vannevar Morgan. Gänzlich ohne Absicht hatte der Ingenieur den entscheidenden Funken gezündet; in seiner ungeschickten Art war auch er ein Werkzeug Gottes. Aber es galt, den Tempel unter allen Umständen zu bewahren. In diesem Punkt war Parakarma fest und unerbittlich entschlossen – unabhängig davon, ob das Schicksal ihn jemals wieder in den Frieden und die Ruhe von Sri Kanda zurückbeordern würde.

So stieg der Ehrwürdige Parakarma zu der Welt hinab, der er einst entsagt hatte, wie ein neuer Moses, der vom Berg Gesetze brachte, die den Lauf der Welt verändern würden. Die Schönheiten des Landes und des Himmels, die ihn umgaben, sah er nicht. Denn sie waren völlig unbedeutend im Vergleich mit jenen, die nur er zu schauen vermochte, in der Armee mathematischer Gleichungen, die durch sein Bewußtsein marschierte.

Der kosmische Rammbock

„Ihr Problem, Dr. Morgan“, sagte der Mann im Rollstuhl, „ist, daß Sie sich auf dem falschen Planeten befinden.“

„Es kommt mir so vor“, erwiderte Morgan und musterte dabei das Gefährt, dessen sein Besucher sich bediente, „als könnte man über Sie dasselbe sagen.“

Der Vizepräsident (Investitionen) von Narodnij Mars lachte gemütlich.

„Ich wenigstens bin nur für eine Woche hier – dann geht's zurück zum Mond und einer zivilisierten Gravitation. Oh, ich komme ohne den Rollstuhl zurecht; aber ich habe es lieber so.“

„Ich hätte Sie gerne gefragt, warum Sie überhaupt auf die Erde kommen.“

„Ich tue es so selten wie möglich, aber manchmal *muß* man sich einfach an Ort und Stelle umsehen. Entgegen allgemein verbreitetem Glauben läßt sich eben *nicht* alles per Fernsteuerung erledigen. Ich bin überzeugt, Sie haben diese Erfahrung auch gemacht.“

Morgan nickte; es war die Wahrheit. Er erinnerte sich an all die Male, in denen die Struktur eines Materials, das Gefühl des Felsen oder Bodens unter seinen Sohlen, der Duft des Dschungels, das Prickeln eines Sprühregens eine entscheidende Rolle in einem seiner Projekte gespielt hatten. Eines Tages würden vermutlich auch solche Eindrücke sich auf elektronischem Weg übertragen lassen – man hatte es in der Tat schon getan, als Laborversuch und mit immensen Kosten. Aber es gab keinen Ersatz für die Wirklichkeit. Vor Nachahmungen mußte man sich in acht nehmen.

„Falls Sie eigens aus dem Grund zur Erde gekommen sind, mich zu besuchen", antwortete Morgan, „so weiß ich mir die Ehre zu schätzen. Sollten Sie aber die Absicht haben, mir eine Position auf dem Mars anzubieten, dann vergeuden Sie Ihre Zeit. Ich genieße den Ruhestand und treffe mit Freunden und Verwandten zusammen, die ich schon seit Jahren nicht mehr gesehen habe. Ich habe keinerlei Absicht, eine neue Karriere anzufangen."

„Ich finde das erstaunlich. Sie sind immerhin erst 52. Wie gedenken Sie, Ihre Freizeit zu verbringen?"

„Kein Problem. Ich könnte den Rest des Lebens mit irgendeinem meiner Lieblingsvorhaben zubringen. Es gibt mindestens ein Dutzend davon. Die Ingenieure des Altertums – Römer, Griechen, Inkas. Sie haben mich immer fasziniert, aber nie fand ich Zeit, mich mit ihnen zu befassen. Ich bin aufgefordert worden, eine Vorlesung über Ingenieurplanung für die Weltuniversität zu entwickeln und zu halten. Man hat mich beauftragt, ein Lehrbuch über Komplexstrukturen zu schreiben. Ich selbst möchte an meiner Hypothese zum Einsatz von Aktivelementen gegen dynamische Belastungen – Stürme, Erdbeben und so weiter – weiterarbeiten. Und schließlich bin ich noch immer ein Berater für General Tectonics. Außerdem schreibe ich einen Bericht über das Management der TCC."

„Nicht auf Senator Collins' Ersuchen, nehme ich an?"

„Nein", sagte Morgan mit grimmigem Lächeln. „Ich halte einen solchen Bericht für – nützlich. Außerdem verschafft er mir Entspannung."

„Dessen bin ich sicher. Aber all diese Beschäftigungen sind nicht wirklich schöpferisch. Früher oder später werden sie Ihnen blaß erscheinen – wie diese schöne norwegische Landschaft. Man wird müde, sich immer nur Seen und Fichten anzusehen, ebenso wie vom Schreiben und Reden. Sie sind die Art Mann, Dr. Morgan, der niemals zufrieden ist, solange er nicht an der Gestaltung des Universums mitarbeitet."

Morgan antwortete nicht. Die Prognose saß so genau im Ziel, daß ihn Unbehagen ankam.

„Ich nehme an, Sie stimmen mit mir überein. Was hätten Sie dazu zu sagen, wenn ich Ihnen erklärte, meine Bank sei ernsthaft an Ihrem Fahrstuhlprojekt interessiert?"

„Ich wäre skeptisch. Als ich ihnen den Vorschlag unterbreitete, sagten sie, es sei eine gute Idee, aber sie könnten sich in diesem Stadium noch nicht finanziell daran beteiligen. Alle Geldmittel wurden für die Entwicklung des Mars gebraucht. Es war die übliche Antwort: Wir werden Ihnen gerne helfen, sobald Sie der Hilfe nicht mehr bedürfen."

„Das war vor einem Jahr. Inzwischen haben wir uns die Sache noch einmal durch den Kopf gehen lassen. Wir möchten, daß Sie den Fahrstuhl zu den Sternen bauen – aber nicht auf der Erde. *Auf dem Mars.* Sind Sie interessiert?"

„Womöglich. Bitte fahren Sie fort."

„Bedenken Sie die Vorteile. Nur ein Drittel der Schwerkraft, alle Krafteinflüsse, die mit der Schwerkraft zusammenhängen, sind entsprechend geringer. Der Synchron-Orbit liegt ebenfalls wesentlich näher – weniger als die Hälfte der Distanz, die auf der Erde benötigt wird. Damit entfällt die Mehrzahl der Ingenieurprobleme. Meine Leute schätzen, daß das System auf dem Mars um mehr als ein Zehnfaches billiger sein würde als auf der Erde."

„Das mag richtig sein; aber ich müßte es durchrechnen."

„Und das ist nur der Anfang! Wir haben teuflische

Stürme auf dem Mars, trotz der dünnen Atmosphäre – aber gleichzeitig auch Berge, die weit über sie hinausragen. Ihr Sri Kanda ist nur fünf Kilometer hoch. Wir haben den Mons Pavonis – einundzwanzig Kilometer und genau auf dem Äquator gelegen! Und vorteilhafter noch: Auf dem Gipfel sitzen keine marsianischen Mönche mit einem ewig langen Pachtvertrag. Es gibt noch einen weiteren Grund, warum Mars für den Fahrstuhl wie geschaffen zu sein scheint. Deimos bewegt sich lediglich dreitausend Kilometer oberhalb des Synchron-Orbits. Wir haben also schon eine Masse von ein paar Millionen Megatonnen, die wir heranbugsieren und als Anker verwenden können."

„Das würfe ein paar interessante Synchronisationsprobleme auf. Ich möchte gerne mit den Leuten sprechen, die diese Ideen entwickelt haben."

„Das geht nicht so direkt. Sie sind alle auf dem Mars. Sie müssen zum Mars kommen."

„Die Versuchung ist da, aber ich habe zuvor noch ein paar Fragen."

„Nur zu!"

„Die Erde *braucht* den Fahrstuhl. Die Gründe dafür kennen Sie ohne Zweifel. Mars dagegen, scheint mir, könnte ohne ihn auskommen. Sie haben nur einen Bruchteil unseres Raumverkehrs und eine weitaus geringere Zuwachsrate. Ich muß gestehen, das Vorhaben erscheint mir nicht besonders sinnvoll."

„Ich hatte mich schon gefragt, wann Sie darauf kommen würden."

„Also – nun bin ich darauf gekommen ..."

„Haben Sie von dem Unternehmen Eos gehört?"

„Nicht, daß ich mich erinnern könnte."

„Eos – die griechische Göttin der Morgenröte – die Verjüngung des Mars."

„Oh, darüber weiß ich natürlich. Es hat mit dem Abschmelzen der Polkappen zu tun, nicht wahr?“

„Genau. Wenn es uns gelänge, alles Wasser und CO_2 abzutauen, dann kämen gleichzeitig mehrere Dinge in Gang. Die Dichte der Atmosphäre würde ansteigen, bis Menschen ohne Schutzanzüge im Freien arbeiten können; zu einer späteren Zeit könnte die Luft wohl sogar atembar gemacht werden. Es gäbe fließendes Wasser, kleine Seen und vor allen Dingen: Vegetation, die Anfänge einer sorgfältig geplanten Biosphäre. Im Lauf von wenigen Jahrhunderten könnte sich der Mars zu einem zweiten Garten Eden entwickeln. Er ist der einzige Planet im ganzen Sonnensystem, der mit vorhandenen technischen Mitteln in einen solchen Umwandlungsprozeß gesteuert werden kann. Venus wird womöglich für immer zu heiß dazu sein.“

„Und was hat das mit dem Fahrstuhl zu tun?“

„Wir müssen mehrere Millionen Tonnen Gerät in Marsumlauf bringen. Die einzig gangbare Methode, die Marsoberfläche aufzuheizen, ist mit Hilfe von Sonnenspiegeln – Hunderte von Kilometern im Durchmesser. Wir brauchen sie auf Dauer – zunächst, um die Polkappen zu schmelzen, und später, um eine annehmbare Temperatur aufrechtzuerhalten.“

„Sie könnten die Rohmaterialien von Ihren Bergwerken auf den Asteroiden beziehen, nicht wahr?“

„Einiges sicherlich. Aber die besten Spiegel für diesen Zweck macht man aus Natrium, und davon gibt's im Weltall nur wenig. Wir werden es von den Salzlagern der Tharsis abbauen müssen, die zum Glück unmittelbar am Fuß des Mons Pavonis liegen.“

„Welche Dauer wird das Unternehmen haben?“

„Wenn uns keine größeren Probleme in den Weg kommen, könnte die erste Phase in fünfzig Jahren abgeschlossen sein. Etwa an Ihrem einhundertsten Geburtstag, den Sie nach Aussage der Statistiker mit einer Wahrscheinlichkeit von 39 Prozent noch erleben werden."

Morgan lachte.

„Ich bewundere Leute, die so gründlich recherchieren."

„Wir könnten auf dem Mars nicht überleben, wenn wir nicht jedem Detail Beachtung schenkten."

„Also gut – ich bin von Ihrem Plan beeindruckt, allerdings habe ich noch immer eine Menge Bedenken. Die Finanzierung zum Beispiel ..."

„Die ist meine Sache, Dr. Morgan. Ich bin der Bankier, *Sie* der Ingenieur."

„Richtig. Aber Sie scheinen eine Menge von der Technik zu verstehen, und ich war gezwungen, etliches über die Finanzkunst zu lernen, oft auf schmerzliche Art und Weise. Ich könnte eine Beteiligung an einem derartigen Vorhaben nicht einmal in Erwägung ziehen, bevor man mir einen in Einzelheiten gehenden Budget-Plan vorlegt ..."

„Kann vorgelegt werden ..."

„Und das wäre erst der Anfang. Sie sind sich möglicherweise nicht darüber im klaren, daß zunächst einmal noch ein erheblicher Betrag an Forschung in die verschiedensten Wissensgebiete gesteckt werden muß: Massenerzeugung von Hyperdraht, Stabilitäts- und Steuerprobleme – ich könnte die ganze Nacht darüber reden."

„Das wird nicht notwendig sein. Unsere Ingenieure haben all Ihre Veröffentlichungen gelesen. Sie schlagen ein kleinmaßstäbliches Experiment vor, das die Lösungen einiger noch anstehender Probleme aufzeigt und die Brauchbarkeit des Prinzips beweist ..."

„*Daran* gibt es keinen Zweifel."

„Ich stimme mit Ihnen überein; aber es ist manchmal erstaunlich, welchen Unterschied eine kleine praktische

Vorführung bewirkt. Das ist es, was wir gerne von Ihnen hätten. Entwerfen Sie ein Minimalsystem, nur einen Draht mit einer Transportlast von ein paar Kilogramm. Den Draht lassen Sie vom Synchron-Orbit auf der Erde herab – ja, *auf die Erde.* Wenn es hier funktioniert, dann ist es auf dem Mars ein Kinderspiel. Dann transportieren Sie etwas nach oben, nur um zu zeigen, daß Raketen nicht mehr gebraucht werden. Das Experiment wird vergleichsweise billig sein, wesentliche Aufschlüsse erbringen und gleichzeitig als eine Art Grundlagentraining dienen. Und *uns* erspart es Jahre der Debatte. Wir können uns an die Erdregierung, an den Solar-Fonds und andere interplanetarische Banken wenden und brauchen nur auf den geglückten Versuch zu verweisen."

„Sie haben das wirklich alles schon ausgearbeitet. Wann erwarten Sie meine Antwort?"

„Wenn es nach mir ginge, in ungefähr fünf Sekunden. Aber es gibt offensichtlich keinen besonderen Grund zur Eile. Entscheiden Sie sich innerhalb angemessener Zeit."

„Ausgezeichnet. Überlassen Sie mir Ihre Entwurfsunterlagen, Kostenanalysen und alle sonstigen Dokumente, die Sie greifbar haben. Ich müßte mich in etwa einer Woche hindurcharbeiten können – und dann bekommen Sie meine Entscheidung."

„Ich danke Ihnen. Hier, meine Nummer. Sie können mich jederzeit erreichen."

Morgan schob die Personalakte des Bankiers in den Speicherschlitz seines Kommunikators und wartete bis das kleine Bildfeld die Antwort EINGABE BESTÄTIGT zeigte. Sein Entschluß war gefällt, noch bevor er die Karte seinem Besucher zurückgegeben hatte.

Falls die marsianische Analyse nicht einen grundlegenden Fehler enthielt – er hätte in diesem Augenblick eine große Summe gewettet, daß dies nicht der Fall war –, dann hatte sein Ruhestand ein frühzeitiges Ende erfahren. Es war ihm an ihm selbst schon des öfteren und nicht ohne inneres Amüsement aufgefallen, daß er über vergleichsweise triviale Entscheidungen lange und angestrengt nachdachte, während er die Entschlüsse, die wahrhaft sein Leben betrafen, stets ohne Zögern traf. Er hatte immer gewußt, was getan werden mußte, und sich nur selten geirrt.

In dieser frühen Phase jedoch war es klug, nicht zu viel intellektuelles und emotionelles Kapital in ein Vorhaben zu stecken, von dem sich immer noch herausstellen mochte, daß aus ihm nichts wurde. Der Bankier hatte sich inzwischen verabschiedet; er befand sich auf dem ersten Abschnitt seiner Reise nach Tranquility-Hafen, über Oslo und Gagarin. Morgan fand es unmöglich, sich den Beschäftigungen zu widmen, die er für den langen Nordabend geplant hatte. Seine Gedanken waren nicht bei der Sache; sie beschäftigten sich unablässig mit den neuen Zukunftsaussichten, die sich plötzlich vor ihm aufgetan hatten.

Nach ein paar Minuten ruhelosen Auf- und Abgehens nahm er schließlich an seinem Schreibtisch Platz und begann, seine Verpflichtungen in umgekehrter Ordnung ihrer Verbindlichkeit niederzuschreiben. Am Beginn der Liste standen also diejenigen, deren er sich am leichtesten entledigen konnte. Bald jedoch ging ihm für solche Routinebeschäftigung die Geduld aus. Irgendwo tief drunten in seinem Bewußtsein hatte etwas zu pochen begonnen und versuchte, ihn auf sich aufmerksam zu machen. Wenn er sich aber darauf konzentrieren wollte, dann entwischte es ihm – wie ein Wort, das einem „auf der Zunge liegt", an das man sich aber partout nicht erinnern kann.

Mit einem enttäuschten Seufzer überließ er den Schreibtisch sich selbst und trat hinaus auf die Veranda, die an der

Westwand des Hotels entlanglief. Es war sehr kalt; aber die Luft verhielt sich reglos, und die Kälte wirkte eher als ein Stimulus denn unangenehm. Der Himmel war ein Lichtteppich aus Sternen, und die gelbe Mondsichel sank auf ihr Spiegelbild auf der Oberfläche des Fjords zu, die so dunkel und glatt war, als bestünde sie aus poliertem Ebenholz.

Vor dreißig Jahren hatte er fast am selben Platz gestanden, mit einer jungen Frau, an deren Aussehen er sich nur noch undeutlich erinnerte. Sie hatten beide ihr erstes Examen gefeiert, und das war auch alles, was sie miteinander verband. Es war keine ernsthafte Affäre gewesen; sie waren jung und mochten einander – mehr nicht. Aber die Erinnerung, so vage sie auch sein mochte, hatte ihn ausgerechnet in diesem kritischen Augenblick seines Lebens zum Trollshaven-Fjord zurückgebracht. Was der zweiundzwanzigjährige Student wohl gesagt hätte, wenn ihm offenbart worden wäre, daß sein Weg ihn dereinst an diesen Ort freundlicher Erinnerungen zurückführen werde, drei Jahrzehnte in der Zukunft?

Morgan empfand weder Nostalgie noch Selbstbedauern, eher heimliches Vergnügen. Er hatte es nie bereut, daß er und Ingrid in Frieden auseinandergegangen waren, ohne den üblichen Ehevertrag auf ein Jahr Dauer auch nur in Erwägung zu ziehen. Seitdem hatte sie drei Männer mehr oder weniger unglücklich gemacht und schließlich einen Job bei der Mondkommission ergattert. Morgan hatte sie aus den Augen verloren, und in diesem Augenblick fragte er sich, ob sie sich wohl irgendwo auf der schimmernden Sichel dort befinden mochte, deren Farbe der ihres goldenen Haares glich.

Genug mit der Vergangenheit. Morgan wandte seine Gedanken der Zukunft zu. Wo war der Mars? Zu seiner

Blamage mußte er zugeben, daß er nicht einmal wußte, ob der Planet heute nacht überhaupt sichtbar war. Sein Blick glitt den Pfad der Ekliptik entlang, vom Mond zum strahlenden Leuchtfeuer der Venus und darüber hinaus; aber nirgendwo in diesem Durcheinander von glänzenden Lichtern fand er etwas, das er zweifelsfrei als den roten Planeten hätte identifizieren können. Er empfand Erregung bei dem Gedanken, daß er, der noch niemals über die Mondbahn hinausgekommen war, die gewaltigen roten Wüsten des Mars mit eigenen Augen zu sehen bekommen würde und die zwei kleinen Monde, wie sie sich innerhalb weniger Stunden durch ihre Phasen drehten.

In diesem Augenblick brach der Traum in sich zusammen. Morgan stand einen Augenblick wie gelähmt. Dann stürzte er zurück in sein Zimmer und vergaß von einem Augenblick zum andern die Schönheit der Sternennacht.

Es gab in seinem Zimmer keine Allzweck-Konsole, also mußte er hinunter ins Foyer, um sich die benötigte Information zu beschaffen. Wie das Pech es wollte, war die Zelle von einer älteren Dame besetzt, die sich bei ihrer Sache so umständlich tat, daß Morgan um ein Haar an die Tür gepocht hätte. Schließlich aber entfernte sie sich mit einer gemurmelten Entschuldigung, und als Morgan die Zelle betreten hatte, stand er dem angesammelten Wissen der gesammelten Menschheit vis-à-vis.

In seinen Studentenjahren hatte er mehrere Informationsmeisterschaften gewonnen – Rennen gegen die Uhr, bei denen obskure Informationen zur Beantwortung von Fragen, die sadistische Schiedsrichter sich ausgedacht hatten, aus den Speicherinhalten von Computern gegraben werden mußten. („Wieviel Regen fiel in der Hauptstadt des kleinsten irdischen Nationalstaats an dem Tag, an dem die zweithöchste im internationalen Fußball je erreichte Zahl von Toren geschossen wurde?" An diese Frage erinnerte er sich mit besonderer Zuneigung.) Seine Geschicklichkeit hatte im Lauf der Jahre zugenommen, überdies handelte es sich hier um eine Frage mit geringer Komplexität. Die Antwort erschien nach dreißig Sekunden auf dem Bildschirm, viel detaillierter, als er sie eigentlich brauchte.

Morgans Blick ruhte eine Zeitlang auf der Bildfläche. Dann schüttelte er in konsternierter Verwunderung den Kopf.

„Das können sie *unmöglich* übersehen haben!" murmelte er. „Aber was können sie dagegen tun?"

Morgan drückte den KOPIE-Knopf und trug das dünne Blatt Papier mit sich zurück zu seinem Zimmer, wo er eine mehr in Einzelheiten gehende Analyse anfertigte. Das Problem lag mit derart unverschämter Klarheit auf der Hand, daß er eine Zeitlang fürchtete, er hätte eine ebenso offensichtliche Lösung übersehen und würde sich lächerlich machen, wenn er die Sache zur Sprache brachte. Aber es gab keinen denkbaren Ausweg ...

Er sah auf die Uhr: Nach Mitternacht. Aber hier ging es um etwas, das sofort ins reine gebracht werden mußte.

Zu Morgans Erleichterung stellte sich heraus, daß der Bankier seinen NICHT-STÖREN-Knopf noch nicht aktiviert hatte. Er antwortete sofort, gab sich jedoch ein wenig überrascht.

„Ich hoffe, ich habe Sie nicht geweckt", sagte Morgan.

„Nein – wir setzten gerade zur Landung auf Gagarin an. Wo brennt's?"

„Über dem Mars. Der innere Mond, Phobos, ungefähr zehn Teratonnen, die sich mit zwei Kilometern pro Sekunde bewegen. Ein kosmischer Rammbock, der alle elf Stunden an dem Fahrstuhl vorbeikommt. Ich habe die Wahrscheinlichkeit noch nicht genau ausgerechnet, aber es wird unweigerlich alle paar Tage zu einem Zusammenstoß kommen."

Am anderen Ende war es lange Zeit still. Dann sagte der Bankier: „Selbst *ich* hätte mir das ausrechnen können. Also hat offensichtlich jemand eine Lösung. Vielleicht müssen wir Phobos aus dem Weg schaffen."

„Unmöglich: Die Masse ist viel zu groß."

„Ich muß Mars anrufen. Die Verzögerung ist gegenwärtig zwölf Minuten. Innerhalb einer Stunde müßte ich wenigstens eine vorläufige Antwort für Sie haben."

Hoffentlich, dachte Morgan. Und am besten eine plausible. Das heißt: Wenn mich diese Aufgabe *wirklich* interessiert.

Gottes Finger

Dendrobium macarthiae blühte gewöhnlich mit dem Südwest-Monsun, aber dieses Jahr war es früh dran. Als Johan Radschasinghe in seinem Orchideenhaus stand und die vielblättrigen rosé-violetten Blüten bewunderte, erinnerte er sich daran, daß ihm letztes Jahr, als er die Blumen betrachten kam, ein Wolkenbruch eine halbe Stunde lang den Rückweg zur Villa abgeschnitten hatte.

Er betrachtete aufmerksam den Himmel. Nein, es gab kein Anzeichen von Regen. Es war ein wunderschöner Tag mit hohen, dünnen Wolkenstreifen, die das grelle Sonnenlicht ein wenig milderten. Aber da war etwas sehr Merkwürdiges ...

Radschasinghe hatte so etwas noch nie zuvor gesehen. Direkt über ihm waren drei parallel zueinander verlaufende Wolkenbahnen durch eine kreisförmige Störung unterbrochen. Es schien sich um einen Wirbelsturm zu handeln, nur wenige Kilometer im Durchmesser, aber Radschasinghe fühlte sich an etwas gänzlich anderes erinnert: ein Astloch, das durch die Maserung eines glatt gehobelten Brettes brach. Er überließ seine geliebten Orchideen sich selbst und trat hinaus ins Freie, um die Erscheinung besser beobachten zu können. Jetzt sah er, daß der Wirbelwind sich langsam am Himmel entlangbewegte; in seinem Kielwasser blieben die zuvor geraden Wolkenstreifen verdreht zurück.

Im Geist sah Radschasinghe den Finger Gottes, der vom Himmel herabzeigte und eine Furche durch die Wolken zog. Obwohl er die Grundlagen der Wetterkontrolle durchaus verstand, hatte er nicht gewußt, daß man bereits mit solcher Genauigkeit zu arbeiten verstand. Mit bescheidenem Stolz erinnerte er sich, daß er vor fast vierzig Jahren bei den Anfängen der Wetterkontrolle mitgearbeitet hatte.

Es war nicht leicht gewesen, den verbleibenden Supermächten einzureden, sie müßten ihre Raumfestungen aufgeben und sie der Globalen Wetterbehörde überantworten. Seitdem waren die Laser, die einst die Menschheit bedroht hatten, auf sorgfältig ausgewählte Abschnitte der Atmosphäre gerichtet worden oder auf wärmeabsorbierende Zielpunkte in abgelegenen Landstrichen der Erde. Die in den Laserstrahlen enthaltene Energie war lächerlich gering im Vergleich zu der selbst des kleinsten Sturmes. Aber dasselbe gilt für den einsamen Stein, der eine Lawine auslöst, oder das Neutron, mit dem eine Kettenreaktion beginnt.

Darüber hinaus waren Radschasinghe die technischen Einzelheiten unbekannt. Er wußte, daß die Wetterkontrolle ein mächtiges Netzwerk von Monitor-Satelliten unterhielt und mit Computern arbeitete, in deren elektronischen Gedächtnissen ein vollständiges Modell der Erdatmosphäre, der Landflächen und Meere gespeichert war. Er fühlte sich mehr wie ein von Ehrfurcht gelähmter Wilder, der den Wundern einer hochentwickelten Technologie gegenübersteht. Sein Blick folgte dem kleinen Zyklon, der zielbewußt westwärts strebte, bis er unter der Linie der Palmenkronen am Rande der Lustgärten verschwand.

Dann sah Radschasinghe auf zu den unsichtbaren Ingenieuren und Wissenschaftlern, die in ihren Himmelsgondeln um die Erde rasten.

„Sehr eindrucksvoll“, sagte er. „Ich hoffe, ihr wißt auch genau, was ihr da tut.“

Weltraumroulett

„Ich hätte mir denken können", sagte der Bankier bedauernd, „daß es in einem der technischen Anhänge sein müßte, die ich nie lese. Sie haben inzwischen das ganze Dokument verarbeitet, also möchte ich von Ihnen hören, wie die Lösung aussieht. Sie haben mir nämlich angst gemacht, verstehen Sie?"

„Die Lösung ist ebenso brillant wie offensichtlich", antwortete Morgan. „Ich hätte von mir aus darauf kommen müssen."

Was ihm – beizeiten – auch gelungen wäre, dachte er selbstsicher. Im Geist sah er die Rechnersimulationen der gigantischen Struktur, hin und her schwingend wie eine Violinseite in Zeitlupenaufnahme. Im Hintergrund des Bildes ließ er zum hundertsten Mal den Film von der tanzenden Brücke ablaufen. Das waren alle Hinweise, deren er bedurft hätte.

„Phobos passiert den Turm alle elf Stunden, zehn Minuten. Glücklicherweise bewegt er sich nicht genau in derselben Ebene, sonst gäbe es *jedesmal* einen Zusammenstoß. So aber verfehlt Phobos bei der Mehrzahl seiner Umläufe das Ziel. Die Zeiten, zu denen Gefahr besteht, lassen sich genau vorherberechnen, wenn nötig, bis auf die Millisekunde. Der Fahrstuhl, wie jedes Ingenieurprodukt, ist keine völlig starre Struktur. Er besitzt Eigenschwingungen, deren Frequenz nahezu so genau berechnet werden kann wie Planetenbahnen. Ihre Techniker schlagen daher vor, den Fahrstuhl zu *stimmen,* so daß seine normalen Schwingungen, die ohnehin nicht zu vermeiden sind, ihn vor dem Zusammenstoß mit Phobos bewahren. Jedesmal, wenn der Mond an dem Fahrstuhl vorbeikommt, ist dieser woanders, ein paar Kilometer von der Gefahrenzone entfernt."

Am anderen Ende war es lange Zeit still.

„Ich sollte das vielleicht nicht zugeben", sagte der Marsianer schließlich, „aber mir stehen die Haare zu Berge."

Morgan lachte. „Es klingt in der Tat ein wenig nach russischem Roulett. Aber bedenken Sie, daß wir es mit genau berechenbaren Vorgängen zu tun haben. Wir wissen zu jedem Zeitpunkt, wo sich Phobos befindet, und wir kontrollieren die Auslenkung des Turmes einfach dadurch, daß wir den Verkehr entsprechend dosieren."

Einfach, dachte Morgan, war nicht das richtige Wort; aber es mußte jeder einsehen, daß es sich machen ließ. Er dachte an eine Analogie, die gleichzeitig perfekt und ausgefallen war. Er hätte fast laut aufgelacht. Nein – es war keine gute Idee, sie dem Bankier auseinanderzusetzen.

Er war wieder bei der Tacoma-Narrows-Brücke. Ein Schiff sollte unter der Brücke hindurchfahren. Dummerweise war sein Mast einen Meter zu hoch.

Kein Problem. Unmittelbar vor der Ankunft des Schiffes donnerten ein paar schwere Lastwagen über die Brücke, ihre Abstände so berechnet, daß die von ihnen erzeugten Schwingungen die Eigenfrequenz der Brücke trafen. Eine sanfte Welle bewegte sich von Pfeiler zu Pfeiler entlang der Fahrstraße, ihr Maximalausschlag so berechnet, daß er mit dem Augenblick der Ankunft des Schiffes zusammenfiel. Die Mastspitze glitt unter der Brücke hindurch, mit Zentimetern Spielraum. Nach demselben Prinzip, aber in tausendfach größerem Maßstab würde der Sternenfahrstuhl, der sich vom Mons Pavonis himmelwärts erhob, den Mond Phobos an sich vorbeilassen.

„Ich bin froh über Ihre Zuversicht", sagte der Bankier. „Was mich angeht, so werde ich jeweils eine Positionsbestimmung für Phobos anfertigen lassen, bevor ich den Fahrstuhl benütze."

„Haben Sie gehört, daß ein paar von Ihren intelligenten jungen Leuten – intelligent sind sie ohne Zweifel, und für jung halte ich sie aufgrund ihres Mangels an Ehrfurcht vor der Natur – die kritischen Schwingungsperioden zu Touristenattraktionen machen wollen? Sie glauben, daß man einen höheren Fahrpreis verlangen könnte, wenn den Passagieren die Möglichkeit gegeben wird, Phobos sozusagen auf Armeslänge mit mehreren tausend Kilometern pro Stunde vorbeirasen zu sehen. Welch ein Schauspiel, meinen Sie nicht auch?"

„Ich male es mir lieber aus, als daß ich es mir ansehe, aber wahrscheinlich haben sie recht. Jedenfalls bin ich erleichtert, zu hören, daß es eine Lösung gibt. Ich stelle überdies mit Freude fest, daß unser technisches Wissen Sie beeindruckt. Bedeutet das, daß wir Ihre Entscheidung in Bälde erwarten dürfen?"

„Sie können sie jetzt gleich haben", sagte Morgan. „Wann fangen wir an?"

Die Nacht vor dem Vesak-Fest

Es war seit siebenundzwanzig Jahrhunderten der wichtigste und heiligste Tag im taprobanischen Kalender. Zum Vollmond des Mai war Buddha geboren, hatte er die Erleuchtung erfahren, war er gestorben. Obwohl die Mehrzahl der Menschen im Vesak-Fest nichts anderes sah als in der anderen, alljährlichen Festlichkeit, Weihnachten, war es noch immer eine Zeit für Meditation und inneren Frieden.

Schon seit langen Jahren garantierte die Monsun-Kontrolle, daß es an den Vesak-Nächten nicht regnen würde. Annähernd ebenso lang war es Radschasinghes Gewohnheit, zwei Tage vor dem Vollmond eine Pilgerfahrt, die sein Bewußtsein erfrischte, in die Stadt der Könige zu unternehmen. Dem eigentlichen Vesak-Fest hielt er sich fern. An diesem Tag war Ranapura übervölkert, viele unter den Besuchern würden ihn mit Sicherheit erkennen und seine Ruhe stören.

Nur der schärfste Blick vermochte zu erkennen, daß der riesige, gelbe Mond, der über den glockenförmigen Silhouetten uralter Grabmäler schwebte, noch kein vollkommener Kreis war. Sein Schein war so intensiv, daß nur die lichtstärksten unter den Satelliten und Sternen am wolkenlosen Nachthimmel zu sehen waren. Und kein Windhauch bewegte die Luft.

Zweimal, so berichtete die Legende, hatte Kalidasa auf dieser Straße angehalten, als er Ranapura für immer verließ. Der erste Halt hatte am Grabmal Hanumans, des geliebten Gefährten seiner Kindheit, stattgefunden. Den zweiten hatte er am Schrein des Sterbenden Buddha eingelegt. Radschasinghe hatte sich oft gefragt, welchen Trost der Anblick der Statue dem vom Schicksal verfolgten König bereitet haben mochte. Womöglich hatte er an demselben Ort angehalten, an dem Radschasinghe sich jetzt befand; denn von hier aus war die Aussicht auf die gewaltige, aus dem Felsen gehauene Statue am besten. Die liegende Gestalt war so vollendet proportioniert, daß man ganz nahe herangehen mußte, bevor man erkannte, wie riesig das Bildnis war. Aus der Ferne konnte man sich unmöglich vorstellen, daß allein das Kissen, auf dem Buddhas Kopf ruhte, mehr als Manneshöhe besaß.

Radschasinghe hatte viel von der Welt gesehen, aber er kannte keinen zweiten Ort, der so voller Friede war. Manchmal hatte er den Eindruck, er könne hier bis in alle Ewigkeit sitzen, unter dem hellen Glanz des Mondes, ganz und gar unberührt von den Sorgen und dem Durcheinander des Lebens. Er hatte niemals versucht, die Zauberkraft des Schreines zu erforschen – aus Furcht, er könne sie durch seine Forschung zerstören. Einige ihrer Bestandteile waren indes offensichtlich. Alleine die Haltung des Erleuchteten, der nach einem langen und vornehmen Leben endlich mit geschlossenen Augen ruhte, strahlte Ruhe aus. Die fließenden Falten des Gewandes erfüllten den Betrachter mit Trost und Frieden; sie schienen aus dem Felsen zu strömen und bildeten Wellen aus erstarrtem Stein. Wie die Wellen der See sprachen sie auf Instinkte an, von deren Existenz der rationale Verstand nichts wußte.

In Augenblicken wie diesem, in denen die Zeit stillstand, allein mit Buddha und dem nahezu vollen Mond, empfand Radschasinghe, daß er nun endlich die Bedeutung des Nirwana begreifen könne – jenes unfaßbaren Zustands, der nur durch Aussagen darüber, was er *nicht* ist, beschrieben werden kann. Empfindungen wie Ärger, Lust, Gier waren plötzlich machtlos, ja, kaum noch wahrnehmbar. Selbst das Verständnis der persönlichen Identität löste sich auf wie Morgennebel unter den Strahlen der Sonne.

Es war natürlich nicht von Dauer. Plötzlich drangen das Summen der Insekten und weit entferntes Hundegebell wieder in sein Bewußtsein, und er spürte die kalte Härte des Steines, auf dem er saß. Ruhe war ein Zustand, der sich nicht lange erhalten ließ. Mit einem Seufzer stand Radschasinghe auf und kehrte zu seinem Wagen zurück, der hundert Meter entfernt außerhalb des Tempelgeländes geparkt stand.

Er war gerade beim Einsteigen, als er den kleinen weißen Flecken bemerkte, der sich so deutlich gegen den Hintergrund abhob, als sei er an den Himmel gemalt. Er glitt jenseits der Bäume im Westen in die Höhe und stellte die eigenartigste Wolke dar, die Radschasinghe je zu sehen bekommen hatte, ein vollendet symmetrisches Ellipsoid mit derart scharfen Rändern, als bestünde es aus fester Materie. Einen Augenblick lang war er versucht, zu glauben, da steuere jemand ein Luftschiff durch den Nachthimmel von Taprobane; aber er sah keine Steuerflächen, und es gab keinerlei Motorengeräusch.

Dann kreuzte ein noch aufregenderer Gedanke seinen Sinn: *Die Starholmer waren angekommen ...*

Absurd, natürlich. Selbst wenn sie ihre eigenen Radiosignale überholt hätten, sie wären niemals quer durch das ganze Sonnensystem geflogen und in den Himmel der Erde hinabgestoßen, ohne sämtliche Verkehrsradars zu aktivieren. Die Nachricht von ihrer Ankunft hätte sich schon längst verbreitet.

Es überraschte Radschasinghe, festzustellen, daß diese

Überlegung ihn enttäuschte. Jetzt, als die Erscheinung näher kam, erkannte er unzweideutig, daß es sich um eine Wolke handelte: die Ränder lösten sich allmählich auf. Sie bewegte sich mit beeindruckender Geschwindigkeit, offenbar von einem privaten Wind getrieben, von dem hier unten auf der Erdoberfläche nichts zu spüren war.

Die Wissenschaftler der Monsun-Kontrolle waren wieder am Werk und versuchten ihre Künste an der Steuerung des Windes. Was, fragte sich Radschasinghe, würde ihnen als nächstes in den Sinn kommen?

Raumstation Ashoka

Wie winzig die Insel aus dieser Höhe wirkte! Sechsunddreißigtausend Kilometer tief drunten erschien Taprobane nicht wesentlich größer als der Mond. Selbst die gesamte Landfläche erschien als Ziel viel zu klein, als daß jemand hätte versuchen mögen, sie zu treffen. Morgan aber zielte auf ein Stück Erdreich in ihrem Zentrum, nicht größer als ein Tennisplatz.

Bis auf den gegenwärtigen Augenblick war sich Morgan über seine Motive noch nicht im klaren. Seine kleine Vorführung hätte er auch von der Raumstation Kinte aus abwickeln können, mit Ziel Kilimandscharo oder Mount Kenia. Der Umstand, daß Kinte sich am unstabilsten Punkt des gesamten Synchron-Orbits befand und ständig hin und her zockelte, um über Zentralafrika zu bleiben, spielte bei der geringen Dauer seines Experiments keine Rolle. Eine Zeitlang hatte ihm sogar der Chimborasso als Ziel vorgeschwebt; die Amerikaner hatten ihm angeboten, die Raumstation Columbus mit beachtlichen Kosten auf den entsprechenden Längengrad zu manövrieren. Schließlich aber war er trotz aller Ermutigungen in anderer Richtung zu seinem ursprünglichen Ziel zurückgekehrt: Sri Kanda.

Glücklicherweise konnte in diesem Zeitalter der rechnergestützten Entscheidungen selbst ein Spruch des Weltgerichtshofs in wenigen Wochen herbeigeführt werden. Der Tempel hatte selbstverständlich Beschwerde eingelegt. Morgans Argument war gewesen, ein wissenschaftliches Experiment von kurzer Dauer, durchgeführt außerhalb des

Tempelgeländes, ohne Geräusch, Umweltverschmutzung oder sonstige schädliche Einflüsse, könne unmöglich als Belästigung ausgelegt werden. Wenn man ihn an der Ausführung des Versuchs hinderte, wären all seine bisherigen Studien in Frage gestellt, es wäre ihm die Möglichkeit genommen, die Richtigkeit seiner Berechnungen zu überprüfen, und ein für die Republik Mars lebenswichtiges Projekt erlitte einen ernstzunehmenden Rückschlag.

Das Argument war äußerst plausibel, und Morgan selbst war von der Richtigkeit der Mehrzahl seiner Behauptungen überzeugt. Ebenso überzeugt waren die Richter, mit einem Stimmenverhältnis von fünf zu zwo. Obwohl sie sich durch solche Dinge nicht hätten beeinflussen lassen sollen, war es ein geschickter Schachzug gewesen, die Republik Mars zu erwähnen. Die RM war beim Weltgerichtshof bereits mit drei komplizierten Fällen anhängig, und die Richter wurden allmählich müde, Präzedenzfälle des interplanetarischen Rechts zu schaffen.

Morgan indes trug in dem analytisch kühlen Teil seines Bewußtseins die Kenntnis, daß seine Handlung keineswegs nur der Logik entsprang. Er war nicht der Mann, der eine Niederlage mit Gleichmut akzeptierte. Die Geste der Vergeltung bereitete ihm eine gewisse Genugtuung. Auf einer noch tieferen Ebene seines Bewußtseins verwarf er jedoch dieses kleinliche Motiv; eine derart kindische Reaktion war seiner nicht würdig. Was er *wirklich* wollte, war, sein Selbstbewußtsein wiederaufzubauen und seinen Glauben an den Erfolg seines Vorhabens zu stärken. Obwohl er sich über das Wie und das Wann noch im unklaren war, verkündete er der Welt – und den hartschädeligen Mönchen jenseits der uralten Mauern: „Ich komme wieder."

Die Raumstation Ashoka kontrollierte nahezu alles, was mit Kommunikation, Meteorologie, Umweltbeobachtung und Raumfahrt im indo-chinesischen Sektor zu tun hatte. Wenn sie jemals zu funktionieren aufhörte, stünden augenblicklich eine Milliarde Menschenleben auf dem Spiel. Es war daher nicht zu verwundern, daß Ashoka über zwei absolut selbständige Subsatelliten verfügte, Bhaba und Sarabhai, die einhundert Kilometer entfernt waren. Aber selbst wenn eine unausdenkbare Katastrophe alle drei Stationen zerstörte, könnten Kinte und Imhotep im Westen und Konfuzius im Osten Notdienste leisten. Die Menschheit hatte anhand bitterer Erfahrungen gelernt, Verletzbarkeit durch Verteilung der Gefahrenpunkte zu verringern.

Hier, so weit von der Erde entfernt, gab es keine Touristen, Feriengäste oder Durchreisende. Diese beschränkten sich auf Höhen von ein paar tausend Kilometern und überließen die hochgelegene Synchron-Umlaufbahn den Wissenschaftlern und Technikern – aber auch von ihnen war keiner je nach Ashoka gekommen.

Das Kernstück des „Unternehmens Bindfaden" schwebte in einer der mittelgroßen Anlegekammern der Raumstation und wartete auf die abschließende technische Prüfung. Es sah nicht besonders eindrucksvoll aus. Seine äußere Erscheinung gab keinen Hinweis auf die Mann-Jahre und die Millionen, die seine Entwicklung verschlungen hatte.

Der mattgraue Kegel, vier Meter lang, mit einem Durchmesser von zwei Metern an der Basis, schien durch und durch aus Metall zu bestehen. Es bedurfte eines aufmerksamen Blicks aus der Nähe, um den dicht gewundenen Faden zu erkennen, der die Oberfläche bedeckte. Und nicht nur die Oberfläche. Abgesehen von einem schlanken Kern und den Plastikstreifen, die Hunderte von Windungslagen voneinander trennten, bestand der ganze Kegel aus einem sich allmählich verjüngenden Faden Hyperdraht – vierzigtausend Kilometer lang.

Zwei längst überholte und voneinander verschiedene Technologien waren für die Herstellung des unscheinbaren grauen Zylinders wieder zum Leben erweckt worden. Vor dreihundert Jahren hatten transozeanische Telegraphen über unterseeische Kabel zu funken begonnen. Vermögen waren verloren worden, bis man die Kunst erlernte, Tausende von Kilometern Kabel auf- und danach mit gleichbleibender Geschwindigkeit von Kontinent zu Kontinent wieder abzurollen, ungeachtet der Stürme und aller anderen Gefahren der See. Ungefähr ein Jahrhundert später waren die ersten primitiven Lenkraketen, die sich mit ein paar hundert Kilometern pro Stunde bewegten, mit Hilfe von dünnen Drähten, die sich während des Zielanflugs abwickelten, kontrolliert worden. Morgans Vorhaben übertraf die Reichweite der Kriegsmuseumsstücke um das Tausend-, ihre Geschwindigkeit um das Fünfzigfache. Allerdings hatte er mehrere Vorteile. Sein Projektil bewegte sich, mit Ausnahme der letzten einhundert Kilometer, durch Vakuum. Und sein Ziel würde wahrscheinlich nicht auszuweichen versuchen.

Die Projektmanagerin machte Morgan durch ein verlegenes Hüsteln auf sich aufmerksam.

„Es gibt immer noch ein Problem, Doktor", sagte sie. „Wir haben zwar das Abspulen fest im Griff – alle Tests und Rechnersimulationen sind zufriedenstellend, wie Sie gesehen haben. Aber das *Rückspulen* bereitet den Sicherheitsleuten Kopfzerbrechen."

Morgan blinzelte überrascht. Mit dieser Frage hatte er sich so gut wie gar nicht befaßt. Es schien auf der Hand zu liegen, daß das Rückspulen des Drahtes im Vergleich zum Abrollen trivial war. Gewiß doch brauchte man nicht mehr als eine motorisierte Winde, womöglich mit ein paar Zusatzvorrichtungen, die den geringen, stetig abnehmenden

Durchmesser des Hyperdrahtfadens in Rechnung zogen. Aber er wußte, daß man in der Raumtechnik niemals etwas als gegeben hinnehmen durfte und daß die Intuition – besonders die Intuition eines erdgebundenen Technikers – mitunter ein teuflischer Ratgeber war.

Wie ging das doch? Wenn das Experiment beendet ist, schneiden wir das erdseitige Ende los, und Ashoka wickelt den Draht wieder auf. Wenn man natürlich an einem Ende einer vierzigtausend Kilometer langen Leine zu ziehen beginnt, dann tut sich ein paar Stunden lang überhaupt nichts. Bis der Impuls das andere Ende erreicht, vergeht ein halber Tag. Die Spannung wird also aufrechterhalten und – oh!

„Man hat ein paar Berechnungen angestellt", fuhr die Managerin fort. „Wenn der Draht endlich in Fahrt kommt, dann rollen etliche Tonnen mit einer Geschwindigkeit von eintausend Kilometern pro Stunde auf diese Station zu. Den Sicherheitsleuten gefällt das überhaupt nicht."

„Verständlich. Was erwarten sie von uns?"

„Daß wir eine geringere Rückspulgeschwindigkeit ansetzen und den Impuls dauernd unter Kontrolle halten. Falls es gefährlich wird, müssen wir die Station verlassen und die Rückspulung draußen abwickeln."

„Bedeutet das eine Verzögerung?"

„Nein. Wir haben einen Plan für den Notfall entwickelt. Wir bringen das Ding in fünf Minuten durch die Schleuse nach draußen, wenn es nötig wird."

„Und zurück?"

„Ohne Mühe."

„Hoffentlich haben Sie recht. Diese Angelschnur kostet ein gutes Stück Geld. Und ich brauche sie noch."

Ja – aber *wo?* fragte sich Morgan, wobei er die langsam wachsende Sichel der Erde anstarrte. Es war vielleicht besser, zuerst das Marsprojekt zum Abschluß zu bringen, selbst wenn er dafür mehrere Jahre Exil in Kauf nehmen mußte. Sobald Mons Pavonis in Betrieb war, blieb der Erde keine andere Wahl als nachzuziehen. Er zweifelte nicht daran, daß die letzten Hindernisse irgendwie aus dem Weg geräumt werden würden.

Dann gab es eine Brücke über den Abgrund, den er jetzt hinabstarrte, und der Ruhm, den Gustave Eiffel sich vor dreihundert Jahren erworben hatte, würde vor dem seinen verblassen.

Die erste Talfahrt

Es würden wenigstens noch zwanzig Minuten vergehen, bis man etwas zu sehen bekam. Trotzdem befanden sich alle, die eigentlich in den Kontrollstand gehörten, draußen im Freien und starrten zum Himmel hinauf. Selbst Morgan vermochte der Versuchung kaum zu widerstehen und bewegte sich langsam auf die Tür zu.

In seiner unmittelbaren Nähe – und nie weiter als ein paar Meter entfernt – befand sich Maxine Duvals neuester Assistent, ein Athlet von siebenundzwanzig Jahren. Auf den Schultern trug er die üblichen Werkzeuge seines Handwerks, Zwillingskameras in der traditionellen Rechts-vorwärts-links-rückwärts-Anordnung. Über den Kameras schwebte eine Kugel von der ungefähren Größe einer Grapefruit. Die Antenne im Innern der Kugel vollbrachte wundersame Dinge: Wohin und wie schnell sich ihr Träger auch immer bewegte, sie blieb stets auf den nächsten Nachrichtensatelliten ausgerichtet. Am anderen Ende dieser komplexen Funkleitung saß Maxine Duval bequem in ihrem Studio, sah durch die Augen und hörte durch die Ohren ihres „zweiten Selbst“, ohne jedoch wie dieses die Lungen in der dünnen, kalten Luft strapazieren zu müssen. Diesmal hatte sie sich den bequemeren Teil ausgewählt; aber es ging bei weitem nicht immer so.

Morgan hatte sich auf das Arrangement mit einigem Zögern eingelassen. Er wußte, daß dies ein historischer Augenblick war, und akzeptierte Maxines Versicherung, daß „mein Mann Ihnen nicht in die Quere“ kommen würde. Er war sich auf der anderen Seite aber deutlich all der Dinge bewußt, die bei einem so neuartigen Experiment schiefgehen konnten – besonders während der letzten hundert Kilometer des Abstiegs durch die Atmosphäre. Schließlich und endlich jedoch konnte er sich darauf verlassen, daß Maxine sowohl Fehlschlag als auch Erfolg ohne Sensationalismus behandeln würde.

Wie alle großen Berichterstatter blieb Maxine Duval gefühlsmäßig nicht unberührt von den Ereignissen, über die sie berichtete. Sie schilderte objektiv und ohne Auslassung alle Gesichtspunkte, die sie für wesentlich hielt. Sie machte dabei keinen Hehl aus ihren Gefühlen, erlaubte ihnen jedoch nicht, ihre Darstellung zu färben. Sie hatte enormen Respekt vor Morgan und betrachtete ihn mit der neidischen Ehrfurcht des Menschen, dem alle schöpferische Fähigkeit abgeht. Seit der Fertigstellung der Brücke von Gibraltar hatte sie darauf gewartet, was der Ingenieur als nächstes unternehmen würde. Sie war nicht enttäuscht worden. Aber obwohl sie Morgan Glück wünschte, mochte sie ihn nicht wirklich leiden. Nach ihrer Ansicht verwandelten ihn die Energie und die Unaufhaltsamkeit seines Ehrgeizes in etwas, das zugleich mehr als lebensgroß und weniger als menschlich war. Sie konnte nicht umhin, ihn mit Warren Kingsley, seinem Stellvertreter, zu vergleichen. *Der* war ein durch und durch netter, angenehmer Mensch. („Und ein besserer Ingenieur als ich“, hatte Morgan einst ziemlich ernsthaft zu ihr gesagt.) Aber niemand erfuhr je von Kingsley; er würde stets im Schatten seines beeindruckenden Vorgesetzten stehen. Und damit völlig zufrieden sein.

Warren hatte ihr mit viel Geduld die erstaunlich komplexe Mechanik der Talfahrt erklärt. Dem Laien erschien es die einfachste Sache der Welt, einen Gegenstand von einem Ort, der sich über dem Äquator befand, zu diesem hinabfallen zu lassen. Aber die Astrodynamik war voll von Widersprüchen. Wenn man zu bremsen versuchte, bewegte man sich schneller; der kürzeste Weg verbrauchte den meisten Treibstoff. Wenn man in eine Richtung zielte, bewegte man sich in eine andere ... und das waren erst die Auswirkungen der Gravitation. Im vorliegenden Fall war die Lage wesentlich verwickelter. Niemand hatte je zuvor versucht, ein Objekt, das an vierzigtausend Kilometern Draht baumelte, durch den Weltraum zu steuern. Das Programm der Station Ashoka hatte bisher reibungslos funktioniert und die Sonde bis an den Rand der irdischen Atmosphäre gebracht. In ein paar Minuten würde die Kontrolle der restlichen Talfahrt von den Technikern auf Sri Kanda übernommen werden. Kein Wunder, daß Morgan angespannt wirkte.

„Van“, sagte Maxine sanft, aber bestimmt über den Privatkanal: „Hören Sie auf, den Daumen zu lutschen. Sie sehen wie ein Baby aus.“

Morgan war zunächst ärgerlich, dann überrascht – aber schließlich entspannte er sich mit einem leicht verlegenen Lachen.

„Ich bedanke mich für die Warnung“, sagte er. „Ich möchte ungern mein öffentliches Image ruinieren.“

Bedauernd und belustigt zugleich musterte er den Daumen, an dem ein Glied fehlte. „Ha – der Ingenieur ist mit seiner eigenen Bombe in die Luft gegangen!“ lachten die selbsternannten Spötter, und es würde wohl noch eine Zeitlang dauern, bis sie sich wieder beruhigten. Hunderte von Malen hatte er andere gewarnt, zum Schluß aber war er selbst ein wenig zu sorglos gewesen und hatte sich mit einem Stück Hyperdraht, dessen Eigenschaften er demonstrieren wollte, ein Stück Finger abgeschnitten. Er hatte praktisch keinen Schmerz gespürt, und die ganze Sache war ohne Komplikationen abgelaufen. Eines Tages würde er etwas gegen die fehlende Daumenspitze unternehmen; aber gerade jetzt konnte er es sich einfach nicht leisten, sich eine ganze Woche lang an einen Organregenerator anschnallen zu lassen.

„Höhe zwo fünf null", sprach eine ruhige, unpersönliche Stimme aus dem Kontrollstand. „Geschwindigkeit eins eins sechs null Meter pro Sekunde. Drahtspannung neunzig Prozent nominal. Fallschirm öffnet sich in zwei Minuten."

Morgan war wieder so gespannt wie zuvor – und wachsam. Wie ein Boxer, dachte Maxine, der einen unbekannten, aber gefährlichen Gegner beobachtet.

„Wie ist die Windlage?" bellte er.

Eine zweite Stimme antwortete, weitaus weniger unpersönlich als die erste:

„Ich kann es fast nicht glauben", sagte sie in besorgtem Tonfall, „aber Monsun-Kontrolle hat soeben eine Sturmwarnung herausgegeben."

„Wir haben keine Zeit für Späße!"

„Sie machen keinen Spaß; ich habe eben zurückgerufen."

„Aber sie haben uns garantiert, daß es keine Böen von mehr als dreißig Kilometern pro Stunde geben wird!"

„Das haben sie soeben auf sechzig hinaufgesetzt – Moment: achtzig. Da muß irgend etwas schiefgegangen sein ..."

„Das kann man wohl sagen", murmelte Maxine Duval. Dann instruierte sie ihren Assistenten: „Mach dich unsichtbar – du darfst ihnen jetzt nicht im Weg stehen – aber laß dir nichts entgehen!" Sie überließ es dem Kameramann, mit diesen etwas widersprüchlichen Anweisungen fertig zu werden, und schaltete auf ihren Informationskanal. In weniger als dreißig Sekunden ermittelte sie die meteorologische Station, die für das Wetter im Gebiet Taprobane verantwortlich war. Verärgert, aber nicht überrascht stellte sie fest, daß die Station zur Zeit keine Anrufe aus der Öffentlichkeit entgegennahm.

Sie überließ es ihrem findigen Stab, dieses Hindernis zu umgehen, und schaltete zurück zum Berg. Sie war erstaunt, um wieviel sich die Lage selbst in diesen paar Augenblicken verschlechtert hatte.

Der Himmel war dunkler geworden, und die Mikrophone registrierten in der Ferne das noch undeutliche Rumoren des nahenden Sturmes. Maxine hatte derart abrupte Wetterumschläge auf hoher See erfahren und sich ihrer bei Schiffsrennen des öfteren zu ihrem Vorteil bedient. Aber hier handelte es sich einfach um einen Fall von unglaublichem Pech. Sie empfand Mitgefühl für Morgan, dessen Träume und Hoffnungen Gefahr liefen, von diesem unplanmäßigen, von diesem *unmöglichen* Sturm davongeblasen zu werden.

„Höhe zwo null null. Sondengeschwindigkeit eins eins fünf zwo Meter pro Sekunde. Spannung fünfundneunzig Prozent des Nominalwerts."

Die Spannung war also, in doppeltem Sinn, am Wachsen. Das Experiment konnte in dieser Phase nicht mehr abgebrochen werden. Morgan mußte einfach weitermachen und das Beste hoffen. Maxine Duval hätte gerne zu ihm gesprochen; aber sie wußte, daß sie ihn in diesen Augenblicken nicht unterbrechen durfte.

„Höhe eins neun null. Geschwindigkeit eins eins null null. Spannung einhundertundfünf Prozent. Erster Fallschirm öffnet sich – JETZT!"

Damit war die Sonde der Erdatmosphäre ausgeliefert. Der geringe Treibstoffrest würde dazu verwendet werden, das Objekt in das Fangnetz am Berghang zu steuern. Die Kabel, die das Netz hielten, hatten unter der Wucht des auffrischenden Windes zu summen begonnen.

Morgan erschien plötzlich vor dem Kontrollstand und starrte in den Himmel hinauf. Dann wandte er sich um und blickte geradeswegs in die Kamera.

„Was immer auch geschieht, Maxine“, sagte er langsam und mit Bedacht, „der Versuch ist jetzt bereits zu fünfundneunzig Prozent erfolgreich. Wir haben sechsunddreißigtausend Kilometer zurückgelegt, und es verbleiben weniger als zweihundert.“

Maxine Duval antwortete nicht. Sie begriff, daß Morgans Worte nicht für sie bestimmt waren, sondern für die Gestalt in dem komplizierten Rollstuhl unmittelbar neben dem Eingang zum Kontrollstand. Das Fahrzeug identifizierte den Fahrgast; nur ein Erdfremder bedurfte eines solchen Geräts. Die Medizin verstand es längst, alle Arten von Muskeldefekt zu heilen – die Physik tat sich mit der Gravitation wesentlich schwerer.

Wieviel Einfluß, wie viele Interessen sich in diesem Augenblick auf diesen Berggipfel konzentrierten! Wahre Naturkräfte – die Narodnij-Mars-Bank – die Autonome Nordafrikanische Republik – Vannevar Morgan (selbst eine ernstzunehmende Naturkraft) – und jene sanften, aber unversöhnlichen Mönche in ihrem windumtosten Horst.

Maxine Duval flüsterte ein paar Anweisungen an ihren Assistenten. Die Kamera bewegte sich aufwärts. Dort war der Gipfel, gekrönt von den blendend weißen Mauern des Tempels. Hier und dort sah Maxine hinter den Zinnen das leuchtende Orange von Roben, die im Wind flatterten. Sie hatte es nicht anders erwartet: die Mönche schauten zu.

Der Zoom brachte sie so nahe herbei, daß man einzelne Gesichter sehen konnte. Maxine war nie mit dem Maha

Thero zusammengetroffen (ein Interview war höflich abgelehnt worden), aber sie war dennoch sicher, daß sie ihn erkennen würde. Der Priester ließ sich jedoch nirgendwo sehen. Womöglich befand er sich im Allerheiligsten und konzentrierte sein Bewußtsein auf geistige Exerzitien.

Maxine Duval war nicht sicher, ob Morgans Hauptgegner noch der naiven Praxis des Betens huldigte. Aber wenn er in der Tat um diesen unglaublichen Sturm gebetet hatte, so stand er im Begriff, erhört zu werden. Die Götter des Berges erwachten aus dem Schlaf.

Die letzte Strecke

Mit dem Fortschritt der Technologie wächst die Verwundbarkeit; je mehr der Mensch die Natur in die Gewalt bekommt, desto anfälliger wird er für künstliche Katastrophen. Die jüngste Geschichte beweist dies ausreichend, zum Beispiel: der Untergang von Marina City (2127), der Einsturz der Tycho-B-Kuppel (2098), das Abtreiben des Arabischen Eisbergs (2062) und das Schmelzen des Thor-Reaktors (2009). Wir dürfen sicher sein, daß die Liste in der Zukunft mit noch imposanteren Eintragungen fortgesetzt wird. Die womöglich erschreckendsten Aspekte der Entwicklung sind diejenigen, die psychologische, nicht nur technologische Faktoren enthalten. In der Vergangenheit bedrohte ein verrückt gewordener Bombenleger oder Heckenschütze nur eine Handvoll Menschen. Heutzutage würde es einem durchgedrehten Techniker nicht schwerfallen, eine ganze Stadt auszuradieren. Die Rettung in letzter Sekunde der O'Neill-Raumkolonie II im Jahre 2047 ist ein ausführlich dokumentiertes Beispiel solch mit Absicht herbeigeführter Katastrophen. Vorfälle dieser Art ließen sich – wenigstens theoretisch – durch sorgfältige Auslese und versagersichere Prozeduren verhindern, obwohl die letzteren allzuoft nur dem ersten Teil ihres Namens Ehre machen.

Es gibt außerdem die überaus interessante, glücklicherweise jedoch sehr seltene Art der Entwicklung, bei der das betroffene Individuum sich in einer derart gehobenen Position befindet oder über solche Macht verfügt, daß niemand von seinem Tun erfährt, bevor es zu spät ist. Die Katastrophen, die von solch wahnsinnigen Genies (es scheint für sie keine treffendere Bezeichnung zu geben) herbeigeführt werden, sind oft weltweit in ihrer Auswirkung, wie zum Beispiel in A. Hitlers (1889–1945) Fall. In einer überraschend großen Zahl von Fällen wird über die Tätigkeit solcher Personen aufgrund einer Verschwörung des Schweigens der Öffentlichkeit nichts bekannt.

Ein klassisches Beispiel ist vor kurzem mit der sehnsüchtig erwarteten und immer wieder hinausgezögerten Veröffentlichung der Memoiren von Madame Maxine Duval ans Licht gekommen. Aber bis auf den heutigen Tag sind einige Aspekte des Falles noch teilweise unklar.

(Die Zivilisation und ihre Unzufriedenen: J. K. Golizin, Prag, 2175)

„Höhe eins fünf null, Geschwindigkeit fünfundneunzig – wiederhole: fünfundneunzig, Wärmeschild abgeworfen."

Mithin war die Sonde sicher in die Atmosphäre eingedrungen und hatte sich ihrer überschüssigen Geschwindigkeit entledigt. Aber es war noch immer viel zu früh zum Applaudieren. Die Sonde mußte nicht nur noch einhundertfünfzig vertikale Kilometer zurücklegen, sondern darüber hinaus dreihundert horizontale – und der heulende Sturm machte die Sache nicht eben leichter. Zwar besaß das Objekt noch einen kleinen Treibstoffrest, aber seine Bewegungsfreiheit war beschränkt. Wenn der Kontrolleur den Berg beim ersten Versuch verfehlte, würde er keine zweite Chance bekommen.

„Höhe eins zwo null. Bis jetzt keine atmosphärische Einwirkung."

Die kleine Sonde ließ sich vom Himmel herab wie eine Spinne an ihrem Faden. Hoffentlich, dachte Maxine Duval, haben sie genug Draht. Wie furchtbar, wenn ihnen ein paar Kilometer vor dem Ziel der Draht ausginge! Tragödien solcher Art hatten sich vor dreihundert Jahren ereignet, als die ersten Unterseekabel verlegt wurden.

„Höhe acht null. Kurs nominal. Spannung einhundert Prozent. Leichte Luftreibung."

Die obere Atmosphäre machte sich bemerkbar, wenn auch nur für die empfindlichen Meßgeräte an Bord des winzigen Fahrzeugs.

Ein kleines, ferngesteuertes Teleskop war in der Nähe des Kontrollstands installiert worden und hatte inzwischen begonnen, dem Kurs der noch immer unsichtbaren Sonde zu folgen. Morgan schritt darauf zu, und Duvals Assistent folgte ihm wie ein Schatten.

„Schon was zu sehen?" wisperte Duval ein paar Sekunden später. Morgan schüttelte ungeduldig den Kopf.

„Höhe sechs null. Abweichung nach links – Spannung einhundertundfünf Prozent – ich korrigiere: einhundertzehn."

Noch weit unter der kritischen Grenze, dachte Maxine Duval. Aber der Ablauf der Ereignisse dort oben auf der anderen Seite der Stratosphäre begann sich zu beschleunigen. Morgan mußte die Sonde jetzt schon sehen können ...

„Höhe fünf fünf – ich gebe einen Zwei-Sekunden-Impuls für die Kurskorrektur."

„Ich hab's!" rief Morgan. „Ich kann die Flamme sehen!"

„Höhe fünf null. Spannung einhundertundfünf Prozent. Kurs ist schwer zu halten – Windstöße."

Es war unvorstellbar, daß die kleine Sonde sechsunddreißigtausend Kilometer weit gekommen sein sollte, um jetzt auf den letzten fünfzig Kilometern steckenzubleiben. Wenn man aber bedachte: Wieviel Flugzeuge waren von ihrem Schicksal auf den letzten *Metern* ereilt worden?

„Höhe vier fünf. Starker Seitenwind. Verläßt den Kurs. Drei-Sekunden-Impuls.“

„Hab's verloren“, sagte Morgan ärgerlich. „Eine Wolke kam dazwischen.“

„Höhe vier null. Schwere Windstöße. Spannung erreicht einsfünfzig – ich wiederhole: einsfünfzig Prozent.“

Das war schlimm. Maxine wußte, daß die Beanspruchungsgrenze bei zweihundert Prozent lag. Ein kräftiger Ruck, und das Experiment war beendet.

„Höhe drei fünf. Wind wird schlimmer. Ein-Sekunden-Impuls. Treibstoff fast verbraucht. Spannungsspitze bei eins-siebzig.“

Noch dreißig Prozent mehr, dachte Maxine, und selbst der Wunderdraht mußte zerreißen – wie jedes andere Material, dessen Zugbelastung überschritten wurde.

„Entfernung drei null. Turbulenz nimmt zu. Weite Abdrift nach links. Kann keine Kurskorrektur berechnen – die Bewegungen sind zu erratisch.“

„Ich hab's wieder!“ schrie Morgan. „Es ist durch die Wolken!“

„Entfernung zwo fünf. Nicht mehr genug Treibstoff, um das Ding zurück auf Kurs zu bringen. Schätze, wir landen rund drei Kilometer abseits.“

„Spielt keine Rolle!“ rief Morgan. „Setzen Sie ab, wo Sie können!“

„Wird gemacht. Entfernung zwo null. Windkräfte zunehmend. Stabilisierung geht zum Teufel. Ladung beginnt zu rotieren.“

„Bremse lockern – lassen Sie den Draht frei spulen!“

„Schon gemacht“, sagte die aufreizend ruhige Stimme. Maxine hätte sich unschwer ausmalen können, sie höre eine

Maschine sprechen, wenn ihr nicht bekannt gewesen wäre, daß sich Morgan für diese Aufgabe ein Raumlotsen-As ausgeborgt hatte. „Fehlfunktion am Spuler. Ladung rotiert mit fünf Umdrehungen pro Sekunde. Draht wahrscheinlich verwickelt. Spannung eins acht null Prozent. Eins neun null. Zwei null null. Entfernung eins fünf. Spannung zwo eins null. Zwo zwo null. Zwo drei null."

Das geht nicht mehr lange gut, dachte Maxine Duval. Nur noch fünfzehn Kilometer, und der verdammte Draht hatte sich in der rotierenden Sonde verfangen.

„Spannung null – wiederhole: *null.*"

Das war's! Der Draht war gerissen und bewegte sich in diesem Augenblick schon wieder schlangengleich sternenwärts. Ohne Zweifel würden ihn die Techniker von Ashoka wieder einholen, aber inzwischen hatte Maxine Duval genug von der Theorie begriffen, um zu verstehen, daß das Aufspulen eine langwierige und komplizierte Aufgabe war. Und die kleine Ladung würde irgendwo dort drunten in den Feldern und Dschungeln von Taprobane aufschlagen. Immerhin, wie Morgan gesagt hatte, war der Versuch zu mehr als fünfundneunzig Prozent erfolgreich. Beim nächsten Mal, wenn der Wind sich anständig verhielt ...

„Da ist es!" schrie jemand.

Zwischen zwei Wolkenschiffen, die den Himmel entlangsegelten, war ein glänzender Stern aufgeleuchtet. Er sah aus wie ein Meteor bei Tageslicht. Ironischerweise, als wolle sie ihre Konstrukteure verspotten, hatte die chemische Fackel, deren eigentliche Aufgabe gewesen wäre, die Navigation auf dem letzten Streckenabschnitt zu erleichtern, von selbst gezündet. Selbst damit erfüllte sie jedoch eine nützliche Funktion. Sie machte es einfacher, die abgestürzte Sonde zu finden.

Maxines Assistent schwenkte die Kamera so, daß sie den

strahlenden Tagesstern an der Bergkuppe vorbeischießen und im Osten verschwinden sehen konnte. Nach ihrer Schätzung würde er in einer Entfernung von nicht mehr als fünf Kilometern zu Boden gehen. Dann sagte sie: „Gib mir Dr. Morgan. Ich möchte mit ihm sprechen."

Sie hatte ein paar aufmunternde Bemerkungen machen wollen, laut genug, so daß der marsianische Bankier sie hören konnte. Sie hatte ihre Zuversicht zum Ausdruck bringen wollen, daß der nächste Versuch ein voller Erfolg sein werde. Sie war noch dabei, ihre kleine Ermunterungsrede abzufassen, als ein Ereignis eintrat, das sie ihr Vorhaben alsbald vergessen ließ. Von nun an würde sie sich das Geschehen der nächsten dreißig Sekunden im Geist immer wieder vorspielen, bis sie es auswendig kannte. Aber niemals würde sie sicher sein, daß sie es völlig verstand.

Des Königs Legionen

Vannevar Morgan war an Rückschläge gewöhnt. Er hoffte zuversichtlich, daß es sich bei diesem hier um einen von geringerer Bedeutung handelte. Seine eigentliche Sorge war, als er die Fackel jenseits der Bergschulter verschwinden sah, daß Narodnij Mars das Geld, das sie in den Versuch gesteckt hatte, als hinausgeworfen betrachten würde. Der scharfäugige Beobachter in dem komplizierten Rollstuhl war ausgesprochen schweigsam. Es schien, als habe die Schwerkraft der Erde seine Zunge ebenso gelähmt wie seine Glieder. Aber jetzt sprach er Morgan an, bevor dieser das Wort an ihn richten konnte.

„Nur eine Frage, Dr. Morgan. Ich verstehe, daß dieser Sturm unvorhersehbar war – aber er hat stattgefunden. Und er mag ein weiteres Mal stattfinden. Was geschieht, wenn ein solcher Sturm auftritt, während wir den Turm bauen?“

Morgans Verstand arbeitete fieberhaft. Es war unmöglich, in so kurzer Zeit eine präzise Antwort zu geben – und dazu litt er noch immer unter dem Schock des im letzten Augenblick mißlungenen Experiments.

„Im schlimmsten Fall müssen wir die Arbeiten vorübergehend einstellen. Es könnte zu Spurverschiebungen kommen. In dieser Höhe gibt es keine Windkräfte, die der Turmstruktur selbst gefährlich werden könnten. Selbst unser Experimentierdraht wäre sicher gewesen, wenn wir ihn hätten verankern können.“

Er hoffte, eine angemessene Analyse gegeben zu haben;

in ein paar Minuten würde Warren Kingsley ihn wissen lassen, ob er recht hatte oder nicht. Zu seiner großen Erleichterung antwortete der Marsianer, offenbar zufriedengestellt: „Danke, mehr wollte ich nicht wissen."

Morgan jedoch bestand darauf, seinen Fall glasklar zu machen.

„Auf Mons Pavonis gäbe es ein solches Problem natürlich überhaupt nicht. Die Luftdichte dort beträgt nur ein Hundertstel..."

Es war Jahrzehnte her, daß er den Laut gehört hatte, der ihm in diesem Augenblick donnernd und brausend die Ohren füllte. Es war ein Ton, den niemand je hätte vergessen können. Sein dröhnender Klang drang mühelos über das Heulen des Sturmes hinweg und weckte in Morgan eine Erinnerung, die ihn halbwegs um die Erde trug, fort von dem sturmumtosten Berghang unter die Kuppeln der Hagia Sophia, wo er stand und in stummer, staunender Bewunderung das Werk von Menschen begutachtete, die sechzehnhundert Jahre vor seiner Zeit gestorben waren. Und in seinen Ohren rollte der Klang der mächtigen Glocke, die einst die Gläubigen zum Gebet gerufen hatte.

Die Erinnerung an Istanbul schwand dahin; er befand sich wieder auf dem Berg, verwirrter als zuvor.

Was hatte der Mönch ihm erzählt? Kalidasas unerwünschtes Geschenk hatte jahrhundertelang geschwiegen und erhob seine Stimme nur im Augenblick einer Katastrophe? Hier hatte es keine Katastrophe gegeben, aus dem Gesichtswinkel der Mönche eher das Gegenteil. Einen Augenblick lang zog Morgan in Erwägung, die Sonde könne innerhalb des Tempelgeländes abgestürzt sein. Aber nein – das war undenkbar. Sie war kilometerweit an der Bergspitze vorbeigeflogen. Außerdem war sie viel zu klein, als daß sie nennenswerten Schaden hätte anrichten können.

Er starrte zum Kloster hinauf, von wo die eherne Stimme der großen Glocke noch immer gegen den Sturm andröhnte. Die orangefarbenen Gewänder waren von den Zinnen verschwunden; die Mönche hatten sich zurückgezogen.

Irgend etwas berührte sanft seine Wange; er schüttelte es mit einer automatischen Kopfbewegung von sich. Selbst das Denken fiel ihm schwer, solange der mörderische Lärm die Luft erfüllte und auf sein Gehirn einhämmerte. Wahrscheinlich war es am besten, wenn er zum Tempel hinaufging und sich bei dem Maha Thero höflich erkundigte, was geschehen war.

Ein weiteres Mal spürte er die sanfte, seidenweiche Berührung auf der Wange, und diesmal sah er aus den Augenwinkeln einen gelben Farbfleck. Seine Reflexe waren schon immer schnell gewesen; er griff zu und verfehlte sein Ziel nicht.

Das Insekt lag zerdrückt in seiner Hand und hauchte unter Morgans Blick die letzten Sekunden seines kurzen Lebens aus. Morgan hatte das Empfinden, das Universum, das er kannte, sei am Zittern und habe begonnen, sich aufzulösen. Seine unglaubliche Niederlage hatte sich in einen noch unverständlicheren Sieg verwandelt. Er aber empfand keinen Triumph – nur Verwirrung und Staunen.

Er erinnerte sich jetzt an die Legende von den Goldenen Schmetterlingen. Vom Sturm getrieben, waren Hunderte, Tausende von ihnen den Berghang heraufgefegt worden, um auf dem Gipfel zu sterben. Kalidasas Legionen hatten endlich ihr Ziel erreicht – die Rache gehörte ihnen.

Exodus

„Was ist los?" sagte Scheich Abdullah.

Das, meinte Morgan zu sich selbst, ist eine Frage, die ich nie werde beantworten können. Aber er antwortete: „Der Berg gehört uns, Herr Präsident; die Mönche ziehen aus. Es ist unglaublich! Wie kann eine zweitausend Jahre alte Legende ...?" Er schüttelte den Kopf in staunendem Unverständnis.

„Wenn genug Menschen an eine Legende glauben, wird sie Wirklichkeit."

„Wahrscheinlich haben Sie recht. Aber an der Sache ist mehr als nur das – der gesamte Ablauf der Ereignisse erscheint so völlig unmöglich!"

„Das ist ein Wort, mit dem man vorsichtig umgehen sollte. Lassen Sie mich Ihnen eine kurze Geschichte erzählen. Ein lieber Freund, ein großer Wissenschaftler, inzwischen verstorben, versuchte des öfteren, mich mit der Feststellung zu ärgern, daß Politik die Kunst des Möglichen sei und daher eine Anziehungskraft nur auf zweitrangige Geister ausübe. Die erstrangigen seien nämlich, so behauptete er, nur an dem Unmöglichen interessiert. Und wissen Sie, was ich darauf antwortete?"

„Nein", sagte Morgan.

„Welch ein Glück, daß es unser so viele gibt – denn irgend jemand muß sich ja schließlich um den Lauf der Welt kümmern. Aber Spaß beiseite: Wenn wirklich das Unmögliche eingetreten ist, so sollten Sie es dankbar hinnehmen."

Ich nehme es hin, dachte Morgan zögernd. Es ist etwas

Fremdartiges um eine Welt, in der ein Milliarden von Tonnen schwerer Turm nur auf den Leibern von ein paar toten Schmetterlingen gebaut werden kann.

Und wie ironisch war die Rolle, die der Ehrwürdige Parakarma gespielt hatte, der sich jetzt gewiß wie eine Schachfigur in den Händen übelwollender Götter vorkam. Der Direktor der Monsun-Kontrolle war an Herz und Seele gebrochen, und Morgan hatte seine Entschuldigungen mit ungewöhnlicher Großmut entgegengenommen. Es war ihm nicht schwergefallen zu glauben, daß der geniale Dr. Choam Goldberg die Mikrometeorologie revolutioniert hatte, daß niemand seine Arbeiten wirklich begriff und daß er schließlich bei der Durchführung eines seiner Experimente das Opfer eines Nervenzusammenbruchs geworden war. Es würde kein zweites Mal vorkommen. Morgan hatte seine – durchaus aufrichtige – Hoffnung zur baldigen Genesung des Wissenschaftlers zum Ausdruck gebracht und mit dem Instinkt des Bürokraten, den er zusätzlich zu seinen Fähigkeiten als Techniker besaß, dem Direktor zu verstehen gegeben, daß er in Zukunft mit dem Entgegenkommen der Monsun-Kontrolle rechne. Der Direktor hatte sich mit Dankesversicherungen verabschiedet und sich ohne Zweifel darüber gewundert, daß er so leichten Kaufs davongekommen war.

„Eine Frage aus Neugierde", sagte der Scheich: „Wohin ziehen die Mönche um? Ich könnte ihnen unsere Gastfreundschaft anbieten. Unsere Kultur hat stets andere Glaubensrichtungen willkommen geheißen."

„Ich weiß es nicht, und selbst Botschafter Radschasinghe hat keine Ahnung. Aber als ich ihn danach fragte, sagte er: Es wird ihnen nicht schlechtgehen. Ein Orden, der seit dreitausend Jahren ein frugales Leben zelebriert, kann nicht eben arm sein."

„Hmm. Vielleicht könnten wir ein wenig von ihrem Reichtum gebrauchen. Ihr Projekt wird jedesmal, wenn wir zusammentreffen, um einen Sprung teurer."

„Nicht wirklich, Herr Präsident. Die jüngste Schätzung enthält einen reinen Buchhalterposten für Arbeiten im erdfernen Raum, für deren Finanzierung Narodnij Mars sich inzwischen zur Verfügung gestellt hat. Sie finden für uns einen Kohlenstoff enthaltenden Asteroiden und bugsieren ihn in eine Erdumlaufbahn. Sie verstehen davon wesentlich mehr als wir, und wir bekommen damit die Lösung eines unserer größten Probleme geschenkt."

„Und was ist mit dem Kohlenstoff für ihren eigenen Turm?"

„Sie haben unbegrenzte Vorkommen auf Deimos – genau dort, wo sie sie brauchen. Narodnij vermißt derzeit alle in Frage kommenden Abbauorte. Die eigentliche Fertigung wird jedoch abseits von Deimos stattfinden müssen."

„Darf ich fragen warum?"

„Wegen der Schwerkraft. Selbst Deimos hat ein paar Zentimeter pro Sekunde im Quadrat. Hyperdraht kann nur unter vollkommenen Null-g-Bedingungen hergestellt werden. Auf andere Weise kann eine perfekte Kristallstruktur von ausreichender Länge nicht garantiert werden."

„Ich danke Ihnen, Van. Begebe ich mich in Gefahr, wenn ich frage, warum Sie den grundlegenden Entwurf abgeändert haben? Mir gefiel Ihr Bündel von vier Röhren – zwei auf- und zwei abwärts. Unter einer herkömmlichen U-Bahn konnte ich mir etwas vorstellen – selbst wenn sie um neunzig Grad geschwenkt war."

Nicht zum ersten Mal – und sicher nicht zum letzten – war Morgan überrascht von der Sicherheit, mit der der alte Mann sein Gedächtnis handhabte, und seinem Verständnis für das Detail. Bei ihm durfte man niemals etwas als selbstverständlich voraussetzen. Seine Fragen entstammten zwar manchmal reiner Neugierde – der spitzbübischen Neugierde eines Mannes, der seiner selbst so sicher war, daß er auf seine Würde keine Rücksicht zu nehmen brauchte –, aber er vergaß nichts, was auch nur von der geringsten Bedeutung war.

„Unsere anfänglichen Pläne waren zu sehr erdorientiert. Wir verhielten uns etwa so wie die ersten Automobilbauer, die immerfort pferdelose Wagen produzierten. Unser neuer Entwurf sieht einen quadratischen Turm vor, auf dessen Seiten vier Fahrspuren verlaufen. Stellen Sie sie sich als vier vertikale Eisenbahnen vor. Am oberen Ende mißt der Turm vierzig Meter pro Seite, am erdseitigen Ende nur noch zwanzig."

„Wie ein Stalag ... Stalak ..."

„Stalaktit, ja. Vom Standpunkt des Ingenieurs aus wäre der Eiffelturm eine brauchbare Analogie – auf den Kopf gestellt und hunderttausendmal in die Länge gezogen."

„Soviel?"

„Ungefähr."

„Schön. Ich nehme an, es gibt kein Naturgesetz, das besagt, daß man einen Turm nicht nach unten hängen lassen kann."

„Wir haben auch einen, der aufwärts strebt, erinnern Sie sich? Von der Masseverankerung im Synchron-Orbit nach draußen. Damit die Struktur stets unter angemessener Spannung steht."

„Und die Station Mitte? An der haben Sie doch hoffentlich nichts geändert?"

„Nein. Sie befindet sich noch immer am selben Platz – in fünfundzwanzigtausend Kilometern Höhe."

„Gut. Ich weiß, ich werde sie nie zu Gesicht bekommen;

aber ich male es mir gerne aus ..." Er murmelte auf arabisch. „Wir haben auch eine Legende, müssen Sie wissen. Die von Mohammeds Sarg, der zwischen Himmel und Erde schwebt – genau wie die Station Mitte."

„Wir werden dort einen Empfang für Sie veranstalten, Herr Präsident, wenn wir den Turm einweihen."

„Selbst wenn Sie Ihren Terminplan einhielten – und ich muß zugeben, daß Sie ihn beim Bau der Brücke nur um ein Jahr überzogen –, wäre ich bis dahin achtundneunzig. Nein, ich glaube nicht, daß ich es schaffen werde."

Aber *ich,* dachte Vannevar Morgan. Denn jetzt weiß ich, daß die Götter auf meiner Seite sind – was immer Götter sein mögen.

IV

Der Turm

Der Weltraum-Expreß

„Also – mach schon den üblichen Witz!“ sagte Warren Kingsley ungeduldig.

„Nicht, daß ich mich nicht versucht fühlte“, grinste Morgan, während er die lebensgroße Attrappe musterte. „Es sieht wirklich aus wie ein in die Höhe gekippter Eisenbahnwagen.“

„Das ist genau die Idee, die wir verkaufen wollen“, antwortete Kingsley. „Man kauft sich sein Billett am Bahnhof, gibt das Gepäck auf, steigt ein, setzt sich in seinen Gelenkstuhl und genießt die Aussicht. Oder man geht zur Salonbar hinauf und widmet die nächsten fünf Stunden der Beschäftigung konsequenten Trinkens. Übrigens, was hältst du von der Idee der Innenausstatter – neunzehntes Jahrhundert, Pullman?“

„Nicht viel. Pullman-Wagen hatten keine fünf übereinander angeordnete Etagen mit kreisförmigem Querschnitt.“

„Am besten sprichst du mit den Ausstattern – sie sind in die Gasbeleuchtung förmlich vernarrt.“

„Wenn sie authentisches Altertum wollen, dann verweise ich sie an einen alten Raumfilm, den ich vor einiger Zeit im Kunstmuseum von Sydney fand. Darin kam eine Raumfähre vor, die einen kreisförmigen Aussichtssalon hatte. Genau das, was wir brauchen.“

„Wie hieß der Film, weißt du es noch?“

„Oh – warte mal – *Krieg der Sterne 2000* oder so ähnlich. Du wirst das schon irgendwie herausfinden.“

„Die Ausstatter sollen das tun. Jetzt aber nach drinnen. Ein Schutzhelm gefällig?“

„Nein“, antwortete Morgan brüsk. Das war einer der Vorteile, wenn man zehn Zentimeter kleiner war als der Durchschnitt.

Als sie die Attrappe betraten, empfand er eine Art jungenhafter Vorfreude. Er hatte den Entwurf überprüft und dem Computer zugeschaut, während er mit Grundrissen und Anordnungen spielte. Es war ihm alles bis ins letzte vertraut. Aber dies hier war *echt,* zum Anfassen echt. Die Attrappe würde sich nie bewegen; aber ihre identischen Geschwister würden eines Tages durch die Wolken in den Weltraum hinaufschießen und die Station Mitte, fünfundzwanzigtausend Kilometer über der Erdoberfläche, in nur fünf Stunden erreichen. Und das alles für den Preis von einem Dollar Elektrizität pro Fahrgast.

Auch jetzt war es immer noch unmöglich, sich die volle Auswirkung der kommenden Revolution auszumalen. Zum ersten Mal in der Geschichte der Menschheit würde das Weltall ebenso zugänglich sein wie irgendein beliebiger Punkt auf der Erdoberfläche. In ein paar Jahrzehnten würde es sich der Durchschnittsbürger erlauben können, ein Wochenende auf dem Mond zu verbringen, wenn ihn danach gelüstete. Selbst Mars war nicht mehr so undiskutabel. Den neuen Möglichkeiten waren keine Grenzen gesetzt.

Morgan kehrte schlagartig zur Erde zurück, als er über ein Stück schlecht verlegten Teppich stolperte.

„Tut mir leid“, sagte sein Führer. „Das ist auch so eine Idee von den Ausstattern – das Grün soll die Leute an die Erde erinnern. Die Decken werden blau, und zwar um so tiefer blau, je höher die Etage. Überall ist indirekte Beleuchtung geplant, so daß die Sterne sichtbar bleiben.“

Morgan schüttelte den Kopf. „Das ist eine nette Idee, aber sie wird nicht funktionieren. Wenn das Licht hell genug zum Lesen ist, kann man die Sterne nicht mehr sehen. Was wir brauchen, ist ein Abschnitt des Salons, der völlig verdunkelt werden kann.“

„Ist eingeplant – und zwar nehmen wir einen Teil der Bar. Man bestellt sich einen Drink und zieht sich hinter den Vorhang zurück.“

Sie standen jetzt auf der untersten Etage des Fahrzeugs, in einem kreisförmigen Raum von acht Metern Durchmesser und drei Metern Höhe. Ringsum befanden sich etliche Kästen, Zylinder und Schalttafeln, die Aufschriften wie SAUERSTOFFRESERVE, BATTERIE, CO_2-ABSORBER, MEDIC und TEMPERATURKONTROLLE trugen. Man sah dem Arrangement an, daß es vorläufig und versuchsweise war und jeden Augenblick geändert werden konnte.

„Jemand könnte auf die Idee kommen, wir bauen hier ein Raumschiff“, bemerkte Morgan. „Übrigens: Auf wieviel wird die Überlebensspanne dieser Tage geschätzt?“

„Solange Energie vorhanden ist, mindestens eine Woche, selbst mit einer vollen Ladung von fünfzig Fahrgästen. Wirklich absurd, denn die Rettungsmannschaft könnte das Fahrzeug jederzeit in drei Stunden erreichen – von der Erde oder von Mitte.“

„Ausgenommen im Fall einer ernsten Katastrophe, wenn zum Beispiel der Turm oder die Fahrspur beschädigt sind.“

„Wenn *der Fall* jemals eintritt, dann, glaube ich, wird es niemand zu retten geben. Wenn aber das Fahrzeug lediglich steckenbleibt und die Passagiere nicht durchdrehen und unsere köstlichen Energietabletten alle auf einmal verschlucken, dann haben sie eigentlich nur ein Problem: Langeweile.“

Die zweite Etage war völlig kahl, nicht einmal vorläufige Installationen waren hier vorgenommen worden. Jemand hatte mit Kreide ein großes Rechteck auf die Plastikverkleidung der Wand gemalt und hineingeschrieben: SCHLEUSE HIER?

„Das ist der Gepäckraum. Allerdings sind wir noch nicht sicher, ob wir wirklich soviel Platz brauchen. Wenn nicht, können wir hier zusätzliche Fahrgastsitze anbringen. Aber jetzt – das nächste Geschoß ist weitaus interessanter ...“

Die dritte Ebene enthielt ein Dutzend Flugzeugsitze, sämtlich von unterschiedlichem Design. In zweien davon saßen realistisch wirkende Puppen, ein Mann und eine Frau, die äußerst gelangweilt wirkten.

„Die Entscheidung zugunsten dieses Modells ist praktisch schon gefallen“, sagte Kingsley und deutete dabei auf einen luxuriös wirkenden Gliedersessel, an den ein kleiner Tisch montiert war. „Aber wir führen trotzdem zunächst die übliche Marktanalyse durch.“

Morgan hieb mit der Faust in die Polsterung.

„Hat jemand schon mal fünf Stunden lang darin gesessen?“ fragte er.

„Ja – ein Freiwilliger von zweihundert Pfund. Keine Hornhaut am Allerwertesten. Wenn sich die Leute beschweren, erinnern wir sie an die Pionierjahre der Luftfahrt, als es fünf Stunden dauerte, um allein den Pazifik zu überqueren. Außerdem bieten wir natürlich den Komfort geringer Beharrungskräfte fast über die gesamte Strecke.“

Das nächste Geschoß glich dem vorherigen, allerdings fehlten die Stühle. Sie stiegen weiter und erreichten alsbald die nächsthöhere Ebene, der die Innenausstatter offenbar ihre ganze Aufmerksamkeit gewidmet hatten.

Die Bar sah so aus, als sei sie bereits in Betrieb, und die Kaffeemaschine funktionierte tatsächlich. Über ihr hing in einem verschnörkelten, vergoldeten Rahmen eine Zeichnung von derart unmittelbarem Bezug, daß es Morgan im ersten Augenblick den Atem verschlug. Ein riesiger Vollmond erfüllte das obere linke Viertel des Bildes, und auf ihn zu raste eine geschoßförmige Lokomotive, die vier Wagen hinter sich herzog. An den Fenstern eines Abteils mit der Aufschrift „Erster Klasse“ sah man zylinderbehütete Gestalten des viktorianischen Zeitalters die Aussicht bewundern.

„Wo habt ihr *das* aufgetrieben?“ erkundigte sich Morgan in staunender Bewunderung.

„Sieht so aus, als wäre der Titel schon wieder heruntergefallen“, entschuldigte sich Kingsley und begann, hinter der Bar zu stöbern. „Ah, hier ist er!“

Er reichte Morgan eine Karte, auf der in altertümlicher Schrift gedruckt war:

RAKETENZÜGE ZUM MOND
Zeichnung aus der Ausgabe von 1881 des Romans
VON DER ERDE ZUM MOND
Direkt
in 97 Stunden und 20 Minuten
UND EINE REISE UM DEN MOND
von Jules Verne

„Ich muß leider bekennen, daß ich das Buch nie gelesen habe“, sagte Morgan. „Ich hätte mir eine Menge Ärger sparen können. Trotzdem möchte ich fragen, wie er ohne Schienen zurechtgekommen ist ...“

„Wir sollten Jules nicht zu ernst nehmen. Das Bild war nicht ernstgemeint – eher ein Spaß des Zeichners.“

„Trotzdem – übermittle den Innenarchitekten mein Kompliment. Das Bild ist eine ihrer besseren Ideen.“

Danach wandten sich Morgan und Kingsley dem großen Aussichtsfenster zu, auf dem ein Projektionssystem ein atemberaubendes Bild der Erde darstellte – und zwar nicht irgendeines, wie Morgan mit Befriedigung feststellte, sondern das richtige. Taprobane selbst konnte man natürlich nicht sehen, es lag senkrecht unter dem Fahrzeug. Dagegen zeigte die Aussicht den gesamten indischen Subkontinent bis hinauf zu den glitzernden Schneeflächen des Himalaja.

„Weißt du“, sagte Morgan plötzlich, „es wird genauso sein wie bei der Brücke. Menschen werden die Reise nur um der Aussicht willen unternehmen. Die Station Mitte wird die größte Touristenattraktion aller Zeiten sein.“ Er blickte zur tiefblauen Decke hinauf. „Gibt's da oben noch was Nennenswertes zu sehen?“

„Nicht wirklich. Die vordere Schleuse ist fertig, aber wir haben uns noch nicht entschlossen, wo wir die Ersatz-Lebenserhaltungssysteme und die Elektronik für die Fahrspur-Kontrolle unterbringen.“

„Habt ihr damit Probleme?“

„Nicht mit den neuen Magneten. Unter Motorkraft und im Leerlauf garantieren wir sicheren Spurspielraum bis zu einer Geschwindigkeit von achttausend Kilometer pro Stunde – fünfzig Prozent über der vorgesehenen Höchstgeschwindigkeit.“

Morgan gab einen unhörbaren Seufzer der Erleichterung von sich. Dies war ein Gebiet, auf dem er keine Entscheidungen treffen konnte und ganz und gar auf den Rat anderer angewiesen war. Von allem Anfang an war klar gewesen, daß nur ein magnetischer Antrieb solchen Geschwindigkeiten gewachsen war. Der geringste physische Kontakt – bei einer Fahrt von mehr als einem Kilometer pro Sekunde – mußte katastrophale Folgen haben. Die vier Spurenpaare, die in der Form von Fugen die Wände des Turmes entlangliefen, hatten jedoch gegenüber dem Umfang der Magnete nur wenige Zentimeter Spielraum. Sie hatten so ausgelegt werden müssen, damit massive Rücklenkkräfte augenblicklich zum Einsatz gebracht werden konnten, sobald sich das Fahrzeug von der Mittellinie zu entfernen drohte.

Als Morgan hinter Kingsley her die Wendeltreppe hinabstieg, die die Attrappe in ihrer gesamten Länge durchzog, überfiel ihn ein ernüchternder Gedanke. Ich werde alt, sagte er zu sich selbst. Oh, ich hätte ohne Mühe zur sechsten Ebene hinaufsteigen können; aber ich bin froh, daß wir uns dagegen entschieden.

Dabei bin ich erst neunundfünfzig, und selbst wenn alles nach Plan geht, wird es noch wenigstens fünf Jahre dauern, bis das erste Passagierfahrzeug zur Station Mitte hinauffährt. Dann weitere drei Jahre Test, Kalibrierung, System-Einspielung. Nehmen wir an, um sicher zu sein: zehn Jahre ...

Trotz der Wärme schauderte er plötzlich. Zum ersten Mal kam es Vannevar Morgan in den Sinn, daß er den Triumph, dem er seine Seele verschrieben hatte, womöglich nicht mehr erleben werde. Ohne es zu wissen, drückte er die Handfläche gegen die schlanke Metallscheibe, die er unter dem Hemd auf der Brust trug.

Kora

„Warum sind Sie erst jetzt gekommen?" hatte Dr. Sen gefragt – in einem Tonfall, als spräche er zu einem zurückgebliebenen Kind.

„Der übliche Grund", antwortete Morgan, während er mit dem gesunden Daumen den Haftsaum seines Hemdes entlangfuhr. „Ich hatte zuviel zu tun, und wenn mir der Atem ausging, dann gab ich der Höhe die Schuld."

„Die Höhe hat natürlich etwas damit zu tun. Am besten lassen Sie alle Ihre Leute nachsehen, die auf dem Berg arbeiten. Trotzdem – wie konnten Sie etwas derart Offensichtliches einfach übersehen?"

„Ja, wie?" fragte sich Morgan hilflos.

„All die Mönche – viele von ihnen waren über achtzig! Sie wirkten so gesund, daß es mir nie in den Sinn kam ..."

„Die Mönche leben dort droben seit Jahren – sie sind vollkommen adaptiert. Aber *Sie* sind ein paarmal am Tag hinauf- und heruntergefahren ..."

„Zweimal, nicht mehr!"

„... von Meereshöhe bis zu einer halben Atmosphäre innerhalb weniger Minuten. Na schön, noch ist der Schaden nicht zu groß – falls Sie sich nach meinen Anweisungen richten – und Koras."

„Kora?"

„Koronar-Alarm."

„Aha – eins von den Dingern."

„Ja, eines von *den* Dingern. Sie retten ungefähr zehn Millionen Menschenleben pro Jahr. Zumeist hohe Beamte,

Top-Manager, ausgezeichnete Wissenschaftler, hervorragende Ingenieure und ähnliche Schafsköpfe. Ich frage mich oft, ob es der Mühe wert ist. Vielleicht versucht die Natur, uns ihren Standpunkt klarzumachen, und wir hören nicht hin."

„Denken Sie an Ihren hippokratischen Eid, Bill", mahnte Morgan grinsend. „Außerdem müssen Sie zugeben, daß ich mich immer streng nach Ihren Anweisungen richte. Ich habe zum Beispiel mein Gewicht im Lauf der vergangenen Jahre um kein Kilogramm geändert."

„Hm, ja – Sie sind nicht der schlimmste unter meinen Patienten", gab der Arzt halbversöhnt zu. Er suchte in seinem Schreibtisch und brachte schließlich ein großes Hologramm zum Vorschein. „Suchen Sie sich eines aus – dies sind die Standard-Modelle. Sie haben die Wahl der Farbe – solange es Medizin-Rot ist."

Morgan rief die einzelnen Darstellungen ab und musterte sie mit Abscheu.

„Wo muß ich das Ding tragen?" fragte er. „Oder wollen Sie es unter die Haut operieren?"

„Das ist vorläufig noch nicht nötig. In fünf Jahren vielleicht, aber auch dann noch nicht mit Sicherheit. Ich schlage vor, Sie nehmen zuerst dieses Modell. Es wird unter dem Schlüsselbein getragen und bedarf daher keiner zusätzlichen Sensoren. Nach einer Weile werden Sie vergessen, daß Sie es tragen. Es macht sich nicht bemerkbar, solange es nicht gebraucht wird."

„Aber dann?"

„Hören Sie zu!"

Der Arzt betätigte einen der vielen Schalter auf seiner Schreibtischkonsole. Eine liebliche Mezzosopran-Stimme ließ sich in beiläufigem Tonfall hören: „Ich meine, Sie sollten sich hinsetzen und ungefähr zehn Minuten lang ausruhen." Nach einer kurzen Pause fuhr sie fort: „Es wäre angemessen, wenn Sie sich eine halbe Stunde hinlegten." Und dann: „Sobald es geht, treffen Sie eine Verabredung mit Dr. Sen."

Schließlich:

„Bitte nehmen Sie unverzüglich eine von den roten Tabletten."

„Ich habe den Krankenwagen gerufen; legen Sie sich hin, und entspannen Sie sich. Es ist alles in Ordnung."

Morgan hielt die Hände gegen die Ohren, als plötzlich ein gellendes Pfeifen ertönte.

„KORA ALARM! JEDER, DER MICH HÖRT, IST AUFGEFORDERT, SOFORT ZU HILFE ZU KOMMEN. KORA ALARM! JEDER, DER MICH HÖRT ..."

„Sie sehen, wie das funktioniert", sagte der Arzt und stellte mit einem Knopfdruck die Ruhe in seiner Ordination wieder her. „Das Programm und die Antworten sind selbstverständlich auf den individuellen Patienten zugeschnitten. Es gibt eine Menge Stimmen zur Auswahl, darunter einige von Berühmtheiten."

„Danke, diese hier wird's tun. Wann ist das Gerät fertig?"

„Ich rufe Sie in etwa drei Tagen an. Oh, und außerdem – die auf der Brust getragenen Geräte bringen einen Vorteil mit sich, den ich nicht unerwähnt lassen darf."

„Welcher ist das?"

„Einer meiner Patienten ist begeisterter Tennisspieler. Er sagt, wenn er sein Hemd öffnet, hat der Anblick der kleinen roten Schachtel einen absolut vernichtenden Effekt auf das Spiel seines Gegners ..."

Schwindel

Es hatte mal eine Zeit gegeben, da oblag es jedem zivilisierten Menschen, sein Adressenbüchlein jeweils auf dem neuesten Stand zu halten. Die Ankunft des Universalcodes hatte dieser Pflicht ein Ende gemacht, da die Anschrift eines jeden Individuums, dessen für die gesamte Lebensdauer ausgestellte Identitätschiffre bekannt war, sich innerhalb von Sekunden ermitteln ließ. Und selbst wenn die Chiffre nicht bekannt war, so konnte sie mit Hilfe eines Suchprogramms gefunden werden, solange man nur das ungefähre Geburtsdatum des Individuums, seinen Beruf und die eine oder andere Einzelheit wußte. (Natürlich gab es ein paar Probleme, wenn der Name des Gesuchten Smith oder Singh oder Mohammed lautete ...)

Die Entwicklung globaler Informationssysteme hatte auch mit einer weiteren, ärgerlichen Pflicht aufgeräumt. Man brauchte die Speichereintragung derjenigen Bekannten, denen man einen Glückwunsch zum Geburtstag oder sonst einem Jubiläum zu senden wünschte, nur mit einer entsprechenden Markierung zu versehen, und der Heimcomputer erledigte den Rest. Am passenden Tag (es sei denn, die Programmierung enthielt einen Fehler, was leider oft genug der Fall war) erhielt der also Auserwählte automatisch die ihm zugedachte Botschaft. Zwar mochte sich der Empfänger denken, daß die warmen Worte, die sich auf der Bildfläche seines Empfängers spiegelten, ein Produkt der Elektronik waren – und daß der angebliche Verfasser seiner womöglich seit Jahren nicht mehr gedacht habe –, aber die Geste wurde nichtsdestoweniger mit Dankbarkeit entgegengenommen.

Aber dieselbe Technologie, der diese Pflichten zum Opfer gefallen waren, hatte einer Reihe neuer und womöglich anstrengenderer Aufgaben zur Geburt verholfen. Die womöglich wichtigste unter ihnen war die Planung – und Aufrechterhaltung – eines Individuellen Interessen-Profils.

Viele warteten bis zum Jahresende oder bis zu ihrem Geburtstag, um ihr IIP auf den neuesten Stand zu bringen. Morgans Liste enthielt fünfzig Eintragungen; er hatte von Leuten mit Hunderten gehört. Sie mußten jede wache Stunde mit dem Kampf gegen die unablässige Informationsflut verbringen, es sei denn, sie gehörten zu jener Gruppe von notorischen Spaßmachern, die von ihren Heimkonsolen aus Nachrichtenalarme für derart klassische Unwahrscheinlichkeiten einrichteten wie zum Beispiel:

Eier, Dinosaurus, Ausbrüten von
Kreis, Quadratur des
Atlantis, Wiederauftauchen von
Christus, zweite Ankunft des
Loch Ness Monster, Gefangennahme des

oder schließlich:

Welt, Ende der

Normalerweise führten Egoismus oder berufliche Notwendigkeit – oder beide – dazu, daß der Name des Konsolenbesitzers als erster auf der Liste erschien. Morgan war in dieser Hinsicht keine Ausnahme, aber die weiteren Einträge waren ein wenig ungewöhnlich:

Turm, Orbital-
Turm, Weltraum-
Turm, (geo)synchron
Aufzug, zu den Sternen
Aufzug, Orbital-
Aufzug, (geo)synchron

Die Liste erfaßte die Mehrzahl der Varianten, die von den Nachrichtenmedien verwendet wurden, und gaben ihm die Gewißheit, daß er wenigstens neunzig Prozent der Meldungen, die sich mit seinem Projekt befaßten, zu sehen bekam. Von diesen waren die allermeisten trivial, und manchmal fragte er sich, ob es wirklich der Mühe wert sei, sie nachzusehen. Diejenigen, die von Bedeutung waren, würden ohnehin rasch genug bis zu ihm durchdringen.

Er war dabei, sich ausgiebig die Augen zu reiben, und das Bett hatte sich noch nicht ganz in die Wand seines bescheidenen Appartements zurückgezogen, als er bemerkte, daß auf seiner Konsole die Alarmleuchte blinkte. Er betätigte die Schalter mit den Aufschriften KAFFEE und ABSPIELEN gleichzeitig und wartete mit Ungeduld auf die während der vergangenen Nacht entstandene Sensation.

ORBITAL-TURM ABGESCHOSSEN

besagte die Schlagzeile.

„Weitere Information?“ fragte die Konsole.

„Und ob“, erwiderte Morgan, der inzwischen hellwach war.

Während der nächsten Minuten, als er die Datenanzeige las, wechselte seine Laune von Ungläubigkeit zu Ärger, und dann zu echter Besorgnis. Er schaltete den gesamten

Artikel auf Warren Kingsleys Konsole und hängte ein Etikett „Rückruf sobald wie möglich“ daran. Dann begann er zu frühstücken, immer noch voller Ärger.

Fünf Minuten später erschien Kingsley auf der Bildfläche.

„Wir sollten uns glücklich preisen, Van“, sagte er resigniert und belustigt zugleich. „Er hat fünf Jahre gebraucht, um auf uns aufmerksam zu werden.“

„Das ist das Lächerlichste, was mir je zu Augen gekommen ist! Sollen wir es ignorieren? Wenn wir ihm antworten, wird womöglich die Öffentlichkeit auf ihn aufmerksam. Und das will er ja nur!“

Kingsley nickte. „Das ist wahrscheinlich die beste Strategie. Überreaktion ist gefährlich. Ganz davon abgesehen: Vielleicht hat er sogar recht.“

„Wie meinst du das?“

„Es *gibt* außer den ingenieurtechnischen auch psychologische Probleme“, sagte Kingsley, der plötzlich ernst geworden war. „Denk mal darüber nach. Ich seh' dich im Büro.“

Sein Bild verblaßte auf der Bildfläche. Morgan war ein wenig bedrückt. Kritik konnte er vertragen und wußte sie zu handhaben. Mehr noch: Er genoß das Hin und Her, das Geben und Nehmen technischer Diskussionen mit seinesgleichen und ertrug die seltenen Vorkommnisse, bei denen er mit seinen Argumenten den kürzeren zog, mit Gleichmut. Mit Donald Duck dagegen war nicht so leicht fertig zu werden.

Das war natürlich nicht sein wahrer Name; aber Dr. Donald Bickerstaffs eigene Marke verärgerten Negativismus' erinnerte einen unwillkürlich an jene mythologische Gestalt des zwanzigsten Jahrhunderts. Er hatte seinen akademischen Grad (angemessen, aber nicht brillant) auf dem Gebiet der reinen Mathematik erworben. Seine Stärke lag in der Imposanz seiner Erscheinung, der wie Honig fließenden Stimme und seiner unerschütterlichen Überzeugung, daß er dazu berufen sei, Urteile zu *jedem* Thema abzugeben, gleichgültig, welches Wissensgebiet es berührte. In seinem eigenen Fach war er recht gut. Morgan erinnerte sich mit Vergnügen an eine öffentliche Vorlesung altmodischen Stils, die Dr. Bickerstaff am Königlichen Institut gehalten hatte. Für die Dauer fast einer ganzen Woche hatte er damals die ungewöhnlichen Eigenschaften transfiniter Zahlen zu verstehen geglaubt.

Unglücklicherweise kannte Bickerstaff seine Grenzen nicht. Er besaß zwar einen ihm ergebenen Kreis von Jüngern, die Abonnenten seines Informationsdiensts waren – in früheren Zeiten hätte man ihn einen Populärwissenschaftler genannt –, aber die Zahl seiner Kritiker war noch um einiges größer. Die milder Gesinnten unter diesen hielten ihm zugute, daß er einfach über das Ausmaß seiner Intelligenz hinaus ausgebildet worden war. Die anderen nannten ihn seinen selbstbeschäftigten Idioten. Es war ein Jammer, dachte Morgan, daß man Bickerstaff nicht mit Dr. Goldberg/Parakarma zusammen in einen Raum sperren konnte. Sie würden einander womöglich auslöschen wie Elektron und Positron – das Genie des einen die fundamentale Dummheit des anderen annihilieren. Jene unerschütterliche Dummheit nämlich, gegen die, wie Goethe sagte, selbst die Götter vergebens kämpfen. Angesichts der gegenwärtig geringen Verfügbarkeit von Göttern sah Morgan sich veranlaßt, diese Aufgabe selbst zu übernehmen. Obwohl er seine Zeit wirksamer hätte nützen können, meinte er, daß die Sache ihm womöglich zu einer Art komischer Erleichterung verhelfen werde. Da war ein Präzedenzfall, der ihn inspirierte.

Es gab nur wenige Bilder in dem Hotelzimmer, das seit fast zehn Jahren eines von Morgans vier „vorübergehenden“ Quartieren war. Das hervorstechendste unter ihnen war eine Fotografie, die so vorzüglich „gestellt“ war, daß ihre Betrachter es schwer fanden, an die Echtheit ihrer Bestandteile zu glauben. Das Bild wurde beherrscht von einem elegant-schlanken, wundervoll wiederhergestellten Dampfschiff, dem Vorfahren aller, die sich danach mit dem Attribut „modern“ belegt hatten. Seitwärts des Schiffes, an der Pier, zu der es einundeinviertel Jahrhundert nach seinem Stapellauf wunderbarerweise wieder zurückgekehrt war, stand Dr. Vannevar Morgan. Er blickte zu den Verzierungen an dem profus bemalten Bug hinauf. Ein paar Meter entfernt, den Blick fragend auf den Ingenieur gerichtet, stand Isambard Kingdom Brunel – die Hände in den Taschen, eine Zigarre fest zwischen den Zähnen haltend und mit einem zerknitterten, schlammbespritzten Anzug angetan.

Die Bestandteile des Fotos waren durchaus echt. Morgan hatte in der Tat neben der *Great Britain* gestanden, an einem sonnigen Tag in Bristol, im Jahr nach der Vollendung der Gibraltar-Brücke. Brunel natürlich gehörte ins Jahr 1857; er wartete damals auf den Stapellauf seines späteren und wesentlich berühmteren Leviathans, dessen unglückseliges Schicksal ihn schließlich an Leib und Seele zerbrochen hatte.

Die Fotografie war ein Geschenk zu Morgans fünfzigstem Geburtstag und eines seiner geschätztesten Besitztümer. Seine Kollegen, die Morgans Bewunderung für den größten Ingenieur des neunzehnten Jahrhunderts wohl kannten, hatten mit dem Bild einen wohlgemeinten Spaß machen wollen. Manchmal aber fragte er sich, ob die Fotografie nicht einen weitaus tieferen Bezug zu seinem Dasein habe, als es auf der Oberfläche erscheinen wollte. Die *Great Eastern* hatte ihren Erbauer verschlungen. Dasselbe Schicksal mochte ihm der Fahrstuhl zu den Sternen bereiten.

Brunel war natürlich ebenfalls von Donald Ducks umgeben gewesen. Der hartnäckigste unter ihnen war ein gewisser Dr. Dionysius Lardner, der jenseits allen Zweifels bewiesen hatte, daß ein Dampfschiff niemals den Atlantik überqueren könne. Ein Ingenieur verstand es, sich gegen Kritik zu wehren, die von falschen Voraussetzungen ausging oder auf fehlerhaften Berechnungen beruhte. Aber das Argument, das Donald Duck anbrachte, lag auf einer anderen Ebene und war weitaus schwerer zu widerlegen. Morgan erinnerte sich plötzlich, daß sein Held, dreihundert Jahre zuvor, Ähnliches hatte ertragen müssen.

Er griff nach seiner kleinen, aber unendlich wertvollen Sammlung echter Bücher und zog jenes eine hervor, das er öfter als jedes andere gelesen hatte: Rolts klassische Biographie *Isambard Kingdom Brunel.* Er blätterte und fand rasch die Stelle, an die er soeben erinnert worden war.

Brunel plante einen drei Kilometer langen Eisenbahntunnel – ein „monströses und außergewöhnliches, überaus gefährliches und unpraktisches" Konzept. Es war unvorstellbar, behaupteten seine Kritiker, daß der Mensch die Qualen ertragen könne, denen er beim Durchqueren solch höllischer Tiefen ausgesetzt war. „Niemand könnte sich wünschen, derart vollkommen vom Tageslicht abgeschlossen zu sein, mit dem Wissen, daß über ihm ein Gewicht lastete, das im Fall eines Unglücks ausreichend war, ihn zu zerquetschen – der Donner zwei einander begegnender Züge müßte die Nerven erschüttern – man könnte keinen Fahrgast dazu bringen, die Fahrt ein zweites Mal zu unternehmen.

Es klang alles so vertraut. Das Motto der Lardner und Bickerstaff war: „Der erste Versuch unterbleibt."

Manchmal allerdings gab das Gesetz des Zufalls ihnen recht. Wie Donald Duck es zum Ausdruck brachte, klang es so durchaus vernünftig. Er begann mit einer Bescheidenheit, die ebenso ungewöhnlich wie irreführend war: Er fühle sich keineswegs befugt, die ingenieurtechnischen Aspekte des Sternenfahrstuhls zu kritisieren. Er wolle nur über die psychologischen Probleme sprechen, die damit verbunden waren. Sie ließen sich in einem Wort zusammenfassen: Schwindel. Der Mensch, legte er dar, hatte eine gerechtfertigte Abneigung gegen die Höhe; lediglich Akrobaten und Seiltänzer waren dieser natürlichen Reaktion gegenüber immun. Das höchste Bauwerk der Erde ragte weniger als fünf Kilometer in die Höhe, und es gab nicht viele, die sich senkrecht die Pfeiler der Brücke von Gibraltar emporfahren lassen würden.

Das aber war *nichts* im Vergleich zu der entsetzenerregenden Höhe des Orbital-Turms. „Wer hat nicht schon", deklamierte Bickerstaff, „am Fuß eines immens hohen Gebäudes gestanden und die senkrechten Wände hinaufgestarrt, bis sie über ihm zusammenzubrechen scheinen? Stellen Sie sich nun ein solches Gebäude vor, das immer höher und höher reicht, durch die Wolken, hinauf in die Schwärze des Alls, durch die Ionosphäre, über die Umlaufbahnen der großen Raumstationen hinaus, bis zu einer Höhe, die einen beachtlichen Bruchteil der Entfernung bis zum Mond darstellt! Ein Triumph der Technik ohne Zweifel, aber ein psychologischer Alptraum. Ich stelle mir vor, daß viele Leute durchdrehen, wenn sie sich das Ding nur vorzustellen versuchen. Und wie viele könnten die schwindelerregende Qual der Auffahrt auf sich nehmen – geradeswegs aufwärts, fünfundzwanzigtausend Kilometer weit.

Man kann darauf nicht erwidern, es seien völlig normale Menschen in Raumfahrzeugen bis zur selben und größerer Höhe vorgestoßen. Das ist eine ganz andere Sache, wie wir anhand des Fluges innerhalb der Atmosphäre sogleich beweisen werden. Der normale Mensch empfindet nicht einmal in der offenen Gondel eines Ballons, der in mehreren Kilometern Höhe durch die Luft gleitet, das Gefühl des Schwindels. Man stelle aber denselben Menschen auf einen Felsvorsprung in gleicher Höhe und sehe sich *dann* sein Verhalten an!

Der Unterschied läßt sich leicht erklären. In einem Flugobjekt gibt es keine physische Verbindung zwischen dem Beobachter und der Erdoberfläche. Psychologisch hat er daher mit dem Land, das er unter sich sieht, nichts gemeinsam. Die Frage, was geschehen würde, wenn er abstürzte, stellt sich ihm nicht. Er blickt unbeeindruckt hinab auf ferne und winzige Landschaften, die er vom Gipfel eines steilen Berges aus nie zu betrachten wagen würde. Diese Loslösung von der Erdoberfläche ist aber gerade, was dem Fahrstuhl zu den Sternen fehlt. Der hilflose Passagier, der an der Außenseite des Turmes entlang in die Höhe befördert wird, ist sich seiner Verbindung mit der Erde nur zu deutlich bewußt. Welche Garantie kann gegeben werden, daß einer, der nicht betrunken oder mit Beruhigungsmitteln vollgepumpt ist, eine solche Fahrt überlebt? Ich fordere Dr. Morgan heraus, diese Frage zu beantworten."

Dr. Morgan war dabei, Antworten zu präparieren – wenige von ihnen freundlicher Natur –, als der Bildschirm von neuem aufleuchtete und einen Anruf signalisierte. Er drückte den Annahmeknopf und war nicht sonderlich überrascht, als er Maxine Duval erblickte.

„Also, Van", begann sie ohne sonstige Einleitung, „was haben Sie vor?"

„Es juckt mich in den Fingern, aber ich halte es nicht für nützlich, mich mit dem Narren anzubinden. Übrigens – glauben Sie, daß irgendeine Luft-Raumfahrt-Organisation ihn dazu aufgestachelt haben könnte?“

„Meine Leute sind am Nachforschen. Ich setze Sie in Kenntnis, falls sie etwas finden. Ganz privat glaube ich, daß es sich um sein eigenes Machwerk handelt. Ich erkenne die Charakteristiken des Originals. Aber Sie haben meine Frage nicht beantwortet.“

„Ich habe mich noch nicht entschlossen; ich versuche noch immer, mein Frühstück zu verdauen. Was, meinen *Sie,* sollte ich tun?“

„Einfach. Arrangieren Sie eine Vorführung. Wie lange brauchen Sie dazu?“

„Fünf Jahre, wenn alles klappt.“

„Das ist lächerlich. Das erste Kabel ist bereits installiert.“

„Kein Kabel – ein Band!“

„Keine Haarspaltereien! Welche Last kann es tragen?“

„In Erdnähe? Nicht mehr als fünfhundert Tonnen.“

„Da haben Sie's! Bieten Sie Donald Duck eine Freifahrt an.“

„Ich könnte seine Sicherheit nicht garantieren.“

„Und wie steht's mit *meiner* Sicherheit?“

„Das meinen Sie nicht im Ernst!“

„So früh am Morgen meine ich alles ernst. Es ist überhaupt ein weiterer Bericht über den Orbital-Turm fällig. Die Fahrzeug-Attrappe ist recht nett, aber sie bewegt sich nicht. Meine Zuschauer wollen etwas geschehen sehen, und mir geht's nicht anders. Bei unserer letzten Begegnung zeigten sie mir Reißbrettentwürfe der kleinen Fahrzeuge, mit denen die Techniker das Kabel – ich meine das Band – auf- und abfahren. Wie hießen sie doch?“

„Spinnen."

„Puh – ja. Ich fand die Idee faszinierend. Da haben wir etwas, was bisher absolut unmöglich war. Zum ersten Mal kann man mitten im Himmel völlig still sitzen, selbst oberhalb der Atmosphäre, und den Ausblick auf die Erde genießen. Kein Raumfahrzeug hat das je fertiggebracht. Ich möchte der erste Mensch sein, der dieses Gefühl beschreibt. *Und* Donald Duck dabei gleichzeitig die Flügel stutzt."

Morgan musterte Maxine volle fünf Sekunden lang, um sich zu überzeugen, daß sie es ernst meinte.

„Ich kann mir ausmalen", sagte er müde, „wie eine junge, karrierebedachte Fernseh-Reporterin, die sich einen Namen machen will, eine solche Gelegenheit beim Schopf ergriffe. Ich möchte Ihrer strahlenden Laufbahn den Glanz nicht rauben, aber die Antwort ist ganz eindeutig *nein.*"

Die allerangesehenste aller Nachrichtenpersönlichkeiten gab eine Reihe von Worten von sich, die nicht nur undamenhaft, sondern schlechthin unanständig waren und über einen öffentlichen Kanal niemals hätten übertragen werden dürfen.

„Bevor ich Ihnen mit Ihrem eigenen Hyperdraht die Kehle zuziehe, Van", fuhr sie fort, „sagen Sie mir: Warum nicht?"

„Wenn irgend etwas schiefginge, könnte ich mir nie verzeihen."

„Ersparen Sie sich die Krokodilstränen! Mein vorzeitiges Ableben wäre selbstverständlich eine Katastrophe – für *Ihr* Projekt. Aber ich dächte nicht einmal im Traum daran, die Fahrt zu unternehmen, bevor nicht alle Tests durchgeführt sind und wir die Gewißheit haben, daß alles hundertprozentig sicher ist."

„Es sähe zu sehr nach Zirkus aus."

„Wie die Viktorianer (oder waren es die Elisabethaner) zu sagen pflegten: Wen kümmert das einen Dreck?"

„Sehen Sie her, Maxine – oh, da liegt eine dringende Meldung vor, Neuseeland ist gerade untergegangen – Sie werden im Studio gebraucht. Trotzdem vielen Dank für das großzügige Angebot."

„Dr. Vannevar Morgan – ich weiß ganz genau, warum Sie mich zurückweisen. *Sie* möchten der erste sein!"

„Wie die Viktorianer zu sagen pflegten: Wen kümmert das einen Dreck?"

„*Touché.* Aber ich warne Sie, Van. Sobald Ihre erste Spinne betriebsbereit ist, hören Sie wieder von mir."

Morgan schüttelte den Kopf. „Tut mir leid, Maxine", antwortete er. „Sie haben keinerlei Aussicht."

Starglider plus achtzig

Auszug aus *Gott und Starholm.* (Mandala Press, Moskau, 2149)

Es ist genau achtzig Jahre her, seit die interstellare Robotsonde, die inzwischen den Namen Starglider erhalten hat, in das Sonnensystem eindrang und ihre kurze, aber historische Unterhaltung mit der Menschheit führte. Zum ersten Mal wußten wir nun mit Sicherheit, was wir bisher lediglich vermutet hatten: daß wir nicht die einzigen Intelligenzen des Universums sind, und daß es draußen unter den Sternen viel ältere und vielleicht auch weisere Zivilisationen gibt.

Mit dieser Begegnung begann ein neues Zeitalter. Paradoxerweise ergaben sich daraus jedoch in vieler Hinsicht nur geringfügige Änderungen. Die Menschheit geht nach wie vor ihren Alltagsbeschäftigungen nach. Wie oft denken wir daran, daß die Starholmer auf ihrer Welt nun schon seit achtundzwanzig Jahren von der Existenz der Menschheit wissen – oder daran, daß wir nahezu mit Gewißheit in nur vierundzwanzig Jahren ihre erste Direktbotschaft empfangen werden? Und was, wenn *sie selbst,* wie einige unter uns sich ausmalen, schon unterwegs sind?

Der Mensch hat die außergewöhnliche und womöglich vorteilhafte Fähigkeit, sein Bewußtsein vor den schreckenerregenden Aspekten der Zukunft zu verschließen. Der römische Bauer, der auf den Hängen des Vesuv pflügte, dachte nicht an den rauchenden Berg, der sich über ihm erhob. Eine Hälfte des zwanzigsten Jahrhunderts lebte mit der Wasserstoffbombe, fünfzig Jahre des einundzwanzigsten mit dem Golgatha-Virus. *Wir* haben gelernt, mit der Drohung – oder der Hoffnung – namens Starholm zu leben.

Starglider sprach zu uns von vielen fremden Welten und Arten, aber nicht von fortgeschrittenen Technologien und übte somit einen minimalen Einfluß auf die technisch orientierten Aspekte unserer Kultur aus. War dies ein Zufall oder das Resultat einer wohlüberlegten Strategie? Es gibt viele Fragen, die wir Starglider gerne stellen möchten – jetzt, da es zu spät, oder zu früh, ist.

Andererseits war er durchaus bereit, Fragen der Philosophie und der Religion zu diskutieren, und auf diesen Gebieten war sein Einfluß tiefreichend. Obwohl der Satz nirgendwo in den Aufzeichnungen erscheint, hält man Starglider allgemein für den Verfasser des berühmten Aphorismus' „Der Glaube an Gott ist offenbar ein psychologisches Erzeugnis der mammalischen Fortpflanzung".

Und was, wenn diese Aussage die Wahrheit trifft? Dieser Umstand hätte mit der Frage nach der *wahren* Existenz Gottes nicht das geringste zu tun, wie ich im folgenden darlegen werde ...

Swami Krischnamurti (Dr. Choam Goldberg.)

Der grausame Himmel

Der Blick folgte dem Verlauf des Bandes in der Nacht viel weiter als am Tage. Wenn bei Sonnenuntergang die Warnlichter angeschaltet wurden, verwandelte es sich in eine leuchtende Straße, die langsam schmaler und düsterer wurde, bis sie sich an einem halbwegs in der Unendlichkeit liegenden Punkt gegen den Hintergrund der Sterne verlor.

Das Band war bereits jetzt das größte aller Weltwunder. Bevor Morgan ärgerlich geworden war und den Zugang zum Bauplatz auf Ingenieurpersonal beschränkt hatte, waren Neugierige unaufhörlich herzugeströmt, um dem neuen Wunder des Heiligen Berges ihre Reverenz zu erweisen.

Sie benahmen sich alle in der gleichen Weise. Zuerst streckten sie den Arm aus und berührten das fünf Zentimeter breite Band. Sie ließen die Finger darauf entlanggleiten und sahen ehrfürchtig drein. Dann horchten sie, indem sie ein Ohr fest gegen die glatte, kühle Substanz drückten, als ob sie Sphärenklänge zu hören erwarteten. Es gab tatsächlich ein paar, die behaupteten, sie hätten einen tiefen Baßton in der Nähe der niederfrequenten Hörschwelle vernommen; aber sie machten sich nur etwas vor. Selbst die höchsten Harmonien der Eigenfrequenz des Bandes lagen weit unterhalb des Bereichs, auf den das menschliche Ohr ansprach. Manche schüttelten beim Weggehen den Kopf und sagten: „Niemand bringt *mich* je dazu, da mitzufahren." Das waren die direkten Nachfahren derer, die dasselbe über die Fusionsrakete, die Raumfähre, das Flugzeug, das Auto und selbst die Dampflokomotive gesagt hatten.

Diesen Skeptikern antwortete man üblicherweise: „Nur keine Angst. Das Band ist nur ein Teil des Gerüsts – eines von vier Bändern, an denen entlang der Turm zur Erde geführt wird. Den eigentlichen Turm hinaufzufahren, wird nicht anders sein als eine Aufzugfahrt in einem hohen Gebäude. Mit der Ausnahme, daß die Fahrt länger dauern und wesentlich bequemer sein wird.“

Maxine Duvals Ausflug dagegen würde sehr kurz sein, und nicht besonders bequem. Aber nachdem Morgan schon einmal kapituliert hatte, war er mit Macht daran gegangen, für eine ereignislose Fahrt zu sorgen.

Die zusammengeschustert wirkende „Spinne“ – ein Fahrzeug-Prototyp, der wie ein motorisierter Großvaterstuhl aussah – hatte bereits ein Dutzend Fahrten bis zu Höhen von zwanzig Kilometern unternommen, mit einer Belastung, die das Doppelte dessen betrug, was sie diesmal zu tragen haben würde. Es hatte die üblichen Kinderkrankheiten gegeben, aber nichts Ernstes, und die letzten fünf Fahrten waren völlig problemlos verlaufen. Was hätte auch schiefgehen sollen? Wenn es zu einem Leistungsausfall kam – nahezu undenkbar bei einem derart primitiven, batteriegetriebenen System –, dann brachte die Schwerkraft Maxine wieder zurück, wobei die automatischen Bremsen die Sinkgeschwindigkeit in Grenzen hielten. Das einzige echte Risiko war, daß die Antriebsmechanik sich festfraß und die Spinne mitsamt ihrem Passagier in der höheren Atmosphäre strandete. Für diesen Fall hatte Morgan seine Vorkehrungen getroffen.

„Nur fünfzehn Kilometer?“ hatte Maxine protestiert. „Ein Segelflugzeug schafft mehr als das!“

„Aber *Sie* können es nicht, nur mit einer Sauerstoffmaske ausgerüstet. Wenn Sie allerdings ein Jahr warten wollen, dann haben wir ein fertiges Fahrzeug mit einem Lebenserhaltungssystem ..."

„Warum nicht einen Raumanzug?"

Morgan hatte sich – aus Gründen, die er nicht verlauten ließ – nicht breitschlagen lassen. Obwohl er nicht damit rechnete, daß er ihn brauchen werde, stand ein kleiner Düsenkran am Fuß des Sri Kanda einsatzbereit. Seine hervorragend ausgebildete Besatzung war es gewöhnt, ausgefallene Aufträge zu erhalten. Es würde ihr ein leichtes sein, die gestrandete Maxine selbst aus einer Höhe von zwanzig Kilometern zu bergen.

Aber es gab kein Fahrzeug, das sie in der doppelten Höhe hätte erreichen können. Jenseits von vierzig Kilometern lag Niemandsland – zu niedrig für Raketen, zu hoch für Ballons.

Theoretisch natürlich konnte eine Rakete seitwärts des Bandes zum Stillstand gebracht werden, ein paar Minuten lang, bis der Treibstoff verbraucht war. Die Probleme der Navigation waren indes so überwältigend, daß Morgan sich nicht einmal die Mühe gemacht hatte, darüber nachzudenken. Es würde ohnehin nichts geschehen, und er hoffte, es werde kein Produzent von Videodramen auf die Idee kommen, es gäbe hier guten Stoff für einen Thriller. Öffentlichkeitsarbeit dieser Art konnte er nicht gebrauchen.

Maxine Duval sah wie der typische Antarktik-Tourist aus, als sie, in einen Wärmeanzug aus schimmernder Metallfolie gekleidet, auf die Gruppe der Techniker zuschritt, die die wartende Spinne umstanden. Sie hatte die Zeit mit Bedacht ausgewählt. Die Sonne war erst vor einer Stunde aufgegangen, und ihre schrägen Strahlen würden die taprobanische Landschaft mit vorzüglichem Kontrast erfüllen. Ihr Assistent, noch jünger und breitschultriger als der, den man bei der letzten denkwürdigen Gelegenheit kennengelernt hatte, zeichnete das Geschehen für Maxines sonnensystem-weite Zuhörerschaft auf.

Sie hatte wie immer ausgiebig geprobt. Es gab keinen Fehlgriff, als sie sich anschnallte, den BATTERIE-AN-Knopf drückte, einen tiefen Atemzug durch die Sauerstoffmaske nahm und die Betriebsbereitschaft sämtlicher Video- und Audio-Kanäle überprüfte. Dann gab sie, wie ein Jagdpilot aus einem alten Kriegsfilm, das „Daumenhoch"-Signal und drückte den Hebel der Fahrtkontrolle langsam nach vorne.

Einige der versammelten Ingenieure klatschten ironisch Applaus. Die meisten unter ihnen hatten bereits Spritzfahrten bis zu etlichen Kilometern Höhe unternommen. Jemand schrie: „Zündung! Die Rakete hebt ab!" Indes begann die Spinne, würdevoll wie ein Messingkäfigauszug aus der Zeit der Königin Viktoria, ihren langsamen Aufstieg.

Ungefähr so muß eine Ballonfahrt sein, dachte Maxine: erschütterungsfrei, ohne Anstrengung, ruhig. Nein – nicht ganz ruhig: Sie hörte das sanfte Schnurren des Motors, der den Radsatz antrieb, mit dessen Hilfe sich das Fahrzeug an der glatten Oberfläche des Bandes entlangbewegte. Es gab kein Schütteln, kein Zittern, wie sie es halb und halb erwartet hatte. Trotz seiner Schlankheit war das unglaubliche Band so solide wie eine Stahlstange. Wenn sie die Augen schloß, konnte sie sich mühelos vorstellen, daß sie den fertiggestellten Turm hinauffuhr. Aber es war natürlich kein Gedanke daran, ausgerechnet jetzt die Augen zuzumachen. Es gab viel zuviel zu sehen. Es gab sogar etliches zu hören; sie war erstaunt, wie weit der Schall reichte, denn die Unterhaltungen, die unter ihr geführt wurden, waren durchaus hörbar.

Sie winkte Vannevar Morgan zu und hielt sodann nach Warren Kingsley Ausschau. Überraschenderweise konnte sie ihn nirgendwo finden; dabei hatte er ihr beim Einsteigen geholfen. Er war verschwunden. Dann erinnerte sie sich an sein offenes Eingeständnis – manchmal klang es sogar wie Prahlerei –, daß der beste Bauingenieur der Welt an Höhenfurcht litt. Jedermann hatte eine geheime – mancher eine nicht so sehr geheime – Furcht. Maxine zum Beispiel mochte Spinnen nicht leiden und wünschte sich, daß man dem Fahrzeug einen anderen Namen gegeben hätte. Aber sie fand sich mit Spinnen ab, wenn es nötig war. Die einzige Kreatur, die sie niemals würde berühren können, obwohl sie ihr bei ihren Tauchexpeditionen des öfteren begegnete, war der scheue und harmlose Tintenfisch.

Jetzt war bereits der ganze Berg sichtbar. In der direkten Draufsicht ließ er nicht erkennen, wie hoch er war. Die beiden uralten Treppenfluchten, die die Bergwände emporkurvten, hätten aus Maxines Blickwinkel ebensogut eigenartig gewundene, ebene Straßen sein können. Nirgendwo auf den endlos vielen Stufen gab es Anzeichen von Leben. Ein Treppenabschnitt war durch einen umgestürzten Baum blockiert – eine Warnung der Natur, daß sie nach dreitausend Jahren ihr Terrain zurückverlangte.

Maxine beließ Kamera Nr. 1 in abwärts gerichteter Stellung, während sie mit Nr. 2 zum Rundblick schwenkte. Felder und Wälder glitten über den Monitor, die fernen weißen Kuppeln von Ranapura, die dunkle Fläche des Binnenmeeres. Und plötzlich: Jakkagala.

Mit dem Zoom holte sie den Felsen näher heran. Das undeutliche Muster der Ruinen, die die Kuppe bedeckten, war eben sichtbar. Die Spiegelwand ebenso wie die Galerie der Prinzessinnen lagen noch im Schatten – es wäre ohnehin hoffnungslos gewesen, die letztere aus derartiger Entfernung ausmachen zu wollen. Die weite Fläche der Lustgärten mit ihren Teichen, den Wandelpfaden und dem mächtigen sich ringsherum ziehenden Graben war voll in Sicht.

Die Kolonne winziger weißer Fontänen gab ihr eine Zeitlang zu denken, bis ihr klar wurde, daß sie eine von König Kalidasas Herausforderungen an die Götter erblickte: die Brunnen des Paradieses. Sie fragte sich, was der König wohl zu sagen haben würde, hätte er sie sehen können, wie sie sich so mühelos in den Himmel seiner neidischen Träume erhob.

Es war fast ein Jahr her, seit sie zum letzten Mal mit Botschafter Radschasinghe gesprochen hatte. Einem plötzlichen Einfall folgend, rief sie die Villa an.

„Guten Tag, Johan“, begrüßte sie ihn. „Wie gefällt Ihnen *diese* Aussicht auf Jakkagala?“

„Also haben Sie Morgan doch breitgeschlagen! Wie fühlt es sich dort oben?“

„Aufregend – das ist die einzig denkbare Beschreibung. Und einzigartig. Ich bin mit jedem denkbaren Fortbewegungsmittel geflogen und gefahren, aber dies hier fühlt sich ganz anders an.“

„‚Den grausamen Himmel sicher befährst ...‘“

„Wie bitte?“

„Ein englischer Dichter, frühes zwanzigstes Jahrhundert:
Ich sorge mich nicht, ob du Meere durchquerst
oder den grausamen Himmel sicher befährst ...“

„Im Gegensatz dazu sorge ich mich durchaus, aber ich fühle mich sicher. Ich kann jetzt die ganze Insel sehen, selbst die indische Küste. Wie hoch bin ich, Van?“

„Es geht auf zwölf Kilometer zu, Maxine. Sitzt die Sauerstoffmaske sicher?“

„Und ob. Hoffentlich verstellt sie meine Stimme nicht.“

„Keine Sorge – sie ist unverkennbar. Sie haben noch drei Kilometer.“

„Wieviel Sauerstoff habe ich noch in dem Behälter?"

„Genug. Und wenn Sie versuchen, über fünfzehn hinauszusteigen, bringe ich Sie per Handschaltung nach Hause."

„Ich denke nicht daran. Und übrigens: meinen Glückwunsch. Als Beobachtungsplattform ist dieses Ding schwer zu übertreffen. Ihre Kunden werden Schlange stehen."

„Das ist uns in den Sinn gekommen. Die Leute von Comsat und Metsat haben bereits Angebote unterbreitet. Wir können sie mit Relais und Sensoren in jeder gewünschten Höhe ausstatten. Jeder Pfennig hilft, die Kosten zu drücken."

„Ich kann Sie sehen!" rief Radschasinghe plötzlich. „Habe Ihren Reflex gerade ins Glas bekommen. Jetzt winken Sie mit dem Arm. Fühlen Sie sich nicht einsam dort droben?"

Eine Zeitlang war es still – gänzlich uncharakteristisch für Maxine Duval. Dann antwortete sie mit ruhiger Stimme: „Nicht so einsam wie Juri Gagarin, noch einhundert Kilometer höher. Van, Sie haben etwas Neues in die Welt gebracht. Der Himmel mag noch immer grausam sein, aber Sie haben ihn gezähmt. Es mag Menschen geben, die diese Fahrt niemals unternehmen würden: Ich bedaure sie."

Der Milliarden-Tonnen-Diamant

In den vergangenen sieben Jahren war viel geschehen, aber es gab noch immer eine Menge zu tun. Berge – oder zumindest Asteroiden – waren bewegt worden. Die Erde besaß jetzt einen zweiten natürlichen Mond, der sie dicht oberhalb der Synchronhöhe umlief. Er hatte einen Durchmesser von weniger als einem Kilometer und verlor rapide an Umfang, während er seiner Kohlenstoffablagerungen und anderer leichter Elemente beraubt wurde. Was übrigblieb – der eiserne Kern, Abraum und industrielle Schlacke –, würde einst das Gegengewicht bilden, durch das der Turm unter Spannung gehalten wurde. Es war der Stein in der vierzigtausend Kilometer langen Schleuder, die sich mit dem Planeten einmal alle vierundzwanzig Stunden um den Erdmittelpunkt drehte.

Fünfzig Kilometer östlich der Raumstation Ashoka schwebte der riesige Aufbereitungskomplex, der Megatonnen gewichtslosen – aber nicht masselosen – Rohmaterials verarbeitete und in Hyperdraht verwandelte. Da das Endprodukt zu mehr als neunzig Prozent aus Kohlenstoff bestand und seine Atome zu einem präzisen Kristallgitter angeordnet waren, hatte der Turm den Spitznamen „Der Milliarden-Tonnen-Diamant“ erhalten. Worauf die Öffentlichkeit von der Vereinigung der Juweliere in Amsterdam darauf aufmerksam gemacht worden war, daß (a) Hyperdraht keineswegs Diamant sei und (b) wenn er es doch wäre, der Turm ein Gewicht von fünfmal zehn hoch fünfzehn Karat hätte.

Ob man nun nach Karaten oder nach Tonnen rechnete, die Erzeugung solch enormer Materialmengen hatte die Mittel der Raumkolonien und das Können der Techniker aufs äußerste beansprucht. In den Entwurf und Bau der automatischen Bergwerke, Verarbeitungsstätten und der Null-g-Endfertigungskomplexe war fast das gesamte Ingenieurwissen der Art Homo sapiens, mühsam erworben während zweier Jahrhunderte Raumforschung, investiert worden. In Kürze würden die Bestandteile des Turmes – eine Handvoll standardisierter Stückstypen, zu Millionen hergestellt – an einen Sammelplatz gebracht werden, um dort auf die Robotmonteure zu warten.

Der Turm würde in zwei einander entgegengesetzten Richtungen zu wachsen beginnen – hinab zur Erde und gleichzeitig hinauf zu dem massiven Anker. Der Plan sah vor, den Bauvorgang so ablaufen zu lassen, daß der entstehende Turm sich stets im Gleichgewicht befand. Vom Ursprungspunkt an würde die Querschnittsfläche des Turms stetig abnehmen – zur Erde hin wie in Richtung des Ankers; denn am Ursprungspunkt war die Struktur den höchsten Spannungskräften ausgesetzt.

Wenn der Baukomplex seine Arbeiten beendet hatte, würde man ihn zum Mars schicken. Das war ein Bestandteil des Abkommens, der jetzt, da man das Potential des Sternenfahrstuhls endlich erkannte, unter den Politikern und Finanziers der Erde beträchtliche Seelenschmerzen auslöste.

Die Marsianer waren harte Verhandlungspartner gewesen. Sie hatten für fünf Jahre hinaus auf jeglichen Gewinn aus ihrer Investition verzichtet. Danach aber hatten sie über die Dauer von zehn Jahren so gut wie ein Baumonopol. Morgan hatte den Verdacht, daß der Pavonis-Turm nur der erste in einer Reihe von Türmen sein würde. Mars war für den Bau eines Raumfahrstuhlsystems wie geschaffen, und seine tatkräftigen Bewohner würden sich eine solche Gelegenheit nicht entgehen lassen. Falls sie die Absicht hatten, ihre Welt zum zukünftigen Zentrum des interplanetarischen Handels zu machen, so wünschte Morgan ihnen Glück. Er selbst hatte seine eigenen Probleme, und ein paar davon widersetzten sich noch immer allen Lösungsversuchen.

Der Turm war trotz seiner überwältigenden Größe lediglich eine Hilfskonstruktion für ein wesentlich komplexeres System. Auf seinen vier Wänden würden je sechsunddreißig Kilometer Spur verlaufen, auf der sich Fahrzeuge mit bisher unerhörten Geschwindigkeiten zu bewegen hatten. Das Ganze wurde durch supraleitende Kabel, die wiederum mit massiven Fusionskraftwerken in Verbindung standen, mit Leistung versorgt. Und dies alles – Spuren, Fahrzeuge, Kabel und Kraftwerke – stand unter der Kontrolle eines unglaublich fein gestimmten, versagesicheren Computer-Netzwerks.

Die Obere Station, in der Fahrgäste und Fracht vom Turm in Raumfahrzeuge umgeladen wurden, war ein Bauvorhaben für sich selbst. Dasselbe galt für die Station Mitte, und schließlich auch für die Erdstation, deren Räume soeben mit Lasern aus dem Innern des Heiligen Berges ausgehöhlt wurden. Und zu allem Überdruß gab es noch das „Unternehmen Großreinemachen" …

Zweihundert Jahre lang hatten sich Satelliten aller Größen und Formen, von verlorengegangenen Schrauben und Muttern bis zu ganzen Weltraumdörfern in der Umlaufbahn um die Erde angesammelt. Was von diesen in die Nähe des Turmes kam – jetzt oder später – mußte erfaßt werden, da es eine Gefahr darstellte. Drei Viertel des angesammelten Materials war nutzloser Abfall, manches davon längst vergessen. Jetzt mußte es gefunden und irgendwie beiseitegeschafft werden.

Glücklicherweise waren die alten Orbitalfestungen für diese Aufgabe hervorragend ausgestattet. Ihre Radarstationen – dazu entworfen, feindliche Raketen schon auf weiteste Entfernung zu erfassen – hatten keine Mühe, die Abfälle des frühen Raumzeitalters zu lokalisieren. Ihre Lasergeschütze verdampften kleinere Gegenstände, während die größeren in höhere und daher harmlose Umlaufbahnen bugsiert wurden. Einige, die von historischem Interesse waren, fing man ein und brachte sie zur Erde zurück. Während dieses Unternehmens gab es eine Reihe von Überraschungen – zum Beispiel drei chinesische Astronauten, die auf einer Geheimmission ums Leben gekommen waren, und eine Zahl von Erkundungssatelliten, die aus einer derart komplexen Mischung von Bestandteilen zusammengebaut worden waren, daß man unmöglich erkennen konnte, welches Land sie in den Umlauf geschossen hatte. Nicht, daß es jetzt noch etwas ausgemacht hätte: Sie waren allesamt mehr als ein Jahrhundert alt.

Die Umlaufbahnen der zahlreichen erdnahen Satelliten und Raumstationen, die sich noch im aktiven Dienst befanden, wurden sorgfältig analysiert. In einigen Fällen nahm man Kurskorrekturen vor. Nichts dagegen ließ sich gegen die völlig unvorhersehbaren und statistisch auftretenden Besucher aus den äußeren Regionen des Sonnensystems unternehmen. Wie alle Schöpfungen der Menschheit, so würde auch der Turm den Meteoriten ausgesetzt sein. Mehrmals pro Tag würden seine Seismometer Aufschläge von etlichen Milligramm registrieren, und ein oder zweimal im Jahr war mit geringfügigem Strukturschaden zu rechnen. Früher oder später im Lauf der kommenden Jahrhunderte mochte der Turm mit einem Brocken zusammenstoßen, der massiv genug war, um eine oder mehr Spuren eine Zeitlang außer Betrieb setzen würde. Im schlimmsten Fall konnte es sogar geschehen, daß der Turm in zwei Stücke geschnitten wurde.

Die Wahrscheinlichkeit eines solchen Ereignisses war ungefähr dieselbe wie die, daß ein großer Meteor auf London oder Tokio abstürzte – die beiden Städte boten annähernd die gleiche Zielfläche wie der Turm. Ihre Bewohner ließen sich jedoch durch diese Möglichkeit nicht um den Schlaf bringen – ebensowenig wie Vannevar Morgan. Welches auch immer die Probleme der Zukunft sein mochten, der Fahrstuhl zu den Sternen war eine Idee, deren Zeit gekommen war.

V

Der Aufstieg

Ein Ort der schweigenden Stürme

(Auszug aus Professor Martin Sessuis Ansprache aus Anlaß der Verleihung des Nobel-Preises, Stockholm, 16. Dezember 2154.)

Zwischen Himmel und Erde liegt eine unsichtbare Region, von der sich die Philosophen des Altertums nicht träumen ließen. Erst zu Beginn des zwanzigsten Jahrhunderts – am 12. Dezember 1901, um genau zu sein – begann sie, auf die Geschäfte des Menschen Einfluß zu nehmen.

An diesem Tag funkte Guglielmo Marconi die drei Punkte des Morsebuchstabens „S“ über den Atlantik hinweg. Viele Experten hatten dieses Vorhaben von vornherein als unmöglich bezeichnet, da sich elektromagnetische Wellen nur geradlinig bewegten und nicht in der Lage waren, der Krümmung der Erdoberfläche zu folgen. Marconis Triumph läutete nicht nur das Zeitalter der globalen Kommunikation ein, sondern bewies überdies, daß es irgendwo in der Atmosphäre einen elektrifizierten Spiegel gibt, der Radiowellen zur Erde zurück reflektiert.

Die Kennelly-Heaviside-Schicht, wie sie ursprünglich genannt wurde, entpuppte sich alsbald als eine Region komplexen Aufbaus. Sie bestand, so entdeckte man, aus mindestens drei Unterschichten, die in Höhe und Intensität starken Schwankungen unterworfen sind. An ihrer oberen Grenze verschmelzen sie mit dem Van-Allen-Strahlungsgürtel, dessen Entdeckung den ersten Triumph des frühen Raumfahrtzeitalters darstellte.

Dieser weite Gürtel, der von fünfzig Kilometern bis zu einer Höhe von mehreren Erdradien hinausreicht, wird heutzutage als Ionosphäre bezeichnet. Seine Erforschung durch Raketen, Satelliten und Radiowellen ist ein kontinuierlicher Prozeß, der seit nunmehr über zweihundert Jahren anhält. Ich möchte an dieser Stelle meiner Vorgänger in der ionosphärischen Forschung gedenken – der Amerikaner Tuve und Breit, des Engländers Appleton, des Norwegers Stormer und besonders des Mannes, der 1970 denselben Preis gewann, den ich heute zu erhalten die Ehre habe, Ihres Landsmannes Hannes Alfvén ...

Die Ionosphäre ist das eigenwillige Kind der Sonne. Selbst bis auf den heutigen Tag ist ihr Verhalten nicht immer vorhersehbar. In den Tagen, in denen der Langstrekkenfunk auf das Wohlverhalten der Ionosphäre angewiesen war, rettete sie viele Menschenleben – aber mehr Leben, als wir je erfahren werden, wurden verloren, weil verzweifelte Hilferufe in der elektrifizierten Schicht spurlos verschwanden.

Weniger als ein Jahrhundert hindurch, bis zur Ankunft der Kommunikationssatelliten, war die Ionosphäre unser unbezahlbarer, aber nicht immer zuverlässiger Diener. Für die drei Generationen, die ihn ausbeuteten, betrug sein Wert zahllose Milliarden Dollar.

Die Ionosphäre war also nur für kurze Zeit von Bedeutung für die Menschheit. Und doch wären wir, wenn sie nie existiert hätte, nicht hier. In diesem einen Sinn also war sie von lebenswichtiger Bedeutung selbst für den prä-technischen Menschen, bis zurück zum ersten Affenmenschen – ja, bis zurück zu den ersten Lebensmechanismen auf diesem Planeten. Denn die Ionosphäre ist ein Teil des Schildes, der uns vor der tödlichen Röntgen- und Ultraviolettstrahlung der Sonne beschützt. Wenn sie bis zum Meeresniveau hätte durchdringen können, so wäre vielleicht trotzdem Leben auf der Erde entstanden. Aber es hätte daraus nichts hervorgehen können, was uns auch nur entfernt ähnlich sähe.

Weil die Ionosphäre ebenso wie die Atmosphäre von der Sonne kontrolliert wird, besitzt auch sie ihr Wetter. Wenn auf der Sonne Störungen auftreten, dann brausen planetenumspannende Stürme aus geladenen Teilchen auf sie ein, und das Magnetfeld der Erde zerrt sie in Schleifen und Trichter. Bei solchen Gelegenheiten verliert sie ihre Unsichtbarkeit. Sie enthüllt sich uns in den leuchtenden Vorhängen des Nordlichts, eines der ehrfurchterweckendsten Schauspiele der Natur, das die kalte Polarnacht mit seinem unwirklichen Glanz erfüllt.

Selbst heute verstehen wir noch längst nicht alle Prozesse, die sich innerhalb der Ionosphäre abspielen. Unsere Studien werden dadurch erschwert, daß Forschungsraketen und -satelliten sich mit Geschwindigkeiten von Tausenden von Kilometern pro Stunde bewegen; es war uns niemals möglich, einfach stillzustehen und an einem festen Ort längerdauernde Untersuchungen durchzuführen. Jetzt, zum ersten Mal, bietet uns der Bau des geplanten Orbital-Turms die Möglichkeit, feste Observatorien in der Ionosphäre einzurichten. Es ist natürlich auch möglich, daß der Turm allein durch seine Existenz die Eigenschaften der Ionosphäre beeinflußt. Einen Kurzschluß aber, wie Dr. Bickerstaff uns einreden will, wird er mit Sicherheit nicht herbeiführen.

Man mag fragen, warum wir uns die Mühe machen, die Ionosphäre weiterhin zu erforschen, da sie doch für die Kommunikation nicht mehr von Bedeutung ist. Nun, ganz abgesehen von ihrer Schönheit, ihrer Fremdartigkeit und ihrer rein wissenschaftlichen Anziehungskraft, ist ihr Verhalten unmittelbar mit dem der Sonne, der Herrin unseres Schicksals, verbunden. Wir wissen heute, daß die Sonne *nicht* der stets gleichbleibende, wohlerzogene Stern ist, an den unsere Vorfahren glaubten. Die Sonne ist kurzzeitigen ebenso wie langzeitigen Schwankungen unterworfen. Gegenwärtig erholt sie sich noch immer von dem sogenannten Maunder-Minimum der Jahre 1645 bis 1715, in dessen Folge das Erdklima weitaus milder wurde, als es seit dem frühen Mittelalter je gewesen war. Aber wie lange wird diese Erwärmung andauern? Wann kommt der unvermeidliche Umkehrpunkt, und welche Folgen haben wir für das Klima, das Wetter und sämtliche anderen Aspekte der menschlichen Zivilisation zu gewärtigen? Nicht nur auf diesem Planeten, sondern ebenso auch auf den anderen! Denn sie sind allesamt Kinder der Sonne ...

Einige sehr spekulative Theorien besagen, daß die Sonne im Begriff ist, in eine Periode der Instabilität einzutreten, die eine neue Eiszeit herbeiführen kann – umfassender als alle aus der Vergangenheit bekannten. Wenn diese Theorien sich als richtig erweisen, dann benötigen wir auch das letzte kleine bißchen Information, um unsere Vorbereitungen zu treffen. Selbst wenn wir ein Jahrhundert zuvor gewarnt werden, mag uns die Zeit nicht ausreichen.

Die Ionosphäre hat bei unserer Erschaffung Pate gestanden; sie schuf die weltweite Nachrichtenrevolution; es mag durchaus in ihrer Macht liegen, auch unser weiteres Schicksal zu kontrollieren. Aus diesem Grund ist es notwendig, daß wir fortfahren, diesen weiten und turbulenten Bereich solarer und elektrischer Kräfte zu studieren – diesen geheimnisvollen Ort der schweigenden Stürme.

Die verwundete Sonne

Als Morgan seinen Neffen Dev zum letzten Mal gesehen hatte, war er ein kleines Kind gewesen. Inzwischen war er zu einem Jungen von über zehn Jahren herangewachsen, und beim nächsten Mal, wenn es so weiterging, würde er erwachsen sein.

Morgan empfand darob kein Schuldgefühl. Das Auflokkern der Familienbande war eine Tendenz, die nun schon zweihundert Jahre lang anhielt. Mit seiner Schwester hatte er wenig mehr gemeinsam als den genetischen Zufall der Abstammung. Mehrmals im Jahr sprachen sie miteinander über belanglose Dinge oder tauschten Grüße aus; aber er konnte sich nicht einmal daran erinnern, wann er zum letzten Mal mit ihr zusammengetroffen war.

Als er aber dem aufgeweckten, intelligenten Jungen (der von seinem berühmten Onkel keineswegs übermäßig beeindruckt zu sein schien) die Hand schüttelte, da empfand er ein eigenartiges, bitter-süßes Bedauern. Er besaß keinen Sohn, der den Familiennamen hätte weitertragen können. Schon vor langer Zeit hatte er jene unwiderrufliche Wahl zwischen Arbeit und Leben getroffen, die sich auf den höchsten Ebenen menschlichen Daseins selten vermeiden läßt. Bei drei Gelegenheiten – die Verbindung mit Ingrid nicht eingerechnet – hätte er einen anderen Weg einschlagen können; Zufall oder Ehrgeiz hatten ihn jedoch stets davon abgehalten.

Er kannte die Folgen der Entscheidung, die er getroffen hatte und akzeptierte sie. Er hatte einen Vertrag mit dem

Schicksal geschlossen, und jetzt war es zu spät, sich über das Kleingedruckte zu beschweren. Jedermann konnte Gene mischen, und die meisten taten es auch. Aber ob er darüber nun in die Geschichte eingehen würde oder nicht: Wenige Menschen hätten vollbringen können, was er vollbracht hatte – und noch zu vollbringen im Begriff stand.

In den vergangenen Stunden hatte Dev weitaus mehr von der Erdstation zu sehen bekommen, als den üblichen Besuchergruppen hochgestellter Persönlichkeiten gezeigt wurde. Er war vom Fuß des Berges den fast fertigen Schacht zur Südstation emporgefahren und dort die Passagier- und Gepäckfertigungsanlagen, das Kontrollzentrum und die Rangierhalle besichtigt, in der die Fahrzeuge von der östlichen oder westlichen Abwärtsspur auf die nördliche oder südliche Aufwärtsspur umgesetzt wurden. Er hatte den kilometerlangen Schacht hinaufgeblickt – der nach der Art eines gigantischen Kanonenrohrs direkt auf die Sterne gerichtet war, wie etliche hundert Reporter den Anblick beschrieben hatten – durch den die Fahrzeugkapseln hinauf- und herabschweben würden. Mit seinen Fragen hatte er insgesamt drei Führer an den Rand der Erschöpfung gebracht, bis ihn der letzte schließlich dankbar und erleichtert seinem Onkel übergab.

„Hier hast du ihn, Van“, sagte Warren Kingsley, als sie per Expreßaufzug den amputierten Berggipfel erreichten. „Nimm ihn mir ab, bevor er sich um meinen Posten bewirbt.“

„Ich wußte nicht, daß Technik dich so interessiert, Dev.“

Der Junge machte ein beleidigtes Gesicht und wirkte zugleich ein wenig überrascht. „Erinnerst du dich nicht an den Meccamax Baukasten Nr. 12, den du mir zu meinem zehnten Geburtstag geschenkt hast?“

„Natürlich, natürlich. Das war nicht im Ernst gemeint.“

(Um der Wahrheit die Ehre zu geben: Er hatte den Baukasten nicht *wirklich* vergessen, die Erinnerung war ihm nur zeitweise abhanden gekommen.) „Ist es dir nicht kalt hier oben?" Anders als die Erwachsenen hatte der Junge auf die übliche leichte Thermohülle verzichtet.

„Nein, mir ist nicht kalt. Was für ein Flugzeug ist das dort? Wann wirst den den Schacht öffnen? Kann ich die Bänder anfassen?"

„Weißt du jetzt, was ich meine?" grinste Kingsley.

„Erstens: Das ist Scheich Abdullahs Sondermaschine, sein Sohn Feisal ist hier auf Besuch. Zweitens: Wir lassen den Deckel auf der Schachtöffnung, bis der Turm hier ankommt; wir brauchen ihn als eine Arbeitsplattform, außerdem hält er den Regen ab. Drittens: Du kannst die Bänder ruhig anfassen – *halt, nicht rennen* – das ist ungesund in dieser Höhe!"

„Nicht, wenn man zwölf ist, meine ich", sagte Kingsley, wobei er dem dahineilenden Dev nachblickte. Sie folgten ihm langsamer und holten ihn beim Ostanker wieder ein.

Der Junge musterte, wie so viele Tausende es vor ihm getan hatten, das schmale, mattgraue Band, das sich geradeswegs aus dem Boden erhob und senkrecht in den Himmel hinaufstieg. Sein Blick folgte ihm höher und immer höher, bis er den Kopf so weit in den Nacken gebeugt hatte, wie es eben ging. Morgan und Kingsley taten es ihm nicht nach, obwohl die Versuchung, selbst nach all den Jahren, noch immer groß war. Sie warnten Dev auch nicht, daß manche Besucher von solchen Verrenkungen schwindlig wurden und ohne Hilfe nicht mehr gehen konnten.

Dem Jungen aber machte das nichts aus. Er starrte fast eine Minute lang zum Zenit hinauf, als könne er jenseits des blauen Himmels die Tausende von Menschen und die Millionen Tonnen von Material sehen, die an dem Bau des

Turmes beteiligt waren. Dann machte er eine Grimasse, schloß ein paar Sekunden lang die Augen, schüttelte den Kopf und blickte schließlich hinab auf seine Stiefelspitzen, um sich zu überzeugen, daß er sich nach wie vor auf der harten, zuverlässigen Oberfläche der Erde befand.

Vorsichtig streckte er die Hand aus und berührte das schmale Band, das den Planeten mit seinem neuen Satelliten verband.

„Was würde passieren, wenn es entzweirisse?“ fragte er.

Es war eine oft gestellte Frage. Die Antwort überraschte die meisten.

„So gut wie gar nichts. Es existiert praktisch keine Spannung. Wenn du es durchschnittest, würde es einfach da hängen und im Wind wehen.“

Kingsley machte ein Gesicht, als hätte er in etwas Bitteres gebissen. Sie wußten beide, daß diese Äußerung die Lage einfacher darstellte, als sie wirklich war. Gegenwärtig stand jedes der vier Bänder unter einer Belastung von einhundert Tonnen – aber das war nichts im Vergleich zu der geplanten Belastung, die sie absorbieren würden, wenn das System in Betrieb und die Bänder in die Struktur des Turmes integriert waren. Es gab allerdings wenig Anlaß, den Jungen mit solchen Einzelheiten zu verwirren.

Dev dachte über das Gehörte nach; dann schnippste er den Finger gegen das Band, als erwarte er, daß es daraufhin einen klingenden Ton von sich geben werde. Das Band aber antwortete lediglich mit einem kurzen und wenig eindrucksvollen „Klick“.

„Wenn du mit einem Vorschlaghammer daraufhaust“, sagte Morgan, „und zehn Stunden lang wartest, dann kannst du das Echo von der Station Mitte hören.“

„Jetzt nicht mehr“, sagte Kingsley. „Die Dämpfung ist zu stark.“

„Verdirb uns den Spaß nicht, Warren. Komm her und sieh dir das an!"

Sie schritten bis zum Mittelpunkt der kreisförmigen Metallscheibe, die das Gipfelplateau bedeckte und den Schacht wie ein mächtiger Topfdeckel verschloß. Dort, gleichweit von den vier Bändern entfernt, deren Aufgabe es war, den Turm sicher zur Erde zu geleiten, stand eine kleine Hütte, die womöglich noch provisorischer aussah als die Oberfläche, auf der sie sich erhob. In ihr befand sich ein ausgefallen wirkendes Teleskop, das senkrecht nach oben justiert war und offenbar in keine andere Richtung geschwenkt werden konnte.

„Jetzt ist die beste Zeit zum Beobachten, kurz vor Sonnenuntergang. Da wird die Unterseite des Turmes kräftig angestrahlt."

„Weil wir gerade von der Sonne sprechen", sagte Kingsley: „Sieh sie dir an! Man sieht es noch deutlicher als gestern." Es klang fast wie Furcht in seiner Stimme, als er auf die strahlende, flacher werdende Scheibe deutete, die sich im Dunst des Westens zum Untergehen anschickte. Der Nebel entlang des Horizonts hatte ihre Helligkeit so weit gedämpft, daß man sie geradeswegs anblicken konnte.

Seit mehr als hundert Jahren hatte es derart massive Sonnenflecken nicht mehr gegeben. Sie erstreckten sich über die Hälfte der goldenen Scheibe und verliehen der Sonne den Anschein, als sei sie von einer gefährlichen Krankheit befallen oder von abstürzenden Planeten durchbohrt worden. Aber nicht einmal der mächtige Jupiter hätte derartige Wunden auf der Oberfläche der Sonne erzeugen können. Der größte Fleck maß 250.000 Kilometer im Querschnitt und hätte hundert Erden mühelos verschlingen können.

„Man hat für heute nacht bedeutende Nordlichtaktivität vorausgesagt. Professor Sessui und seine tapferen Streiter haben sich die richtige Zeit ausgesucht."

„Mal sehen, wie es ihnen geht", sagte Morgan und nahm dabei eine Einstellung am Okular des Teleskops vor. „Schau hinauf, Dev."

Der Junge blickte eine Zeitlang voller Spannung durch das Glas, dann sagte er: „Ich sehe die vier Bänder – bis sie verschwinden."

„Nichts in der Mitte?"

Dev antwortete nicht sofort. „Nein. Keine Spur vom Turm."

„Richtig! Sein unteres Ende hängt sechshundert Kilometer über uns, und das Teleskop ist auf geringste Vergrößerung eingestellt. Ich bringe dich jetzt näher heran. Sitzgurt anschnallen!"

Dev lachte über die alte Redewendung, die ihm aus historischen Dramen bekannt war. Zunächst änderte sich das Bild nicht, wenn man davon absah, daß die vier Bänder ein wenig unschärfer wurden. Er brauchte ein paar Sekunden, um zu verstehen, daß auch wirklich keine Veränderung zu erwarten war. Während sein Blickpunkt unter der Einwirkung des Zoom in die Höhe raste, bot sich ihm stets derselbe Anblick des Bänderquartetts dar.

Plötzlich aber tauchte er auf, *der Turm,* und sein Anblick überraschte den Jungen, obwohl er ihn erwartet hatte. Ein winziger, heller Punkt war genau in der Mitte des Blickfelds entstanden; er nahm an Ausdehnung zu, während die Vergrößerung des Teleskops kontinuierlich wuchs, und Dev hatte zum ersten Mal das Gefühl, daß er sich wirklich bewege.

Ein paar Augenblicke später hatte sich der Punkt zu einem kleinen Kreis gewandelt – nein, Augen und Gehirn mußten sich erst aufeinander abstimmen: zu einem Quadrat. Dev blickte senkrecht zur Unterseite des Turmes hinauf, der längs der stützenden Bänder mit einer Geschwindigkeit von ein paar Kilometern pro Tag auf die Erde zukroch. Die Bänder waren jetzt nicht mehr sichtbar, ihr Umfang zu gering, als daß man sie aus dieser Entfernung noch hätte ausmachen können. Aber das Quadrat, das auf magische Weise inmitten des Himmels hing, fuhr fort zu wachsen, wenn auch seine Ränder unter dem Einfluß der extremen Vergrößerung allmählich unscharf wurden.

„Was siehst du?“ erkundigte sich Morgan.

„Ein helles kleines Quadrat.“

„Gut – das ist die Unterseite des Turmes, die noch voll von der Sonne angestrahlt wird. Wenn es hier unten dunkel wird, kann man das Ding noch eine Stunde lang mit unbewaffnetem Auge sehen, bis es in den Erdschatten eintritt. Was siehst du sonst noch?“

„Nichts ...“, antwortete der Junge, nachdem er eine Zeitlang die Augen angestrengt hatte.

„Du solltest aber. Eine Gruppe von Wissenschaftlern befindet sich am unteren Ende des Turmes und baut dort Meßgeräte auf. Sie sind gerade von der Station Mitte herabgekommen. Wenn du scharf hinsiehst, erkennst du ihren Transporter – er sitzt auf der Südspur – das wäre auf der rechten Seite des Bildes. Versuche, ob du einen hellen Fleck erkennen kannst, etwa ein Viertel so groß wie der Turm.“

„Es tut mir leid, Onkel – ich kann's nicht finden. Schau *du* hindurch!“

„Kann sein, daß die Sichtverhältnisse sich verschlechtert haben. Manchmal verschwindet der Turm völlig, obwohl die Atmosphäre klar ...“

Noch bevor Morgan durch das Okular blicken konnte, das Dev ihm bereitwillig überließ, gab sein kleiner Empfänger zwei schrille Pfeiftöne von sich. Eine Sekunde später sprach Kingsleys Gerät auf dieselbe Weise an.

Es war das erste Mal, daß der Turm vollen Katastrophenalarm gab.

Das Ende der Strecke

Kein Wunder, daß man sie die „Transsibirische Eisenbahn“ nannte: Selbst die nahezu antriebslose Abwärtsfahrt von der Station Mitte zur Basis des Turmes dauerte fünfzig Stunden.

Eines Tages würde sie nur fünf Stunden dauern; aber dieser Tag lag vorläufig noch zwei Jahre weit in der Zukunft. Die Spuren wurden dann mit Energie beschickt und ihre Magnetfelder aktiviert. Die Untersuchungs- und Instandhaltungsfahrzeuge, die dieser Tage an den Wänden des Turmes entlang auf- und abwärts fuhren, bewegten sich auf altmodischen, bereiften Rädern, die im Führungsschlitz der Spur verankert waren. Solch ein System konnte mit nicht mehr als fünfhundert Kilometern pro Stunde betrieben werden.

An Bord dieses Transporters jedoch war jedermann viel zu sehr beschäftigt, als daß Langeweile hätte aufkommen können. Professor Sessui und seine drei Studenten waren dauernd entweder am Beobachten oder am Untersuchen ihrer Meßgeräte. Sie wollten durch ihre Vorbereitungen erreichen, daß keine Sekunde mehr verlorenging, sobald sie das Ziel der Reise erreichten und in den Turm umstiegen. Der Fahrer der Transportkapsel, sein technischer Assistent und der eine Kabinenstewart, die zusammen die Besatzung des Transporters ausmachten, waren ebenfalls voll beschäftigt, denn dies war keine Routinefahrt. Niemand hatte „dem Keller“, fünfundzwanzigtausend Kilometer unterhalb der Station Mitte und in diesem Augenblick noch sechshundert Kilometer von der Erdoberfläche entfernt, je einen Besuch abgestattet. Es hatte keinen Anlaß dazu gegeben, da von den dort installierten Monitorgeräten stets nur Anzeigen geliefert wurden, die darauf hinwiesen, daß alles in Ordnung war. Es hätte dort auch gar nichts schiefgehen können; denn der Keller war weiter nichts als eine künstlich unter Druck gesetzte Kammer von fünfzehn Metern im Geviert – eine der Dutzende von Notunterkünften, die längs des Turmes angebracht waren.

Professor Sessui hatte all seinen nicht unerheblichen Einfluß benutzt, um die Benützung dieses einzigartigen Beobachtungsorts zugestanden zu bekommen, der sich jetzt mit einer Geschwindigkeit von zwei Kilometern pro Tag durch die Ionosphäre auf sein Rendezvous mit der Erde zubewegte. Es war wesentlich, so hatte der Professor mit Macht argumentiert, daß alles wissenschaftliche Gerät noch vor dem gegenwärtigen Sonnenflecken-Maximum installiert werde.

Die Aktivität der Sonne war schon jetzt von nie zuvor beobachteter Intensität. Sessuis junge Assistenten hatten es mitunter schwer, sich auf ihre Instrumente zu konzentrieren; die phantastischen Nordlichterscheinungen, die sich außerhalb des Transporters abspielten, lenkten sie ab. Stunde um Stunde war der Himmel über der nördlichen ebenso wie der südlichen Erdhalbkugel von wabbernden Vorhängen und Bändern bevölkert, die ein herrliches, atemberaubend schönes grünes Licht ausstrahlten – und dennoch nur ein matter Abglanz des himmlischen Feuerwerks waren, das sich unmittelbar über den Polen abspielte. Es war äußerst selten, daß die Aurora sich so weit von ihren angestammten Gefilden entfernte. Höchstens einmal alle paar Generationen drang sie in die Himmel über dem Äquator vor.

Sessui trieb seine Studenten zur Arbeit an und ermahnte sie, sie hätten zum Beobachten und Staunen während der mühseligen Rückfahrt zur Station Mitte noch genug Zeit. Man sah indes, daß mitunter der Professor selbst minutenlang am Beobachtungsfenster stand und sich vom Schauspiel des brennenden Himmels fesseln ließ.

Jemand hatte das Unternehmen eine „Expedition zur Erde" genannt. Was die Entfernung anging, so war der Name zu achtundneunzig Prozent gerechtfertigt. Während sich die Transportkapsel mit armseligen 500 km/h an der Wand des Turmes abwärtsbewegte, machte sich die Nähe des Planeten in der Tiefe immer deutlicher bemerkbar. Die Schwerkraft nahm allmählich zu – von der angenehmen, sublunaren Leichtgewichtigkeit in der Station Mitte bis fast zum vollen Erdwert.

Abgesehen von Beschwerden über den Proviant, die der überarbeitete Stewart mit stoischer Ruhe hingenommen hatte, war die Fahrt völlig ereignislos verlaufen. Einhundert Kilometer über dem Keller waren die Bremsen sanft angesetzt und die Geschwindigkeit auf die Hälfte reduziert worden. In fünfzig Kilometern Höhe wurde abermals auf halbe Fahrt gebremst – das war, nachdem einer der Studenten bemerkt hatte: „Wäre es nicht eine Blamage, wenn wir über das Ende der Strecke hinausschössen?"

Der Fahrer (er bestand auf dem Titel „Pilot") erwiderte ärgerlich, dies sei unmöglich, da die Spur, auf der sich die Kapsel bewegte, etliche Meter vor der Unterseite des Turmes aufhörte; es gab außerdem ein mit viel Sorgfalt entworfenes Puffersystem – nur für den Fall, daß *alle vier* voneinander unabhängigen Bremssysteme versagten. Und jedermann stimmte mit ihm überein, daß der Witz nicht nur absolut lächerlich, sondern obendrein auch äußerst geschmacklos sei.

Der Meteor

Die riesige künstliche Wasserfläche, seit zweitausend Jahren als Paravanas Meer bekannt, lag ruhig und friedlich unter dem steinernen Blick ihres Erschaffers. Obwohl dieser Tage nur noch wenige kamen, um die einsame Statue des Vaters Kalidasas zu besuchen, hatte sein Werk, wenn auch nicht sein Ruhm, das seines Sohnes überlebt. Und es hatte dem Land unvergleichlich bessere Dienste geleistet, indem es hundert Menschengenerationen mit Nahrung und Trinkwasser versorgte, und Tausende von Generationen von Vögeln, Hirschen, Büffeln, Affen und solchen Tieren, die auf sie Jagd machten, wie etwa den schlanken, aber wohlgenährten Leoparden, der am Rand des Wassers zur Tränke gekommen war. Diese großen Katzen wurden immer zahlreicher und entwickelten sich jetzt, da sie vor Jägern sicher waren, allmählich zu einer Plage. Menschen fielen sie allerdings niemals an, es sei denn, man belästigte sie oder trieb sie in die Enge.

Seiner Sicherheit bewußt, trank der Leopard langsam und genußvoll, während die Schatten rings um den See länger wurden und die Dämmerung sich vom Osten her näherte. Plötzlich richtete er die Ohren auf und wurde mit einem Schlag wachsam. Menschliches Wahrnehmungsvermögen hätte keine Veränderung wahrnehmen können. Der Abend war so ruhig wie zuvor.

Dann aber kam direkt aus dem Zenit ein dünnes Pfeifen, das stetig anschwoll und zu einem donnernden Dröhnen mit schreienden und kreischenden Untertönen wurde und gänzlich anders klang als die üblichen Geräusche eines zur Erde zurückkehrenden Raumfahrzeugs. Hoch droben im Himmel schimmerte etwas metallisch in den letzten Sonnenstrahlen, wurde immer größer und zog einen Rauchstreifen hinter sich her. Während es sich ausdehnte, zerfiel es. Stücke, manche brennend, schossen nach allen Richtungen davon. Ein paar Sekunden lang, bevor es von einer Explosion zerrissen wurde, hätte ein Auge so scharf wie das des Leoparden ein annähernd zylindrisch geformtes Objekt erkennen können. Aber der Leopard wartete das Ende der Katasrophe nicht ab; er war längst im Dschungel verschwunden.

Paravanas Meer detonierte mit krachendem Donner. Ein Geiser aus Schlamm und Wasser schoß hundert Meter in die Höhe – eine Fontäne weitaus höher als die in den Lustgärten, ja, fast so hoch wie Jakkagala selbst. Die Säule hing einen Augenblick reglos in der Luft und kämpfte einen aussichtslosen Kampf gegen die Schwerkraft, bis sie zur aufgewühlten Oberfläche des Sees hinabstürzte.

Der Himmel war voll von aufgeschreckten Wasservögeln. Fast ebenso zahlreich, lederne Schwingen schlagend wie Pterodaktylen, die irgendwie bis in die Gegenwart überlebt hatten, waren die Fledermäuse, die sich sonst nicht vor dem Dunkelwerden in die Luft wagten. Jetzt aber, beide in gleicher Weise verängstigt, teilten Vögel und Fledermäuse den Himmel friedlich miteinander.

Das letzte Echo des Aufschlags starb in den Weiten des Dschungels; die Stille kehrte geschwind an die Ufer des Sees zurück. Aber es vergingen noch etliche Minuten, bis auch die Oberfläche sich beruhigte und die letzten kleinen Wellen unter Paravanas erstarrtem Blick hin und her zu laufen aufhörten.

Tod im Weltall

Jedes große Gebäude, sagt man, fordert ein Menschenleben. Vierzehn Namen prangten auf den Pfeilern der Brücke von Gibraltar. Dank einer nahezu fanatischen Sicherheitskampagne war die Zahl der mit dem Turm verbundenen Todesfälle bisher jedoch bemerkenswert niedrig. Ein ganzes Jahr war sogar ohne tödlichen Unfall vergangen.

In einem anderen dagegen hatte man ihrer vier gezählt, zwei davon besonders grausam. Ein Bauvorarbeiter, an Null-Gravitation gewöhnt, hatte vergessen, daß er sich zwar im Raum, aber nicht auf einer Umlaufbahn befand. Sein Instinkt, auf langjähriger Erfahrung beruhend, hatte ihn verraten. Er war mehr als fünfzehntausend Kilometer tief abgestürzt und in der Atmosphäre wie ein Meteor verglüht. Unglücklicherweise war sein Helmsender während dieser letzten Minuten seines Lebens in Tätigkeit gewesen.

Es war ein schlimmes Jahr für den Turm; die zweite Tragödie hatte sich wesentlich länger hingezogen und ähnliches Aufsehen in der Öffentlichkeit erregt. Eine Ingenieurin am Masseanker, weit jenseits der synchronen Umlaufbahn, hatte versäumt, ihren Sicherheitsgurt auf die vorgeschriebene Weise zu befestigen – und war in den Raum hinausgeschossen worden wie ein Stein von einer Schleuder. In dieser Höhe bestand keine Gefahr, daß sie zur Erde hinabstürzen oder aus dem Bannkreis der Erde entkommen werde. Aber ihr Raumanzug besaß nur für zwei Stunden Atemluft, und in so kurzer Zeit ließ sich eine Rettung nicht durchführen. Trotz des Aufschreis der Öffentlichkeit war auch kein solcher Versuch unternommen worden. Das Opfer hatte sich heroisch verhalten. Nach der Übertragung ihrer Abschiedsworte hatte sie, mit einem Sauerstoffvorrat, der noch eine halbe Stunde gereicht hätte, den Raumanzug geöffnet. Der leblose Körper war ein paar Tage später geborgen worden, als die unerbittlichen Kräfte der Himmelsmechanik ihn wieder an das Perigäum seiner stark elliptischen Umlaufbahn zurückbrachten.

Die Erinnerung an diese Unglücksfälle war in Morgans Verstand lebendig, als er mit dem Expreßaufzug hinunter zur Kontrollzentrale fuhr, gefolgt von dem düster-nüchternen Warren Kingsley und dem schon fast vergessenen Jungen Dev. Diese Katastrophe war von anderer Art. Es hatte eine Explosion am unteren Ende des Turmes gegeben. Daß der Transporter zur Erde abgestürzt war, wurde klar, noch bevor man den ersten undeutlichen Bericht bezüglich eines „riesigen Meteorschauers“ irgendwo in der Mitte von Taprobane empfing.

Morgan empfand es als unnütz zu spekulieren. Er brauchte mehr Daten. In diesem Fall allerdings, in dem alle Indizien zerstört worden waren, mochte er ihrer nie habhaft werden. Er wußte, daß Unfälle im Raum selten nur eine einzige Ursache hatten; sie waren üblicherweise das Resultat einer ganzen Reihe von Ereignissen, von denen jedes einzelne in sich selbst durchaus harmlos sein mochte. Alle Umsicht der Sicherheitsingenieure war keine Garantie für absolute Zuverlässigkeit – im Gegenteil, manchmal trugen ihre übertriebenen Vorsichtsmaßnahmen sogar zum Unglück bei. Es bedrückte Morgan nicht, daß er über die Zukunft des Projekts besorgter war als über den Verlust von Menschenleben. Den Toten konnte man nicht mehr helfen – höchstens dadurch, daß man Maßnahmen gegen die Wiederholung eines solchen Unfalls traf. Daß aber der fast vollendete Turm in Gefahr geraten solle, war eine zu entsetzliche Vorstellung, als daß der Verstand sie in vollem Umfang hätte begreifen können.

Der Aufzug hielt an, und Morgan trat hinaus in die Kontrollzentrale – gerade rechtzeitig, um die zweite Sensation des Abends mitzuerleben.

Das Wunder

Fünf Kilometer vom Keller entfernt hatte der Pilot Rupert Chang die Geschwindigkeit abermals gedrosselt. Zum ersten Mal seit Beginn der Fahrt sahen die Fahrgäste jetzt die Wand des Turmes in anderer Gestalt als der einer endlosen, ungegliederten Fläche, die sich nach beiden Seiten bis in die Unendlichkeit zog. Nach oben hin erstreckten sich die beiden Spuren, in denen sich ihr Fahrzeug bewegte, zwar noch immer bis an die Grenze des Sichtbereichs. Unter ihnen jedoch war das Ende in Sicht. Das abgeschnittene untere Ende des Turmes zeichnete sich als Silhouette deutlich gegen den sattgrünen Hintergrund von Taprobane ab – jedem Stück Erde, mit dem es in wenig mehr als einem Jahr Kontakt aufnehmen würde.

Über die Konsole huschten von neuem die roten Lichter der Alarmanzeige. Chang musterte sie mit ärgerlichem Stirnrunzeln. Er drückte den RESET-Knopf. Die Anzeigen leuchteten noch einmal auf und verloschen dann.

Als er, zweihundert Kilometer weiter droben, die Alarmlichter zum ersten Mal sah, hatte er sich in aller Eile mit Kontrolle-Mitte besprochen. Eine rasche Überprüfung aller Systeme ergab, daß nirgendwo eine Fehlfunktion vorlag. Der Witz war, daß, wenn die Alarmanzeigen gerechtfertigt wären, die Passagiere an Bord des Transporters schon längst hätten tot sein müssen. *Sämtliche* Funktionen waren angeblich außerhalb der Toleranz.

Es lag offenbar ein Fehler in den Alarmleitungen selbst vor. Diese Erklärung, von Professor Sessui gegeben, wurde mit allgemeiner Erleichterung aufgenommen. Das Fahrzeug befand sich nicht mehr in der absolut luftleeren Umgebung, für die es gebaut worden war. Die ionosphärische Turbulenz hatte anscheinend die empfindlichen Detektoren des Warnsystems zum Ansprechen gebracht.

„Jemand hätte an so etwas denken sollen", grollte Chang. Aber weniger als eine Stunde vor dem Ziel machte er sich keine wirklichen Sorgen mehr. Er würde in regelmäßigen Abständen die kritischen Parameter manuell überprüfen. Von der Station Mitte aus hatte man diesem Vorschlag zugestimmt: Es gab ohnehin keine andere Wahl.

Was ihm am meisten zu denken gab, war der Zustand der Batterie. Die nächste Aufladestelle lag zweitausend Kilometer über ihnen, und wenn sie den Aufstieg nicht schafften, dann war wirklich der Teufel los. Aber es konnte eigentlich nichts schiefgehen. Während des Bremsvorgangs hatten die Motoren des Transporters als Generatoren gearbeitet, und neunzig Prozent der aufgefangenen Gravitationsenergie war in Form von Ladung den Batterien zugeführt worden. Jetzt waren sie voll aufgeladen, und die etlichen hundert Kilowatt, die von den Motoren noch immer erzeugt wurden, sollten durch die großen Kühlflächen am Heck des Fahrzeugs in den Raum abfließen. Diese Flächen, so hatten Changs Kollegen oft gesagt, verliehen dem einzigartigen Fahrzeug das Aussehen einer altmodischen Fliegerbombe. Zu diesem Zeitpunkt, gegen Ende des Bremsprozesses, mußten sie in dunklem Rot glühen. Chang wäre sehr besorgt gewesen, hätte er gewußt, daß sie in Wirklichkeit noch recht kühl waren. Denn Energie kann niemals vernichtet werden; sie muß *irgendwohin* fließen. Und oft fließt sie an den verkehrten Ort.

Als das Zeichen mit der Aufschrift FEUER – BATTERIEABTEIL zum dritten Mal aufleuchtete, löschte Chang es ohne Zögern. Ein echtes Feuer, das wußte er, hätte die automatischen Löschgeräte ausgelöst. Seine Hauptsorge in diesem Augenblick war eben, daß sie womöglich durch den Fehlalarm in Tätigkeit gesetzt würden. Die Konsole zeigte jetzt mehrere Unregelmäßigkeiten, besonders im Ladenetz der Batterie. Sobald die Fahrt zu Ende war, würde Chang in das Motorabteil klettern und die Lage dort einer altmodischen Direktinspektion unterziehen.

Die erste Warnung kam von seiner Nase. Um diese Zeit waren sie noch knapp einen Kilometer vom Ziel entfernt. Während Chang ungläubig auf den dünnen Rauchfaden starrte, der aus der Konsole aufstieg, ging durch den analytischen Teil seines Verstandes der Gedanke: „Welch ein Glück, daß es bis zum Ende der Fahrt gewartet hat!"

Er dachte an die Riesenmenge Energie, die durch den Bremsprozeß erzeugt wurde, und hatte alsbald eine ziemlich deutliche Vorstellung vom Ablauf der Dinge. Die Abschirmkreise hatten versagt, und die Batterien waren überladen worden. Eine Versagersicherung nach der anderen war zusammengebrochen; unterstützt durch den ionosphärischen Sturm, hatte die Armee unbelebter Objekte, die eigentlich seine Sicherheit hätte garantieren sollen, zum Angriff auf den Menschen angesetzt.

Chang hieb auf den Feuerlöscherknopf für das Batterieabteil. Wenigstens *der* funktionierte, wie an dem gedämpften Rumoren der Stickstoffdüsen auf der anderen Seite der Trennwand zu hören war. Zehn Sekunden später löste er den VAKUUM-ABWURF aus, durch den das Gas, hoffentlich mit dem größten Teil der Hitze, die es von dem Feuer aufgesammelt hatte, in den Weltraum hinausgesogen wurde. Auch dieser Vorgang funktionierte planmäßig. Zum ersten Mal in seinem Leben hörte Chang das schrille Geräusch, das aus einem Raumfahrzeug ausströmende Gas verursachte, mit einem Gefühl der Erleichterung. Es würde, so hoffte er, gleichzeitig auch das letzte Mal sein.

Er wagte es nicht, sich auf die automatische Bremsfolge zu verlassen, als das Fahrzeug sich kriechend am Ende der Strecke näherte. Glücklicherweise hatte er dies alles ein paar hundertmal geübt und kannte jedes Signal, so daß es ihm gelang, innerhalb von Zentimetern von der Anlege-Verankerung anzuhalten. In hektischer Eile wurden die Schleusenkupplungen miteinander verbunden. Vorräte und Ausrüstung wurden einfach in die Verbindungsröhre geschleudert …

Dasselbe Schicksal widerfuhr Professor Sessui, mit Hilfe der vereinigten Anstrengungen des Piloten, des Assistenten und des Stewards, als er an Bord des Transporters zurückkehren wollte, um noch mehr von seinen kostbaren Instrumenten zu bergen. Das Schleusenschott fiel in die Verriegelung, gerade als die Trennwand des Motorabteils endgültig in sich zusammenbrach.

Danach blieb den Flüchtlingen nichts anderes mehr übrig, als zu warten. Sie befanden sich in einer quadratischen Kammer von fünfzehn Metern Seitenlänge, die weitaus weniger Einrichtung besaß als selbst eine primitive Gefängniszelle. Sie hofften, daß das Feuer von selbst ausbrennen werde. Für den Seelenfrieden der Fahrgäste war es vermutlich von Vorteil, daß nur Chang und sein Assistent sich über einen Aspekt der Katastrophe voll im klaren waren: Die vollgeladenen Batterien enthielten die Energie einer großen chemischen Bombe, und diese Bombe tickte derzeit an der Außenwand des Turmes.

Die Explosion ereignete sich zehn Minuten nach ihrer Ankunft. Man hörte einen dumpfen Knall, begleitet von dem Geräusch zerreißenden Metalls. Der Turm wurde nur leicht erschüttert. Obwohl die Geräuschentwicklung nicht besonders imposant war, stockte den Zuhörern dennoch das Blut in den Adern; denn sie begriffen, daß ihr einziges Fortbewegungsmittel zerstört wurde und sie somit fünfundzwanzigtausend Kilometer von dem nächsten sicheren Ort entfernt gestrandet waren.

Es gab eine zweite, länger anhaltende Explosion – dann trat Stille ein. Die Flüchtlinge vermuteten, daß der Transporter von der Wand des Turmes hinab in die Tiefe gestürzt war. Noch vom Schreck gelähmt, begannen sie mit der Bestandsaufnahme des geretteten Gutes. Und erst später ging ihnen allmählich auf, daß das Wunder ihrer Rettung gänzlich umsonst gewesen sein mochte.

Eine Höhle im Himmel

Tief im Innern des Berges, umgeben von den Anzeige- und Kommunikationsgeräten des Kontrollzentrums Erde, standen Morgan und sein Stab um ein Hologramm, das den untersten Abschnitt des Turmes in zehnfacher Verkleinerung darstellte. Es war vollkommen in jeder Hinsicht, selbst bis zu den vier Leitbändern, die an den Wänden des Turmes klebten und über ihn hinaus in die Tiefe ragte. In der Darstellung lösten sie sich unmittelbar über dem Fußboden zu nichts auf, und man konnte sich kaum vorstellen, daß sie selbst in diesem verkleinerten Maßstab eigentlich noch sechzig Kilometer weiter reichen sollten, glatt durch die Erdkruste hindurch.

„Ich brauche eine Durchsicht", sagte Morgan, „und den Keller in Augenhöhe."

Der Turm verwandelte sich in ein leuchtendes, transparentes Phantom – eine lange, dünnwandige, quadratische Schachtel, die bis auf die supraleitenden Kabelstränge der Energieversorgung leer war. Der allerunterste Abschnitt – „Keller" war eine durchaus zutreffende Bezeichnung, wenn er sich auch in der hundertfachen Höhe dieses Berggipfels befand – war gegen den Rest des Turmes versiegelt und bildete eine einzelne, quadratische Kammer mit fünfzehn Metern Seitenlänge.

„Zugänge?" verlangte Morgan.

Zwei Abschnitte der Darstellung begannen heller zu leuchten. Deutlich zeichnete sich auf der Nord- und Südwand des Turmes, zwischen den Schlitzpaaren der Fahrspuren angebracht, die äußeren Schotte der beiden Schleusen ab, in größtmöglicher Entfernung voneinander angebracht, wie es die Sicherheitsvorschriften für im Weltraum angesiedelte Strukturen verlangten.

„Sie sind natürlich durch die Südschleuse eingedrungen", erklärte der diensthabende Ingenieur. „Wir wissen nicht, ob sie durch die Explosion beschädigt wurde."

Nun, es gab noch weitere drei Eingänge, dachte Morgan. Es war das untere Paar, das ihn interessierte. Es war im ursprünglichen Entwurf nicht vorgesehen und erst später hinzugefügt worden. Überhaupt der ganze Keller beruhte auf einem Gedanken, der Morgan erst unmittelbar vor Baubeginn gekommen war. Ursprünglich hatte man es nicht für nötig gehalten, in dem Teil des Turmes, der einst fest mit der Erde verbunden sein würde, einen Zufluchtsort einzurichten.

„Drehen Sie die Unterseite in meine Richtung", verlangte Morgan.

Der Turm schien zu stürzen und schwebte schließlich horizontal in der Luft. Morgan sah jetzt alle Einzelheiten der vierhundert Quadratmeter großen Unterfläche.

In der Nähe des nördlichen und südlichen Randes, in zwei voneinander unabhängige Schleusen führend, waren die Schotte, die den Zugang von unten ermöglichten. Das einzige Problem war, an sie heranzukommen, sechshundert Kilometer weit dort droben.

„Lebenserhaltungssystem?"

Die Schleusenschotte, verblaßten, statt dessen leuchtete ein kleines Gehäuse im Zentrum der Kammer auf.

„*Da* liegt das Problem, Doktor", sagte der Diensthabende nüchtern. „Es gibt nur eine Anlage zur Aufrechterhaltung des Drucks. Keine Luftreiniger, und selbstverständlich kein Generator. Jetzt, wo sie den Transporter verloren haben, kann ich mir nicht vorstellen, wie sie die Nacht überleben wollen. Die Temperatur sinkt rasch, zehn Grad allein seit Sonnenuntergang."

Morgan kam sich vor, als sei er selbst der Kälte des Weltraums ausgesetzt. Die Euphorie der Entdeckung, daß die Fahrgäste des abgestürzten Transporters das Unglück überlebt hatten, verflog schnell. Selbst wenn der Sauerstoffvorrat des Kellers für mehrere Tage ausreichte, wäre das für die Menschen dort oben nur von geringer Bedeutung, da sie ohnehin vor der Morgendämmerung erfroren sein würden.

„Ich möchte mit Professor Sessui sprechen."

„Direkt geht das nicht – der Notruf aus dem Keller geht zur Station Mitte. Aber das ist kein Problem."

Der Optimismus erwies sich als ungerechtfertigt. Als die Verbindung hergestellt war, hörte man Pilot Chang sagen:

„Es tut mir leid, der Professor ist beschäftigt."

Nach einer Sekunde ungläubigen Schweigens erwiderte Morgan, wobei er nach jedem Wort eine Pause machte und seinen Namen besonders betonte: „Sagen Sie ihm, Dr. Vannevar Morgan möchte mit ihm sprechen."

„Das will ich gerne tun, Doktor, aber es wird keinerlei Unterschied machen. Er arbeitet mit seinen Studenten an einem Gerät, dem einzigen Instrument, das sie retten konnten – irgendeine Art Spektroskop. Sie bauen es vor einem der Beobachtungsfenster auf."

Morgan wahrte seinen Gleichmut mit Mühe. Um ein Haar hätte er ausgerufen: „Sind sie verrückt?" Aber Chang kam ihm zuvor.

„Sie kennen den Professor nicht. *Ich* habe die letzte Woche in seiner Nähe verbracht. Er ist – nun – ein wenig einseitig. Nur zu dritt konnten wir ihn davon abhalten, noch einmal in die Kabine zurückzukehren und mehr von seiner

Ausrüstung herauszuschaffen. Er hat mir soeben auseinandergesetzt, daß er sich, wenn wir schon alle sterben müssen, sich vergewissern will, daß wenigstens dieses eine Instrument richtig funktioniert."

Morgan erkannte an Changs Stimme, daß er bei allem Ärger große Bewunderung für seinen berühmten und schwierigen Fahrgast empfand. Und der Professor hatte in der Tat die Logik auf seiner Seite. Es war vernünftig, zu retten, was sich retten ließ – von den Jahren der Mühe, die er in diese unglückselige Expedition investiert hatte.

„Also schön", sagte Morgan schließlich und fand sich mit dem Unvermeidbaren ab. „Da der Professor mir keinen Termin geben will, schildern *Sie* mir die Situation. Bis jetzt habe ich lediglich einen Bericht aus zweiter Hand."

Es kam ihm jetzt zu Bewußtsein, daß Chang wahrscheinlich ohnehin ein nützlicherer Berichterstatter war als der Professor. Obwohl er von echten Raumfahrern oft ausgelacht wurde, weil er auf seinem Pilotentitel bestand, war er ein Techniker von bedeutendem Können und mit einer guten Ausbildung in Mechanik und Elektrotechnik.

„Es gibt nicht viel zu berichten. Es ging alles so schnell, daß wir nichts retten konnten – ausgenommen das verdammte Spektrometer. Ich hätte nicht gedacht, daß wir es durch die Schleuse schaffen würden. Wir haben die Kleider, die wir am Leib tragen – und das ist alles. Eine der Studentinnen bekam ihre Reisetasche zu fassen. Stellen Sie sich vor – darinnen ist der Entwurf ihrer Diplomarbeit, auf *Papier* geschrieben, um alles in der Welt! Noch nicht einmal feuersicher, trotz aller Vorschriften. Wenn wir uns den Sauerstoff leisten könnten, würden wir das Zeug verbrennen, um ein bißchen Wärme zu schaffen."

Während er der Stimme aus dem Weltall zuhörte und das durchsichtige Hologramm des Turmes ansah, erlebte Morgan eine eigenartige Illusion. Er stellte sich vor, daß winzige, zehnfach verkleinerte Menschen sich dort in der Kammer bewegten und daß er nur die Hand auszustrecken brauchte, um sie in Sicherheit zu bringen ...

„Neben der Kälte ist die Luftversorgung das größte Problem. Ich weiß nicht, wie lange es dauern wird, bevor die CO_2-Konzentration uns umwirft – vielleicht kann auch *das* jemand ausrechnen. Was auch immer dabei herauskommt, wird, fürchte ich, zu optimistisch sein." Changs Stimme wurde plötzlich viel leiser; im Tone eines Verschwörers – offenbar, um von den andern nicht gehört zu werden – fuhr er fort: „Der Professor und seine Studenten wissen davon noch nichts, aber das Schott der Südschleuse wurde bei der Explosion beschädigt. Wir haben ein Leck – man hörte ein stetiges Zischen längs der Abdichtung. Wie ernsthaft es ist, läßt sich nicht sagen." Seine Stimme wurde wieder lauter. „Das also ist die Lage. Wir warten darauf, von Ihnen zu hören."

Und was, zum Teufel, können wir sagen? dachte Morgan. Außer „lebt wohl?"

Krisen-Management war eine Fähigkeit, die Morgan bewunderte, um die er indes niemand beneidete. Janos Bartok, der Sicherheitsoffizier oben in der Station Mitte, war jetzt für die Lage verantwortlich. Die Menschen im Innern des Berges, fünfundzwanzigtausend Kilometer weiter drunten und nur sechshundert Kilometer vom Unfallort entfernt, konnten sich nur die Berichte anhören, hilfreichen Rat geben und die Neugierde der Nachrichtenmedien befriedigen, so gut es eben ging.

Es versteht sich von selbst, daß Maxine Duval sich innerhalb von Minuten nach der Katastrophe gemeldet hatte.

„Kann man sie von der Station Mitte aus rechtzeitig erreichen?"

Morgan zögerte. Die wahre Antwort war ein unzweideutiges Nein. Aber es war unklug, um nicht zu sagen grausam, so früh schon alle Hoffnung aufzugeben. Immerhin: Ein glücklicher Zufall hatte sich bereits ergeben ...

„Ich möchte keine falschen Hoffnungen wecken, aber es ist möglich, daß wir Mitte gar nicht brauchen. Wir haben eine Mannschaft in der 10K-Station – zehntausend Kilometer. Ihr Transporter kann den Keller in zwanzig Stunden erreichen."

„Warum ist er dann noch nicht unterwegs?"

„Sicherheitsingenieur Bartok wird die Entscheidung in Kürze treffen. Die Mühe könnte umsonst sein. Wir rechnen uns aus, daß sie nur für die Hälfte der Zeit Atemluft haben. Und die Kälte ist ein noch ernsteres Problem."

„Wie soll ich das verstehen?"

„Es ist dort droben jetzt Nacht. Es gibt keine Wärmequelle. Behalten Sie das vorerst für sich, Maxine, aber es könnte zu einem Wettrennen zwischen Erfrieren und Ersticken kommen."

Eine Pause von mehreren Sekunden trat ein; dann sagte Maxine Duval in ungewöhnlich bescheidenem Tonfall: „Vielleicht bin ich dumm, aber ich denke mir, daß doch gewiß die Wetterstationen mit ihren großen Infrarot-Lasern ..."

„Ich danke Ihnen, Maxine! Nein – *ich* bin der Dumme. Warten Sie eine Minute, während ich mit Mitte spreche ..."

Bartok war höflich, als Morgan anrief. Durch seine kurz angebundene Art machte er jedoch recht klar, was er davon hielt, durch einen Amateur in seiner Arbeit gestört zu werden.

„Tut mir leid, daß ich Sie belästigt habe", entschuldigte

sich Morgan und schaltete zu Maxine zurück. „Manchmal wissen die Experten, was sie tun", erklärte er mit verlegenem Stolz. „*Unserer* jedenfalls weiß es. Er hat vor zehn Minuten die Monsun-Kontrolle angerufen. Sie sind dabei, die Strahlleistung zu berechnen – wollen natürlich nicht zu sehr auf die Tube drücken und jedermann da oben verbrennen."

„Also hatte ich recht", sagte Maxine zuckersüß. „*Sie* hätten daran denken sollen, Van. Was haben Sie sonst noch übersehen?"

Darauf gab es keine Antwort, und Morgan versuchte auch keine. Er stellte sich vor, wie Maxines computergleicher Verstand vorwärtspreschte, und versuchte, ihre nächste Frage zu erahnen. Er tippte richtig.

„Kann man die Spinnen nicht einsetzen?"

„Selbst die letzten Modelle haben Steighöhengrenzen, die Batterien schaffen es nur bis zu dreihundert Kilometern. Die Fahrzeuge sind zur Inspektion des Turmes gedacht, nachdem er in die Atmosphäre eingedrungen ist."

„Dann bauen Sie eben größere Batterien ein!"

„In zwei Stunden? Aber das ist nicht einmal das Problem. Die einzige Einheit, die sich gegenwärtig unter Test befindet, kann keine Passagiere befördern."

„Dann schicken Sie sie leer hinauf."

„Tut mir leid – daran haben wir schon gedacht. Für den Anlegevorgang am Turm muß jemand an Bord sein. Und selbst wenn das nicht so wäre, dauerte es immer noch mehrere Tage, sieben Leute einen nach dem anderen zu evakuieren."

„Aber Sie haben doch sicher *irgendeinen* Plan!"

„Mehrere, aber sie sind alle verrückt. Falls einer wider Erwarten doch Sinn ergibt, lasse ich Sie's wissen. In der Zwischenzeit könnten Sie uns einen Gefallen tun."

„Welchen?“ erkundigte sich Maxine mißtrauisch.

„Erklären Sie Ihren Zuhörern, wie es kommt, daß ein Raumfahrzeug zwar an ein anderes anlegen kann, in sechshundert Kilometern Höhe, aber nicht an den Turm. Wenn Sie damit fertig sind, haben wir womöglich weitere Neuigkeiten für Sie.“

Als Maxines leicht verärgertes Gesicht von der Bildfläche verschwand und Morgan sich dem nur scheinbar heillosen Durcheinander des Kontrollzentrums wieder zuwandte, versuchte er, seinen Verstand von allen bisher gedachten Gedanken zu befreien und so unvoreingenommen wie nur möglich das ganze Problem noch einmal von vorne anzugehen. Trotz der höflichen Zurückweisung durch den Sicherheitsingenieur, der in der Station Mitte effizient seine Pflicht tat, gab er die Hoffnung nicht auf, daß er doch noch die eine oder andere brauchbare Idee beitragen könne. Er rechnete nicht mit einer Wunderlösung – aber immerhin kannte er den Turm besser als irgend sonst ein Mensch – vielleicht mit Ausnahme von Warren Kingsley. Warren verstand wahrscheinlich mehr von den Einzelheiten; aber Morgan hatte den klareren Überblick.

Sieben Männer und Frauen waren im Weltall gestrandet, in einer Lage, die in der gesamten Geschichte der Raumfahrttechnik einmalig war. Es *mußte* einfach einen Weg geben, auf dem sie in Sicherheit gebracht werden konnten, bevor sie sich mit Kohlendioxyd vergifteten oder der Druck so weit absank, daß die Kammer sich in eine Grabstätte verwandelte – aufgehängt zwischen Himmel und Erde wie Mohammeds Sarg.

Der richtige Mann

„Wir schaffen es“, erklärte Warren Kingsley mit breitem Grinsen. „Die Spinne kann den Keller erreichen.“

„Ihr habt ausreichende Batterieleistung hinzufügen können?“

„Ja, aber es ist eine kritische Sache. Es wird eine zweistufige Anordnung sein wie die frühen Raketen. Sobald die Zusatzbatterie erschöpft ist, muß sie abgeworfen werden, um das Gewicht zu verringern. Die Bordbatterie der Spinne liefert dann den Antrieb für den Rest der Strecke.“

„Wieviel Nutzlast haben wir.“

Kingsleys Grinsen verschwand.

„Nicht viel. Ungefähr fünfzig Kilo mit den besten Batterien, die wir auftreiben können.“

„Fünfzig! Was hilft uns das?“

„Es wird gerade hinreichen. Zwei von diesen neuen Tausend-atü-Behältern, mit je fünf Kilo Sauerstoff. Molekular-Filtermasken gegen CO_2. Etwas Wasser und Konzentratnahrung. Ein paar Arzneimittel. Das alles schaffen wir unter fünfundvierzig Kilo.“

„Gerechter Himmel! Und du bist sicher, daß das ausreicht?“

„Ja – bis zur Ankunft des Transporters von der 10K-Station. Wenn nötig, kann die Spinne ein zweites Mal fahren.“

„Was hält Bartok davon?“

„Er stimmt zu. Es hat ohnehin niemand eine bessere Idee.“

Morgan fühlte, daß ihm ein großes Gewicht von den Schultern genommen worden war. Es konnten immer noch Hunderte von Dingen schiefgehen, aber es gab jetzt wenigstens einen Hoffnungsschimmer. Das Gefühl ohnmächtiger Hilflosigkeit war gewichen.

„Wann seid ihr fertig?"

„Wenn alles gutgeht, in zwei Stunden, höchstens drei. Es sind allesamt Standard-Ausrüstungsstücke, glücklicherweise. Die Spinne wird eben getestet. Es muß nur noch *eine* Entscheidung getroffen werden ..."

Vannevar Morgan schüttelte den Kopf. „Nein, Warren", antwortete er langsam, mit ruhiger und unerbittlich entschlossener Stimme, wie sie sein Freund an ihm noch nie gehört hatte. „Es gibt nichts mehr zu entscheiden."

„Ich versuche nicht, meinen Rang zur Geltung zu bringen, Bartok", sagte Morgan, „es ist ganz einfach eine Sache der Logik. Also gut, *jeder* kann die Spinne fahren, aber es gibt nur ein halbes Dutzend Männer, die *alle* technischen Einzelheiten verstehen. Es kann zu Problemen kommen, wenn wir den Turm erreichen, und ich kann sie am ehesten lösen."

„Darf ich Sie daran erinnern, Dr. Morgan", sagte der Sicherheitsingenieur, „daß Sie fünfundsechzig sind. Es wäre klüger, einen jüngeren Mann zu schicken."

„Ich bin *nicht* fünfundsechzig, ich bin sechsundsechzig. Und überhaupt hat das Alter gar nichts damit zu tun. Es gibt keine Gefahr, und Körperkraft wird auch nicht verlangt."

Psychologische Faktoren, hätte er hinzufügen können, spielten bei einem Unternehmen dieser Art eine weitaus größere Rolle als physische. Nahezu jedermann konnte passiv mit einer Kapsel auf- und abwärtsfahren, wie Maxine Duval es getan hatte und wie Millionen es ihr in den kommenden Jahren nachtun würden. Es war etwas ganz anderes dagegen, aktiv mit einer Notlage fertig zu werden, wie sie sich sechshundert Kilometer hoch oben im leeren Himmel ergeben mochte.

„Ich meine immer noch", sagte Sicherheitsingenieur Bartok mit sanfter Hartnäckigkeit, „daß es am besten wäre, einen jüngeren Mann zu schicken. Dr. Kingsley zum Beispiel."

Hinter sich hörte Morgan (oder bildete er sich das nur ein?), wie Warren Kingsley plötzlich die Luft anhielt. Seit Jahren witzelten sie darüber, daß Warren eine solche Abneigung gegen Höhen hatte, daß er die Strukturen, die er entwarf, niemals selbst inspizierte. Seine Angst reichte nicht ganz bis an die Intensität echter Akrophobie heran; er kam darüber hinweg, wenn es unumgänglich notwendig war. Immerhin war er an Morgans Seite gewesen, als sie zu Fuß von Afrika nach Europa gingen. Das war das einzige Mal, daß man Warren Kingsley betrunken in der Öffentlichkeit gesehen hatte, und danach hatte man ihn geschlagene vierundzwanzig Stunden überhaupt nicht zu Gesicht bekommen.

Warren kam nicht in Frage, wenn Morgan auch wußte, daß er bereit war, die Aufgabe zu übernehmen. Es gab Augenblicke, in denen technisches Können und nackter Mut nicht ausreichten. Kein Mensch konnte gegen die Ängste ankämpfen, die ihm bei der Geburt oder während der frühesten Kindheit in die Seele gepflanzt worden waren.

Glücklicherweise war es nicht nötig, dem Sicherheitsingenieur all dies auseinanderzusetzen. Es gab einen wesentlich einfacheren und in gleicher Weise gültigen Grund, warum Warren nicht fahren konnte. Nur bei ganz seltenen Gelegenheiten war Vannevar Morgan froh gewesen, von kleiner Gestalt zu sein; dies war eine davon.

„Ich wiege fünfzehn Kilo weniger als Kingsley", erklärte er Bartok. „Bei einem kritischen Vorhaben wie diesem sollte das den Ausschlag geben. Lassen Sie uns also keine Zeit mehr mit Diskussionen verlieren."

Er spürte einen Anflug schlechten Gewissens wegen seiner Unfairneß. Bartok tat nur seine Pflicht, und zwar ausgezeichnet; außerdem dauerte es noch eine Stunde, bis das Fahrzeug fertig war. Von Zeitvergeudung konnte keine Rede sein.

Ein paar Sekunden lang starrten die beiden Männer einander an, als existiere der Abstand von fünfundzwanzigtausend Kilometern gar nicht. Wenn Bartok es auf einen Kräftevergleich ankommen ließ, konnte die Sache unangenehm werden. Er war für alle Sicherheitsmaßnahmen verantwortlich und konnte theoretisch selbst den Chefingenieur und Projektmanager überstimmen. Aber es wäre ihm schwergefallen, seinen Standpunkt durchzusetzen. Morgan und die Spinne befand sich weiter unter ihm auf dem Sri Kanda, und wer das Fahrzeug hatte, der konnte seine eigene Entscheidung treffen.

Bartok hob die Schultern, und Morgan empfand Erleichterung.

„Das ist ein überzeugender Grund. Ich fühle mich noch immer nicht wohl bei dem Gedanken, aber machen Sie, was Sie wollen. Viel Glück!"

„Danke", antwortete Morgan ruhig, als Bartoks Bild erlosch. Dann wandte er sich an den immer noch schweigsamen Kingsley und sagte: „Auf geht's!"

Erst als sie die Kontrollzentrale verlassen hatten, auf dem Weg zum Gipfel, griff Morgan mit einer automatischen Handbewegung nach der kleinen Metallscheibe unter seinem Hemd. KORA hatte ihn Monate hindurch in Ruhe gelassen, und nicht einmal Kingsley wußte, daß sie überhaupt existierte. Spielte er mit dem Leben anderer ebenso wie mit dem seinen, nur um seinen eigenen selbstsüchtigen Stolz zu befriedigen? Wenn Sicherheitsingenieur Bartok *davon* gewußt hätte …

Jetzt war es zu spät. Was immer seine Motive sein mochten, *er* war dran!

Die Spinne

Wie der Berg sich verändert hatte, dachte Morgan, seit er ihm zum ersten Mal begegnet war. Man hatte den Gipfel völlig abgetragen und ein ebenes Plateau geschaffen; in dessen Zentrum befand sich der riesige „Topfdeckel", der den Schacht abdeckte, durch den sich in Kürze der Verkehr vieler Welten bewegen würde. Es mutete einen eigenartig an, daß der größte Weltraumhafen des Solsystems sich tief im Innern eines Berges befand.

Niemand hätte ahnen können, daß einst ein uraltes Kloster hier gestanden hatte, auf das sich wenigstens dreitausend Jahre lang die Hoffnungen und Ängste von Milliarden richteten. Das einzige Überbleibsel war des Maha Theros zweideutige Hinterlassenschaft, verpackt und auf den Abtransport wartend. Bis jetzt jedoch hatten sich weder die Verwaltung von Jakkagala noch der Direktor des Museums von Ranapura für Kalidasas unglückselige Glocke begeistert. Als sie das letzte Mal geläutet hatte, da brauste ein kurzer, aber ereignisreicher Sturm über den Gipfel hinweg, ein Wind aus einer neuen Richtung. Jetzt dagegen, als Morgan und seine Begleiter sich dem Fahrzeug näherten, das im Schein der Inspektionslampen glitzerte, war die Luft reglos. Jemand hatte den Namen SPINNE MARK II auf der unteren Hälfte des Gehäuses angebracht, und darunter stand gekritzelt: WIR LIEFERN FREI HAUS. Hoffentlich, dachte Morgan ...

Jedesmal, wenn er hierherkam, fiel ihm das Atmen schwerer. Er konnte es kaum erwarten, bis Sauerstoff unter gewohntem Druck seine ausgehungerten Lungen füllte. CORA indes hatte, überraschenderweise und sehr zu seiner Erleichterung, niemals auch nur eine Vorwarnung von sich gegeben, während er sich auf dem Gipfel aufhielt. Das Programm, das Dr. Sen vorgeschrieben hatte, schien ausgezeichnet zu funktionieren.

Die Ladung war bereits an Bord der Spinne gebracht worden. Man hatte das Fahrzeug aufgebockt, so daß die zusätzliche Batterie angehängt werden konnte. Mechaniker nahmen letzte Änderungen vor und entstöpselten die Ladekabel. Der Wirrwarr von Leitungen und Drähten auf dem Boden konnte jemand, der nicht daran gewöhnt war, sich in einem Raumanzug zu bewegen, leicht zu Fall bringen.

Morgans Mirroflex-Anzug war erst vor dreißig Minuten von Gagarin eingetroffen. Eine Zeitlang hatte er ernsthaft erwogen, ohne ihn auf Fahrt zu gehen. SPINNE MARK II war ein wesentlich fortgeschritteneres Fahrzeug als der einfache Prototyp, mit dem Maxine Duval einst ihre Fahrt unternommen hatte. Sie war ein echtes, kleines Raumschiff mit bordeigenem Lebensunterhaltungssystem. Wenn alles gutging, würde es Morgan keine Schwierigkeiten machen, mit ihr an der Schleuse auf der Unterseite des Turmes anzulegen, die vor Jahren eigens für diesen Zweck entworfen worden war. Ein Raumanzug jedoch war nicht nur eine Versicherung gegen Probleme, die beim Anlegen auftreten mochten; er gab ihm auch in jeder anderen Hinsicht größere Bewegungsfreiheit. Nahezu hauteng, besaß der Mirroflex sehr wenig Ähnlichkeit mit den klobigen Monturen der frühen Astronauten. Selbst wenn er unter Druck stand, würde er die Bewegungen seines Trägers kaum hemmen. Morgan hatte einst eine Vorführung gesehen, bei der die Hersteller Akrobaten in Raumanzügen auftreten ließen.

Der Höhepunkt der Darstellung waren ein Schwertkampf und ein Ballettanz. Besonders der letztere war eine Bürde für die Lachmuskeln gewesen – aber die Anzughersteller hatten ihren Beweis erbracht.

Morgan stieg die paar Stufen hinauf, stand einen Augenblick lang auf dem schmalen Metallband, das die Kapsel umlief, und stieg sodann vorsichtig, mit dem Rücken zuerst, in das Fahrzeug. Während er es sich bequem machte und den Sitzgurt festschnallte, empfand er angenehm überrascht, daß es hier ziemlich viel Platz gab. Obwohl die MARK II ganz eindeutig ein Ein-Mann-Fahrzeug war, besaß sie nicht die klaustrophobische Enge, die er erwartet hatte – selbst mit der zusätzlichen Ladung, die ins Fahrzeuginnere gepfropft worden war.

Die zwei Sauerstoffzylinder waren unter dem Sitz verstaut, und die CO_2-Masken befanden sich hinter der Leiter, die zum oberen Schleusenschott hinaufführte. Es verwunderte einen, daß so wenig Ausrüstung den Unterschied zwischen Leben und Tod für so viele Menschen bedeuten mochte.

Morgan trug ein privates Souvenir mit sich – eine Erinnerung an jenen ersten Tag auf dem Jakkagala, an dem in einem gewissen Sinn dies alles seinen Anfang genommen hatte. Die Spinette nahm nicht viel Platz in Anspruch und wog nur ein Kilo. Im Lauf der Jahre war sie zu einer Art Talisman geworden; sie war noch immer das wirksamste Lehrmittel für die Demonstration der wunderbaren Eigenschaften des Hyperdrahts, und jedesmal, wenn Morgan sie irgendwo zurückließ, stellte er unterwegs fest, daß er ihrer dringend bedurfte. Auf dieser Fahrt mochte sie sehr wohl von Wert sein.

Er schloß das Versorgungskabel seines Raumanzugs an das Fahrzeug an und überprüfte die Sauerstoffversorgung aus dem äußeren ebenso wie aus dem inneren Tank. Draußen waren die elektrischen Leitungen inzwischen abgezogen worden. SPINNE war auf sich selbst gestellt.

Bei solchen Gelegenheiten fielen selten brillante Worte; außerdem handelte es sich hier um nicht wesentlich mehr als ein Routineunternehmen. Morgan grinste ein wenig steif in Kingsleys Richtung und sagte: „Halte den Laden in Ordnung, Warren, bis ich zurückkomme." Dann bemerkte er die kleine, einsame Gestalt inmitten der Menge, die die Kapsel umgab. Mein Gott, dachte er, ich habe den armen Jungen fast vergessen ... „Dev", rief er: „Tut mir leid, daß ich mich nicht um dich kümmern konnte. Aber das holen wir nach, wenn ich zurückkomme!"

Und wir werden es auch wirklich tun, versprach er sich. Wenn der Turm erst einmal fertiggestellt war, würde er Zeit für alles haben – selbst für seine Freunde und Verwandten, die er so sehr vernachlässigt hatte. Auf Dev würde er ein Auge haben. Ein Junge, der von sich aus wußte, wann er anderen aus dem Weg gehen mußte, mochte es zu etwas bringen.

Das gerundete Schott der Kapsel, zur Hälfte aus durchsichtigem Plastikmaterial bestehend, preßte sich mit dumpfem Laut gegen die Dichtung. Morgan drückte den PRÜF-Schalter, und auf der Bildfläche vor ihm erschienen, eine nach der andern, Datengruppen, die den gegenwärtigen Zustand der wichtigen Fahrzeugkomponenten beschrieben. Sie waren allesamt grün, und Morgan machte sich nicht die Mühe, die exakten Zahlenwerte zur Kenntnis zu nehmen. Wäre ein Wert anormal gewesen, so hätte ihn das Bildgerät blinkend und in roter Farbe dargestellt. Immerhin nahm Morgan mit der Umsicht des Ingenieurs zur Kenntnis, daß der Sauerstoffvorrat bei 102 Prozent lag, Hauptbatterieladung bei 101 Prozent, Zusatzbatterie 105 Prozent.

Die ruhige, unbewegte Stimme des Kontrollingenieurs – desselben stoischen Experten, der seit jenem ersten mißglückten Versuch vor vielen Jahren alle mit dem Bau des Turmes verbundenen Operationen überwacht hatte – ertönte in Morgans Empfänger: „Alle Systeme nominal. Übernehmen Sie!"

„Ich übernehme. Ich warte bis zur nächsten vollen Minute."

Man konnte sich nur schwer einen größeren Kontrast gegenüber einem Raketenstart vor zweihundert Jahren vorstellen, mit seinem komplizierten Countdown, den Entscheidungen, die in Zehntelsekunden getroffen werden mußten, der Aufregung und dem Lärm. Morgan brauchte nur zu warten, bis die letzten zwei Ziffern auf der Uhr null wurden, dann schaltete er auf Minimalleistung.

Ruhig – *schweigend* – sank das flutbeleuchtete Gipfelplateau unter ihm in die Tiefe. Selbst ein Ballonaufstieg hätte nicht erschütterungsfreier sein können. Wenn er aufmerksam hinhörte, dann vernahm er gerade noch das Surren des Zwillingsmotors, der die beiden Reibungsrotoren antrieb, einen über und einen unter der Kapsel, mit deren Hilfe sich die Spinne an dem Band hinaufhangelte.

Steiggeschwindigkeit fünf Meter pro Sekunde, sagte die Anzeige. In langsamen, abgemessenen Rucken erhöhte Morgan die Leistung, bis die Anzeige auf fünfzig lautete, etwas weniger als zweihundert Kilometer pro Stunde. Das ergab, bei der gegenwärtigen Beladung der Spinne, den höchsten Wirkungsgrad. Nach dem Abwurf der Zusatzbatterie konnte die Geschwindigkeit um fünfundzwanzig Prozent auf fast 250 km/h erhöht werden.

„Sag etwas, Van", meldete sich Warren Kingsley mit amüsierter Stimme aus der Tiefe.

„Laß mich in Ruhe", antwortete Morgan in gleicher

Stimmung. „Ich habe vor, mich ein paar Stunden zu entspannen und die Aussicht zu genießen. Wenn du einen fortlaufenden Kommentar brauchst, hättest du Maxine Duval schicken sollen."

„Sie versucht seit einer Stunde, dich zu erreichen."

„Empfiehl mich ihr und sag ihr, ich hätte zuviel zu tun. Vielleicht vom Turm aus. Was hört man von dort überhaupt?"

„Temperatur stabil bei zwanzig Grad. Monsun-Kontrolle strahlt alle zehn Minuten ein paar Megawatt ab. Professor Sessui ist wütend. Er beschwert sich, daß die Strahlung seine Instrumente beeinflußt."

„Wie steht's mit der Atemluft?"

„Nicht so gut. Der Druck sinkt eindeutig, und die CO_2-Konzentration wächst. Aber es gibt keine Gefahr, solange du nur rechtzeitig ankommst. Sie vermeiden alle unnütze Aktivität, um Sauerstoff zu sparen."

Alle, außer Professor Sessui, möchte ich wetten, dachte Morgan. Er freute sich auf die Begegnung mit dem Mann, dessen Leben er zu retten versuchte. Er hatte mehrere hochgepriesene populärwissenschaftliche Werke Sessuis gelesen und sie als blumig und übertrieben empfunden. Er nahm an, daß der Mann seinem Schreibstil entsprach.

„Wie sieht's auf 10K aus?"

„Der Transporter fährt in zwei Stunden ab. Sie nehmen ein paar Zusatzinstallationen vor, um sicher zu sein, daß auf dieser Fahrt nichts zu brennen anfängt."

„Gute Idee. Stammt von Bartok, nehme ich an."

„Wahrscheinlich. Sie kommen die Nordspur herab, für den Fall, daß die Südspur durch die Explosion beschädigt wurde. Wenn alles gutgeht, erreichen sie den Keller in – oh – einundzwanzig Stunden. Zeitig genug, selbst wenn wir die Spinne kein zweites Mal nach oben schicken."

Ungeachtet der Bemerkung, die er halb im Spaß zu Kingsley gemacht hatte, war sich Morgan darüber im klaren, daß es zum Entspannen noch viel zu früh war. Indes schien alles planmäßig zu verlaufen, und es gab wirklich nichts, was er während der nächsten drei Stunden hätte tun können, als die sich ständig weitende Aussicht zu bewundern.

Er befand sich in dreißig Kilometern Höhe und stieg rasch und geräuschlos durch die tropische Nacht. Der Mond war nicht zu sehen, aber das Land weit unten enthüllte sich ihm durch die leuchtenden Konstellationen seiner Städte und Dörfer. Wenn er die Sterne oben und die Lichter unten anblickte, fiel es Morgan leicht, sich einzubilden, er sei weit von jeglicher Welt entfernt, verloren in den Tiefen des Weltalls. Er überblickte jetzt die gesamte Insel Taprobane, ihr Umriß bezeichnet durch die Lichter der Küstensiedlungen. Weit im Norden schob sich ein düsterer Leuchtfleck über den Horizont wie der Vorbote einer fehlplazierten Morgendämmerung. Er zerbrach sich darüber eine Zeitlang den Kopf, bis ihm aufging, daß er auf eine der südindischen Großstädte blickte.

Er war jetzt bereits höher, als Flugzeuge steigen konnten, und allein was er bis jetzt vollbracht hatte, war bereits eine einzigartige Leistung in der Geschichte menschlicher Fortbewegung. SPINNE und ihre Vorläufer hatten zwar zahllose Fahrten bis zu einer Höhe von zwanzig Kilometern unternommen, aber niemand war je bis zu größeren Höhen vorgestoßen, weil es von dort, wenn es zu einem Versager kam, keine Rettung mehr gab. Ein ernsthafter Einsatz der Spinnen war nicht vorgesehen, bis der Turm ganz nahe herangekommen war. Es gab insgesamt drei Fahrzeuge dieses Typs, die dann an den Bändern auf- und abgleiten würden. Morgan zwang sich, nicht daran zu denken, was geschähe, wenn der Antriebsmechanismus sich verklemmte. Das wäre das Ende der Flüchtlinge im Keller, ebenso wie sein eigenes.

Fünfzig Kilometer. Er hatte eine Ebene erreicht, die zu normalen Zeiten gleichbedeutend mit der untersten Schicht der Ionosphäre gewesen wäre. Er erwartete nichts Aufregendes; aber er hatte sich geirrt.

Das erste Anzeichen war ein leises Knistern im Lautsprecher. Dann sah er aus den Augenwinkeln einen huschenden Lichtfleck. Er erschien unmittelbar unter ihm und war sichtbar nur mit Hilfe des abwärtsgerichteten Spiegels außerhalb des kleinen nach draußen gewölbten Fensters. Einen Augenblick lang starrte er verwundert hinab, und Furcht stieg in ihm auf. Dann setzte er sich mit dem Berg in Verbindung.

„Ich habe Begleitung“, sagte er. „Ich nehme an, sie gehört in Professor Sessuis Abteilung. Eine Kugel aus Licht, Durchmesser – oh – ungefähr zwanzig Zentimeter. Sie läuft gerade unter mir das Band entlang. Die Entfernung ist konstant, hoffentlich bleibt es dabei. Ich muß zugeben, sie sieht hübsch aus – ein angenehmes, bläuliches Leuchten, alle paar Sekunden zuckt sie. Außerdem höre ich sie auf dem Radiokanal.“

Es dauerte eine volle Minute, bis Kingsley mit zuversichtlicher und beruhigender Stimme antwortete:

„Mach dir keine Sorgen – das ist nur Elmsfeuer. Wir haben ähnliche Erscheinungen entlang der Bänder bei Gewittern beobachtet. An Bord der MARK I könnten sie dir die Haare zu Berg stehen lassen. Aber *du* bist sicher – zuviel Metall um dich herum.“

„Ich dachte nicht, daß es so etwas in dieser Höhe gäbe.“

„Wir auch nicht. Am besten sprichst du mit dem Professor darüber.“

„Ah – jetzt verschwindet es langsam – wird größer und lichtschwächer – jetzt ist es weg. Ich nehme an, die Luft ist zu dünn. Tut mir leid, daß es nicht mehr da ist."

„Das war erst die Einleitung", sagte Kingsley. „Schau nach oben und sieh, was sich dort tut!"

Ein viereckiger Ausschnitt des Sternenhimmels huschte vorbei, als Morgan den Spiegel zum Zenit hin drehte. Zunächst sah er nichts Ungewöhnliches. Daher schaltete er alle Anzeigen der Kontrollkonsole ab und wartete in vollkommener Dunkelheit.

Langsam gewöhnten sich die Augen an die Finsternis. Im Spiegel erschien ein düsterer roter Schimmer, der allmählich intensiver wurde, sich ausbreitete und die Sterne zu verschlingen begann. Er wurde kräftiger und deutlicher und wuchs über die Grenzen der Spiegelfläche hinaus. Bald konnte Morgan ihn ohne Hilfe des Spiegels sehen, denn er erstreckte sich nun bereits halbwegs den Himmel herab. Ein Käfig aus Licht, mit zuckenden, sich bewegenden Stangen senkte sich auf die Erde hinab. Und plötzlich fing Morgan an zu begreifen, warum ein Mann wie Professor Sessui sein ganzes Leben der Entschleierung des Geheimnisses solcher Naturerscheinungen gewidmet hatte.

Die Aurora kam zu einem ihrer seltenen Besuche von den Polen herab auf den Äquator zumarschiert.

Jenseits des Nordlichts

Morgan bezweifelte, daß selbst Professor Sessui, fünfhundert Kilometer über ihm, einen derart imposanten Ausblick hatte. Der elektromagnetische Sturm entwickelte sich mit bedeutender Geschwindigkeit. Schon jetzt mußte er den gesamten Kurzwellenfunk der Erde, der allerdings nur noch nicht-wesentlichen Zwecken diente, lahmgelegt haben. Morgan war nicht sicher, ob er das schwache Rauschen hörte oder empfand, ein Geräusch wie das Wispern rieselnden Sandes oder das Knacken trockener Zweige. Anders als die Statik, die die Leuchtkugel verursacht hatte, kam es eindeutig nicht aus dem Lautsprecher; denn es war immer noch vorhanden, nachdem Morgan ihn abgeschaltet hatte.

Vorhänge aus blaßgrünem Feuer mit purpurfarbenen Säumen wurden über den Himmel gezogen und dann langsam, wie von einer unsichtbaren Hand, hin und her geschüttelt. Sie zitterten vor den Böen des Solarwindes, des mit Millionen von Kilometern pro Stunde dahinrasenden Sturmes, der von der Sonne zur Erde blies – und weit darüber hinaus. Selbst über dem Mars schwebte jetzt ein dünnes, gespenstisches Nordlicht, und sonnenwärts standen die giftigen Himmel der Venus in Flammen. Oberhalb der vielfach gefalteten Vorhänge breiteten sich lange Strahlen wie das Gerippe eines halb geöffneten Fächers aus, rasten um den Horizont und schienen Morgan mitunter direkt in die Augen, wie die Lichtkegel eines gewaltigen Scheinwerfers. Es war jetzt nicht mehr nötig, die Konsolenbeleuchtung abzuschalten, um das Phänomen besser sehen zu können. Das himmlische Feuerwerk war derart lichtstark, daß man ohne Mühe dabei hätte lesen können.

Zweihundert Kilometer. Die Spinne kletterte noch immer mühe- und geräuschlos. Er konnte sich kaum vorstellen, daß er die Erdoberfläche erst vor einer Stunde verlassen hatte. Fast ebenso schwer fiel es ihm, daran zu glauben, daß die Erde überhaupt noch existierte, während er sich zwischen den engen Wänden einer feurigen Schlucht aufwärts bewegte.

Diese Illusion dauerte indes nur wenige Sekunden, dann brach das vorübergehende Gleichgewicht zwischen Magnetfeldern und einströmenden Ionenwolken zusammen. Aber für die Dauer dieser Augenblicke sah Morgan sich tatsächlich aus einem Abgrund aufsteigen, neben dem selbst Valles Marineris, der Grand Canyon des Mars, wie ein Zwerg erscheinen mußte. Plötzlich wurden die hundert Kilometer hohen, schimmernden Felsflächen durchsichtig und ließen das Licht der Sterne hindurch. Sie verloren den Anschein der Materialität und entpuppten sich als das, was sie wirklich waren: fluoreszente Phantome.

Und jetzt kletterte die Spinne wie ein Flugzeug, das die Wolkendecke durchbrach, über das himmlische Schauspiel hinaus. Morgan entwich dem feurigen Nebel, der unter ihm fortfuhr, sich zu winden und zu drehen. Vor vielen Jahren war er mit einem Touristendampfer durch die tropische Nacht gefahren. Er erinnerte sich, wie er mit anderen Passagieren zusammen am Heck gestanden hatte, um die wundersame Schönheit der biolumineszenten Wellen zu bestaunen. Einige der blauen und grünen Farbtöne, die sich jetzt unter ihm ausbreiteten, kamen dem bunten Schimmer gleich, die das Plankton damals erzeugt hatte, und er bildete sich ohne Anstrengung ein, er beobachte abermals einen mit Leben erfüllten Vorgang: das Spiel riesiger, unsichtbarer Bestien, Bewohner der oberen Atmosphäre.

Um ein Haar hätte er sein Vorhaben vergessen. Er erschrak, als man ihn zur Pflicht zurückrief.

„Wie steht's mit der Leistung?" fragte Kingsley. „Du hast nur noch zwanzig Minuten auf der Zusatzbatterie."

Morgan überflog die Anzeigen. „Sie ist auf fünfundneunzig Prozent gesunken, aber die Steiggeschwindigkeit hat um fünf Prozent zugenommen. Ich mache jetzt zweihundertzehn."

„Das ist ungefähr richtig. SPINNE fühlt die geringere Schwerkraft. In deiner Höhe ist sie nur noch neunzig Prozent normal."

Nicht genug, als daß ein Mensch es hätte wahrnehmen können – besonders, wenn er an einen Sitz geschnallt war und einen Raumanzug von mehreren Kilo trug. Aber Morgan fühlte sich ausgesprochen aufgekratzt und fragte sich, ob er womöglich zuviel Sauerstoff atmete.

Nein, der Durchfluß war normal. Es mußte von der Aufregung kommen, in die ihn das himmlische Spektakel versetzt hatte. Davon und von der Genugtuung, die von einem bis jetzt erfolgreichen Unternehmen ausging, das in seiner Art einmalig war.

Diese Erklärung klang völlig vernünftig, und dennoch war er nicht damit zufrieden. Sie rechtfertigte sein derzeitiges Glücksempfinden nicht zur Gänze. Warren Kingsley, ein begeisterter Taucher, hatte oft davon erzählt, daß er ein solches Gefühl in der Schwerelosigkeit des Meeres empfand. Morgan hatte das nie so richtig verstanden, aber jetzt begriff er allmählich, wie es sich anfühlte. Er schien all seine Sorgen dort unten auf dem Planeten zurückgelassen zu haben, der unter den langsam verblassenden Kringeln und Schleifen des Nordlichts verborgen lag.

Die Sterne leuchteten jetzt wieder wie zuvor, nicht mehr beeinflußt durch den feurigen Eindringling von den Polen. Morgan begann den Zenit abzusuchen und fragte sich ohne übertriebenen Optimismus, ob der Turm wohl schon in Sicht sei. Aber alles, was er sah, waren ein paar Meter Band im Widerschein der jetzt lichtschwachen Aurora. Das Band, an dem entlang sich die Spinne geschwind und erschütterungsfrei aufwärts bewegte. Das dünne Band, an dem sein Leben und sieben andere hingen. Es war so einheitlich und frei von jeglicher Gliederung, daß es keinen Eindruck der Geschwindigkeit vermittelte, mit der die Kapsel sich bewegte. Morgan fand es schwer, zu glauben, daß der Antriebsmechanismus das Band mit einer Geschwindigkeit von mehr als zweihundert Kilometern in der Stunde verschlang. Dieser Gedanke aber brachte ihn mit einem Ruck wieder in seine Kindheit zurück, und plötzlich kannte er den Grund für sein Glücksgefühl.

Er hatte sich von dem Verlust jenes ersten Drachens rasch erholt und danach größere und immer kompliziertere Modelle gebaut. Zum Schluß – kurz bevor er die Meccano-Baukästen entdeckte und das Drachenbauen für immer an den Nagel hängte – hatte er kurze Zeit mit kleinen Fallschirmen gespielt. Es gefiel ihm, zu glauben, er habe die Idee selbst erfunden, obwohl sie ihm ebensogut beim Lesen eines Buches oder beim Betrachten eines Films in die Quere gekommen sein mochte. Überhaupt war sie so einfach, daß vermutlich jede Generation von Jungen sie von neuem erfand.

Zuerst hatte er sich ein dünnes Stück Holz geschnitzt, etwa fünf Zentimeter lang. An diesem waren zwei Büroklammern befestigt worden. Die Klammern hatte er um die Drachenleine gehakt, so daß das kleine Gefährt mühelos auf- und abgleiten konnte. Sodann war ein taschentuchgroßer Fallschirm aus Reispapier angefertigt worden, mit Seidenfäden, die ein Stück Pappendeckel als Nutzlast hielten. Sobald er den Fallschirm mit Hilfe eines Gummibandes – nur nicht zu fest! – an das kleine Holzstück montiert hatte, konnte das Spiel losgehen.

Vom Wind getrieben, segelte der kleine Fallschirm die Drachenleine hinauf. Wenn er hoch genug war, zog Morgan kräftig an der Leine. Das Stück Pappendeckel glitt aus der Gummiband-Halterung, und sein Fallschirm flog in den Himmel davon. Das Holz-und-Büroklammer-Fahrzeug indes kam unter dem Einfluß seines eigenen Gewichts wieder die Leine herabgeglitten und war für den nächsten Einsatz bereit.

Wie neidisch waren seine Blicke den fast gewichtslosen Fallschirmen gefolgt, als sie aufs Meer hinaustrieben. Die meisten fielen ins Wasser, bevor sie noch einen Kilometer weit geflogen waren. Aber manchmal hielt ein tapferer kleiner Fallschirm die Höhe, bis er außer Sicht verschwand. Er stellte sich vor, daß diese glücklichen Fernfahrer die verzauberten Inseln des Pazifiks erreichten. Aber obwohl er seinen Namen und Adresse auf den Pappendeckel schrieb, hatte er niemals eine Antwort erhalten.

Morgan lächelte bei diesen Erinnerungen, die er schon halbwegs vergessen hatte und die doch soviel erklärten. Die Träume seiner Kindheit waren durch die Wirklichkeit seines erwachsenen Lebens weit übertroffen worden. Er hatte ein Recht, sich so glücklich zu fühlen.

„Annähernd drei-achtzig“, meldete sich Kingsley. „Wie ist die Batterieleistung?“

„Fällt allmählich ab – fünfundachtzig Prozent – die Batterie gibt langsam den Geist auf.“

„Wenn sie noch zwanzig Kilometer durchhält, hat sie ihre Pflicht getan. Wie fühlst du dich?“

Morgan war versucht, in Superlativen zu antworten; aber die angeborene Vorsicht brachte ihn davon ab. „Mir geht's gut“, antwortete er. „Wenn wir allen unseren Passagieren Schauspiele wie dieses garantieren könnten, dann kämen wir mit der Menge der Schaulustigen wahrscheinlich kaum zurecht.“

„Läßt sich vielleicht arrangieren“, lachte Kingsley. „Wir könnten Monsun-Kontrolle ersuchen, daß sie ein paar Fässer Elektronen am geeigneten Ort ausschütten. Das ist zwar nicht ihr eigentliches Geschäft, aber sie sind ziemlich gut im Improvisieren, oder meinst du nicht?“

Morgan lachte, gab jedoch keine Antwort. Sein Blick war auf die Anzeige gerichtet, aus der jetzt hervorging, daß Leistung und Steiggeschwindigkeit deutlich geringer wurden. Das war jedoch kein Grund zur Besorgnis. Die Spinne hatte 385 von den vorausberechneten 400 Kilometern zurückgelegt, und die Zusatzbatterie war noch immer nicht völlig erschöpft.

In 390 Kilometern Höhe drosselte Morgan die Steiggeschwindigkeit, bis die Spinne sich nur noch kriechend bewegte. Schließlich erstarb die Vorwärtsbewegung ganz, und in einer Höhe von knapp 405 Kilometern kam das Fahrzeug vollends zur Ruhe.

„Ich werfe die Batterie ab“, berichtete Morgan. „Bringt eure Schädel in Deckung!“

Man hatte intensiv darüber nachgedacht, ob eine derart schwere und teure Batterie nicht geborgen werden könne, aber die Zeit war zu knapp für die Improvisierung eines Bremssystems gewesen, mit dessen Hilfe das Gerät sicher am Band entlang in die Tiefe hätte gleiten können, wie Morgans kleines Holzstück auf der Drachenleine. Ein Fallschirm hatte zwar zur Verfügung gestanden, aber man fürchtete, daß die Hülle sich im Band verfangen werde.

Glücklicherweise lag die Auftreffstelle der Batterie, ungefähr zehn Kilometer östlich der Erdstation, in dichtem Dschungel. Die taprobanische Fauna würde sich in acht nehmen müssen, und die Klagen des Ministeriums für Naturschutz war er später gerne bereit, sich anzuhören.

Er drehte den Sicherheitsschlüssel und betätigte sodann den roten Knopf, mit dem die Explosivladung gezündet wurde. Das Fahrzeug ruckte kurz, als sie detonierte. Dann schaltete er auf die Bordbatterie und nahm den Zwillingsmotor wieder in Betrieb.

Die Kapsel nahm den Rest der Strecke in Angriff. Aber ein einziger Blick auf die Konsolenanzeige belehrte Morgan, daß etwas grundlegend schiefgegangen war. Die Spinne hätte mit einer Geschwindigkeit von mehr als 200 km/h steigen sollen; statt dessen bewegte sie sich mit weniger als einhundert, selbst bei voller Leistung. Es bedurfte keiner Tests oder Berechnungen. Morgans Diagnose nahm nicht einmal eine Sekunde in Anspruch; denn die Zahlen sprachen für sich. Es war ihm vor lauter Ärger fast übel, als er zur Erde meldete:

„Wir stecken im Dreck. Die Ladung hat gezündet, aber die Batterie ist nicht abgefallen. Irgend etwas hält sie fest."

Er brauchte nicht hinzuzufügen, daß dies das Ende seiner Mission bedeutete. Jedermann wußte so gut wie er, daß die Spinne den Turm nun nicht mehr erreichen konnte – mit etlichen hundert Kilogramm totem Gewicht.

Nacht am Jakkagala

Botschafter Radschasinghe brauchte dieser Tage nur wenig Schlaf. Es war, als wolle ihm eine wohlmeinende Natur von der Zeit, die ihm noch verblieb, so wenig wie möglich wegnehmen. Und in einer Nacht wie dieser, da ein Wunder, wie es schon seit Jahrhunderten nicht mehr gesehen worden war, den Himmel über Taprobane erleuchtete – wer hätte da im Bett bleiben wollen!

Wie wünschte er sich, daß Paul Sarath an seiner Seite hätte sein können. Sein alter Freund fehlte ihm mehr, als er je für möglich gehalten hätte. Es gab niemand mehr, der ihn so wie Paul gleichzeitig ärgern und anregen konnte – niemand mehr, mit dem er die Erfahrungen einer längst vergangenen Kindheit teilte. Radschasinghe hatte niemals erwartet, daß er Paul überleben werde, oder daß er den phantastischen Milliarden-Tonnen-Stalagmiten jemals zu sehen bekommen würde, der den Abgrund zwischen seinem Orbitalanker und der Insel Taprobane, sechsunddreißigtausend Kilometer entfernt, überbrückte. Bis zuletzt war Paul mit Bitterkeit gegen das Vorhaben gewesen; er hatte es ein Damoklesschwert genannt und bei jeder Gelegenheit vorhergesagt, daß es einst auf die Erde stürzen werde. Aber selbst er hatte zugeben müssen, daß der Turm auch seine Vorteile hatte.

So geschah es zum Beispiel zum ersten Mal in der Geschichte, daß der Rest der Menschheit von der Existenz Taprobanes wußte und die uralte Kultur der Insel zu entdecken begann. Jakkagala, der düstere Felsen mit seinen noch düstereren Legenden hatte die Aufmerksamkeit vieler auf sich gezogen. Als Ergebnis dieser Entwicklung waren Paul Gelder zugeflossen, die er für seine immer wieder aufgeschobenen Lieblingsprojekte verwenden konnte. Die zwiespältige Persönlichkeit des Schöpfers von Jakkagala hatte zahlreichen Büchern und Videodramen als Vorwurf gedient, und die Laut-und-Licht-Vorführung am Fuß des Felsens war ständig ausverkauft. Kurz vor seinem Tod hatte Paul darauf hingewiesen, daß eine wahre Kalidasa-Industrie im Entstehen sei und daß es immer schwerer falle, Erfindung und Wahrheit voneinander zu trennen.

Als es kurz nach Mitternacht offenbar wurde, daß die Nordlichterscheinung ihren Höhepunkt überschritten hatte, ließ sich Radschasinghe ins Schlafzimmer tragen. Wie es seine Gewohnheit war, entspannte er sich, nachdem er seinen Bediensteten eine gute Nacht gewünscht hatte, bei einem Glas Grog und schaltete die Spätnachrichten ein. Es interessierte ihn einzig und allein, welche Fortschritte Morgan machte. Um diese Zeit müßte er sich eigentlich der Unterseite des Turmes nähern.

Als die Bildfläche zum Leben erwachte, erblickte er eine blinkende Leuchtschrift:

Morgan steckt 200 km vom Ziel entfernt fest

Per Tastendruck forderte Radschasinghe weitere Einzelheiten an und stellte mit Erleichterung fest, daß seine Furcht unbegründet war. Morgan steckte *nicht* fest; er konnte lediglich sein Vorhaben nicht vollenden. Es stand ihm jederzeit frei, zur Erde zurückzukehren – aber seine Rückkehr bedeutete das Todesurteil für Professor Sessui und seine Begleiter.

Dieses lautlose Drama spielte sich in diesem Augenblick

Wenn Sie uns Ihre Anschrift mitteilen, werden wir Sie laufend über unsere Neuerscheinungen unterrichten.

Name, Vorname

Straße, Hausnummer

Postleitzahl, Ort

Wir würden gerne Ihre besonderen Wünsche und Interessen bei der Gestaltung unseres Programmes mitberücksichtigen.

Deshalb bitten wir Sie, uns die folgende Frage möglichst umfassend zu beantworten.

Was hat Sie zum Kauf dieses Buches veranlaßt? (Kreuzen Sie bitte die für Sie wichtigen Punkte an.)

○ das Interesse am Titel und am Thema,
○ der Autor, von dem ich bereits etwas gelesen bzw. gehört habe,
○ die Gestaltung des Umschlages und/oder die Buchausstattung (Einband, Illustrationen),
○ die Empfehlung des Buchhändlers,
○ die Empfehlung von Bekannten,
○ der Hinweis in einem Buchhändler-Prospekt,
○ der Hinweis in einem Prospekt des Moewig Verlags,
○ eine Anzeige des Moewig Verlags,
○ der günstige Ladenpreis.
○ Ich habe das Buch geschenkt bekommen.

Diese Karte habe ich dem folgenden Band entnommen:

○ Mir hat das Lesen Spaß gemacht.
○ Mir hat das Buch weniger gut gefallen.
○ Dieses Buch hat mir gar nicht gefallen.

Wir bedanken uns sehr für Ihre Mühe.

also direkt über ihm ab. Radschasinghe schaltete von Text auf Bild, aber dort gab es nichts Neues. Im Gegenteil, was man derzeit zeigte, waren alte Aufnahmen von Maxine Duvals nun schon Jahre zurückliegender ersten Auffahrt.

„Da weiß ich was Besseres“, murmelte Radschasinghe und schaltete das Bildgerät auf sein geliebtes Teleskop.

In den nächsten Monaten, nachdem er bettlägerig geworden war, hatte er es nicht mehr benützen können. Dann aber war Morgan zu einem seiner kurzen Höflichkeitsbesuche gekommen, hatte die Lage analysiert und im Handumdrehen ein Mittel zu ihrer Verbesserung verschrieben. Zu Radschasinghe vergnügtem Erstaunen war kaum eine Woche später eine Gruppe von Technikern erschienen und hatte das Glas auf Fernbedienung umgestellt. Jetzt konnte er den Sternenhimmel und die steile Felswand erforschen und dabei bequem im Bett liegen. Er war Morgan für diese Geste sehr dankbar; sie hatte ihm eine Seite des Ingenieurs gezeigt, von der er bisher nicht gewußt hatte, daß sie überhaupt existiere.

Er war nicht sicher, was er im Dunkel der Nacht zu sehen bekommen würde; aber er wußte haargenau, in welche Richtung er zu schauen hatte; denn er beobachtete den langsamen Abstieg des Turmes schon seit geraumer Zeit. Wenn die Sonne im richtigen Winkel schien, konnte er sogar die vier Leitbänder sehen, die zum Zenit hin konvergierten, ein Quartett vier hauchdünner, geradliniger Striche, die jemand auf den Himmel gekratzt hatte.

Er stellte den Azimut ein und schwang das Teleskop herum, bis es auf einen Punkt senkrecht über dem Gipfel des Sri Kanda zeigte. Während sein Blick mit Hilfe des Glases langsam aufwärts wanderte und angestrengt nach der Kapsel Ausschau hielt, fragte er sich, was der Maha Thero über diese jüngste Entwicklung zu sagen haben würde. Obwohl Radschasinghe nicht mehr mit dem Priester, der nun schon weit über neunzig war, gesprochen hatte, seitdem der Orden nach Lhasa umgezogen war, wußte er, daß die Mönche mit der Unterbringung im Potala nicht zufrieden waren. Der riesige Palast zerfiel allmählich, während sich des Dalai Lamas Testamentsvollstrecker mit der chinesischen Bundesregierung über die Unterhaltskosten stritten. Nach jüngsten Informationen verhandelte der Maha Thero gegenwärtig mit dem Vatikan, auch dieser in chronischen Geldschwierigkeiten, aber wenigstens noch immer Herr im eigenen Haus.

Alles war in der Tat vergänglich, aber ein zyklisches Muster ließ sich nicht erkennen. Vielleicht wäre eine solche Erkenntnis dem mathematischen Genie Parakarma-Goldberg gelungen; das letzte Mal, als Radschasinghe ihn zu sehen bekam, empfing er gerade einen Wissenschaftspreis für seine Beiträge zur Meteorologie. Radschasinghe hätte ihn um ein Haar nicht erkannt: Er war glatt rasiert und trug einen Anzug nach der neo-napoleonischen Mode. Inzwischen jedoch, so schien es, hatte er die Religion gewechselt ...

Die Sterne glitten langsam über die große Bildfläche am Fußende des Bettes nach unten, während der Blickpunkt des Teleskops sich dem Turm näherte. Noch immer war von der Kapsel nichts zu sehen, obwohl Radschasinghe davon überzeugt war, daß sie sich jetzt im Blickfeld befinden müsse.

Er wollte gerade zum Nachrichtenkanal zurückschalten, als plötzlich mit der Lichtentfaltung einer eruptierenden Nova ein Stern am unteren Bildrand erschien. Eine Sekunde lang fürchtete er, die Kapsel sei explodiert. Dann aber gewahrte er, daß sie nun mit stetig gleichbleibender Helligkeit leuchtete. Er zentrierte das Bild und drehte auf Maximalvergrößerung.

Vor langer Zeit hatte er einen zweihundert Jahre alten Dokumentarfilm über die frühen Luftkriege gesehen, und er erinnerte sich jetzt an eine Szene, die einen Nachtangriff auf London zeigte. Ein angreifender Bomber war zentral von mehreren Scheinwerferkegeln erfaßt worden und hing wie eine leuchtende Motte am Himmel. Was er jetzt sah, war dasselbe Phänomen, nur in hundertfach vergrößertem Maßstab. Diesmal jedoch konzentrierten sich alle Kräfte des Erdbodens darauf, dem Einsamen in der Nacht zu helfen – nicht, ihn zu zerstören.

Eine unbequeme Fahrt

Warren Kingsley hatte seine Stimme wieder unter Kontrolle; sie klang jetzt nur noch dumpf und voller Verzweiflung.

„Wir geben uns alle Mühe, den Mechaniker davon abzuhalten, daß er sich eine Kugel durch den Kopf jagt", sagte er. „Man kann ihm kaum die Schuld geben. Er wurde zu einer anderen dringenden Aufgabe abgerufen und vergaß einfach, den Haltegurt abzuschrauben."

Es war also, wie üblich, menschliches Versagen. Während die Explosivladung angebracht wurde, hing die Batterie an zwei Haltegurten. Und nur *einer* davon war entfernt worden. Solche Dinge ereigneten sich mit monotoner Regelmäßigkeit. Manchmal bedeuteten sie nur ein Ärgernis, bei anderen Malen lösten sie eine Katastrophe aus, und der Verantwortliche trug das Gefühl der Schuld für den Rest seines Lebens mit sich herum. Tadel war nutzlos. In einer Lage wie dieser zählte nur eines: der nächste Schritt.

Morgan hatte den Außenspiegel soweit wie möglich nach unten justiert, aber er konnte die Ursache des Ärgernisses noch immer nicht sehen. Seit dem Verschwinden der Nordlichter lag der untere Teil der Kapsel in völliger Dunkelheit, und ihm stand keine Lampe zur Verfügung, mit der er ihn hätte beleuchten können. Dieses Problem allerdings ließ sich lösen. Wenn die Monsun-Kontrolle den Keller des Turmes mit Megawatt Infrarotstrahlung beschicken konnte, dann würde es ihr ein leichtes sein, ihm ein paar Photonen zur Verfügung zu stellen.

„Wir können unsere eigenen Scheinwerfer einsetzen", sagte Kingsley, als Morgan sein Anliegen vortrug.

„Nichts da! Sie scheinen mir genau in die Augen, und ich kann überhaupt nichts mehr sehen. Ich brauche ein Licht hinter und *über* mir. Irgend jemand wird sich doch wohl in der richtigen Position befinden."

„Ich erkundige mich", sagte Kingsley und schien froh, daß er sich nützlich machen konnte. Es kam Morgan lange vor, bis er sich wieder meldete; als er aber auf seine Uhr blickte, sah er überrascht, daß nur drei Minuten vergangen waren.

„Monsun-Kontrolle brächte es *vielleicht* fertig, aber sie müßten neu kalibrieren. Wenn du mich fragst: Sie haben Angst, daß sie dich aus Versehen braten. Aber Kinte ist sofort einsatzbereit. Sie haben einen pseudo-weißen Laser *und* sind in der richtigen Position. Sollen sie anfangen?"

Morgan überflog seine Koordinaten. Kinte stand hoch im Westen. Das war ausgezeichnet.

„Ich bin bereit", antwortete er und schloß die Augen.

Fast im selben Augenblick erfüllte eine explosive Lichtfülle die Kapsel. Der Lichtstrahl kam hoch oben aus dem Westen und hatte auf der vierzigtausend Kilometer langen Anreise fast nichts von seiner Leuchtkraft verloren. Er schien rein weiß zu sein, aber Morgan wußte, daß es sich in Wirklichkeit um eine Mischung dreier scharf gestimmter Linien im roten, grünen und blauen Bereich handelte.

Er hantierte ein paar Sekunden lang an der Kontrolle des Spiegels und brachte es schließlich soweit, daß er den Halttegurt zu sehen bekam. Er begann etwa einen halben Meter unter ihm. Das Ende, das er sehen konnte, war mit Hilfe einer großen Flügelmutter an der Basis der Spinne befestigt. Er brauchte nur die Mutter zu lösen, und die Batterie würde hinabfallen …

Morgan saß still und nahm sich ein paar Minuten Zeit, die Lage zu analysieren. Kingsleys Anruf unterbrach seine Überlegungen. Zum ersten Mal seit langer Zeit schwang so etwas wie Zuversicht in der Stimme seines Stellvertreters.

„Wir haben ein paar Berechnungen angestellt, Van. Was hältst du von dieser Idee?"

Morgan hörte ihm zu, dann gab er einen halblauten Pfiff von sich. „Ist das noch innerhalb der Sicherheitstoleranz?" fragte er.

„Natürlich", antwortete Kingsley und klang ein wenig beleidigt. Morgan hielt ihm das nicht vor; aber schließlich war nicht *er* es, der Kopf und Kragen riskierte.

„In Ordnung. Ich versuch's. Aber beim ersten Mal nur für eine Sekunde."

„Das wird nicht langen. Trotzdem ist es wahrscheinlich eine gute Idee. Auf diese Weise gewöhnst du dich an das Gefühl."

Sanft lockerte Morgan die Reibungsbremsen, die das Fahrzeug an dem Band festhielten. Im selben Augenblick hatte er das Gefühl, er werde aus dem Sitz gehoben. Er zählte „eins, zwei!" und legte die Bremsen wieder an.

Die Spinne ruckte, und für den Bruchteil einer Sekunde wurde Morgan mit erheblicher Wucht in seinen Sitz gedrückt. Der Bremsmechanismus gab ein ominöses Quietschen von sich, dann kam das Fahrzeug wieder zur Ruhe, abgesehen von ein paar Drehschwingungen des Bandes, die rasch verklangen.

„Das war eine unbequeme Fahrt", sagte Morgan. „Aber ich bin noch da – ebenso wie die höllische Batterie."

„Das hatte ich dir schon zuvor gesagt. Du wirst dich ein wenig mehr anstrengen müssen. Mindestens zwei Sekunden."

Morgan wußte wohl, daß er Kingsley bei all den Unterlagen und der Rechnerleistung, die diesem zur Verfügung stand, nichts vorrechnen konnte. Aber er mußte sich selbst überzeugen. Im Kopf rechnete er: zwei Sekunden freier Fall – ungefähr eine halbe Sekunde für das Ansetzen der Bremsen – Masse des Fahrzeugs ungefähr eine Tonne ... Die Frage war: Was würde zuerst nachgeben – der Haltegurt der Batterie oder das Band, das ihn mitsamt dem Fahrzeug in vierhundert Kilometern Höhe festhielt? Üblicherweise ließ sich gewöhnlicher Stahl mit Hyperdraht nicht vergleichen. Aber wenn er die Bremsen zu plötzlich ansetzte, oder wenn sie blockierten, mochten *beide* zerreißen. Dann würden er und die Batterie etwa zur selben Zeit auf der Erdoberfläche ankommen.

„Zwei Sekunden also“, sagte er zu Kingsley. „Los geht's!“

Diesmal war der Ruck weitaus schärfer und beunruhigender, und die Drehschwingungen dauerten weitaus länger, bis sie abgeklungen waren. Morgan war sicher, daß er das Abreißen des Gurtes hätte fühlen – oder hören – müssen. Es überraschte ihn nicht, als er beim Blick durch den Spiegel feststellte, daß die Batterie noch immer da war.

Kingsley wirkte nicht allzu besorgt. „Es mag sein, daß wir es drei- oder viermal probieren müssen“, sagte er.

Morgan wollte ihm antworten: „Bist du hinter meinem Job her?“ Aber er ließ es sein. Die Äußerung hätte Warren amüsiert; andere hätten sie womöglich mißverstanden.

Nach dem dritten Versuch, der ihm kilometerlang vorkam, obwohl er nur etwa hundert Meter gefallen war, löste sich selbst Kingsleys Optimismus allmählich auf. Es war offenbar, daß das Kunststück nicht die beabsichtigte Wirkung hervorbringen werde.

„Mein Kompliment an die Leute, die diesen Haltegurt fabrizieren“, bemerkte Morgan trocken. „Was schlägst du jetzt vor? Einen Drei-Sekunden-Fall, bevor ich auf die Bremse latsche?"

Er sah im Geist, wie Warren den Kopf schüttelte. „Das Risiko ist zu groß. Das Band macht mir nicht soviel Sorge wie der Bremsmechanismus. Für eine solche Belastung ist er nicht gemacht."

„Na schön – immerhin haben wir's probiert", antwortete Morgan. „Aber ich gebe noch nicht auf. Der Teufel soll mich holen, wenn ich mich von einer Schraubenmutter kleinkriegen lasse, die mir nur fünfzig Zentimeter vor der Nase sitzt. Ich steige hinaus, und dann hab' ich sie!"

Auf der Veranda

Die Menge wuchs, obwohl es auf dem Gipfel kalt und ungemütlich war. Es ging eine hypnotische Wirkung von dem hellen kleinen Stern im Zenit aus, auf den die Aufmerksamkeit der Weltöffentlichkeit ebenso wie der Laser der Raumstation Kinte gerichtet war. Ankommende Besucher begaben sich geradeswegs zu dem nördlichen Band und streichelten es, scheu und zugleich herausfordernd, als wollten sie sagen: „Ich weiß, es ist dumm, aber es gibt mir das Gefühl, als stände ich mit Morgan in Verbindung.“ Dann versammelten sie sich rings um die Kaffeemaschine und hörten den Berichten zu, die über die Lautsprecher kamen. Es gab nichts Neues von den Flüchtlingen im Turm. Sie schliefen alle – oder versuchten zu schlafen –, um Sauerstoff zu sparen. Da Morgan bis jetzt noch nicht überfällig war, hatte man sie über die Verzögerung noch nicht informiert. Aber binnen einer Stunde würden sie ohne Zweifel die Station Mitte anrufen, um zu erfahren, was geschehen war.

Maxine Duval war gerade zehn Minuten zu spät angekommen, um Morgan noch zu sehen. Es hatte einmal eine Zeit gegeben, da wäre sie über ein solches Verpassen sehr ärgerlich geworden. Diesmal zuckte sie dagegen nur mit den Schultern und redete sich ein, daß sie die erste sein würde, die Morgan nach seiner Rückkehr zu fassen bekam. Kingsley hatte ihr nicht erlaubt, mit ihm zu sprechen, und sie hatte selbst diese Anordnung mit Abstand entgegengenommen. Ja, sie wurde alt ...

Seit fünf Minuten hatte man von der Kapsel nichts anderes als ein stetiges „In Ordnung“ zu hören bekommen, während Morgan sämtliche Funktionen seines Raumanzugs mit der Unterstützung eines Experten von der Station Mitte überprüfte. Die Prüfung war jetzt abgeschlossen. Jedermann wartete voller Spannung auf den entscheidenden nächsten Schritt.

„Ich lasse die Luft aus“, sagte Morgan. Jetzt, da er den Helm geschlossen hatte, erzeugte seine Stimme ein schwaches Echo. „Kabinendruck null. Kein Atemproblem.“ Eine Pause von einer halben Minute, dann: „Ich öffne die Tür – schon geschehen! Jetzt löse ich den Sicherheitsgurt.“

In der Menge entstand Bewegung und Gemurmel. Es gab nicht einen, der in diesen Augenblicken nicht in Gedanken dort oben in der Kapsel gewesen wäre, des Abgrunds bewußt, der sich plötzlich vor ihm aufgetan hatte.

„Der Verschluß arbeitet einwandfrei. Ich strecke die Beine aus. Über mir ist nicht viel Platz ...

Ich gewöhne mich langsam an die Montur – sehr flexibel – jetzt trete ich auf die Veranda hinaus – keine Angst! – ich habe mir den Sicherheitsgurt um den linken Arm gewickelt ...

Puh! Das Bücken ist ziemlich mühselig. Aber ich sehe die Flügelmutter unterhalb der Veranda. Ich rechne mir aus, wie ich an sie herankomme ...

Ich knie – nicht sehr bequem – ich habe sie! Jetzt müssen wir feststellen, ob sie sich drehen läßt ...“

Die Zuhörer wurden starr und stumm – dann ließen sie die Spannung mit einem nahezu einstimmigen Seufzer der Erleichterung von sich.

„Keine Schwierigkeit! Ich kann sie leicht drehen. Zwei Umdrehungen – ich spüre, wie sie locker wird – IN DECKUNG DORT UNTEN!“

Begeisterungsschreie und Applaus brandeten auf. Ein paar Leute hielten die Hände über den Kopf und taten so, als hätten sie Angst. Ein paar, die noch nicht begriffen hatten, daß die fallende Mutter erst in fünf Minuten eintreffen und zehn Kilometer weit ostwärts aufschlagen würde, sahen echt besorgt drein.

Nur Warren Kingsley nahm an der allgemeinen Begeisterung nicht teil. „Klatschen Sie nicht zu früh“, riet er Maxine. „Wir haben noch nicht alles hinter uns.“

Die Sekunden zogen sich dahin ... eine Minute ... zwei Minuten ...

„Es hat keinen Zweck“, sagte Morgan schließlich, seine Stimme belegt vor lauter Zorn. „Ich bringe den Gurt nicht los. Das Gewicht der Batterie hat ihn in den Windungen festgezurrt. Die Bremsrucke haben ihn wahrscheinlich mit dem Bolzen verschweißt.“

„Komm runter, so schnell du kannst“, sagte Kingsley. „Eine neue Batterie ist unterwegs. Wir können das Fahrzeug in weniger als einer Stunde wieder auf den Weg bringen. Also schaffen wir es bis zum Turm in – ah, ungefähr sechs Stunden. Falls es keine weiteren Unglücksfälle gibt.“

Genau, dachte Morgan. Er selbst würde mit der Spinne nicht wieder losfahren, bevor nicht der malträtierte Bremsmechanismus mit aller Sorgfalt überprüft worden war. Außerdem traute er sich selbst keine zweite Fahrt zu. Er empfand bereits jetzt die Anstrengung der vergangenen Stunden. Müdigkeit würde bald seine geistigen und körperlichen Reaktionen verlangsamen – und das zu einer Zeit, da ein Höchstmaß an Effizienz von beiden verlangt wurde.

Er saß jetzt wieder in seinem Sitz, aber das Schott war noch offen, und draußen, im Widerschein des Lichtkegels der Raumstation Kinte, schimmerte das metallene Band, das den Rumpf der Spinne umlief und das er auf den Namen „Veranda“ getauft hatte. Den Sicherheitsgurt hatte er noch nicht wieder angeschnallt. Eine solche Geste hätte bedeutet, daß er seine Niederlage eingestand, und das war ihm noch nie leichtgefallen. Er versuchte, seinen Verstand so genau auf das vorliegende Problem zu konzentrieren, wie der Strahl des Lasers sich auf ihn und sein Fahrzeug konzentrierte.

Was er brauchte, war ein Metallschneider – eine Metallsäge oder eine Zange – um den Haltegurt zu durchtrennen. Zum soundsovielten Mal verfluchte er den Umstand, daß es an Bord der Spinne keinen Werkzeugkasten gab. Aber selbst wenn es einen gegeben hätte, wären darin die Geräte, deren er bedurfte, wahrscheinlich nicht enthalten gewesen.

Die Bordbatterie der Spinne enthielt etliche Megawattstunden. Konnte er diese in irgendeiner Weise zum Einsatz bringen? Er stellte sich eine Funkenbrücke vor, die sich durch den Gurt brannte. Aber selbst wenn der dafür erforderliche dicke Draht vorhanden gewesen wäre – was er natürlich nicht war –, hätte es immer noch keine Möglichkeit gegeben, von der Kabine aus an die Hauptbatterie heranzukommen.

Kingsley Warren mitsamt allen Expertengehirnen, die um ihn versammelt waren, hatte bislang keine Lösung gefunden. Er war auf sich selbst angewiesen, körperlich ebenso wie geistig. So aber hatte er es immer schon haben wollen.

Und dann – gerade als er den Arm ausstreckte, um die Kabinentür zu schließen – wurde ihm plötzlich klar, was er zu tun hatte. Die ganze Zeit über hatte die Lösung des Problems sich in unmittelbarer Nähe befunden.

Der zweite Fahrgast

Morgan fühlte sich erleichtert und auf nicht sonderlich rationelle Art zuversichtlich. Diesmal *mußte* es einfach klappen.

Dennoch rührte er sich nicht von seinem Sitz, bis er den gesamten Vorgang im einzelnen analysiert und geplant hatte. Als Kingsley sich von neuem meldete und ihn noch eindringlicher als zuvor zu einer schnellen Rückkehr aufforderte, da gab er eine ausweichende Antwort. Er wollte keine falschen Hoffnungen wecken – weder auf der Erde noch oben im Turm.

„Ich habe ein Experiment vor“, sagte er. „Laßt mich ein paar Minuten lang in Ruhe.“

Er nahm die Hyperdrahtspule an sich, die er bei so vielen Vorführungen verwendet hatte – die Spinette, die ihn vor etlichen Jahren an der senkrecht abfallenden Wand des Jakkagala entlang hatte spazierengehen lassen. Seitdem war aus Sicherheitsgründen der erste Meter Hyperdraht mit einem Plastiküberzug versehen worden, so daß er nicht mehr ganz so unsichtbar war und, bei einiger Vorsicht, selbst mit nackten Fingern gehandhabt werden konnte.

Als Morgan die kleine Schachtel in seiner Hand anblickte, kam ihm zu Bewußtsein, wie sehr sie für ihn die Rolle eines Talismans spielte. Natürlich glaubte er nicht wirklich an solche Dinge; es gab immer einen durchaus logischen Grund dafür, warum er die Spinette mit sich herumtrug. Auf dieser Fahrt hatte er sie wegen der Stärke und Zugbelastbarkeit des Hyperdrahts mitgenommen, und eine weitere Fähigkeit des Drahtes darüber so gut wie vergessen ...

Ein weiteres Mal kletterte er aus seinem Sitz, durch das Schott und kniete auf dem schmalen Metallband, das draußen rings um die Peripherie des Fahrzeugs lief und das er die Veranda nannte. Die Wurzel allen Übels, der Bolzen, befand sich nur zehn Zentimeter von ihm entfernt auf der anderen Seite der Metallfläche. Er konnte ihn erreichen, indem er am Rand der Fläche vorbeigriff.

Er spulte den ersten Meter Hyperdraht ab und ließ ihn mit dem Ring, der zugleich als Gewicht und Lot wirkte, durch einen Spalt in der Metallstruktur der Veranda hinab. Das Gehäuse der Spule brachte er im Innern der Kabine in einem Winkel zwischen dem Sitz und dem Schott unter, so daß er es nicht durch eine falsche Bewegung über Bord stoßen konnte. Dann griff er um die Metallfläche herum, bis er den Ring zu fassen bekam. Das war nicht so leicht, wie er es sich vorgestellt hatte; denn selbst der vorzügliche Raumanzug gestattete ihm nicht die völlige Bewegungsfreiheit des Armes, und zweitens versuchte der Ring immer wieder, sich durch pendelnde Bewegung seinem Griff zu entziehen.

Nach einem halben Dutzend Versuchen, die eher ermüdend als ärgerlich waren, weil er wußte, daß er über kurz oder lang doch Erfolg haben werde, gelang es ihm schließlich, den Draht um den Schaft des Bolzens zu schlingen, unmittelbar hinter dem Haltegurt, der durch den Bolzen festgehalten wurde. Jetzt begann der schwierige Teil seines Vorhabens ...

Er spulte soviel Draht ab, daß der Bolzen von einem nicht mit Plastik überzogenen Stück des Wundermaterials umspannt wurde, und zog beide Enden fest an, bis der Draht sich mit einem Ruck in einer Furche des Gewindes festsetzte. Morgan hatte sein Geschick noch nie zuvor an einem Stück Hartstahl mit mehr als einem Zentimeter Durchmesser versucht und hatte keinerlei Vorstellung, wie lange er brauchen würde. Er stemmte sich gegen das Metallband der Veranda und nahm seine Säge in Betrieb.

Fünf Minuten später hatte er erheblich zu schwitzen begonnen und wußte nicht, ob er überhaupt einen Fortschritt erzielt hatte. Er wagte es nicht, die Spannung des Drahtes zu verringern, weil er sonst aus der ebenfalls unsichtbaren Kerbe gleiten mochte, die er – hoffentlich – in den Bolzen schnitt. Warren Kingsley hatte mehrmals angerufen, mit immer besorgter klingender Stimme. Morgan hatte ihn abgewimmelt. Bald würde er sich ein wenig Ruhe gönnen, Luft schnappen – und denen dort unten erklären, was er vorhatte. Wenigstens soviel schuldete er ihnen bei all der Sorge, die sie um ihn ausstanden.

„Van“, sagte Kingsley, „was geht da vor? Die Leute aus dem Turm haben angerufen. Was soll ich ihnen sagen?“

„Gib mir noch ein paar Minuten – ich versuche, den Bolzen durchzuschneiden ...“

Die ruhige und dennoch bestimmte Frauenstimme, die ihm ins Wort fiel, erschreckte ihn so sehr, daß er um ein Haar den unschätzbaren Hyperdraht losgelassen hätte. Die Worte wurden durch den Raumanzug gedämpft, aber das spielte keine Rolle. Er kannte sie auswendig, obwohl es Monate her war, seit er sie zum letzten Mal gehört hatte.

„Dr. Morgan“, sagte KORA, „bitte legen Sie sich hin, und entspannen Sie sich für zehn Minuten.“

„Tun’s auch fünf?“ versuchte er zu handeln. „Ich bin im Augenblick sehr beschäftigt.“

KORA hielt ihn einer Antwort nicht für würdig. Es gab Modelle, die eine einfache Unterhaltung zu führen verstanden, aber seines gehörte nicht dazu.

Morgan hielt sein Versprechen und atmete fünf Minuten lang tief und gleichmäßig. Dann begann er wieder zu sägen. Auf der Metallfläche kniend, vierhundert Kilometer über der Erde, zog er den Hyperdraht hin und her, hin und her. Er spürte erheblichen Widerstand und schloß daraus, daß sich der Draht in den hartnäckigen Stahlbolzen hineinfraß. Mit welcher Geschwindigkeit jedoch, das ließ sich unmöglich sagen.

„Dr. Morgan“, sagte KORA, „Sie müssen sich allen Ernstes eine halbe Stunde hinlegen.“

Morgan fluchte halblaut vor sich hin.

„Sie machen einen Fehler, junge Frau“, antwortete er. „Es geht mir gut.“ Aber das war eine Lüge. KORA wußte von dem Schmerz in seiner Brust.

„Mit wem, zum Teufel, unterhältst du dich da, Van?“ erkundigte sich Kingsley.

„Ein Engel flog gerade vorbei“, antwortete Morgan. „Tut mir leid, ich hätte das Mikrophon abschalten sollen. Ich lege eine weitere Pause ein.“

„Geht es vorwärts?“

„Schwer zu sagen. Ich nehme an, daß die Kerbe jetzt schon ziemlich tief ist. Ganz bestimmt ...“

Er wünschte sich, daß er KORA hätte abschalten können, aber das war natürlich unmöglich, selbst wenn sie sich nicht zwischen Schlüsselbein und der Hülle seines Raumanzugs seinem Zugriff entzogen hätte. Ein Koronar-Monitor, den man abschalten konnte, war schlimmer noch als nutzlos – er war gefährlich.

„Dr. Morgan“, sagte KORA mit unüberhörbar verärgerter Stimme, „ich muß darauf bestehen: eine halbe Stunde vollkommener Ruhe!“

Diesmal gab Morgan keine Antwort. Er wußte, daß KORA recht hatte; aber man konnte von ihr kein Verständnis dafür erwarten, daß es hier nicht nur um *sein* Leben ging. Und er war sicher, daß sie, wie seine Brücken, eine eingebaute Sicherheitstoleranz enthielt. Ihre Diagnose würde stets auf der pessimistischen Seite liegen; sein Zustand war nicht so besorgniserregend, wie sie behauptete. Wenigstens hoffte er inbrünstig, daß es sich so verhielt.

Jedenfalls wurde der Schmerz in der Brust nicht schlimmer. Er entschloß sich, sowohl ihn, als auch KORA zu ignorieren, und fuhr fort zu sägen – langsam und mit gleichmäßigen Bewegungen. Er würde weiter machen, entschied er grimmig, solange es nötig war.

Der entscheidende Augenblick kam ohne die Vorwarnung. Die Spinne ruckte heftig, als die Vierteltonne totes Gewicht sich losriß, und hätte ihn um ein Haar in den Abgrund geschleudert. Er ließ die Spinette fallen und griff nach dem Sicherheitsgurt.

Es schien sich alles in Zeitlupengeschwindigkeit abzuspielen, wie in einem Traum. Er empfand keine Furcht, nur eine hartnäckige Entschlossenheit, sich der Schwerkraft nicht ohne bitteren Kampf zu ergeben. Er bekam den Sicherheitsgurt nicht zu fassen, er mußte sich in die Kabine zurückgezogen haben …

Er war sich nicht bewußt, die linke Hand überhaupt gebraucht zu haben; jetzt aber stellte er plötzlich fest, daß sie sich um die Angel des offenen Schottes klammerte. Aber noch immer zögerte er, sich durch die Öffnung hindurchzuziehen. Er war hypnotisiert von dem Anblick der stürzenden Batterie, die sich langsam um die eigene Achse drehte wie ein fremdartiger Himmelskörper, während sie immer kleiner wurde. Es dauerte geraume Zeit, bis sie völlig verschwunden war. Erst dann brachte Morgan sich in Sicherheit und fiel in seinen Sitz.

Er saß lange Zeit, lauschte dem Pochen seines Herzens

und wartete auf KORAs nächsten ärgerlichen Protest. Zu seiner Überraschung verhielt sie sich jedoch schweigsam, gerade so, als sei sie ebenso erstaunt wie er. Er würde ihr keinen weiteren Anlaß zur Klage geben. Von jetzt an hatte er vor, ruhig an der Konsole zu sitzen und seine aufgepeitschten Nerven sich entspannen zu lassen.

Als der Schock von ihm wich, rief er den Berg an.

„Ich bin die Batterie los", sagte er und hörte die Begeisterungsschreie zu sich heraufschweben. „Sobald ich das Schott geschlossen habe, mache ich mich wieder auf den Weg. Sag Sessui und Kompagnons, sie sollen mich in etwa einer Stunde erwarten. Und bedanke dich bei Kinte für die Beleuchtung, ich brauche sie nicht mehr."

Er versah die Kabine mit Druck, öffnete den Helm seiner Montur und gönnte sich einen langen, kühlen Schluck vitaminisierten Orangensaft. Dann schaltete er das Triebwerk ein, lockerte die Bremsen und lehnte sich mit einem Gefühl überwältigender Erleichterung in seinen Sitz zurück, während SPINNE bis auf volle Geschwindigkeit beschleunigte.

Er war bereits mehrere Minuten unterwegs, als ihm zu Bewußtsein kam, daß ihm etwas fehlte. In verzweifelter Hoffnung blickte er hinaus auf das Metallband der Veranda. Nein, dort war es nicht. Nun gut, er konnte sich jederzeit eine andere Spinette verschaffen, als Ersatz für die, die jetzt der abgeworfenen Batterie zur Erde hinab folgte. Das Opfer war klein im Vergleich zu der vollbrachten Leistung. Wie merkwürdig war es daher, daß er so aufgeregt war und außerstande, seinen Triumph zu genießen. Er fühlte sich, als hätte er einen treuen alten Freund verloren.

Ausgebrannt

Es war schwer zu glauben, daß der Zwischenfall ihm eine Verspätung von nur dreißig Minuten eingetragen hatte. Morgan wäre bereit gewesen, einen Eid darauf abzulegen, daß die Kapsel wenigstens eine Stunde lang angehalten hatte. Oben im Turm, der jetzt wesentlich weniger als zweihundert Kilometer entfernt war, bereitete sich in diesem Augenblick das Empfangskomitee auf seine Begrüßung vor. Die Möglichkeit, daß es zwischen hier und dem Ziel noch weitere Schwierigkeiten geben könne, kam ihm erst gar nicht in den Sinn.

Als er die Fünfhundert-Kilometer-Linie überschritt, erhielt er eine Glückwunschbotschaft von der Erde. „Übrigens", fügte Kingsley hinzu, „meldet der Tierwärter des Ruhana-Naturparks einen Flugzeugabsturz. Wir haben ihn inzwischen beruhigt. Falls wir das Loch finden können, haben wir bei deiner Rückkehr ein Souvenir für dich." Morgan zeigte keine Begeisterung. Es lag ihm nichts daran, die Batterie jemals wieder zu Gesicht zu bekommen. Es wäre etwas anderes gewesen, wenn sie die Spinette hätten finden können. Aber das war ein aussichtsloses Vorhaben.

Das erste Anzeichen von Schwierigkeiten ergab sich in einer Höhe von fünfhundertundfünfzig Kilometern. Die Steiggeschwindigkeit hätte über zweihundert Kilometer pro Stunde betragen sollen, statt dessen lag sie bei einhundertachtundneunzig. Obwohl der Unterschied gering war und seine Ankunft beim Turm nicht merklich verzögern würde, war Morgan darüber besorgt.

Als er nur noch dreißig Kilometer vom Turm entfernt war, hatte er eine Diagnose des Problems erstellt und wußte, daß es diesmal absolut gar nichts gab, das er hätte dagegen unternehmen können. Die Batterie, die eigentlich noch über eine beachtliche Reserve hätte verfügen müssen, brannte allmählich aus. Vielleicht hatten die Bremsrucke und das häufige An- und Abschalten das Problem verursacht; womöglich hatten die empfindlichen Bauteile sogar physischen Schaden erlitten. Was immer die Erklärung sein mochte, der Batteriestrom wurde allmählich geringer, und mit ihm die Steiggeschwindigkeit der Kapsel.

Auf der Erde entstand Bestürzung, als Morgan die Datenanzeige vorlas.

„Ich fürchte, du hast recht“, klagte Kingsley, der, dem Klang seiner Stimme nach zu urteilen, den Tränen nahe war. „Wir schlagen vor, daß du die Geschwindigkeit auf 100 km/h reduzierst. Wir versuchen, die Lebensdauer der Batterie zu errechnen, aber mehr als eine technisch fundierte Schätzung wird dabei wohl nicht herauskommen.“

Nur noch fünfundzwanzig Kilometer – lächerliche fünfzehn Minuten! Hätte Morgan zu beten verstanden, er wäre augenblicklich in die Knie gegangen.

„Wir nehmen an, daß dir zwischen zehn und zwanzig Minuten verbleiben. Die Schätzung beruht auf der Geschwindigkeit, mit der die Stromstärke sinkt. Es wird ziemlich kanpp werden, fürchte ich.“

„Soll ich die Geschwindigkeit weiter drosseln?“

„Im Augenblick nicht. Wir versuchen, die Leistungsabgabe der Batterie zu optimisieren, und gegenwärtig liegst du richtig.“

„Du kannst euren Scheinwerfer jetzt einschalten. Wenn ich den Turm schon nicht erreiche, dann will ich ihn wenigstens sehen.“

Weder Kinte noch eine der anderen Raumstationen konnte ihm jetzt helfen. Er wollte die Unterseite des Turmes sehen. Das war eine Aufgabe für den Scheinwerfer auf Sri Kanda, der senkrecht zum Zenit hinaufstrahlte.

Einen Augenblick später durchdrang ein Schwall blendender Helligkeit, aus dem Herzen von Taprobane kommend, die Kabine. Nur ein paar Meter entfernt – so nahe, daß er meinte, nach ihnen greifen zu können – erschienen die restlichen drei Leitbänder wie Bahnen aus Licht, die sich in Richtung des Turmes miteinander zu vereinigen schienen. Er folgte ihrem konvergierenden Verlauf – und da war er!

Nur noch zwanzig Kilometer entfernt! In einem Dutzend Minuten hätte er dort sein können. Er wäre durch den Fußboden des kleinen, quadratischen Bauwerks gestiegen, das er dort oben im Himmel schimmern sah, mit Geschenken beladen wie ein urzeitlicher St. Nikolaus. Sein Vorsatz, sich zu entspannen und KORAs Vorschriften einzuhalten, war vergessen. Er ertappte sich dabei, wie er die Muskeln spannte, als könne er durch körperliche Anstrengung dem Fahrzeug auf dem allerletzten Streckenstück Beistand leisten.

In zehn Kilometern Abstand wurde das Summgeräusch des Motors um ein paar Töne tiefer. Morgan hatte damit gerechnet und reagierte sofort. Ohne auf die Anweisung von der Erde zu warten, drosselte er die Geschwindigkeit auf fünfzig km/h. Bei diesem Tempo würde es noch zwölf Minuten dauern, bis er den Turm erreichte, und er fragte sich verzweifelt, ob er in einem asymptotischen Annäherungsmanöver begriffen sei. Er spielte eine Variation des berühmten Wettrennens zwischen Achilles und der Schildkröte. Wenn er die Geschwindigkeit jedesmal dann halbierte, wenn er die Hälfte der noch verbleibenden Strecke zurückgelegt hatte, würde er den Turm in endlicher Zeit erreichen? Früher hätte er die Antwort sofort gewußt, jetzt war er zu müde, sich den Kopf darüber zu zerbrechen.

Aus fünf Kilometern Entfernung konnte er die Konstruktionseinzelheiten des Turmes erkennen – den Rundgang und das Schutzgeländer sowie das Fangnetz, das völlig nutzlos war und lediglich den Zweck hatte, die öffentliche Meinung zu beruhigen. Allerdings fand er, so sehr er auch die Augen anstrengte, keine Spur des Schleusenschotts, auf das er sich jetzt mit nervenzerrüttend langsamer Geschwindigkeit zubewegte.

Und dann spielte alles plötzlich keine Rolle mehr. Zwei Kilometer vor dem Ziel versagte der Motor der Spinne völlig. Die Kapsel rutschte sogar ein paar Meter in die Tiefe, bevor Morgan die Bremsen ansetzen konnte.

Diesmal jedoch, zu Morgans großer Überraschung, klang Kingsley gar nicht so verzweifelt.

„Wir schaffen es noch“, sagte er. „Laß die Batterie sich zehn Minuten ausruhen. Sie enthält noch genug Leistung für die letzten zwei Kilometer.“

Das waren die längsten zehn Minuten, die Morgan je durchgemacht hatte. Er hätte sich die Zeit vertreiben können, indem er Maxine Duvals immer dringender werdende Anrufe beantwortete. Aber er fühlte sich zu erschöpft, als daß er mit ihr hätte sprechen mögen. Es tat ihm ausgesprochen leid, und er hoffte, daß Maxine Verständnis haben und ihm verzeihen werde.

Er führte ein kurze Unterhaltung mit Pilot Chang, der ihm berichtete, daß die Flüchtlinge im Turm sich in recht guter Verfassung befänden und angesichts der nahen Rettung wieder Zuversicht gefaßt hätten. Sie wechselten sich dabei ab, durch das kleine Bullauge des äußeren Schleusenschotts nach der Spinne Ausschau zu halten und waren nicht bereit zu glauben, daß er den winzigen Rest der Strecke nicht zurücklegen könne.

Morgan gestand der Batterie eine Extra-Minute zu. Er war erleichtert, als er den Motor aufsummen hörte; die Meßgeräte zeigten eine entsprechende Leistungsabgabe. SPINNE näherte sich dem Turm bis auf einen halben Kilometer, bevor der Motor wieder aussetzte.

„Beim nächsten Mal schaffen wir's", sagte Kingsley, wobei es Morgan allerdings vorkam, als rede sein Freund sich diese Zuversicht nur ein. „Tut mir leid, daß es so zögernd vorwärtsgeht."

„Noch mal zehn Minuten?" erkundigte sich Morgan resigniert.

„Ich fürchte, ja. Diesmal nimm den Motor jeweils nur für dreißig Sekunden in Betrieb und leg dann eine Pause von einer Minute ein. Auf diese Weise saugst du die letzte Wattsekunde aus der Batterie."

Und aus mir, dachte Morgan müde. Seltsam, daß KORA sich so lange ruhig verhalten hatte. Allerdings stand er diesmal nicht unter physischer Beanspruchung. Es fühlte sich nur so an.

In seiner Sorge um das Fahrzeug hatte er sich selbst vernachlässigt. Seit einer Stunde hatte er nicht mehr an die Glukosetabletten und die kleine Plastikflasche mit Fruchtsaft gedacht. Nachdem er von beiden zu sich genommen hatte, fühlte er sich gekräftigt, und sein einziger Wunsch war, daß er der sterbenden Batterie ein paar von den Kalorien hätte zukommen lassen können.

Jetzt kam der entscheidende Augenblick – die letzte Anstrengung. Ein Versagen war jetzt, da er sich so dicht vor dem Ziel befand, undenkbar. Das Schicksal konnte unmöglich so grausam sein, wo er doch nur noch ein paar hundert Meter brauchte ...

Er machte sich natürlich etwas vor. Wieviele Flugzeuge waren am Rand der Landebahn abgestürzt, nachdem sie Ozeane überquert hatten? Wie oft hatten Maschinen oder Muskeln auf den letzten Millimetern versagt? Der Zufall, günstig oder ungünstig, galt für alle gleich. Er hatte keinen Anspruch auf besondere Behandlung.

Die Kapsel schob sich ruckend und stoßend in die Höhe, wie ein sterbendes Tier, das sich in ein Versteck schleppt. Als die Batterie schließlich und endgültig aufgab, da verdeckte die quadratische Basis des Turmes die Hälfte des Firmaments.

Aber sie war noch immer zwanzig Meter von ihm entfernt.

Relativitätstheorie

Es gereichte Morgan zur Ehre, daß er in dem verzweifelten Augenblick, in dem das letzte Energiequant aus der Batterie wich und die Lichter auf der Konsole erloschen, auch sein eigenes Schicksal für besiegelt hielt. Erst ein paar Sekunden später fiel ihm ein, daß er lediglich die Bremsen zu lösen brauchte, um sicher wieder hinab zur Erde zu gleiten. Schon in drei Stunden könnte er wieder im Bett liegen. Niemand würde ihn für den Mißerfolg des Unternehmens verantwortlich machen; er hatte alles menschenmögliche getan.

Eine kurze Zeit lang starrte er in dumpfer Wut auf das nahe und doch so unzugängliche Quadrat, auf das der Scheinwerfer von Sri Kanda den Schatten der Spinne zeichnete. Sein Verstand analysierte eine ganze Armee verrückter Pläne und verwarf sie allesamt. Wenn er seine treue kleine Spinette noch gehabt hätte – aber wie hätte er sie zum Turm hinaufbringen sollen? *Wenn* die Flüchtlinge einen Raumanzug besessen hätten, könnte jemand ein Seil zu ihm herablassen – aber es war ihnen nicht genug Zeit geblieben, eine Raummontur aus dem brennenden Transporter zu bergen.

Wenn dies natürlich ein Video-Drama und nicht eine echte Situation gewesen wäre, dann hätte ein Freiwilliger sich opfern können, indem er das Außenschott der Schleuse öffnete und in den fünfzehn Sekunden, die das Vakuum ihm bis zum Eintritt der Bewußtlosigkeit gönnte, ihm ein Seil zuwarf, um die andern zu retten. So groß war Morgans

Verzweiflung, daß er diese Möglichkeit einen flüchtigen Augenblick lang ernsthaft in Erwägung zog, bevor der gesunde Menschenverstand die Kontrolle über sein Bewußtsein zurückgewann.

Von dem Augenblick, da SPINNE den Kampf gegen die Schwerkraft aufgab, bis zu Morgans Einsicht, daß er in dieser Lage hilflos war, verging wahrscheinlich nicht einmal eine Minute. Dann stellte Warren Kingsley eine Frage, die in diesem Augenblick absolut überflüssig und nutzlos erschien.

„Gib uns den Abstand noch einmal an, Van. Genau *wie weit* bist du noch vom Turm entfernt?"

„Was macht es schon aus, zum Teufel? Es könnte ein Lichtjahr sein."

Unten auf der Erde war es kurze Zeit still. Dann begann Kingsley, von neuem zu sprechen, in dem Tonfall, in dem man ein kleines Kind oder einen schwierigen Kranken anredet: „Es machte eine riesige Menge aus. Sagtest du *zwanzig* Meter?"

„Ja – ungefähr."

Zu Morgans ungläubigem Staunen gab Warren einen unmißverständlichen Seufzer der Erleichterung von sich. Es lag sogar Freude in seiner Stimme, als er antwortete: „Und all diese Jahre hindurch, Van, dachte ich, *du* seist der Chefingenieur dieses Vorhabens. Stell dir vor, es wären wirklich genau zwanzig Meter ..."

Morgans Aufschrei hinderte ihn daran, den Satz zu vollenden. „Welch ein Idiot ich bin! Sage Sessui, ich lege in – oh – fünfzehn Minuten an!"

„Vierzehneinhalb, wenn deine Schätzung richtig ist. Und nichts in der Welt kann dich jetzt mehr aufhalten!"

Das war noch immer eine riskante Aussage, und Morgan wünschte, Kingsley hätte sich anders ausgedrückt. Manchmal griffen die Anlege-Verankerungen nicht richtig ineinander, weil bei der Herstellung Toleranzen überschritten worden waren. Und dieses System insbesondere war natürlich nie getestet worden.

Er empfand über seine Unfähigkeit, das auf der Hand liegende zu erkennen, nur geringe Verlegenheit. Unter extremer Belastung konnte ein Mensch seine eigene Telefonnummer, ja, sogar sein Geburtsdatum vergessen. Der Faktor, auf den es jetzt ankam, war bisher von derart untergeordneter Bedeutung gewesen, daß man ihn leicht hätte vergessen können.

Es war alles eine Frage der Relativität. Er konnte den Turm nicht erreichen; aber der Turm würde *ihn* erreichen. Schließlich bewegte er sich mit zwei Kilometern pro Tag erdwärts.

Am Ziel

Der Rekord für den Baufortschritt eines Tages stand bei dreißig Kilometern. Das war damals, zu Anfang des Vorhabens, als an dem schlanksten und leichtesten Abschnitt des Turmes gearbeitet wurde. Jetzt, da man im Begriff stand, den massivsten Teil der Struktur, sozusagen ihr Fundament, zu fertigen, war die Geschwindigkeit auf zwei Kilometer pro Tag abgesunken. Für Morgans Zwecke war das jedoch ausreichend. In der verbleibenden Zeit konnte er die Justierung der Anlege-Verankerung überprüfen und im Geist die kritischen Sekunden durchexerzieren, die zwischen dem vollzogenen Anlegemanöver und dem Lösen der Fahrzeugbremsen lagen. Wenn er die Bremsen zu lange angezogen ließ, dann würde es zu einem ziemlich unebenen Kräftevergleich zwischen der Spinne und den sich unaufhaltsam bewegenden Megatonnen des Turmes kommen.

Es waren lange und entspannte fünfzehn Minuten – genug, hoffte Morgan, um KORA zufriedenzustellen. Zum Schluß aber ging alles plötzlich sehr schnell, und im letzten Augenblick kam er sich wie eine Ameise vor, die unter einer Stanzpresse zerquetscht werden sollte, als die massive Bodenplatte des Turmes sich auf ihn herabsenkte. Jetzt war sie noch meterweit entfernt, und im nächsten Augenblick schon hörte und fühlte er das harte Ineinandergreifen der Verankerungen.

Acht Leben hingen in dieser Sekunde von der Geschicklichkeit und Sorgfalt ab, mit der Ingenieure und Mechaniker sich vor einigen Jahren ihrer Aufgabe entledigt hatte. Wenn die Kupplungen nicht innerhalb der Toleranz aufeinander eingestellt waren, wenn der Greifmechanismus nicht richtig funktionierte, wenn der Anschluß des Fahrzeugs an das Schleusenschott nicht luftdicht war ... Morgan versuchte, das Durcheinander von Geräuschen zu interpretieren, das ihm jetzt ans Ohr drang; aber er besaß nicht genug Erfahrung, um die Information zu verstehen, die sie in sich trugen.

Dann leuchtete wie ein Siegesfanal die Anzeige ANLEGEVORGANG BEENDET auf der Konsole auf. Die Teleskopfedern des Fahrzeugankers konnten die Bewegung des ständig vorwärts rückenden Turmes noch weitere zehn Sekunden lang absorbieren. Morgan ließ die Hälfte dieser Zeit verstreichen, bevor er vorsichtig die Bremsen lockerte. Er war darauf vorbereitet, sie unverzüglich wieder anzulegen, falls die Spinne zu stürzen begann. Aber die Sensoren sprachen die Wahrheit. SPINNE und Turm waren fest miteinander verbunden. Morgan brauchte nur noch ein paar Leitersprossen hinaufzuklettern, und er war am Ziel.

Nachdem er seinen Bericht an begeistert jubelnde Zuhörer auf der Erde und in der Station Mitte abgegeben hatte, saß er einen Augenblick lang still, um wieder zu Atem zu kommen. Es kam ihm auf einmal eigenartig vor, daß dies erst sein zweiter Besuch war. Er erinnerte sich kaum noch an den ersten, der vor zwölf Jahren und in einer Entfernung von sechsunddreißigtausend Kilometern von hier stattgefunden hatte. Aus Anlaß einer Zeremonie, der man aus Mangel an besseren Einfällen den Namen „Grundsteinlegung" gegeben hatte, war im Keller eine kleine Party veranstaltet worden, mit vielen Trinksprüchen, wozu die Gäste sich die Cocktails infolge der Null-g-Umgebung in die Kehle spritzen mußten. Denn dies war nicht nur der erste

Bauabschnitt des Turmes, es war überdies auch der Abschnitt, der als erster nach seinem langen Abstieg aus der Umlaufbahn die Erde berühren würde. Irgendeine Art von Feier schien daher angebracht, und Morgan erinnerte sich jetzt, daß sogar sein Erzfeind Senator Collins großherzig genug gewesen war, der Party beizuwohnen und ihm mit einer an Anspielungen reichen, im übrigen aber wohlgemeinten Rede Glück zu wünschen. Jetzt allerdings gab es einen weitaus besseren Grund zum Feiern.

Morgan hörte bereits das gedämpfte Klopfen auf der anderen Seite des Schleusenschotts. Er schnallte den Sicherheitsgurt ab, stieg umständlich auf den Sitz und kletterte die Leiter hinauf. Das Topluk leistete eine Sekunde lang matten Widerstand, als machten die Kräfte, die sich gegen ihn vereint hatten, eine letzte, matte Geste. Es zischte kurz, während der Druckausgleich hergestellt wurde. Dann schwang die kreisförmige Platte nach innen, und hilfreiche Hände halfen ihm nach oben in den Turm. Als Morgan zum ersten Mal von der faulig riechenden Luft atmete, fragte er sich, wie die Flüchtlinge hier hatten überleben können. Wenn seine Mission fehlgeschlagen wäre, dessen war er jetzt so gut wie sicher, dann wäre jeder weitere Vorstoß zu spät gekommen.

Die nackte, nüchterne Zelle wurde von nichts weiter als ein paar Solar-Scheiben beleuchtet, die geduldig jahrelang das Sonnenlicht in sich aufgenommen und wieder abgestrahlt hatten, um für den Notfall gerüstet zu sein, der dann ja schließlich auch eingetreten war. Ihr mattes Licht enthüllte eine Szene, die einem längst vergangenen Krieg entstammen mochte: Hier lagen die abgerissenen Gestalten der Flüchtlinge aus einer verwüsteten Stadt, zusammengepfercht in einem Bunker, mit den wenigen Habseligkeiten, die sie hatten retten können. Nicht viele solcher

Flüchtlinge würden allerdings Taschen und Tragbehälter besessen haben, deren Aufschriften lauteten: PROJEKTION, LUNAR HOTEL CORPORATION, EIGENTUM DER BUNDESREPUBLIK MARS oder das allgegenwärtige DARF/NICHT/IN VAKUUM GELAGERT WERDEN. Noch hätten die Flüchtlinge der Vergangenheit soviel Freude gezeigt. Selbst die, die sich nicht vom Boden erhoben, um Sauerstoff zu sparen, brachten ein Lächeln und ein müdes Winken zuwege. Morgan hatte den Gruß eben erwidert, als ihm plötzlich die Beine einknickten und die Welt ringsum in Dunkelheit versank. Er war sein Leben lang nie bewußlos gewesen, und als eine fauchende Entladung kalten Sauerstoffs ihn wieder zu sich brachte, da empfand er als erstes ein Gefühl akuter Verlegenheit. Seine Augen richteten sich nur langsam wieder aus. Er erblickte maskierte Gesichter, die ihn anstarrten. Zuerst dachte er, er sei in einem Krankenhaus. Dann aber kamen Augen und Verstand wieder miteinander in Gleichklang, und er begriff, daß man sein Fahrzeug entladen haben mußte, während er ohnmächtig war.

Die Masken waren jene Molekularsiebe, die er mitgebracht hatte. Sie wurden über Mund und Nase getragen und blockierten den Durchfluß von Kohlendioxyd, während sie Sauerstoff frei passieren ließen. Einfach, aber auf einem fortgeschrittenen Konzept beruhend, ermöglichten sie dem Menschen das Überleben in einer Atmosphäre, in der er sonst unverzüglich hätte ersticken müssen. Sie machten das Atmen ein wenig mühseliger – aber die Natur hat für alles ihren Preis, und dieser hier war, gemessen an den Vorteilen, gering.

Immer noch benommen, aber dennoch jede Hilfe ausschlagend, kam Morgan wieder auf die Füße und wurde nun mit Verspätung den Männern und Frauen vorgestellt, die er gerettet hatte. Eines beunruhigte ihn noch immer: Hatte KORA während seiner Bewußtlosigkeit eine ihrer vorprogrammierten Ansprachen losgelassen? Er wollte die Sprache nicht direkt auf dieses Thema bringen; er fragte sich nur ...

„In unser aller Namen“, sagte Professor Sessui aufrichtig, aber mit der offensichtlichen Unbeholfenheit des Mannes, der Höflichkeit nicht zu seinen hervorragendsten Eigenschaften zählt, „möchte ich Ihnen für das, was Sie getan haben, danken. Wir danken Ihnen unser Leben.“

Jede Antwort, die darauf denkbarerweise hätte gegeben werden können, mußte nach falscher Bescheidenheit klingen. Morgan zog sich aus der Schlinge, indem er vorgab, er müsse seine Maske richten, und dabei einige unverständliche Laute von sich gab. Er wollte sich gerade vergewissern, daß auch wirklich alles, was er mitgebracht hatte, entladen worden war, als Professor Sessui in unverkennbarem Eifer fortfuhr: „Es tut mir leid, daß wir Ihnen keinen Sessel anbieten können. Etwas Besseres als das dort haben wir nicht.“ Er deutete auf zwei Instrumentenkästen, die man aufeinandergesetzt hatte. „Sie dürfen sich wirklich nicht zu sehr anstrengen.“

Der Satz hatte einen vertrauten Klang; also hatte KORA *tatsächlich* gesprochen. Es trat eine verlegene Pause ein, als Morgan dies zur Kenntnis nahm und die Umstehenden zu erkennen gaben, daß sie davon wußten und er wiederum durchblicken ließ, daß er wußte, daß sie wußten – in einem Prozeß rasch konvergierender psychologischer Regression, bei dem mehrere Menschen ein Geheimnis teilen und fest entschlossen sind, es nie wieder zu erwähnen.

Er holte ein paarmal tief Atem – es war erstaunlich, wie rasch man sich an die Masken gewöhnte – und ließ sich auf dem angebotenen Sitz nieder. Ich werde nicht noch einmal ohnmächtig, versprach er sich mit grimmiger Entschlossenheit. Ich liefere die Ware ab und mache mich so schnell wie möglich wieder auf den Weg – hoffentlich, bevor KORA das nächste Mal zu plappern anfängt.

„Diese Dose Dichtungsmittel“, sagte er und deutete auf den kleinsten Behälter, den er mitgebracht hatte, „sollte ausreichen, um das Leck zu stopfen. Sprühen Sie es rings um die Dichtung an der Schleuse; es härtet in wenigen Sekunden. Verbrauchen Sie Sauerstoff nur, wenn es nötig ist. Sie brauchen ihn womöglich zum Schlafen. Ich habe eine CO_2-Maske für jedermann gebracht, plus ein paar Ersatzmasken. Dort sind Nahrung und Trinkwasser für drei Tage – mehr als ausreichend. Der Transporter von 10K müßte morgen hier ankommen. Was die medizinischen Vorräte anbelangt – *die* werden Sie hoffentlich überhaupt nicht brauchen.“

Er unterbrach sich, um Luft zu holen. Es war nicht leicht, unter einer CO_2-Maske hervor zu sprechen, und er empfand mit jedem Augenblick deutlicher die Notwendigkeit, Kräfte zu sparen. Sessuis Leute konnten sich von hier an um sich selbst kümmern. Er jedoch hatte noch eine weitere Aufgabe zu erledigen – und je bälder, desto besser.

Er wandte sich an Chang: „Bitte helfen Sie mir, den Anzug anzulegen. Ich möchte mir die Spur ansehen.“

„Das ist aber nur ein Dreißig-Minuten-Anzug!“

„Ich brauche nur zehn – höchstens fünfzehn.“

„Dr. Morgan – *ich* bin ein qualifizierter Raumarbeiter, *Sie* sind es nicht. Niemand darf mit einem Dreißig-Minuten-Anzug ohne Ersatztank oder Versorgungsleitung hinausgehen. Außer in einer Notlage natürlich.“

Morgan lächelte müde. Chang hatte recht. Eine drin gende Gefahr bestand nicht mehr. Aber eine Notlage war, was der Chefingenieur als solche definierte.

„Ich möchte mir den Schaden ansehen", erklärte er, „und die Spuren überprüfen. Es wäre doch ein Jammer, wenn die Leute von 10K Sie nicht erreichen könnten, nur weil man Sie nicht rechtzeitig auf ein Hindernis aufmerksam gemacht hat."

Chang war mit der Entwicklung offenbar gar nicht zufrieden (der Himmel mochte wissen, was die geschwätzige KORA während seiner Bewußtlosigkeit alles von sich gegeben hatte!), erhob jedoch keinen weiteren Einwand, als er Morgan in die Nordschleuse folgte.

Kurz bevor er den Helm schloß, erkundigte sich Morgan: „Hat der Professor noch weiteren Ärger gemacht?"

Chang schüttelte den Kopf. „Ich nehme an das CO_2 hat ihm die Kraft genommen. Und wenn er wieder anfängt – nun, wir sind ihm sechs zu eins überlegen, wobei man natürlich nicht weiß, ob man sich auf die Studenten verlassen kann. Ein paar von ihnen sind genauso verrückt wie er. Sehen Sie sich nur das Mädchen an, daß dort drüben in der Ecke andauernd vor sich hin kritzelt. Sie ist überzeugt, daß die Sonne ausgeht oder am Explodieren ist – ich weiß nicht genau, welches von beiden – und will die Welt noch vor ihrem Tod warnen. Was uns das wohl einbrächte! Wenn es wirklich so wäre, wüßte ich lieber nichts davon."

Morgan konnte sich eines Lächelns nicht erwehren; aber dennoch war er der Ansicht, daß keiner der Studenten verrückt war. Exzentrisch womöglich – und außerdem von brillanter Intelligenz. Sonst wären sie nicht mit Sessui zusammen. Eines Tages würde er mehr über die Männer und Frauen erfahren, deren Leben er gerettet hatte; aber das konnte erst sein, nachdem sie alle – auf getrennten Wegen – zur Erde zurückgekehrt waren.

„Ich unternehme einen raschen Gang rings um den Turm", sagte Morgan, „und beschreibe dabei jeden Schaden, so daß Sie ihn nach Mitte durchgeben können. Ich bleibe nicht länger als zehn Minuten draußen – und wenn doch, nun, versuchen Sie nicht, mich hereinzuholen."

Fahrer Chang antwortete, während er das innere Schott schloß, ebenso praktisch wie kurz angebunden: „Wie, zum Teufel, sollte ich?"

Ein Blick vom Balkon

Das Außenschott der Nordschleuse ließ sich ohne Schwierigkeit öffnen. Quer durch die Dunkelheit, die sich jenseits der Öffnung darbot, zog sich ein feuriger Strich – die Brüstung des Geländers, das den Rundgang säumte, angestrahlt von dem Scheinwerfer, der weit unten auf dem Gipfel des Berges stand. Morgan holte einmal tief Luft und überprüfte die Beweglichkeit seiner Montur. Er fühlte sich völlig in Ordnung und winkte Chang zu, der durch das Bullauge des inneren Schleusenschotts blickte. Dann trat er aus dem Turm hervor.

Der Boden des Rundgangs bestand aus einem dünnmaschigen, stabilen Metallgitter von etwa zwei Metern Weite. Jenseits des Rundgangs streckte sich das Sicherheitsnetz weitere dreißig Meter. Der Abschnitt des Netzes, den Morgan von seinem jetzigen Standort aus überblicken konnte, hatte in den langen Jahren seiner Existenz nichts, aber auch gar nichts aufgefangen.

Er setzte sich in Bewegung, wobei er die Augen gegen die blendende, schmerzhafte Helligkeit des Scheinwerfers abschirmte. Der streifend einfallende Lichtstrahl enthüllte jede noch so winzige Unebenheit in der Seitenfläche des Turmes, die sich über ihm bis in alle Unendlichkeit erstreckte, wie eine Straße zu den Sternen, die sie in gewissem Sinn ja auch war.

Wie erwartet und erhofft, hatte die Explosion auf der gegenüberliegenden Seite des Turmes hier keinen Schaden angerichtet; dazu hätte es einer nuklearen, nicht einer elektro-chemischen Bombe bedurft. Die Zwillingsfurchen der Spur, die jetzt die Ankunft des ersten Fahrzeugs erwarteten, waren frei von Unvollkommenheiten und streckten sich endlos aufwärts. Und fünfzig Meter unterhalb des Balkons, bei dem grellen Gegenlicht schwer zu sehen, befanden sich die schweren Auffangpuffer, einer Aufgabe harrend, die sie hoffentlich nie zu versehen haben würden.

Langsamen Schrittes und immer in unmittelbarer Nähe der Turmwand bewegte sich Morgan westwärts, bis er zur ersten Ecke kam. Er wandte sich um und musterte das offene Schott der Schleuse, den Zufluchtsort, den er jetzt aus der Sicht verlieren würde. Dann schritt er entschlossen an der nackten Wand der Westseite entlang.

Er empfand eine eigenartige Mischung aus Begeisterung und Furcht. Er kannte das Gefühl aus der Zeit, da er schwimmen gelernt hatte und zum ersten Mal ins tiefe Ende vorgedrungen war. Er glaubte zuversichtlich, daß es keine Gefahr gebe; aber sicher konnte er seiner Sache nicht sein. Er war sich dessen bewußt, daß KORA scharf auf ihn aufpaßte. Aber Morgan haßte halb getane Arbeit, und hier gab es für ihn noch etwas zu erledigen.

Die Westwand glich der Nordwand bis auf das fehlende Schleusenluk. Auch hier gab es keinerlei Schaden, obwohl diese Seite des Turmes der Stätte der Explosion wesentlich näher gewesen war.

Morgan widerstand der Versuchung, sich zu beeilen. Er befand sich erst seit drei Minuten im Freien. Gemächlich ging er bis zur nächsten Ecke. Er brauchte sie nicht zu umrunden, um zu erkennen, daß aus seinem Plan, rings um den Turm zu gehen, nichts werden würde. Der Rundgang war abgerissen worden und baumelte verdreht ins Nichts hinab. Das Sicherheitsnetz war verschwunden, offenbar von dem stürzenden Transporter mitgerissen.

Ich will mein Glück nicht auf die Probe stellen, dachte Morgan. Aber er konnte der Versuchung nicht widerstehen, an der Ecke vorbeizublicken, wobei er sich an dem letzten Stück zuverlässiger Brüstung festhielt.

In der Spur stak eine Menge Explosionstrümmer, und die Wand des Turmes trug einen häßlichen Fleck, wo sich die Explosion ereignet hatte. Aber soweit Morgan erkennen konnte, gab es keine Beschädigung, die nicht von ein paar Technikern mit Schweißbrennern innerhalb weniger Stun den hätte bereinigt werden können. Er gab Chang eine sorgfältige Beschreibung dessen, was er sah. Chang äußerte Erleichterung und ermahnte ihn, so rasch wie möglich ins Innere des Turmes zurückzukehren.

„Nur keine Angst“, sagte Morgan. „Ich habe noch zehn Minuten, und die Entfernung beträgt nicht mehr als dreißig Meter. Das könnte ich selbst mit angehaltener Luft schaffen.“

Er hatte allerdings nicht die Absicht, es darauf ankommen zu lassen. Für eine Nacht hatte er genug Aufregung erlebt. Zuviel, wenn man KORA glauben konnte. Von jetzt an würde er sich streng nach ihren Anweisungen richten.

Nachdem er zur Schleuse zurückgekehrt war, stand er eine Zeitlang neben der Brüstung, von unten her beleuchtet durch den strahlend hellen Lichtkegel des Scheinwerfers auf Sri Kanda. Er projizierte seinen unendlich verlängerten Schatten längs des Turmes hinauf in Richtung der Sterne. Die Länge des Schattens mußte etliche tausend Kilometer betragen und reichte womöglich sogar bis zu dem Transporter, der sich von der 10K-Station her in rascher Fahrt näherte. Wenn er mit den Armen winkte, konnte ihn die Rettungsmannschaft womöglich sehen. Er konnte mit Morsezeichen zu den Leuten sprechen.

Diese belustigende Vorstellung brachte einen ernster zu nehmenden Gedanken hervor. Wäre es womöglich für ihn am besten, mit den anderen hier zu warten und das Risiko der Abfahrt an Bord der Spinne nicht auf sich zu nehmen? Aber die Reise zur Station Mitte, wo ihm ärztliche Behandlung zur Verfügung stand, würde eine Woche dauern. Angesichts des Umstands, daß er in weniger als drei Stunden wieder auf Sri Kanda sein konnte, handelte es sich offenbar nicht um eine vernünftige Alternative.

Es war Zeit, den Balkon zu verlassen. Sein Sauerstoffvorrat schwand, und es gab nichts mehr zu sehen. Welch eine enttäuschende Ironie, wenn man den wunderbaren Ausblick bedachte, den man normalerweise tags wie nachts von diesem Punkt aus hatte. Jetzt indes waren die Erde wie der Himmel durch den mörderisch hellen Scheinwerferstrahl ausgeblendet. Er schwebte in einem winzigen Universum, das aus grellem Licht bestand und allseits von undurchdringlicher Finsternis umgeben war. Es war fast unglaublich, daß er sich im Raum befand. Er fühlte sich so sicher, als stände er auf dem Berg selbst und nicht sechshundert Kilometer darüber. *Das* war ein Gedanke, den man nicht so schnell vergessen sollte.

Er strich mit der Hand über die glatte, unnachgiebige Oberfläche des Turmes, der im Vergleich zu ihm weitaus gewaltiger war als ein Elefant gegenüber einer Amöbe. Aber eine Amöbe konnte sich einen Elefanten nicht vorstellen – viel weniger einen erschaffen.

„Auf Wiedersehen in einem Jahr, auf der Erde“, sagte er leise und schloß das Schott hinter sich.

Die letzte Dämmerung

Im Keller hielt sich Morgan nur fünf Minuten auf. Jetzt war nicht die Zeit für seichte Unterhaltung, außerdem wollte er nicht selbst von dem kostbaren Sauerstoff verbrauchen, den er mit soviel Mühe hierhergeschleppt hatte. Er schüttelte eine Menge Hände und kletterte in die Spinne hinab.

Es war ein gutes Gefühl, wieder ohne Maske zu atmen – und ein noch besseres, sich daran zu erinnern, daß das Unternehmen ein voller Erfolg gewesen war und daß er in weniger als drei Stunden wieder auf der Erde sein würde. Trotzdem zögerte er, nach all der Mühe, die er auf sich genommen hatte, um den Turm zu erreichen, die Rückfahrt anzutreten. Er gab sich einen Ruck und entkuppelte die Anlegeverankerung. Das Fahrzeug begann alsbald zu fallen. Ein paar Sekunden lang war er schwerelos.

Als er eine Geschwindigkeit von 300 km/h erreicht hatte, wurde das Bremssystem automatisch aktiviert, und das Gewicht kehrte zurück. Die so brutal strapazierte Batterie begann sich jetzt wieder aufzuladen; aber ohne Zweifel war sie so stark beschädigt worden, daß sie nicht mehr repariert werden konnte und statt dessen aus dem Dienst gezogen werden mußte.

Es gab hier eine besorgniserregende Parallele. Er selbst hatte sich, ebenso wie die Batterie, verausgabt. Sein hartnäckiger Stolz hielt ihn bislang davon ab, einen Arzt zu beordern, der ihn bei der Rückkunft der Spinne in seine Obhut nahm. Er hatte eine Wette mit sich abgeschlossen:

Er würde eine solche Anordnung nur treffen, wenn KORA sich noch einmal meldete.

Vorläufig indes verhielt sie sich schweigsam. Er glitt durch die Nacht und fühlte sich völlig entspannt. Das Fahrzeug war sich selbst überlassen, während er den Himmel bewunderte. Wenige Raumfahrzeuge boten einen derart umfassenden Ausblick, und nicht viele Menschen hatten je unter derart idealen Bedingungen die Sterne beobachten können. Die Nordlichter waren verschwunden, der Scheinwerfer ausgelöscht. Nichts mehr stellte sich dem Leuchten der Konstellationen in den Weg.

Mit Ausnahme selbstverständlich der Sterne, die der Mensch selbst erschaffen hatte. Unmittelbar über ihm hing das schimmernde Leuchtfeuer Ashoka, das für immer über dem indischen Subkontinent verankert war, nur ein paar hundert Kilometer von dem Turmkomplex entfernt. Halbwegs erdwärts hing im Osten Konfuzius, und noch ein Stück tiefer, in derselben Richtung, war Kamehameha. Hoch im Westen dagegen leuchteten Kinte und Imhotep. Das aber waren nur die hellsten Feuer entlang des Äquators; es gab Dutzende anderer, und selbst das schwächste unter ihnen übertraf Sirius an Leuchtstärke. Wie erstaunt einer der alten Astronomen gewesen wäre, diese Perlenschnur längs des Himmels zu erblicken, und wie sehr ihn die Feststellung verwirrt hätte, daß diese Sterne starr an ihrem Platz verharrten und weder auf-, noch untergingen, während die herkömmlichen Sterne unbeirrt ihre altbekannte Bahn verfolgten.

Während er die Lichterkette bewunderte, entstand in seiner allmählich ermüdenden Phantasie ein weit imposanteres Bild. Ohne viel Mühe verwandelte seine Vorstellungskraft die von Menschen erschaffenen Sterne in die Lichter längs einer titanenhaften Brücke. Seine Gedanken wurden immer ausgefallener. Wie hatte die Brücke nach Walhalla geheißen, über die die germanischen Helden von dieser Welt in die nächste wechselten? Er konnte sich an den Namen nicht mehr erinnern, aber die Vorstellung war großartig. Weiter noch: Hatten etwa andere Geschöpfe, lange bevor der Mensch auf der Bühne erschien, vergeblich versucht, Brücken durch den Himmel über ihren Welten zu bauen? Er dachte an Saturns unvergleichliche Ringe und die gespenstischen Strukturen, die Uranus und Neptun umschlangen. Obwohl er ganz genau wußte, daß keine dieser Welten von organischem Leben je berührt worden war, malte er sich mit Vergnügen aus, daß er die Überreste fehlgeschlagener Brückenbauunternehmen vor sich habe.

Er wollte schlafen, aber die Phantasie hielt ihn gegen seinen Willen wach. Wie ein Hund, der einen saftigen Knochen entdeckt hatte, ließ sie einfach nicht los. Das Konzept war nicht absurd; es war nicht einmal originell. Viele synchrone Raumstationen besaßen bereits Abmessungen von mehreren Kilometern oder waren durch Kabel miteinander verbunden, die beträchtliche Abschnitte ihrer Umlaufbahn überbrückten. Sie zusammenzufügen und somit einen Ring zu bauen, der die Erde umspannte, wäre ein ingenieurtechnisches Unternehmen von weitaus geringerer Schwierigkeit und mit viel weniger Materialbedarf als der Bau des Turmes.

Nein – kein Ring – ein Rad! Dieser Turm war lediglich die erste Speiche. Es würde weitere Türme (vier? sechs? zwanzig?) längs des Äquators geben. Sobald ihre oberen Enden in der Umlaufbahn fest miteinander verbunden waren, würde das Stabilitätsproblem, das für einen einzelnen Turm so überaus kritisch war, von selbst verschwinden. Afrika, Südamerika, die Gilbert-Inseln, Indonesien – alles Orte, von denen sich die Türme der Zukunft erheben mochten. Denn eines Tages würden mit fortgeschrittenem Wissen und verbesserten Baumaterialien die Türme so gebaut werden können, daß selbst die schlimmsten Hurrikane ihnen nichts mehr anzuhaben vermochten, und damit entfiel die Notwendigkeit, sie auf hohen Berggipfeln zu errichten. Wenn er noch hundert Jahre gewartet hätte, dann hätte er womöglich den Mahajanake Thero überhaupt nicht zu belästigen brauchen …

Während er vor sich hin träumte, erhob sich die dünne Sichel des abnehmenden Mondes unscheinbar über den östlichen Horizont, auf dem bereits der erste Widerschein des erwachenden Tages ruhte. Erdlicht lag auf der gesamten Mondscheibe, und zwar mit solcher Intensität, daß Morgan viele Einzelheiten der im Sonnenschatten liegenden Mondoberfläche erkennen konnte. Er strengte die Augen an, um jenes wunderbaren Anblicks teilhaftig zu werden, der sich früheren Generationen verschlossen hatte – eines Lichtpunkts innerhalb der Sichelhörner. Aber heute nacht war keine von den Städten, die der Mensch auf seiner zweiten Heimatwelt errichtet hatte, sichtbar.

Nur noch zweihundert Kilometer – weniger als eine Stunde. Es hatte keinen Zweck, um jeden Preis wach bleiben zu wollen. SPINNE war mit automatischer Bremsfahrtprogrammierung ausgestattet und würde sanft aufsetzen, ohne seinen Schlaf zu stören …

Zuerst spürte er den Schmerz. Den Bruchteil einer Sekunde später hörte er KORA sagen: „Bewegen Sie sich nicht! Ich habe um Hilfe gefunkt. Der Krankenwagen ist unterwegs.“

Das war merkwürdig. Aber nicht lachen, trug Morgan sich selbst auf, sie tut nur, was sie für richtig hält. Er empfand keine Furcht, obwohl der Schmerz unter dem Schlüsselbein ziemlich intensiv war. Er versuchte, sich auf das

Schmerzgefühl zu konzentrieren, und es gelang ihm allein damit, die Symptome zu lindern. Er hatte schon vor langer Zeit festgestellt, daß man mit Schmerz am besten fertig wurde, indem man ihn objektiv analysierte.

Warren Kingsley rief, aber seine Worte klangen weit entfernt und ergaben keinen Sinn. Er hörte die Besorgnis in des Freundes Stimme und wünschte sich, er könnte sie besänftigen. Aber es blieb ihm keine Kraft mehr, sich mit diesem – oder irgendeinem anderen – Problem zu beschäftigen. Jetzt konnte er selbst die Worte nicht mehr hören: Ein mattes, aber stetiges Rauschen übertönte jeden anderen Laut. Obwohl er wußte, daß das Geräusch nur in seiner Einbildung existierte – oder in den labyrinthähnlichen Windungen des Gehörs, empfand er es als etwas durchaus Wirkliches. Er bildete sich ein, er stände am Fuß eines mächtigen Wasserfalls …

Das Geräusch wurde schwächer, milder, *musikalischer.* Und plötzlich erkannte er es wieder. Wie wunderbar, hier, an der stummen Grenze des Weltraums, das Geräusch wiederzuhören, an das er sich von seinem ersten Besuch am Jakkagala erinnerte!

Die Schwerkraft zog ihn heimwärts, so wie sie Jahrhunderte hindurch die Silhouetten der Brunnen des Paradieses geformt hatte. Er aber hatte etwas erschaffen, das die Gravitation niemals wieder in ihren Bann ziehen würde, solange es Menschen gab, die genug Wissen und Willenskraft besaßen, es zu erhalten.

Wie kalt sich die Beine anfühlten! Funktionierte das Lebenserhaltungssystem nicht mehr? Aber bald ging die Sonne auf, dann war es wieder warm genug.

Die Sterne verloren an Glanz, viel rascher, als sie es eigentlich hätten tun dürfen. Obwohl der Tag fast angebrochen war, wurde es rings um ihn immer dunkler. Und die

Fontänen sanken zurück zur Erde, ihr Rauschen wurde leiser ... leiser ... leiser ...

Plötzlich meldete sich eine andere Stimme, aber Vannevar Morgan hörte sie nicht mehr. Unterbrochen von kurzen, durchdringenden Signalpfiffen schrie KORA in die aufsteigende Dämmerung hinaus:

Hilfe! Jeder, der mich hört, ist aufgefordert, sofort zu Hilfe zu kommen! Kora Alarm! Hilfe! Jeder, der mich hört, ist aufgefordert, sofort zu Hilfe zu kommen!

Sie rief noch immer, als die Sonne über den Horizont stieg und ihre ersten Strahlen die Kuppe des Berges zu erwärmen begannen, der einst heilig gewesen war. Tief unten breitete sich der Schatten des Sri Kanda auf den Wolken aus, seine Kegelform noch immer geometrisch vollendet trotz allem, was der Mensch ihm angetan hatte.

Es gab keine Pilger mehr, die das Symbol der Ewigkeit über das erwachende Land hinauswachsen sahen. Millionen aber würden in den kommenden Jahrhunderten den Schatten beobachten, während sie sicher und bequem zu den Sternen hinauffuhren.

Epilog: Kalidasas Triumph

In den letzten Tagen jenes letzten, kurzen Sommers kam, bevor die von den Polen herabreichenden Eisklauen sich um den Äquator schlossen, einer der Abgesandten von Starholm zum Felsen Jakkagala.

Er war ein Meister der Vielen und hatte sich erst vor kurzem zu menschlicher Gestalt konjugiert. Abgesehen von einer winzigen Einzelheit war die Konjugation vollkommen; dennoch befanden sich die rund ein Dutzend Kinder, die den Starholmer im Autokopter begleiteten, in einem fortwährenden Zustand milder Hysterie – die jüngeren konnten sich vor Kichern kaum halten.

„Was ist so lustig?" fragte Es in vollendetem Solar. „Oder handelt es sich um einen Witz, den Außenseiter nicht verstehen?"

Aber sie weigerten sich, dem Starholmer, dessen Sehfähigkeit ausschließlich im Infrarotbereich lag, zu erklären, daß die Haut des Menschen nicht ein wahlloses Mosaik aus grünen, roten und blauen Farbtönen war. Selbst als Es damit drohte, Es werde sich in einen *Tyrannosaurus Rex* verwandeln und sie alle verschlingen, waren sie immer noch nicht gewillt, Seine Neugierde zu befriedigen. Im Gegenteil, sie machten Ihm klar – Ihm, der über fünfzig Lichtjahre zurückgelegt und dreißig Jahrhunderte lang Wissen angesammelt hatte –, daß eine Masse von nur hundert Kilogramm wahrscheinlich keinen besonders imposanten Saurier abgeben würde.

Dem Wesen von Starholm machte es wenig aus. Es war

geduldig und empfand die Kinder der Erde sowohl biologisch, als auch psychologisch als ungemein faszinierend. Dasselbe galt für die Jungen aller Arten – aller, war einschränkend zu bemerken, die Jungen hervorbrachten. Das Wesen von Starholm glaubte, nachdem Es neun solcher Arten studiert hatte, fast zu wissen, was es bedeutete, aufzuwachsen, zu reifen und zu sterben. Fast – aber nicht ganz.

Ausgebreitet vor dem Dutzend junger Menschen und dem einen Nichtmenschen lag das leere Land, seine einstmals grünen Felder und die dichten Wälder hinweggefegt von den eiskalten Stürmen aus Norden und Süden. Die schlanken Kokospalmen waren längst verschwunden, und auch ihre Nachfolger, die düsteren Fichten und Kiefern, waren nur noch nackte Skelette, deren Wurzeln der Dauerfrost vernichtet hatte. Es gab kein Leben mehr auf der Oberfläche der Erde. Nur in den Abgründen der Ozeane, die durch die innere Wärme des Planeten vor dem Zugriff des Eises geschützt waren, überlebten noch ein paar blinde, halbverhungerte Kreaturen.

Für ein Wesen indes, dessen Heimat sich um einen halb erloschenen roten Stern drehte, schien die Sonne, die vom wolkenlosen Himmel herabstrahlte, noch immer unerträglich hell. Zwar hatte sie ihre Wärme infolge der Krankheit, von der sie vor tausend Jahren befallen worden war, verloren; aber ihr kaltes, grelles Licht enthüllte jede Einzelheit des sterbenden Landes und brach sich glanzvoll in den immer näher kommenden Gletschern.

Für die Kinder war die Kälte eine aufregende Herausforderung. Während sie nackt durch die Schneewehen tanzten und puderige Wolken glitzernder Kristalle aufwirbelten, mußten ihre Symbionten sie immer wieder auf die Frostgefahr hinweisen. Sie waren nämlich noch zu jung, als daß sie abgestorbene Glieder hätten nachwachsen lassen können.

Der älteste unter den Jungen spielte den Angeber. Er kündigte an, er sei ein Feuer-Element (das Wesen von Starholm notierte sich den Ausdruck für spätere Analyse) und werde eine Offensive gegen die Kälte durchführen. Danach sah man von ihm nur noch eine von Flammen durchzuckte Rauchwolke, die zwischen den alten Mauern hin und her tanzte und von den andern Kindern völlig ignoriert wurde.

Für das Wesen von Starholm jedoch bot sich hier ein interessantes Paradox. Warum hatten sich diese Geschöpfe auf die inneren Planeten zurückgezogen, wenn sie sich doch mit den Mitteln, die ihnen zur Verfügung standen, recht gut gegen die Kälte hätten zur Wehr setzen können – wie es ihre Vettern auf dem Mars taten? Auf diese Frage hatte Es bislang noch keine zufriedenstellende Antwort gefunden. Es bedachte von neuem die rätselhafte Erwiderung, die Ihm von ARISTOTELES – der Einheit, mit der Es sich am leichtesten verständigen konnte – zuteil geworden war.

„Alles zu seiner Zeit“, hatte das Weltgehirn geantwortet. „Manchmal muß man gegen die Natur ankämpfen, manchmal muß man ihr gehorchen. Die wahre Weisheit besteht darin, die richtige Entscheidung zu treffen. Wenn der lange Winter vorüber ist, wird der Mensch erneuert und gestärkt zur Erde zurückkehren.“

Also war in den vergangenen Jahrhunderten die gesamte Erdbevölkerung durch die Äquatorialtürme himmelwärts geglitten und hatte sich sonnenwärts zu den jungen Ozeanen der Venus und den fruchtbaren Ebenen der gemäßigten Zone des Merkur ergossen. In fünfhundert Jahren, wenn die Sonne sich erholt hatte, würde sie aus dem Exil zurückkehren. Dann war Merkur wieder verlassen bis auf ein paar Siedlungen in den Polarregionen, aber Venus hatte sich bis dahin zu einer dauernden zweiten Heimat entwikkelt. Das vorübergehende Erlöschen der Sonne hatte den Anreiz und gleichzeitig die Gelegenheit für die Zähmung des höllischen Planeten geboten.

So wichtig diese Dinge auch sein mochten, so interessierten sie das Wesen von Starholm doch nur am Rande. Seine eigentliche Wißbegierde war auf die feineren Aspekte der menschlichen Kultur und Gesellschaft konzentriert. Jede Art war einmalig, bot ihre eigenen Überraschungen, hatte ihre eigenen Neigungen. Die Art Mensch hatte das Wesen von Starholm mit dem verblüffenden Konzept der Negativinformationen bekannt gemacht – oder, wie sie in der Landessprache hießen: Humor, Phantasie, Sage.

Während Es sich um das Verstehen dieser Begriffe bemühte, hatte das Wesen von Starholm oft voller Verzweiflung zu Seinen selbst gesagt: Wir werden menschliche Geschöpfe *niemals* begreifen. Mitunter war Es so frustriert, daß Es eine unfreiwillige Konjugation befürchtete mit all den Risiken, die eine solche enthielt. Inzwischen jedoch hatte Es echten Fortschritt erzielt. Es erinnerte sich an die Zufriedenheit, die Es empfunden hatte, als Es den ersten Witz erzählte – und die Kinder alle lachten.

Der Trick war, mit Kindern zu arbeiten. Auch diesen Hinweis verdankte Es ARISTOTELES. „Es gibt ein altes Sprichwort: Das Kind ist der Vater des Menschen. Obwohl das biologische Konzept ‚Vater' uns beiden in gleicher Weise fremd ist, hat es in diesem Zusammenhang doch eine sogar doppelte Bedeutung ..."

Seitdem hoffte Es, daß die Kinder Ihm zu einem Verständnis der Erwachsenen verhelfen, in die sie sich einst selbst verwandeln würden. Manchmal sagten sie die Wahrheit; aber selbst wenn sie im Spiel (ein weiteres schwieriges Konzept) Negativinformationen von sich gaben, konnte das Wesen von Starholm dies mittlerweile an gewissen Zeichen erkennen.

Aber es gab Zeiten, wenn weder die Kinder noch die Erwachsenen, ja, nicht einmal ARISTOTELES wußten, was wahr war. Es gab offenbar ein kontinuierliches Spektrum, das mit beliebig feiner Abstufung von wilder Phantasie bis zu harten historischen Tatsachen reichte. An diesem letzteren Ende befanden sich Gestalten wie Columbus, Leonardo da Vinci, Einstein, Lenin, Newton und Washington, deren äußere Erscheinung aufgezeichnet war, in einigen Fällen sogar ihre Stimme. Am anderen Ende standen Figuren wie Zeus, Dornröschen, King Kong, Gulliver, Siegfried und Merlin, die unmöglich existiert haben konnten. Aber was fing man mit Robin Hood und Tarzan, Christus und Sherlock Holmes, Odysseus und Frankenstein an? Wenn man in Betracht zog, daß ihre Eigenschaften und Fähigkeiten durch Übertreibung verzerrt worden waren, dann mochte es sich sehr wohl um historische Persönlichkeiten handeln.

Der Elefantenthron hatte sich in dreitausend Jahren sehr wenig geändert; noch nie aber hatte auf ihm das Gewicht eines derart fremdartigen Besuchers gelastet. Das Wesen von Starholm blickte südwärts und verglich die schimmernde, fünfhundert Meter breite Säule, die sich dort vom Gipfel des Berges erhob, mit Ingenieurbauten, die Es auf anderen Welten gesehen hatte. In Anbetracht des Umstands, daß die menschliche Rasse noch jung war, handelte es sich hier um eine beeindruckende Leistung. Obwohl er stets so wirkte, als werde er im nächsten Augenblick umfallen, stand der Turm nun schon seit fünfzehnhundert Jahren fest auf seinen Füßen.

Natürlich nicht in seiner gegenwärtigen Form. Die ersten hundert Kilometer waren jetzt eine Stadt – auf einigen ihrer weit auseinanderliegenden Ebenen bis auf den heutigen Tag bewohnt – durch die sechzehn Spurenpaare an manchen Tagen mehr als eine Million Fahrgäste befördert hatten. Nur zwei Spuren waren derzeit noch in Betrieb. In wenigen Stunden würden das Wesen von Starholm und Seine Begleiter eine davon hinauffahren, zur Ringstadt, die den Planeten umspannte.

Das Geschöpf von Starholm stellte seine Augen auf teleskopische Sicht um und blickte den Himmel entlang. Ja – dort war sie, am Tag schwer zu erkennen, um so leichter dafür in der Nacht, wenn sie das an der Erde vorbeiströmende Sonnenlicht erstrahlen ließ. Das dünne, schimmernde Band, das den Himmel in zwei Halbkugeln teilte, war eine Welt für sich, Heimat für eine halbe Milliarde Menschen, die ihr Leben in ewiger Schwerelosigkeit verbrachten.

Und in unmittelbarer Nachbarschaft der Ringstadt schwebte das Raumschiff, mit dem der Abgesandte und all die anderen Komponenten der Vielheit die interstellaren Abgründe überbrückt hatten. Es wurde dieser Tage zur Abfahrt vorbereitet – nicht etwa mit großer Eile, sondern etliche Jahre vor dem Abflugtermin – zum nächsten, sechshundert Jahre dauernden Abschnitt der langen Reise. Für das Wesen von Starholm bedeutete diese Zeitspanne wenig, denn Es würde sich erst am Ende des Fahrtabschnitts rekonjugieren. Dann aber stand Es womöglich der größten Herausforderung Seiner langen Karriere gegenüber. Zum ersten Mal war eine Sternensonde, kurz nachdem sie in ein Sonnensystem eingeflogen war, zerstört oder doch mindestens zum Schweigen gebracht worden. Womöglich war es auf die geheimnisvollen Jäger der Morgendämmerung gestoßen, die in ferner Vergangenheit, nahe dem Anfang aller Zeiten, ihre Spuren auf so vielen Welten hinterlassen hatten. Wäre das Wesen von Starholm solcher Gefühle fähig gewesen, so hätte es jetzt, während es seine Zukunft sechshundert Jahre vom heutigen Tag bedachte, Sorge und Furcht empfinden müssen.

Jetzt aber stand Es auf dem schneebestaubten Gipfel des Jakkagala und betrachtete des Menschen Fahrstuhl zu den Sternen. Es winkte den Kindern (sie wußten stets genau, wenn Es wirklich Wert darauf legte, daß man Ihm gehorchte) und deutete auf den Berg im Süden.

„Ihr wißt genau“, sagte Es, „daß Erdhafen-Eins zweitausend Jahre *nach* diesem Palast hier erbaut wurde.“ Die Kinder nickten schweigend Zustimmung. „Warum also“, fragte das Wesen von Starholm und bewegte dabei den zeigenden Finger vom Zenit bis zur Kuppe des Berges, „warum nennt ihr die Säule dort – Kalidasas Turm?“

Nachwort

Quellenangaben

Der Verfasser historischer Romane hat seinen Lesern gegenüber eine besondere Verantwortung, besonders wenn er über nicht weithin bekannte Zeiten und Orte schreibt. Er sollte Tatsachen und Ereignisse nicht verdrehen, wenn sie bekannt sind, und wenn er sie erfindet, wie er es oftmals tun muß, dann ist er gehalten, die Trennlinie zwischen Phantasie und Wirklichkeit deutlich zu markieren.

Der Verfasser von Science-Fiction-Romanen hat dieselbe Verantwortung, nur in noch höherem Maß. Mit den folgenden Angaben will ich mich nicht nur dieser meiner Verpflichtung entledigen, sondern auch dem Leser zusätzliche Unterhaltung bieten.

Taprobane und Ceylon

Aus handlungstechnischen Gründen habe ich drei mindere Veränderungen an der Geographie von Ceylon (heute Sri Lanka) vorgenommen. Ich schob die Insel achthundert Kilometer südwärts, bis sie auf dem Äquator saß – wie sie es tatsächlich vor zwanzig Millionen Jahren getan hat und eines Tages womöglich wieder tun wird. Im Augenblick dagegen befindet sie sich zwischen sechs und zehn Grad nördlicher Breite.

Weiterhin habe ich die Höhe des Heiligen Berges verdoppelt und ihn näher an „Jakkagala“ herangesetzt. Beide Orte gibt es nämlich, fast so, wie ich sie beschrieben habe.

Sri Pada, oder Adams Peak, ist ein beeindruckender, kegelförmiger Berg, der den Buddhisten, Moslems, Hindus und Christen in gleicher Weise heilig ist und auf seinem Gipfel einen kleinen Tempel trägt. Im Innern des Tempels befindet sich ein Steinblock mit einer Vertiefung, die, obwohl zwei Meter lang, als Fußabdruck Buddhas gilt.

Seit vielen Jahrhunderten unternehmen jedes Jahr Tausende von Pilgern den langen Aufstieg zum 2240 Meter hohen Gipfel. Die Kletterei ist nicht mehr gefährlich, seitdem man zwei Treppen angelegt hat (gewiß die längsten der Welt), die bis zur Spitze führen. Ich bin dort einmal auf Anregung Jeremy Bernsteins vom *New Yorker* hinaufgestiegen, und meine Beine waren etliche Tage danach noch gelähmt. Aber es war die Mühe wert, denn wir bekamen das einmalige und beeindruckende Schauspiel des Bergschattens bei Sonnenaufgang zu sehen, eines vollendet symmetrischen Kegels, der nur wenige Minuten unmittelbar nach dem Aufgang der Sonne sichtbar ist und sich auf den Wolken tief drunten fast bis zum Horizont erstreckt.

Ich habe seitdem den Berg mit weitaus weniger Mühe an Bord eines Hubschraubers der Luftwaffe von Sri Lanka erforscht und bin dabei dem Tempel nahe genug gekommen, um die resignierten Mienen der Mönche zu sehen, die sich inzwischen an solch lärmende Eindringlinge gewöhnt haben.

Die Felsenfestung Jakkagala ist in Wirklichkeit Sigirija (oder Sigiri, „Löwenfelsen“), die von Natur aus so atemberaubend ist, daß ich daran nichts habe zu ändern brauchen. Die einzige Freiheit, die ich mir damit erlaubt habe, ist chronologischer Art, denn der Palast auf dem Gipfel wurde gemäß der singhalesischen Chronik *Culavamsa* während der Regierung des königlichen Vatermörders Kasjapa gebaut (478 – 495 n.Chr.). Es erscheint jedoch unglaublich, daß ein derart gewaltiges Unterfangen in nur achtzehn Jahren von einem Usurpator, der ständig damit rechnen mußte, angegriffen zu werden, hätte durchgeführt werden können, und es ist durchaus denkbar, daß die wahre Geschichte Sirigijas weit über die genannten Daten hinaus in die Vergangenheit reicht.

Charakter, Motivierung und das tatsächliche Schicksal Kasjapas sind seit langem umstritten, und dieser Streit hat vor kurzem durch die posthume Veröffentlichung *The Story of Sigiri* (Lake House, Colombo) des singhelesischen Gelehrten Professor Senerat Paranavitana neue Nahrung erhalten. Ebenso bin ich seiner zweibändigen Monumentalstudie der Inschriften auf der Spiegelwand, *Sigiri Graffiti* (Oxford University Press, 1956), zu Dank verpflichtet. Einige der im voranstehenden zitierten Verse sind echt; andere habe ich erfunden.

Die Fresken, die Sigirijas größte Attraktionen darstellen, sind in dem Band *Ceylon: Paintings from Temple, Shrine and Rock* (New York Graphic Society/UNESCO, 1957) kunstgerecht wiedergegeben. Das interessanteste unter ihnen – das 1960 von unbekannten Vandalen zerstört wurde – ist in der Tafel V dargestellt. Die Dienerin *hört* eindeutig einer geheimnisvollen, mit Scharnieren versehenen Schachtel zu, die sie in der rechten Hand hält. Die Schachtel bleibt bis auf den heutigen Tag unidentifiziert, da die örtlichen Archäologen meinen Vorschlag, es handle sich um ein frühes singhalesisches Transistorradio, nicht ernst nehmen wollen.

Die Legende von Sigirija ist kürzlich von Dimitri de Grunwald verfilmt worden. In seiner Produktion *The God King* spielt Leigh Lawson sehr eindrucksvoll die Rolle des Kasjapa.

Diese scheinbar hirnverbrannte Idee wurde im Westen zuerst präsentiert durch einen Leserbrief „Satellite Elogation into a True 'Sky-Hook'" von John D. Isaacs, Hugh Bradner und George E. Backus am Scripps Institute of Oceanography und Allyn C. Vine am Wood's Hole Oceanographic Institute, veröffentlicht in der Zeitschrift *Science*, Ausgabe vom 11. Februar 1966. Wer es als merkwürdig empfindet, daß ausgerechnet Ozeanographen sich mit solchen Ideen herumschlagen, der bedenke, daß seit den Tagen des Fesselballons sie die einzigen sind, die sich mit langen, unter dem Einfluß des eigenen Gewichts hängenden Kabeln befassen. (Dr. Allyn Vines Name hat übrigens durch die Taufe eines Unterwasser-Forschungsfahrzeugs auf den Namen „Alvin" Unsterblichkeit erlangt.)

Man stellte später fest, daß das Konzept bereits sechs Jahre früher und in weitaus größerem Maßstab von einem Leningrader Ingenieur, Y. N. Artsutanow (*Komsomolskaja Prawda*, 31. Juli 1960) entwickelt worden war. Artsutanow stellte sich eine „himmlische Seilbahn" vor, um seine anziehende Benennung des Apparats zu gebrauchen, die pro Tag nicht weniger als 12000 Tonnen zur synchronen Umlaufbahn emporlüpfte. Es scheint erstaunlich, daß dieser kühnen Idee so wenig Beachtung zuteil wurde. Der einzige Bezug auf sie, der mir je zu Gesicht kam, erscheint in dem hübschen Bildband von Alexej Leonow und Sokolow, *The Stars are Awaiting Us* (Moskau, 1967). Eine Farbtafel (Seite 25) zeigt den „Aufzug zu den Sternen" in Tätigkeit. Die Bildunterschrift lautet: „... der Satellit befindet sich sozusagen an einem festen Punkt am Himmel. Wenn von ihm ein Kabel zur Erde hinabgelassen wird, dann haben wir eine fertige Seilbahn. Ein Erde-Sputnik-Fahrstuhl kann sodann gebaut werden, für Fracht sowohl wie auch für Passagiere, und er wird ohne Raketenantrieb funktionieren."

Obwohl General Leonow mir ein Exemplar des Buches anläßlich der Konferenz zur Friedlichen Nutzung des Weltraums in Wien, 1968, zum Geschenk machte, nahm ich die Idee einfach nicht bewußt zur Kenntnis – und das, obzwar der Fahrstuhl als genau über Sri Lanka hängend dargestellt ist! Ich dachte mir wahrscheinlich, daß Kosmonaut Leonow, ein bekannter Spaßmacher, sich einen kleinen Witz mit mir machen wollte.

Der Aufzug zu den Sternen ist ganz eindeutig eine Idee, deren Zeit jetzt gekommen ist. Das wird verdeutlicht durch den Umstand, daß er innerhalb eines Jahrzehnts seit dem Isaacs-Brief von 1966 mindestens dreimal, und zwar in voneinander unabhängigen Fällen, wiedergefunden wurde. Eine sehr ins Detail gehende Studie wurde in der September/Oktober-Ausgabe 1975 der *Acta Astronautica* von Jerome Pearson an der Wright-Paterson Air Force Base veröffentlicht („The Orbital Tower; a spacecraft launcher using the Earth's rotational energy"). Dr. Pearson war sehr überrascht, von der Existenz früherer Studien zu hören, die seiner Computer-Suche entgangen waren. Er fand sie, indem er meine Aussage vor dem Raumfahrt-Komitee des Repräsentantenhauses im Juli 1975 las. (Siehe *The View from Serendip.*)

Sechs Jahre zuvor (*Journal of the British Interplanetary Society*, Vol. 22, S. 442 – 457, 1969) hatten A. R. Collar und J. W. Flower in ihrem Artikel „A (Relatively) Low Altitude 24-hour Satellite" im wesentlichen dieselben Schlüsse gezogen. Sie untersuchten die Möglichkeit, einen geosynchronen Kommunikationssatelliten weit unterhalb der 36000 Kilometer hohen Synchron-Umlaufbahn aufzuhängen. Ihre Diskussion ließ die Möglichkeit, das Kabel bis zur Oberfläche der Erde zu verlängern, außer acht. Die Extrapolation liegt indes auf der Hand.

Und jetzt ein verlegenes Hüsteln: Schon im Jahr 1963, in einem Essay, der von der UNESCO in Auftrag gegeben und im Februar 1964 in *Astronautics* unter dem Titel „The World of the Communication Satellite" (jetzt erhältlich in *Voices from the Sky*) veröffentlicht wurde, schrieb ich: „Auf längere Sicht erscheint es, daß es eine Anzahl theoretischer Möglichkeiten gibt, einen Vierundzwanzig-Stunden-Satelliten in niedriger Umlaufbahn zu etablieren; ihre Verwirklichung hängt jedoch von technologischen Weiterentwicklungen ab, die in diesem Jahrhundert wahrscheinlich nicht mehr stattfinden werden. Ich überlasse es dem Leser, sie zu überdenken."

Die erste dieser „theoretischen Möglichkeiten" war selbstverständlich Collar und Flowers baumelnder Satellit. Meine überschlägigen Berechnungen, auf der Belastbarkeit verfügbarer Materialien beruhend, flößten mir eine derartige Skepsis gegenüber der Idee ein, daß ich mir nicht die Mühe machte, sie in Einzelheiten zu beschreiben. Wenn ich ein bißchen weniger konservativ gewesen wäre – oder wenn mir mehr Schmierpapier zur Verfügung gestanden hätte –, wäre ich womöglich jedermann, Artsutanow ausgenommen, zuvorgekommen.

Da dieses Buch eher ein Roman (so hoffe ich wenigstens) als eine ingenieurtechnische Abhandlung ist, sei der an technischen Einzelheiten interessierte Leser auf die mittlerweile rasch proliferierende Literatur zu diesem Thema verwiesen. Jüngste Beispiele sind Jerome Pearsons „Using the Orbital Tower to Launch Earth-Escape Payloads Daily" (Proceedings of the 27th International Astronautical Federation Congress, Oktober 1976) und ein bemerkenswerter Artikel von Hans Moravec, „A Non-Synchronous Orbital Skyhook“ (American Astronautical Society Annual Meeting, San Francisco, 18.–20. Oktober 1977).

Sehr vielen Dank schulde ich meinen Freunden, dem inzwischen verstorbenen A. V. Cleaver von Rolls-Royce, Dr.-Ing. Hans O. Ruppe vom Lehrstuhl für Raumfahrttechnik an der Technischen Hochschule München, und Dr. Alan Bond, Culham Laboratories, für ihre wertvollen Informationen zum Thema des Orbital-Turms. Für die Modifikationen, die ich angebracht habe, sind sie selbstverständlich nicht verantwortlich.

Walter L. Morgan (meines Wissens ohne Bezug zu Vannevar Morgan) und Gary Gordon von den COMSAT Laboratories sowie L. Perek in der United Nations Outer Space Affairs Division haben höchst wertvolle Daten bezüglich der stabilen Regionen des Synchron-Orbits beigetragen. Sie weisen darauf hin, daß natürlich vorhandene Kräfte (insbesondere die Gezeiten-Effekte des Mondes und der Sonne) stärkere Schwingungen verursachen müßten, hauptsächlich in der Nord-Süd-Richtung. Taprobane könnte daher ein ungünstigerer Bauplatz sein, als ich habe durchblicken lassen. Aber er wäre immer noch besser als jeder andere.

Die Wichtigkeit eines Bauplatzes an hochgelegenem Ort ist ebenfalls nicht eindeutig. Ich bin Sam Brand von der Naval Environmental Prediction Facility in Monterey für Informationen bezüglich der Äquatorialwinde zu Dank verpflichtet. Wenn es sich herausstellt, daß der Turm in der Tat auf Meereshöhe verankert werden könnte, dann wäre womöglich die Malediven-Insel Gan (erst vor kurzem von von der Royal Air Force evakuiert) das wertvollste Stück Grund und Boden des zweiundzwanzigsten Jahrhunderts.

Schließlich erscheint es ein eigenartiger – vielleicht gespenstischer – Zufall, daß ich Jahre, bevor mir der Vorwurf für diesen Roman in den Sinn kam, unbewußt an den Ort gravitierte, an dem er sich am besten hätte abspielen können. Dann das Haus, das ich vor einem Jahrzehnt an meinem ceylonischen Lieblingsstrand erwarb (siehe *The Treasure of the Great Reef* und *The View from Serendip*), steht genau an dem Ort, der, wenn man von Punkten im Ozean absieht, der Stelle maximaler geosynchroner Stabilität am nächsten ist.

Colombo
1969 – 1978